감사합니다!

城塚翡翠を超えるのは、城塚翡翠だけ。
帰ってきた翡翠の魅力を 楽しんでいただけますように。

조즈카 히스이를 넘을 수 있는 건 조즈카 히스이뿐.
모쪼록 돌아온 히스이의 매력을 즐겨주세요.

– 아이자와 사코

인버트
invert

인버트
invert

아이자와 사코
相沢沙呼

김수지 옮김

영매 탐정
조즈카 2

비채

in·vert [ɪnˈvɜːrt]

〔타동사〕…를 거꾸로 하다, 뒤바꾸다, …를 뒤집다.

(위치·순서·관계를) 반대로 하다.

(성질·효과 따위를) 반전시키다.

* inverted detective story: 도치서술 추리 소설

구름 위의 맑은 하늘

"생각을 바꿀 마음은 전혀 없어?"

일말의 희망을 끌어안으며 고마키 시게히토는 나지막이 물었다. 목소리가 떨렸을지도 모른다. 하지만 요시다 나오마사는 알아챈 기색도 없이 주방에서 작업을 이어가며 대꾸했다.

"뭐야. 그 얘기하러 왔나?"

코웃음을 치는 듯한 음성이었다.

요시다는 등을 돌리고 있어 표정은 보이지 않았다. 알고 지낸 지 오래됐지만 취미가 요리라는 소리는 들은 적 없다. 고마키는 거실 한가운데 우두커니 서서 주방 쪽을 바라보았다. 설거지할 그릇이 쌓여 있고 조미료는 시치미七味 정도밖에 눈에 띄지 않는다. 요리에 공들이는 이의 주방으로는 보이지 않았다. 그럼에도 요시다는 가스레인지 앞에 서서 냄비로 뭔가를 끓이는 중이었다.

요시다가 질문에 대답할 것 같지 않자 고마키는 초조함을 억누르며 별수 없이 화제를 돌렸다.

"냄새 한번 고약하네. 대체 뭘 만드는 거야?"

코가 뒤틀릴 것 같은 불쾌한 냄새가 떠다니고 있다.

요시다는 돌아보지 않은 채 웃었다.

"탕약. 누구 때문에 아직까지 다리가 아파서 말이지. 어제 새로 처방받았는데 이 약은 잘 드는 것 같더라고."

고마키는 입을 다물었다.

요시다가 말한 통증의 원인을 자신이 일부 제공했기 때문이다.

그렇다. 모든 것은 그때 시작됐다.

그때부터 머리 위에는 두꺼운 먹구름이 잔뜩 끼어 있다.

단 한순간도 걷히는 일 없이 고마키의 인생에 어두운 그림자를 드리우고 있다.

하지만 그것도 오늘까지다.

"이봐."

고마키는 숨을 내뱉으며 말했다.

"재고할 마음은 없어?"

"없어."

요시다는 마침내 몸을 돌려 이쪽을 보았다. 입가에는 비웃음마저 걸려 있다.

"이미 팔기로 정했어. 외부에 파는 게 더 돈이 돼."

"피크타일은 내 프로젝트야. 내가 기획하고 개발했어. 끈기 있게 기다리면 유저 수도 더 늘 거고 이익도 낼 수 있다고. 그걸 그렇게 쉽게……."

"네 프로젝트가 아니야. 내 회사의 프로젝트지."

"네 멋대로 할 수 있다고 생각해?"

"모두 찬성했어. 다음 주 회의에서 정식으로 결정될 거야."

"그렇다면 적어도 내 이름을……."

"네 이름?"

요시다는 우습다는 듯 안경 안쪽에 있는 눈동자를 번뜩였다.

"벌써 내 이름으로 대대적으로 홍보했어. 너처럼 누군지도 모르는 엔지니어 이름을 갖다 붙이면 누가 거들떠보겠냐. 새 시대를 열 천재 프로그래머 요시다 나오마사가 기획한 새로운 서비스. 그러니까 다들 관심 보이면서 떠드는 거고 통째로 사고 싶다는 기업도 나오는 거야."

태연히 스스로 천재라 칭하는 모습에서 요시다라는 사내의 성격이 짙게 드러났다. 고마키가 어안이 벙벙해지거나 말거나 요시다는 수다스레 지껄이며 냉장고에서 뭔가 꺼냈다. 노란 라벨이 눈에 띄는 탄산음료 페트병이었다. 한 손에 들고 주방에서 나오더니 고마키에게 내밀었다.

"자, 이거라도 마시고 좀 진정해라."

고마키는 멍하니 페트병을 받아 들었다.

"넌…… 그런 식으로 항상 네 잇속만 챙기지."

"잊었나 본데 회사를 여기까지 키운 건 나야. 넌 코드 작성밖에 할 줄 모르잖아. 지금껏 내 판단이 틀린 적이 있었냐? 넌 내 말대로 순순히 따르면 돼."

요시다는 주방으로 돌아가려 했다. 그 뒷모습을 향해 고마키가 결의를 던졌다.

"계속 이런 식으로 할 거라면 난 다른 데로 가겠어."

"네가 이직을?" 요시다는 유쾌하다는 듯 웃었다. "꿈도 크네. 남들이랑 커뮤니케이션도 제대로 못 하는 음침한 녀석을 받아줄 회사가 있겠냐?"

고마키는 페트병을 거실 테이블에 내려놓았다. 청소를 안 했는지 요시다의 회사 책상처럼 먼지가 쌓여 있었다. 제 주변 정리도 못 하는 녀석에게 커뮤니케이션이 어쩌고 하는 소리를 듣고 싶지는 않다. 고마키는 분노를 꾹 참으며 주머니에서 꺼내 든 휴대전화로 시간을 확인했다.

19시 58분.

여기까지다.

모든 인내는 오늘 이 순간까지다.

발치에 내려둔 배낭에서 재빨리 그것을 꺼낸다.

상흔이 남지 않도록 무거운 렌치에 얇은 우레탄 시트를 감았다.

"요시다."

"응?"

주방으로 들어가려던 요시다가 돌아보았다.

고마키는 높이 치켜든 흉기에 힘을 실어 내리쳤다.

그 순간 어떤 소리가 울려 퍼졌는지는 알 수 없었다.

그저 자신의 혈류만이 귓속에서 꽹꽹히 울리는 것을 느꼈을 뿐.

비명이 있었는지조차 모르겠다.

정신을 차리고 보니 요시다는 그 자리에 무릎을 꿇고 있었다.

한 손으로 자신의 얼굴을 감쌌고, 검은 테 안경은 심하게 뒤틀려 있다.

고통으로 일그러진 채 경악의 빛으로 가득 찬 눈동자가 고마키를 올려다보고 있었다.

그러나 말은 없다.

요시다는 그대로 고꾸라졌다.

죽었나?

아니면…….

흥분으로 숨이 가빠졌다. 고마키는 일단 호흡을 가라앉혔다. 그러고는 배낭에 흉기를 쑤셔 넣었다. 배낭 바깥 주머니에서 비닐장갑을 꺼내 착용한다. 시간은 별로 없다. 요시다의 몸을 뒤집어 천장을 보게 한 뒤 호흡을 확인했다.

아직 숨이 붙어 있다.

계획대로다.

드라마와 현실은 다르니 그리 쉽게 죽지 않을 것이라 낙관하긴 했는데, 어쨌거나 운이 좋다. 허무하게 죽어버렸다면 그다지 효과적이지 않은 다른 플랜을 실행했어야 할지도 모른다.

우선 기절한 요시다의 안경을 벗겨 거실에 있는 낮은 테이블에 올려두었다. 그리고 배낭에서 비닐봉지를 꺼내 질식하지 않도록 코는 드러낸 채 요시다의 머리에 씌웠다. 언뜻 봤을 때는 이마의 출혈량이 적었지만 혹시라도 피가 바닥에 떨어지는 일을 막기 위한 조치였다. 그러고 나서 요시다의 몸을 겨우겨우 안아 들어 욕실까지 끌고 갔다.

예상대로 상당한 노력이 필요했다. 요시다는 날씬한 편이지만 평소 거실에 있는 재활치료용 워킹 머신으로 근육을 단련했고, 고마키는 책상에 앉아 일만 하느라 운동 부족이었기 때문이다. 수차례 호흡을 가다듬으며 간신히 끌었다. 도중에 요시다가 의식을 되찾는 불운한 사고와 맞닥뜨리지는 않았다. 아무래도 오늘 자신에게는 운이 따르는 모양이다. 여태까지 지독히도 불운한 인생이었으니, 지금만큼은 하늘이 편을 들어줘도 좋을 터였다.

욕실 앞 탈의 공간에서 요시다의 옷을 벗겼다. 이 또한 번거로운 작업이긴 했지만 어찌저찌 끝낼 수 있었다. 셔츠와 양말과 속옷을 세탁기에 던져 넣고 청바지를 개어 바구니에 넣었다. 알몸이 된 요시다의 머리에서 비닐봉지를 거칠게 벗긴 뒤 다시 안아 올린다. 욕실로 끌고 들어간 다음 욕조 가장자리에 상처 난 이마를 갖다대 핏

자국을 만들었다. 그러고는 텅 빈 욕조 안으로 상반신을 엎드리게 했다. 엉덩이가 바깥을 향하고 있는, 한심하기 짝이 없는 자세였다.

이 남자의 말로에 잘 어울리는 꼬락서니다.

시체를 누가 발견할지는 모르겠지만 그 장면을 상상하자 고마키의 입가에 자연스레 미소가 떠올랐다.

급탕기 버튼을 눌러 따듯한 물을 받기 시작했다. 미리 이 욕조의 모델명을 검색해 인터넷으로 설명서를 확인해두었다. 이내 구동음이 울려 퍼지며 온수가 나오기 시작했다. 물은 순식간에 요시다의 코와 입을 틀어막았다. 도중에 눈을 뜰 때를 대비해 고마키는 한동안 요시다의 몸을 누른 채 상황을 지켜보았다. 하지만 마지막까지 그런 일은 없었다.

움직임이 없는 요시다의 몸을 보고 익사를 확인했다.

고마키는 욕실에서 나와 문을 닫았다. 그리고 요시다의 휴대전화를 찾았다. 청바지 주머니에는 없었다. 거실로 가 보니 낮은 테이블 위, 안경집이며 안경닦이가 놓인 곳 가까이에 있었다. 고마키는 휴대전화와 요시다의 안경을 집어 들고 탈의 공간으로 돌아갔다. 목욕 수건을 개어 세탁기에 놓고 그 위에 안경과 휴대전화를 올려두었다.

거실로 돌아와 최종 확인을 한다. 일단계에 해당하는 중요한 작업을 끝내 조금은 마음에 여유가 생겼다. 그래서인지 자신의 오감이 지금까지 차단하고 있던 것을 알아챘다.

지독한 악취였다.

주방 쪽에서 그 악취와 함께 보글보글 끓어오르는 소리가 울려 퍼지고 있었다. 요시다가 탕약이라고 말한 그 냄비에 가스 불이 켜져 있는 상태였다. 순간 간담이 서늘해졌지만 지금이라도 알아채 다행이었다. 고마키는 주방으로 가 불을 껐다. 질냄비는 칙칙하고 시커먼 액체로 가득했다. 코를 찌르는 악취에 구역질이 날 것 같았다. 이런 걸 마시려 하는 인간의 심리를 알 수가 없다.

탄산음료 페트병에 묻은 지문도 잊지 않고 닦았다. 실수로 받아 버렸지만 윗부분만 잡았으니 닦을 면적은 최소한으로 줄였다. 다 닦아버리면 요시다의 지문까지도 남지 않게 된다. 이렇게 하면 어딘가에는 그의 지문이 남아 있을 것이다. 가지고 갈까 생각도 했지만 가능한 한 현장을 건드리지 않는 편이 좋으리라. 고마키는 페트병을 냉장고에 넣었다.

초여름이기도 해서 땀이 이마를 타고 흘러내렸다. 고마키는 미리 준비한 수건으로 조심스레 땀을 훔쳤다. 친구로서 두 달 전에 이곳을 방문한 적이 있으니 모발 같은 게 떨어져 있어도 부자연스럽지 않다. 하지만 DNA 등의 흔적은 가급적 남기지 않는 편이 좋다.

자, 여기까지 뭔가 놓친 건 없나?

계획은 완벽할 터였다.

테스트 코드를 작성하듯 늘어놓은, 머릿속 체크 항목을 확인했다. 고마키는 하나씩 되짚으며 모든 항목에 성공을 표시하는 초록불을 켰다.

　괜찮다. 지금까지는 완벽하다.

　마지막으로 고마키는 욕실을 들여다보았다.

　요시다는 아까 봤을 때와 마찬가지로 욕조에 상반신을 처박은 채 쓰러져 있었다.

　따뜻한 물은 욕조의 반 정도까지 찼다.

　완전히, 죽었다.

　"요시다."

　고마키가 말했다.

　이 말을 고하는 데 고양감마저 느끼며.

　"오늘부터 난 자유야."

※

　고마키는 책상 의자에 앉아 한동안 성취감에 심취해 있었다.

　이렇게 모든 것이 끝났다.

　괜찮다.

　요시다만 없으면 앞으로의 인생은 분명 잘 풀릴 것이다.

　이제 남은 건 경찰의 눈을 속이는 일뿐…….

　그때 스마트폰의 메신저 애플리케이션으로 전화가 걸려 왔다.

고마키는 무심결에 움찔거렸다가 화면에 뜬 이름을 보고 정신을 다잡았다.

호흡을 가다듬고 앉은 자세를 고친 뒤 전화를 받는다.

"고마키입니다."

"아, 고마키 씨. 아아, 받아줘서 다행이에요."

스고였다. 목소리를 듣자 하니 몹시 당황한 듯했다.

"무슨 일이야?"

"아니 그게, 이쪽에 경고가 엄청 떴어요. 아직 원인은 모르겠는데 서버 쪽에서 애플리케이션이 다운됐어요. 리셋 했는데도 바로 다시 다운돼버리네요."

"하필 이럴 때……."

"이럴 때요?"

스고가 되물었다. 고마키는 웃었다.

"아, 혼잣말이야. 벌써 늦은 시간이고, 왜 하필 다들 퇴근했을 때 이런 일이 생겼나 싶어서."

"고마키 씨도 퇴근하셨군요?"

"아니, 아직 회사야."

고마키는 그렇게 말하며 스마트폰을 스피커 모드로 바꾼 뒤 책상을 향해 돌아앉았다.

"저도 복귀하는 게 좋을까요?"

"아냐. 스고 씨는 인프라 담당이라서 이럴 때를 대비해 집에서도 서버에 접속할 수 있게 돼 있잖아. 먼저 에러 원인 좀 알아봐줄래? 나는 회사에서 리포지토리 살펴보고, 일단은 테스트 돌려볼게. 음, 어떤 에러인지 파악했어?"

"스택트레이스가 슬랙에 떴으니까 확인해주시겠어요? 으아, 자기 전이라 다행이에요. 잠든 사이에 터졌다고 생각하면 섬뜩하다니까요. 유저 수도 착실히 잘 늘고 있었는데."

"그렇군. 이 에러로 서버가 다운된 걸 보니 액세스 부하는 아닌 것 같네. 바로 복구돼야 할 텐데."

"왜 갑자기 이런 에러가 생겼을까요?"

"지난주 업데이트에 원인이 있을 것 같은데……. 신기능 추가하면서 외부 라이브러리 버전 몇 가지를 올려버렸잖아. 그게 엉켰을지도……."

대화를 나누며, 고마키는 검은 책상 위에 있는 키보드를 옆으로 치웠다. 배낭에서 슬리브에 넣어둔 노트북을 꺼낸다. 스고가 원인을 찾으려고 끙끙대는 소리가 들려왔다. 그 소리를 들으며, 키보드가 있던 공간에 노트북을 놓았다.

책상은 너저분했다. 크기 자체는 크지만 왼쪽에 서류 같은 것들이 산적해 공간을 압박하고 있었다. 전기세나 통신비 명세서, 커다란 봉투 등 잡다한 것들도 빽빽이 쌓여 차양처럼 책상 표면을 덮었다. 고마키는 그곳을 정리하고픈 유혹에 휩싸였다.

책상에 노트북을 펴고 위치를 조정했다. 디스플레이 위쪽에 노트북과 연결한 웹카메라를 설치한다. 마땅히 고정할 장치가 없어 셀로판테이프를 사용했다. 노트북의 표준 카메라와 달리 화각을 어느 정도 조절할 수 있고 무선이라 조작이 수월하다.

와이파이가 연결되기를 기다렸다가 노트북을 조작했다.

"이건⋯⋯." 고마키는 화면에 표시된 에디터의 소스 코드를 확인한 뒤 신음했다. "CSRF가 통하게 돼 있었나 보네. 생각지 못한 공격이 들어와서 거기부터 줄줄이⋯⋯. 그런데 왜지? 음, 원인을 확실히 알아내려면 시간 좀 걸릴 것 같으니까 메인터넌스 공지 띄워줄래요? 그리고, 저, 스고 씨, 괜찮으면 영상통화로 해도 될까?"

"네?"

"시간이 오래 걸릴 것 같아서⋯⋯. 사실 지금 꽤 졸리거든." 고마키는 웃었다. "누가 지켜봐주지 않으면 잠들어버릴 것 같아."

"아아." 스고는 웃었다. "그러시죠. 나눠서 얼른 해치워버려요."

"분담할 파일을 분류해서 지시할게. 수정 끝나면 나중에 풀 리퀘스트 해줄래? 끝나면 한꺼번에 머지merge 할 테니까."

고마키는 노트북으로 메신저 애플리케이션을 켰다. 영상통화 모드로 바꾼 뒤 스고를 호출한다. 화면 한복판에 졸음 가득한 스고의 얼굴이 나타났다.

"늦게까지 고생 많으십니다."

스고가 화면 너머에서 말했다.

그러더니 화면 밖 회사 상황을 살피듯 물었다.

"그쪽에는 고마키 씨 혼자 남아 계세요?"

고마키는 뒤를 돌아보며 말했다.

"아, 응. 다들 퇴근했어. 나밖에 없네."

"이야, 마침 고마키 씨가 계셔서 다행이네요. 코드 수정은 사내에서만 할 수 있으니까요. 아무도 없었으면 회사로 돌아갈 뻔했어요."

고마키는 고개를 끄덕였다.

"그러게 말이야. 이 작업은 회사 밖에서는 불가능하지."

⬦

주식회사 젬레일스의 대표이사 겸 사장, 요시다 나오마사의 죽음은 업계에서 뉴스로 떠올랐다.

작은 IT 벤처기업이지만 선진적인 웹서비스 운영과 고품질 애플리케이션 개발 의뢰 등으로 크게 주목받고 있었고, SNS상에서 요시다 나오마사의 인기도 상당했다. 그렇기에 향후 젬레일스의 행보에 불안감을 드러내는 목소리가 사내외를 불문하고 여기저기에서 들려왔다.

확실히 혼란은 크다. 하지만 고마키는 금방 가라앉을 것이라 예측했다. 요시다 말대로 회사는 그가 이끌어왔을지도 모른다. 하지만 요시다의 재능은 경영에 편중돼 있었고 시스템 엔지니어로서의 능력은 제로에 가까웠다. 최근 수년간은 코드다운 코드를 짜본 적조차 없을 테지만 그 사실을 아는 건 직원들뿐이었다. 그러나 젬레일스에는 고마키를 필두로 우수한 엔지니어가 많다. 경영 쪽도 부사장인 오이누마가 있으면 불안해할 것 없다. 오히려 실적은 지금까지보다 더 향상될 것이다. 그렇다. 고마키가 개발한 피크타일이 언젠가 성공을 거둔다면…….

범행 다음 날, 요시다의 시체가 발견된 당일에는 경찰이 다녀가느라 어수선했지만 일회성에 그친 모양이었다. 경찰이 고마키를 탐문한 횟수는 딱 한 번이었다. 장소는 젬레일스의 소회의실이었다. 담당 형사는 이와치도라는 허풍스러운 이름의 경부보였고, 형식적인 절차라며 고마키에게 이렇게 물었다.

"어젯밤 19시부터 21시까지 어디에 계셨습니까?"

"이거……."

고마키는 미리 준비한 대사를 어색해 보이지 않도록 주의하며 입에 올렸다.

"혹시 알리바이를 조사하시는 건가요? 잠시만요. 요시다는 살해당한 겁니까?"

"아뇨, 검시관 의견에 따르면 사고입니다." 이와치도는 근엄한 생김새와 어울리지 않는 쾌활한 미소를 지으며 설명해주었다. "욕조에 들어갈 때 미끄러져서 넘어졌는데 운 나쁘게 머리를 가장자리에 부딪혔다지 뭡니까. 요시다 씨 평소에 다리가 안 좋았죠? 그렇게 기절했는데 욕조 물에 빠져버린 겁니다. 하지만 사고인 경우에도 이럴 때는 만일을 위해 관계자 전원에게 확인을 해두긴 합니다. 보고서에 확실히 정리해야 하거든요."

"음, 19시부터 21시 말씀이시죠? 그 시간대라면 회사에 있었습니다."

고마키는 기억을 더듬는 척하며 대답했다.

"그걸 증명할 수 있는 사람이 있습니까?"

"회사에는 아무도 없었는데……. 아, 시스템 엔지니어인 스고 씨에게 물어봐주세요. 20시쯤부터 쭉 스고 씨와 영상통화를 했거든요. 아, 그리고 19시쯤에는 옆에 있는 편의점에도 들렀으니 CCTV에 찍혀 있지 않을까요. 그 후에 20시부터 23시까지, 여기에서 계속 스고 씨와 영상통화를 하며 작업했습니다. 스고 씨와 통화를 끝낸 후에도 아마 자정 넘어서까지는 회사에 남아 있었을 거예요."

"그렇군요. 여기에서 요시다 씨 자택까지는 편도 한 시간쯤 걸리니 사고가 아니라 해도 알리바이는 성립되네요."

좀 더 자세히 설명해달라고 할 줄 알았는데, 경찰이 무언가 물은 것은 그때뿐이었다. 고마키는 그 사실에 안도하면서도 맥이 빠졌다. 고마키의 알리바이는 철벽이다. 같은 시간대, 고마키는 **회사 밖에서라면 절대로 할 수 없는 작업**을 하고 있었으니까. 기록도 남아 있고 다른 엔지니어들도 증명해줄 것이다. 어쩌면 이렇게까지 철저히 준비할 필요는 없었을지도 모른다.

사건은 사고로 처리되는 듯했고 순식간에 며칠이 흘러 경찰이
모습을 드러내는 일도 없어졌다.

✳

예상과 달리 제대로 잠들지 못하는 날이 이어졌다.

범행이 발각될지도 모른다는 공포, 살인을 저질렀다는 죄책감이
고마키의 일상을 서서히 갉아먹었다.

고마키와 요시다 나오마사의 인연은 초등학교 시절까지 거슬러
올라간다. 소년 시절의 요시다를 한마디로 표현하면 같은 학년의
골목대장이었다. 당시 요시다는 고마키와 정반대로 키가 훤칠하고
쾌활했다. 교사들도 감당하지 못할 만큼 난폭한 면이 있었지만 용
모가 단정해서인지 인기가 많아 주변에 항상 아이들이 바글거렸다.
요시다에게 고마키는 그 아이들 중 한 명이었을 것이다. 반면 고마
키에게 요시다는 질투의 대상이었다. 폭력적이고 거만한 태도로 아
무렇지 않게 남들에게 상처를 주는데도 어찌된 일인지 늘 아이들이
모여들었다. 고마키는 도저히 이해할 수 없었다. 그 생각은 최근까
지도 달라지지 않았다.

고마키와 요시다의 관계는 중학생 때 결정적인 변화를 맞았다.
문화제 준비를 하다가 고마키의 부주의로 인해 요시다가 다쳐버린

것이다. 그 일을 계기로 요시다는 다리에 핸디캡이 생겼다. 보행에 지장은 없지만 걸을 때마다 통증을 느끼는 상태가 되고 만 것이다.

학교 측도 부모님들도 고마키에게 과실이 있다고 판단하지는 않았다. 하지만 고마키는 자신의 부주의가 그런 일을 초래했다는 부채 의식을 느꼈다. 요시다는 처음에는 개의치 않는 모습이었으나 차츰 뒤에서 고마키를 탓하게 되었다. 동급생 앞에서 모욕하고 졸개 부리듯 온갖 잔심부름을 시키기도 했는데, 책임을 느끼던 고마키는 거역하지 않았다. 원인이 고마키에게 있음을 다들 알아서인지 교실에서도 그를 나쁜 놈 취급하는 분위기였다. 그 이후로 고마키는 요시다의 충성스러운 심복으로 살아왔다.

물론 요시다가 창업할 때도 고마키는 제안을 거절할 수 없었다.

고마키는 뛰어난 프로젝트를 다수 만들어냈고 회사는 눈부시게 성장했지만 모든 성과는 요시다의 공으로 돌아갔다. 쉽게 말하면 고마키는 고스트라이터로 지내기를 강요받은 셈이다. 폭언과 모욕에 시달리는데 성과는 죄다 요시다가 차지하는 나날이 당연하다는 듯이 계속됐다. 고마키에게 볕이 드는 날은 없었고, 요시다는 천재 프로그래머로서 연일 각광을 받았다.

마냥 참을 수 있을 리 없었다.

요시다를 죽인 사실을 후회하지는 않을 터였다. 욕조에 상반신을 처박은 요시다의 말로를 봤을 때는 통쾌함마저 솟구쳤다. 그런데도, 그날 이후 아무리 몸을 혹사해도 잠들기까지 시간이 오래 걸렸다. 심할 때는 악몽을 꾸기도 했다. 그때의 광경이 재생되었다. 요시다의 머리를 내리칠 때의 감촉. 쏟아지는 물에 수몰되어가던 처량한 몰골. 그리고 증거 인멸을 위해 욕실을 들여다보면 그곳에 요시다는 없다……

뒤돌아보면 피투성이가 된 요시다가 아무 말 없이 고마키를 응시하고 있다.

고마키는 악몽에 깨어났다. 그런데 몸이 좀처럼 말을 듣지 않아 일어날 수가 없었다. 이러다 질식할 것 같다는 공포에 휩싸여 몸을 버둥거려봐도 팔다리가 꿈쩍도 하지 않았다. 침대 옆에서 누군가가 자신을 내려다보는 듯한 기분이 드는데 목이 움직이지 않았다. 그곳으로 시선을 돌릴 수가 없었다. 불가능한 일이다. 방 안에 누가 있을 리 없다. 공포를 간신히 떨쳐내고 소리 지르며 몸에 힘을 주어 벌떡 일어났다.

몸이 땀으로 흠뻑 젖어 있었다.

방의 조명은 켜져 있다. 휴대전화를 끌어당겨 확인하니 이제 막 20시가 지나고 있었다.

자신이 요시다를 죽인 시간……

말도 안 돼. 고마키는 희미하게 떠오르는 생각을 밀어냈다.

수면 부족을 빌미로 정시에 퇴근해 집으로 들어오자마자 침대에 쓰러졌다는 건 기억한다.

하지만 악몽 탓에 한 시간 정도밖에 잠들지 못한 듯했다.

이대로 아침까지 잤다면 얼마나 좋을까.

대로변에서 떨어진 건물이라 실내는 무척이나 고요했다. 차가 달리는 소리조차 들리지 않았다. 그 점이 마음에 들어 선택한 집인데 지금은 정적이 불길하게 느껴졌다. 귓가에 소리 하나 닿지 않는다는 건, 다시 생각하면 숨 막히는 일이다.

어떤 소리도 들려오지 않는다.

그럼에도 누군가가 있는 것 같았다.

고마키는 웃었다. 생각이 지나쳤다. 침대 밖으로 나와 사이드 테이블에 있던 페트병 탄산수로 목을 축였다. 냉장고에서 어제 꺼냈다가 방치한 탓에 미지근한 데다 탄산도 다 빠져 있었다. 뒤이어 확인을 하듯 실내를 살폈다. 방 하나짜리 작은 집이라 화장실이며 욕실을 대강 둘러보는 게 끝이다. 아무것도 없다. 아니, 애초에 뭐가 있단 말인가. 자신이 잠든 사이에 도둑이 들어와 숨어 있기라도 할까 봐?

바보 같다.

그 순간, 느닷없이 인터폰 소리가 울려 심장이 덜컥 내려앉았다.

이 시간에 누구지?

혹시 경찰일까?

숨죽인 채 모니터를 확인한다.

하지만 모니터 속에는 고마키의 예상을 뒤엎는 인물이 있었다.

젊은 여자였다.

물결치는 갈색 머리칼이 특징적이고 프레임이 커다란 안경을 끼고 있는데, 화질이 좋지 않은 모니터로도 또렷하게 알 수 있을 만큼 예뻤다. 쇄골이 보일 정도로 가슴께가 드러난 원피스에 세련된 자수 카디건을 걸쳤다. 저런 여자가 찾아온 이유를 도통 짐작할 수 없었다. 종교 같은 걸 권유하러 왔나.

여자는 한 번 더 인터폰을 울렸다.

"저, 밤늦게 죄송합니다. 옆집에 이사 온 사람인데요, 아무도 안 계시나요?"

여자는 어찌할 바를 모르는 표정이었다.

그러고 보니 어제 이사 업체의 트럭을 봤다. 그게 옆집이었구나.

젊은 여자가 일부러 인사하러 오는 일은 드물지도 모른다. 예의 바른 상대를 두고 집에 없는 척하는 것도 좋지 않다는 생각이 들어 문을 열고 응대하기로 했다.

"안녕하세요."

얼굴을 내비친 여자가 꾸벅 고개 숙여 인사를 했다.

모니터 너머가 아니라 직접 마주한 여자는 놀라우리만치 아름다웠다.

나이는 이십대 중반 정도일까. 혼혈일지도 모른다. 새하얀 피부에 또렷한 이목구비. 안경 너머의 커다란 갈색 눈망울은 애교 섞인 빛으로 반짝이며 이쪽을 똑바로 올려다보았다. 크고 빨간 안경테는 완벽한 용모를 차단하기는커녕 오히려 사랑스러움을 매력적으로 드러내는 악센트였다. 고마키는 숨이 멎을 것 같았다. 아이돌이나 아나운서 같은, 텔레비전 속에나 존재할 법한 인종이다. 그런 여자가 눈앞에 서 있다는 사실에 현실감을 잃을 지경이었다.

"저, 피곤하실 텐데 죄송합니다. 옆집에 이사 온 조즈카라고 해요."

여자가 큼지막한 눈동자로 고마키를 바라보았다.

고마키는 마주 보지 못하고 바로 얼굴을 돌렸다.

여자는 고마키가 무슨 말이라도 해주기를 기다리는 듯했다.

"으음." 고마키는 허둥대며 말했다. "아, 그, 안녕하세요."

갑작스러운 마음에 너무도 한심한 소리를 해버렸다.

옛날부터 이랬다. 낯선 사람과 이야기할 때는 어떻게 해봐도 주눅이 들어 말을 내뱉질 못했다. 상대가 여자인 경우에는 더 심했다. 요시다는 이 점을 물고 늘어지며 지독히도 놀려댔다. 지금도, 이 사람이 비웃을 것만 같다는 두려움에 얼굴이 화끈거렸다.

하지만 자신을 조즈카라고 소개한 여자는 부드럽게 웃으며 말했다.

"저기, 실례가 아니라면 성함을 여쭤봐도 될까요?"

"네? 아아, 네, 죄송합니다. 고마키입니다."

"고마키 씨."

여자는 이번에도 생글거렸다.

"앞으로 폐를 끼치게 될지도 모르겠지만 잘 부탁드립니다. 아, 물론 그, 큰 소리로 음악을 듣는 취미는 없고 게임 같은 것도 안 해요.

초대할 만한 친구도 없으니 조용할 텐데, 아, 음, 그래도, 영화를 자주 보는 편이니 혹시 시끄러우면 편하게 말씀해주세요."

"네."

"죄송해요. 도쿄에는 친한 친구가 별로 없어서요. 엄마가 만일을 대비해 이웃들과 사이좋게 지내는 게 좋다고⋯⋯. 아, 이거, 본가에서 딴 사과예요. 괜찮으시면 받아주세요."

조즈카는 그렇게 말하며 품에 안고 있던 갈색 종이봉투를 내밀었다. 너무 힘차게 내밀었기 때문일까. 종이봉투가 미끄러지더니 안에 든 사과가 떨어졌다.

"에구구."

조즈카는 쩔쩔 매며 쪼그려 앉더니 굴러가려는 사과를 주웠다. 그런데 손끝으로 찌르는 모양새가 되면서 사과는 더 멀리 굴러가버렸다. 어안이 벙벙해진 고마키는 허둥지둥하는 조즈카의 정수리를 내려다보았다. 이내 하얗고 얇은 원피스의 가슴 쪽으로 엿보이는, 홀쭉하게 튀어나온 쇄골에 시선이 꽂혔다. 사과의 것과는 다른 달콤한 향이 비강을 간질였다. 고마키는 황급히 눈길을 돌리고 같이 앉아 사과를 주웠다. 가능한 한 조즈카 쪽을 보지 않도록 조심하면서 주워 든 사과를 내밀었다. 조즈카는 사과를 받으며 말했다.

"죄, 죄송해요. 제가 워낙 덤벙대서."

"아닙니다."

뭐가 아닌지는 자신도 알 수 없었지만 고마키는 떨어져 있는 마지막 사과에 손을 뻗었다. 그것을 잡은 순간, 자신의 손가락과 하얀 손이 겹쳤다. 그 감촉이 전류처럼 고마키의 신체를 관통했다.

"앗, 죄송해요."

조즈카가 고마키의 손가락에 닿은 손을 황급히 거뒀다.

"아아, 아니, 아뇨."

고마키는 고개를 휙 돌리며 일어나 사과를 내밀었다.

필사적으로, 태연해 보이려고 애를 썼다.

"더러워졌을지도 모르니 새걸로 드릴게요."

"아, 아니, 괜찮아요. 뭘 그렇게까지. 씻어서 먹으면 돼요."

"괜찮으시겠어요?"

조즈카는 불안한 표정으로 고개를 갸웃거리며 렌즈 너머의 커다란 눈동자로 고마키를 바라보았다.

"네. 그게, 사과, 좋아하거든요. 감사히 받겠습니다."

"그러셨군요. 와, 다행이다."

꽃이 피어나는 듯한 미소란 이런 표정을 두고 하는 말일 것이다.

고마키는 그 미소를 똑바로 보지 못하고 고개를 돌린 채 뒷머리를 긁적였다.

"저기, 고마키 씨."

갑자기 조즈카의 음성에서 긴장감이 느껴져 놀랐다.

조즈카는 안경 위치를 조정하며 진지한 얼굴로 고마키의 등 뒤로 시선을 던졌다.

"저, 이상한 걸 여쭤서 죄송한데, 혹시 지금 가족이나 친구분이 계시나요?"

"네?"

고마키는 조즈카의 시선에 이끌리듯 뒤를 돌아보았다.

당연히 그곳에는 아무도 없다.

어째서 이런 질문을 하는 걸까.

"아뇨, 혼자 있습니다만."

"아, 그러셨군요."

조즈카는 어딘가 부끄럽다는 듯 웃었다.

"음, 그게, 목소리가 들린 것 같아서요. 텔레비전이 켜져 있나 보네요."

"아뇨, 텔레비전은 안 틀었어요. 다른 집 소리인가."

뭐지.

일순간 기묘한 두근거림이 고마키의 마음을 훑고 지나갔다.

하지만 그것은 금세 안개처럼 사라졌다.

눈앞에, 매력적인 미소가 있었기 때문이다.

"아아, 그럼 제가 착각했네요."

조즈카가 웃으며 말했다.

"늦은 시간에 실례가 많았습니다. 앞으로도 잘 부탁드려요."

그러고는 "편히 쉬세요" 하고 고개를 숙인 뒤 돌아갔다.

폭풍이 휩쓸고 지나간 듯한 상황에 고마키는 잠시 멍하게 현관에 서 있었다.

이내 옆집 현관문이 열렸다 닫히는 소리가 조용히 울렸다.

고마키는 현관문을 잠그고 거실로 들어왔다.

사과가 든 종이봉투를 테이블에 올려놓고, 아무 의미도 없이 그 자리에 꼼짝 않고 서 있었다.

조즈카.

그 성姓을 마음속으로 되새긴다. 덤벙대는, 조금 특이한 여자였다는 생각을 한다. 이름은 뭘까. 앞으로도 잘 부탁드려요. 마지막 말이 귓가에 되살아난다. 또 만날 수 있을까. 고마키는 조즈카의 하얗고 가느다란 손이 닿았던 자신의 손을 물끄러미 내려다보았다. 가슴이 두근거린다. 지금까지 인생에서 이런 일은 상상도 할 수 없었다. 그렇게 예쁜 사람과 이야기를 나눌 수 있다니.

심지어 옆집으로 이사를⋯⋯.

그 녀석을 죽이자마자 운이 따라주는 것 같다.

인생을 어둡게 뒤덮었던 구름이 마침내 걷히고 맑은 하늘이 드러나려 하는 것을 고마키는 여실히 실감하고 있었다.

✳

이름을 알 기회는 의외로 빨리 찾아왔다.

첫 만남 이틀 후의 일이었다.

고마키는 매일 아침 출근 전에 역 앞 카페에 들러 아침을 먹는다. 식사를 직접 준비하기는 귀찮기도 하고, 일반 기업에 비해 출근 시간이 자유로운 편이라 어느 정도는 시간 여유가 있었다. 그날도 평소처럼 구석 자리에서 모닝세트를 먹으며 커피를 마시고 있었다. 스마트폰으로 최신 기술 정보를 찾아보거나 컨트리뷰터로 참가중인 오픈소스의 동향을 살펴보는 것이 고마키의 일과였다.

"와, 고마키 씨!"

두둥실 날아드는 밝은 목소리에 고마키는 흠칫 놀라 고개를 들었다.

히스이가 트레이를 들고 옆에 서 있었다.

그렇다. 여자의 풀 네임은 조즈카 히스이였다. 산책 겸 외출했다가 아침식사를 할 수 있는 장소를 찾는 중이었다고 했다. 히스이가 먼저 합석을 제안했기에, 고마키는 동요하면서도 맞은편에 앉아 발랄하게 이야기하는 모습을 바라보았다.

히스이는 한창 구직중이라고 말했다. 작년에 상경해 고마키도 이름을 들은 적 있는 모 상사에 취직했지만 얼마 안 가 도산한 바람에 눈앞이 캄캄한 상황인 모양이었다. 출퇴근하기 좋은 곳에 집을 구했는데 집세를 내기가 어려워져 지금 집으로 이사 왔다고 했다. 본가로 돌아갈까 고심했으나 동경하던 도쿄에서 조금 더 버텨보고 싶다고 말하며 커다란 눈망울을 반짝였다.

고마키는 처음부터 천진스레 자기 상황을 털어놓는 히스이에게
압도돼버렸다. 젊은 여성이 어떤 식으로 거리를 좁히는지 고마키는
잘 모른다. 히스이는 고마키를 뚫어져라 보며 열성적으로 이야기를
해주었다. 지금까지 여자가 이렇게 바라봐준 경험이 없다 보니 달
아오르는 뺨을 숨기느라 힘들었다. 자신의 수수한 용모 덕분인지도
몰랐다. 요시다는 고마키가 따분하고 아둔하다며 비웃었지만, 이래
봬도 나름대로 몸차림에는 신경을 쓰는 편이었다. 히스이도 직장을
잃어 마음이 불안할 터였다. 단순히 이웃 간 교제의 일환일 수도 있
지만, 앞으로 더욱 가까워질 찬스를 손에 넣게 될지도 모른다.

"고마키 씨는 여기 자주 오세요?"

"아, 출근 전에 아침식사를 하러 매일 와요. 요리를 잘 못해서요."

"우아. 그럼 또 같이 먹어도 될까요?"

히스이는 양손을 모으며 고개를 살짝 갸웃거렸다.

"아, 네, 그럼요."

역시 요시다를 죽이고부터 운이 따르기 시작했다.

이럴 줄 알았으면 더 빨리 죽일 걸 그랬다.

그날 이후로 아무리 잠자리가 뒤숭숭해도 아침에는 상쾌한 기분
으로 눈을 뜰 수 있게 됐다. 평소보다 삼십 분은 일찍 일어나 정성
스레 면도를 하고 꼼꼼히 양치질을 했다. 몇 개월도 더 전에 미용실
에서 사놓고 거의 써본 적 없던 왁스로 머리칼을 정돈하고, 거울 앞
에서 우왕좌왕하다가 요시다를 보고 따라 산 비싼 셔츠를 입고 집

을 나선다.

언제나 고마키가 카페에 먼저 도착했고 히스이는 조금 늦게 나타났다. 매일 아침, 이십 분도 되지 않는 시간이지만 히스이와 함께 하는 식사는 더없이 행복했다. 고마키는 "안녕하세요" 하고 인사를 건네주는 히스이를 벅찬 마음으로 바라보았다.

꾸미는 데 신경을 쓰는 편인지 날마다 바뀌는 히스이의 패션을 보는 것도 즐거움 중 하나였다. 어떤 날은 안경을 쓰고 어떤 날은 안 썼는데, 쓰지 않았을 때 아름다움이 훨씬 돋보여서 얼굴을 제대로 보지도 못할 정도였다. 패션에는 문외한이라 잘은 모르지만, 모델 일을 한다 해도 수긍할 만큼 서 있는 모습이 화사해서 이목을 집중시켰다. 한 테이블에 앉아 있으면 주위 시선이 이쪽으로 모이는 게 느껴졌다. 그것은 이제까지 여성과 변변찮은 교제 한 번 해본 적 없는 고마키에게 큰 우월감을 주었다.

히스이는 아침식사를 마치면 도서관에서 자격증 공부를 한다고 했다. 그 전까지 잠깐 동안, 매일같이 함께 아침을 먹고, 다정히 웃는 히스이의 이야기를 듣고, 잘 다녀오라며 배웅을 받는, 행복한 나날이 이어졌다.

너처럼 재미없는 놈은 평생 여자도 못 만날 거다.

요시다가 수없이 내뱉은 말이 뇌리를 스쳤다. 업무적으로 여성을 알게 될 기회는 다소 있었지만 고마키가 남몰래 멋지다고 생각한 상대는 죄다 요시다가 가로챘다. 타고난 외모와 화술 덕에 여자를 쥐락펴락하는 데 익숙한 인간이었다. 하지만 이제 요시다를 의식하지 않아도 된다. 녀석은 없다. 자신의 재능과 기회를 착취하는 악마는 죽었다. 이 아리따운 사람까지 빼앗길 위험은 없다. 심지어 요시다도 이렇게나 사랑스러운 사람과 사귄 경험은 없었을 테다.

하지만⋯⋯. 고마키는 생각했다.

자신은 여자를 즐겁게 해주는 데 재주가 없는 사람임은 틀림없다. 히스이는 대화를 좋아하는 성격이라 예전 직장에서 느낀 불만이나 푸념, 시골에 계시는 부모님이 압박한다는 이야기마저 재미있게 건네 고마키를 즐겁게 해주는데, 정작 그는 여자가 좋아할 만한 화젯거리를 몰랐다. 히스이는 사소한 것에도 호기심을 보이며 물었다. "어제 저녁은 뭐 드셨어요?" "어제는 늦게까지 일하셨나요?" 매번 판에 박힌 대답밖에 할 수 없었지만 히스이는 즐거운 듯 웃으며 대화를 이끌어주었다.

언제나 그렇게 다채로운 기쁨을 선사해주건만, 언젠가 히스이가 지루해하면 어쩌나 하는 불안이 고마키를 엄습했다. 여자와 어떤 식으로 대화를 해야 하는지 모르겠다. 이것도 다 여자와 만날 기회를 송두리째 가로채고 있던 그 악마 탓이다.

어떻게 하면 좋을까. 머잖아 화젯거리가 떨어지고 어색한 침묵이 찾아들면 이 행복한 시간은 끝날지도 모른다. 그렇게 되지 않더라도 히스이가 본격적으로 구직 활동을 시작하거나 일을 하게 되면 만나기는 어려워질 것이다. 설령 옆집에 산다 해도 뭔가 확실한 계기가 없다면 소원해지겠지.

"고마키 씨?"

이게 몇 번째 아침식사일까.

히스이는 어젯밤 동영상 스트리밍 서비스로 봤다는 고전 영화 이야기를 하고 있었다. 하지만 고마키는 영화 감상에 별 취미가 없어서 영화관에 가는 일도 일 년에 한 번 있을까 말까였다. 재치 있는 답변을 못 하고 애매하게 대답해버려서일지도 모른다. 히스이가 고개를 갸우뚱하며 불안한 듯한 표정으로 이쪽을 보고 있었다.

"저어……." 히스이가 눈꼬리를 내린 채 입을 열었다. "죄송해요. 별로 재미없었나요?"

"아, 아뇨, 그렇지 않아요. 으음."

고마키는 뒤통수를 매만지며 필사적으로 할 말을 찾았다.

"그게…… 음, 즐거울 것 같네요. 조즈카 씨는 영화관에 자주 가세요? 음, 그, 남자친구랑, 같이 간다든가."

이 질문을 덧붙인 건 멍청한 선택이었을지도 모른다.

하지만 고마키는 불안감을 가능한 한 불식시켜두고 싶었다.

"남자친구……."

히스이는 신기한 소리를 듣기라도 한 것처럼 어리둥절한 표정으로 눈을 깜박였다.

그러고는 마침내 깨달았다는 듯 고개를 떨어뜨리며 말했다.

"그게, 저…… 뭐랄까, 남자를 오래 만나본 적이 없어요."

"그렇게는 안 보이는데요."

히스이를 밀어내는 남자가 있다는 뜻인가.

믿을 수가 없다는 마음으로 고마키는 히스이를 보았다.

"……제가 남들과는 좀 달라서요."

그건 그럴지도 모른다는 말을 고마키는 꾹 삼켰다.

이렇게 순수하고 천진난만한 여성은 드물 것이다. 덜렁대는 면도 있지만 그 또한 히스이의 매력 중 하나였다. 요시다 같은 나쁜 남자에게 걸려들지는 않을지 불안해졌다.

"다르다는 게 무슨 뜻이죠?"

"음, 웃지 않고 들어주실 수 있는지……."

"안 웃을게요."

"실은…… 영감靈感…… 같은 게 있어요."

"영감요?"

"네. 옛날부터 그런 걸 너무 강하게 느껴서……. 이걸 알면 다들 기분 나빠하더라고요."

고마키는 어떻게 반응해야 할지 몰라 굳어버렸다.

그런 유의 이야기를 전혀 안 믿지는 않지만, 과연 사실일까.

"불쾌하시죠……?"

조금 전까지 밝던 모습은 온데간데없이 히스이는 쓸쓸한 듯 어깨를 축 늘어뜨렸다.

그것 때문에 지금껏 어지간히 마음고생을 했을지도 모른다.

"아뇨, 그럴 리가요."

"그렇다면 다행인데……."

그러더니 히스이는 머뭇거리는 표정을 지었다.

의아한 마음에 바라보자 히스이는 결심했다는 듯 테이블 쪽으로 몸을 내밀었다. 달콤한 향기가 가까워지자 고마키는 몸이 살짝 굳었다.

"저, 고마키 씨……. 최근에 가족이나 친구를 잃지 않으셨나요?"

"네?"

뜻밖의 물음에 커피잔을 들어 올리던 손이 어중간하게 멈추고 말았다.

마음이 동요하니 시선도 흔들린다. 히스이를 똑바로 보지 못했으니 동요했다는 것을 몰랐을 수도 있지만.

히스이가 단단히 마음먹었다는 듯 입을 열었다.

"사실, 처음 고마키 씨한테 인사드리러 집에 갔을 때 봤어요. 고마키 씨 뒤에서 한 남자가 뭔가 할 말이 있어 보이는 표정으로 서 있는 모습을……."

이게 무슨 말인가.

고마키의 가슴속에서 잔물결이 일었다.

그때의 기억이 되살아난다.

현관에서 히스이는 뭔가 의외의 것이라도 봤다는 눈빛으로 고마키의 등 뒤를 보고 있었다.

그리고 가족이나 친구가 와 있는지 물었는데…….

"죄송해요. 섬뜩하시죠. 손을 떨고 계세요."

그 말을 듣고서야 커피가 찰랑거리고 있다는 걸 알아챘다. 고마키는 다급히 잔을 컵받침에 내려놓았다. 내려놓으면서도 자신의 손가락이 미세하게 떨리는 게 느껴졌다.

"괜찮습니다……. 그 남자, 어떤 사람이었죠?"

고마키는 얼떨결에 물어보았다.

"안경을 쓴 남자가 노란 라벨이 붙은 페트병을 들고 있었어요. 뭔가 의미가 있을지도 몰라요."

페트병?

어째서 그런 걸?

아니, 고마키가 쓰러뜨리기 전에 요시다는 분명히 탄산음료 페트병을 들고 있었다.

요시다가 죽기 직전의 모습…….

설마…….

아무도 모르는 사실이다.

오한이 등줄기를 타고 흐른다.

그와 동시에 늦은 밤 수없이 고마키를 괴롭히던 악몽의 장면이 뇌리를 스쳤다.

진짜 영능력자…….

"그 남자, 고마키 씨에게 뭔가 말하고 싶어하는 것 같았어요. 하지만 그게 뭔지는 모르겠더라고요……."

"으음, 남자였단 말이죠?"

"혹시 짚이는 구석은 없으세요?"

히스이의 커다란 눈동자가 고마키의 눈을 똑바로 본다.

온몸에서 불길한 땀이 스며 나왔다.

어떡하지.

뭐라고 대답해야 할까.

시치미를 뗄 수도 있겠지만…….

히스이는 고마키를 살피듯 보고 있었다. 그 눈빛에는 자신이 거절당하는 건 아닐까 하는 두려움이 섞여 있다. 적어도 고마키 눈에는 그렇게 보였다.

"실은…… 네. 지난달에 친구가 사고로 죽었어요."

한숨을 내쉬며, 고마키는 가까스로 그 말만 내뱉었다.

그렇게 대답한다고 해서 무슨 지장이 있지는 않을 것이다.

설마 자신이 죽였다는 사실까지 알 수 있을 리 없다.

"그렇군요." 이해가 된다는 듯 히스이가 고개를 끄덕였다. "그분 성함은?"

"요시다입니다. 요시다 나오마사. 제가 근무하는 회사의 사장이었어요."

"사장님이셨어요?"

"네. 저랑은 오래 알고 지낸 친구 사이입니다만. 경찰 말로는 욕실에서 넘어지면서 머리를 부딪혔다더군요. 그대로 상반신이 욕조에 빠져서 익사해버린 것 같아요."

"그랬군요……."

히스이는 눈을 내리깔았다.

그러고는 고개를 들어 고마키에게 말했다.

"저기, 어쩌면, 단순한 사고가 아닐지도 몰라요."

순간 모든 소리가 자신에게서 멀어지는 것만 같았다.

이른 아침 카페의 웅성거림이 홀연히 증발한 듯한 착각.

사고가 아니라고?

"설마."

고마키는 애써 웃었다.

자신의 표정이 어색하다는 걸 자각하고 말았다.

히스이는 눈치채지 못했는지 말을 이어갔다.

"지금도 보인다는 건 아닌데, 그때 요시다 씨의 표정은…… 그, 평온한 분위기는 아니었어요. 어쩌면 고마키 씨에게 뭔가 하고픈 말이 있는 게 아닐까요."

"하고픈 말이라니 어떤 말이요?"

고마키는 히스이의 진지한 눈빛에서 당장 도망치고 싶은 마음뿐이었다.

하지만 이 마당에 시선을 피할 수는 없다.

게다가…….

한낱 영감 따위에 겁을 먹어서야……

"요시다 씨는 누군가에게 살해당했을지도 몰라요."

고마키는 침을 꿀꺽 삼키고 히스이를 보았다.

"그러니까 그 범인을…… 고마키 씨가 찾아주길 바라는 건 아닐까요?"

순진무구한 눈빛을 보이며 튀어나온 히스이의 발언은 고마키에게 기묘한 안도감을 주었다.

그렇다. 설령 진짜로 영감이 있다 해도 눈앞에 있는 사람이 살인자라는 생각은 결코 하지 못할 것이다.

"저한테…… 말입니까?"

지도 모르게 경직된 미소를 보이고 말았다.

"글쎄요……. 살인이라니, 너무 깊게 생각하신 것 아닐까요."

"그럴지도 모르지만……."

고마키는 컵받침에 놓인 은제 티스푼을 집어 들어 남은 커피를 휘젓는다. 우유나 설탕을 넣은 건 아니라서 아무 의미도 없는 동작이지만 긴장을 숨기기 위한 수단이 필요했다. 손가락의 떨림을 들키고 싶지는 않다. 어차피 소녀처럼 천진난만하고 덜렁대는 히스이에게 그런 예리함이나 관찰력이 있을 리도 없지만.

"고마키 씨. 부탁이 있어요."

고개를 들자 히스이가 진지한 눈빛으로 호소하듯 고마키의 눈을 바라보고 있었다.

큼지막한 눈동자에 빨려 들어갈 것만 같았다.

"저, 이런 걸 그냥 내버려두지 못해요. 저만 할 수 있는 일이니까요. 그러니까…… 저와 함께 요시다 씨가 무슨 말을 하고 싶어하는 건지…… 같이 알아봐주시겠어요?"

요시다가 무슨 말을 하고 싶어하는지 같이 알아보자고?

요시다가 하고 싶어하는 말이야 뻔하다.

날 죽인 건 이 녀석이야.

보나마나 그렇게 말하고 싶으리라.

이대로라면 사고사로 처리돼버린다.

그래서 요시다는 억울함을 풀고자 영감이 있는 히스이에게 진상을 밝혀달라고 호소하려는 것이다.

죽어서까지 나를 방해하려 하다니…….

"아니, 잠시만요."

고마키는 웃으며, 티스푼을 잔에서 꺼내 컵받침에 내려놓았다.

"요시다는 명백하게 사고로 죽은 거예요. 경찰이 그렇게 판단했으니 틀림없겠죠. 그걸, 영감이 있다는 이유로……."

"그렇……죠……."

커다란 눈을 깜박이며 내리깐다.

히스이는 고개를 떨어뜨렸다.

얼굴을 숙이자 웨이브를 그리는 머리칼이 순간적으로 힘없이 너울거렸다.

"죄송해요. 제정신이 아니라고 생각하셨죠."

히스이는 앞으로 숙였던 몸을 일으켰다. 의자를 당기더니 등 뒤에 두었던 핸드백을 끌어당긴다.

"실례했습니다……. 저, 항상 진지하게 이야기를 들어주셔서 들떴나 봐요. 고마키 씨라면 제 말을 믿어주실 줄 알고……."

히스이는 자리에서 일어나 허리를 굽혔다.

"지금까지 감사했습니다."

그러고는 테이블에서 멀어지더니 카페 밖으로 나간다.

고마키는 그 모습을 멍하게 바라보고 있었다.

히스이를 배신해버렸다.

이제 만날 수 없다.

그런 예감이 들었다.

이 아름다운 여자를 갖고 싶다.

그 기회를 영원히 잃을 수는 없다.

요시다가 비웃는 얼굴이 떠올랐다가 사라진다.

돌아봤으면 좋겠다고, 강렬하게 생각했다.

얼마 만에 걷힌 구름인데.

행운을 놓치고 싶지는 않다.

망설임은 한순간이었다.

"조즈카 씨!"

인파 속으로 사라지려던 뒷모습을 향해 외쳤다.

히스이의 가녀린 어깨가 떨리듯 움찔거린다.

채 몸을 돌리기 전에, 고마키는 말하고 있었다.

"제가…… 제가 당신을 도우려면 뭘 하면 됩니까?"

전철을 타고 목적지까지 이동했다.

도중에 히스이는 고마키에게 자신의 능력 때문에 겪은 일들을 말해주었다. 어린 시절부터 영감 때문에 남들은 보지 못하는 걸 봤다고 했다. 하지만 무엇이 실제이고 무엇이 자기 눈에만 보이는 것인지는 아직도 구별이 어렵다고 한다. 그래서 그때도 가족이나 친구가 집에 있느냐고 고마키에게 물었다는 것이다. 항상 그런 질문을 반복한 탓에 주변에서도 히스이를 섬뜩하게 여겼다. 가족만이 이해해줬을 뿐 고향에서는 친구도 제대로 생기지 않은 것 같았다. 도쿄로 올라와 심기일전해보기로 했지만 역시나 완벽하게 숨기기는 어려워 외로웠다고 한다.

히스이는 이승을 떠도는 넋을 구하는 것이 자신의 사명일지도 모른다고 말했다. 지금껏 뭔가 호소하는 영혼의 원한을 풀어준 적이 여러 번 있는데, 이번에는 아무래도 요시다의 영혼이 고마키의 집에 눌러 앉았는지 옆집에 사는 히스이의 베갯머리에도 가끔씩 서 있다고 했다.

"꿈속에서 요시다 씨가 제 앞에 나타날 때면 항상 페트병을 들고 있어요. 분명 의미가 있는 것 같아요."

"의미, 라뇨?"

"예를 들어…… 요시다 씨의 죽음이 사고사가 아니라 살인이라는 걸 나타내는 증거……."

히스이는 생각에 잠긴 듯한 표정으로 그렇게 중얼거렸다.

살인이라는 걸 나타내는 증거?

혹은 범인을 나타내는 증거가 그 페트병에?

전철이 목적지에 도착할 때까지 고마키는 목이 조여드는 기분이었다.

요시다가 건넨 페트병. 그걸 만져버렸다.

하지만 자신의 지문은 전부 닦았을 터였다.

아니면, 미처 닦지 못한 지문이 있나?

예를 들어 뚜껑?

페트병 바닥?

그런 부분까지 꼼꼼하게 닦았던가?

두 사람은 요시다의 집으로 향하고 있었다. 현장을 실제로 보고 싶다고 히스이가 끈질기게 조른 결과였다. 경찰은 일찌감치 현장 감식을 끝냈다. 히스이는 요시다의 유족에게서 열쇠를 빌릴 수 있을지 알아봐달라고 부탁했지만 그 집은 회사 명의였다. 그래서 간

부인 고마키는 회사에서 열쇠를 가져올 수 있었다. 물론, 그건 좀 어렵다며 부탁을 거절할 수도 있었을 것이다. 하지만 이것은 동시에 기회이기도 했다. 만약 정말로 페트병에 살인과 관련된 단서가 남아 있다면 그 증거를 당당하게 없앨 수 있다.

18시를 조금 넘긴 시각. 고마키는 히스이를 안내해 건물로 들어섰다. 따로 보안 직원이 있는 건 아니라서 자유롭게 드나들 수 있다. 엘리베이터를 타고 올라가 가져온 열쇠로 문을 열었다.

고마키가 이곳에 온 건 그때 이후로 처음이었다.

널찍한 1LDK 구조로, 거실과 방을 구분하는 미닫이 문은 떼어 놓은 상태였다. 개방감이 있으면 했다던 요시다의 말이 떠올랐다. 건물 자체는 오래된 데다 별로 크지도 않지만, 도심지에서 멀지 않아 편의성이 뛰어나고 방도 넓어서 회사와 거리가 있음에도 요시다는 이 맨션을 마음에 들어했다. 출근하지 않고 온라인으로 일을 처리하는 경우도 많았으니 거리는 크게 개의치 않았을 것이다. 그것은 고마키의 계획에 힘을 실어준 요소이기도 했다. 보안이 철저한 곳으로 이사했다면 계획은 좌절됐을 테니 말이다. 입구와 엘리베이터에는 CCTV가 설치됐지만 자전거 주차장이 있는 뒤쪽에서 비상계단을 이용하면 찍힐 일은 없다. 고마키는 수차례 드나들며 그 사실을 파악하고 있었다. 범행을 끝낸 후, 회사에 있던 열쇠로 현관문을 잠근 뒤 그 경로를 이용해 카메라에 찍히지 않고 벗어난 것이다.

현관에서 신발을 벗고 실내에 발을 디딘다. 실내화를 신는 건 왠지 내키지 않아 그대로 들어섰다.

히스이는 시원해 보이는 민소매 블라우스에 짧은 자줏빛 스커트 차림이었다. 스타킹을 신은 발을 집에 들여놓더니 "실례합니다" 하고 작게 중얼거렸다. 오늘은 처음 봤을 때처럼 빨간 테 안경을 끼고 있었다.

"뭔가 느껴지세요?"

고마키의 물음에 히스이는 고개를 가로저었다.

"집 안에 페트병이 있을까요?"

"글쎄요."

두 사람은 거실로 향했다.

고마키는 거실 조명을 켠 뒤 커튼과 창문을 살짝 열었다.

초여름이기도 해서 찌는 듯이 더웠기 때문이다.

돌아보자 히스이는 방 쪽을 들여다보고 있었다.

하지만 페트병은 발견하지 못한 것 같았다.

그때, 뭔가 깨달았다는 듯 가볍게 손뼉을 쳤다.

"아, 냉장고."

히스이가 거실 한쪽으로 가더니 소형 냉장고 문을 열었다.

고마키는 아무렇지 않게 뒤로 다가갔다.

"아, 고마키 씨! 이거예요!"

히스이가 몸을 돌리며 환한 표정으로 말했다.

손수건을 이용해 탄산음료 페트병을 들고 있었다.

살인을 나타내는 증거…….

"저도 볼게요."

히스이에게서 맨손으로 페트병을 뺏어 들었다.

뚜껑을 붙들고 있던 히스이의 손수건이 스르르 떨어졌다.

"앗, 안 돼요, 고마키 씨, 지문이 묻어버린다고요."

"네?"

고마키는 이해가 안 된다는 표정을 지었다.

그러고는 당황한 척하며 페트병 끄트머리를 잡았다.

냉장고에 넣어두었던 탓인지 페트병 주변은 살짝 젖어 있었다. 이 상태라면 지문이 다 지워졌을 것 같긴 한데, 혹 채취가 가능할지도 모른다. 뚜껑은 젖지 않았으니 그곳에는 지문이 계속 남아 있었을 가능성이 있다. 하지만 오늘부로는 고마키의 지문이 페트병에 남아 있다 해도 수상할 게 없다.

살인을 나타내는 증거는 사라졌다.

고마키는 차가운 페트병을 싱크대 한쪽에 두고는 웃으며 말했다.

"죄, 죄송합니다. 뭐, 그래도 경찰은 이미 다 조사했을 거고, 우리가 가져간다 한들 지문 채취를 해주지는 않을 테니까요."

그렇게 말하며 히스이를 보는데 히스이는 고마키를 보고 있지 않았다.

냉장고 안을 들여다보고 있다.

"앗, 죄송해요! 저도 참……. 이거네요. 이거였어요."

히스이가 손수건으로 뚜껑 부근을 쥔 채 냉장고에서 다른 탄산 음료를 꺼냈다.

"제가 본 건 이 라벨이 붙은 탄산음료였어요. 저도 참 이렇게 정신이 없다니까요."

히스이는 혀를 내밀며 다른 손 주먹으로 자신의 이마를 살짝 때렸다. 고마키는 어안이 벙벙해진 채 히스이가 든 페트병의 라벨을 응시했다.

범행 직전, 자신이 만진 건 확실히 이 페트병이다. 조금 전의 페트병이 아니다. 즉 히스이가 들고 있는 페트병에는 아직…….

"아, 안 돼요. 고마키 씨. 이번에는 지문이 남지 않도록 조심하자고요."

히스이가 픽션에 나오는 학교 선생님처럼 '떽' 하고 타이르는 어조로 말하며 웃었다.

"아, 네네, 맞아요. 그래요. 조심해야죠."

히스이의 덜렁대는 성격이 증거 인멸을 방해하게 될 줄이야.

이제 고마키가 실수인 척 지문을 남기기는 어려운 상황이 돼버렸다.

그렇다면 히스이가 딴 곳을 보는 사이에 손수건으로 지문을 닦을까?

아냐, 서두를 건 없다.

애초에 경찰 조사는 끝나지 않았나.

영감이 있을 뿐인 아가씨가 증거물품을 확보했다 한들 어떻게 할 수 있을 리 없다.

이 페트병에 증거가 있다는 걸 영능력으로 알아냈다는 말을 경찰이 믿지는 않을 테니까. 고마키는 평정심을 가장하며 물었다.

"그거, 어떻게 할 거예요?"

"고마키 씨와 젬레일스 분들이 괜찮으시다면 가져가고 싶어요. 비용은 들겠지만 지문 채취와 감정을 해주는 곳도 많으니까요."

"그렇게까지 하려고요?"

가슴이 철렁 내려앉은 고마키에게, 히스이는 난처하다는 듯 웃으며 말했다.

"여차하면요. 그렇게 해서 요시다 씨가 베갯머리에 나타나는 걸 멈출 수 있다면 저렴한 거죠. 저도 요즘 수면 부족이라서요."

"그렇군요."

고마키 역시 여전히 악몽에 시달리고 있다. 어쩌면 영감이 있는 히스이는 자신보다 더 요시다의 악몽에 괴로워하고 있을지도 모르겠다.

"다음은……. 욕실은 어디일까요?"

히스이가 고개를 갸웃거렸다.

페트병을 어떻게 하지? 그냥 둬도 괜찮을까.

그런 생각을 하며, 고마키는 히스이의 말에 고개를 끄덕였다.

"음, 욕실은 이쪽이에요."

히스이는 고마키가 만진 페트병을 냉장고에 도로 넣고 **살인의 증거**를 싱크대 한쪽에 올려두었다. 고마키는 그 위치를 시야 한쪽으로 확인하며 거실을 빠져나가 복도로 이동했다.

탈의 공간의 문을 열어 욕실을 확인했다.

당연히 욕실은 비어 있고 문은 열린 상태였다.

"어라라."

숨결이 닿을 만큼 가까운 거리에서 목소리가 들려와 고마키는 화들짝 놀랐다.

돌아보니 바로 뒤에 히스이가 서 있었다. 자신이 안내했으니 당연할지도 모르지만 거리가 가깝다. 전철 안에서도 그랬는데, 히스이는 딱히 신경 쓰는 기색조차 없이 고마키와 팔이 닿을 정도의 거리에 앉기도 하니 아무래도 긴장하게 된다.

"저, 왜 그러시죠?"

"아, 아뇨. 거침없이 욕실까지 가시기에 어떻게 위치를 잘 아시나 싶어서요."

고마키는 자신의 표정이 경직되는 것을 느꼈다.

하지만 재빨리 사고를 회전시켰다.

이상할 것은 전혀 없지 않은가.

"아아, 그게, 이 집은 회사 명의이기도 하고, 창업한 지 얼마 안 됐을 때는 여기서 자주 밤새 술을 마셨거든요. 욕실 위치야 당연히 기억하죠."

"아, 그렇군요. 대단하세요. 저는 방향치라서 친구 집에서도 화장실에 갈 때마다 헤매거든요."

히스이는 납득했다는 듯 수줍게 배시시 웃었다.

"뭐, 여기는 좁으니까요."

예리한 것 같으면서도 엉뚱한 소리를 한다.

하지만 히스이가 미심쩍어할 만한 행동은 하지 않는 편이 좋을 것이다.

"그래서, 뭔가 느끼셨습니까?"

"물이 흐르는 소리……."

"네?"

"탁류처럼, 물이 흐르는 소리를…… 요시다 씨가 꿈에 나올 때마다 들어요. 지금도……."

"제 귀에는 아무 소리도 안 들립니다만……."

히스이는 진지한 표정으로 욕실을 응시하고 있다.

물이 흐르는 소리.

상반신을 욕조에 처박은 요시다가 들은, 따뜻한 물을 받는 소리였을까.

"기분 탓 아닐까요. 요시다는 발이 미끄러졌고 욕조에 머리를 박아 익사해버렸잖아요. 물을 받는 소리 같은 게 났을 리가 없어요."

"어어…… 앗, 물을 받는 소리?"

"네?"

"맞아요. 물을 받는 소리예요! 분명 그거예요. 고마키 씨, 정말 대단하세요!"

"뭐, 뭐가요?"

히스이가 양손으로 고마키의 손을 감싸듯 꽉 쥐었다.

초롱초롱하게 표정을 반짝이며 잔뜩 들떠 말했다.

"분명, 그거예요. 물 흐르는 소리가 뭘까 내내 생각하고 있었어요. 샤워기를 계속 틀어놨나 하고요. 그런데, 맞아요. 흐르는 소리가 아니라 받는 소리였어요! 요시다 씨는 죽기 직전에 그 소리를 들은 게 아닐까요? 예를 들어 텅 빈 욕조에 기절한 상태로 쓰러졌는데 목욕물을 받고 있었다면……."

속이 뜨끔했다.

아무래도 자신의 발언이 제 무덤을 파는 꼴이 된 것 같았다.

히스이는 **물이 흐르는 소리**라고밖에 말하지 않았다.

그랬는데 얼떨결에 '물을 받는 소리'라고 말해버린 것이다.

왓슨에게서 힌트를 얻은 셜록 홈스처럼, 히스이는 번뜩이는 추리를 펼쳤다.

"그렇다면 타살 가능성은 높아지는 거예요!"

히스이가 의기양양하게 눈을 반짝이며 고마키를 올려다보았다. 고마키는 그 사랑스러운 눈빛을 피했다. 맞는 말인 만큼 어떻게 대응해야 할지 난감했다.

"음, 뭐, 그럴 수도 있지만……. 조즈카 씨 말대로 샤워기 소리였을 가능성도 배제할 수는 없지 않을까요?"

"그럴까요?"

금세 시무룩해지며 자신 없는 표정을 내비친다.

어차피 풋내기 탐정이다. 밀어붙이는 데는 약할지도 모른다.

"그보다, 조즈카 씨, 그……."

고마키는 허둥지둥하며 히스이가 양손으로 감싼 자신의 손을 내려다보았다.

"아앗, 죄송해요. 저도 참."

자신의 손을 감싸고 있던 아름다운 손끝이 홱 떨어져나간다.

"아닙니다."

욕실 조사를 마치고 거실로 돌아왔다.

기묘한 공기에 휩쓸리기라도 한 양 각자 다른 곳을 살펴보게 됐다. 히스이는 타살을 나타내는 증거를 포기하지 못하는지 노트북 책상이 있는 방과 거실을 오가고 있다. 고마키는 주방에 있는 페트병을 의식하며 히스이를 관찰하고 있었다. 등을 돌리고 있는 사이에 저 페트병을 어떻게 좀 처리할 수 없을까. 가져가버리면 증거를 인멸할 수 없게 된다. 혹시라도 경찰에 제출했을 때 고마키의 지문이 나와버린다면…….

"저기…… 이건 뭘까요?"

갑자기 목소리가 들려왔다.

히스이가 보고 있는 건 화이트보드였다. 거실 벽 옆에 설치된 것으로, 제법 크고 바퀴도 달려 있다. 히스이는 거기에 적힌 글자와 도식을 신기하다는 듯 보고 있었다. 고마키는 손에 남는 히스이의 감촉을 확인하듯 되새기며 설명했다.

"아아, 요시다가 생각을 정리할 때 자주 쓰던 화이트보드네요. 마인드맵이라고, 새로운 기획을 할 때 아이디어를 적어나가는 거예요."

"프로그래머분들도 이런 아날로그 방식을 쓰시나 봐요."

"녀석은 프로그래머보다는 경영자라고 부르는 게 맞지만…….. 뭐, 그렇죠. 우리 회사만 그럴지도 모르는데, 프로그래머 중에도 애용하는 사람은 있어요. UML 클래스 도식이나 시퀀스 도식…… 음, 프로그램의 구조나 흐름을 나타내는 도식을 테스트 삼아 그려보면서 설계를 정리하는 거죠."

"와아. 왠지 멋있어요."

몸을 돌린 히스이가 반짝이는 표정으로 말했다.

"그, 그런가요?"

"이건 계속 이 위치에 있었나요?"

"그럴 거예요. 적어도 제가 왔을 때는 항상 그 자리에 있었습니다만……."

히스이가 화이트보드 뒷면을 들여다보고 있다.

"이쪽에도 뭔가 그림 같은 걸 그린 흔적이 있어요. 지우다 만 것 같은데……. 요시다 씨는 집에서도 열심히 일하시는 분이었군요."

"흠, 글쎄요."

고마키는 웃었다.

"고인이 된 친구를 나쁘게 말할 생각은 없지만……. 프로그래밍에 그렇게까지 열심인 사람은 아니었어요. 돈벌이 수단으로만 생각했을 겁니다."

"그런가요?"

뒷면을 보던 히스이가 의아하다는 듯 고마키 쪽으로 시선을 옮겼다.

요시다를 두고 조금 과하게 얘기해버렸는지도 모른다. 히스이가 돕고 싶어하는 상대를 나쁘게 말해서는 안 됐다. 마음속에 응어리진 감정을 들키지 않도록 고마키는 입을 다물었다.

히스이는 다시 거실을 가로질러 뭔가를 찾기 시작했다.

고마키는 히스이가 등을 돌린 사이에 페트병이 있는 싱크대로 다가갔다.

한 번 주의를 받은 이상 또 실수로 만진 척할 수는 없다. 도리어 의심을 사게 될 것이다. 그렇다면 행주로든 뭐로든 싹 닦아버리는 게 최선이다. 요시다의 지문까지 없어지겠지만 지문이 하나도 검출되지 않는다면 결로 같은 것 때문에 씻겼다고 판단하게 되리라.

히스이는 화이트보드 아래쪽에 쪼그려 앉아 있었다.

등을 돌리고 있다.

지금이다.

고마키는 주방으로 간 뒤 손만 뻗으면 페트병이 닿을 위치까지

다가섰다.

행주 같은 것을 찾는다.

하지만 주방인데도 타월이 하나도 보이지 않았다.

키친타월 같은 것도 눈에 띄지 않았다. 가스레인지 위에는 탕약을 끓이던 질냄비가 없었다. 경찰이나 친척이 정리했을 것이다. 그때 행주나 타월까지 같이 정리해버렸거나, 칠칠치 못한 요시다답게 애초부터 없었을 수도 있다.

히스이는 여전히 등을 돌리고 있었다.

어쩔 수 없다. 자신의 손수건을 쓸 수밖에.

할인매장에서 산 싸구려라서 만에 하나 섬유가 채취되더라도 괜찮을 것이다.

고마키는 청바지 뒷주머니에 손을 넣었다.

없다.

히스이가 일어섰다. 아직 등을 보이고 있다.

고마키는 주머니를 뒤졌다. 숄더백을 열어 그 안도 확인했다.

없다. 손수건이 어디에도 없다.

이상하다. 전철에서 땀을 닦은 기억이 있다. 잃어버렸을 리는 없는데.

빨리 찾아내야 한다. 히스이가 이쪽으로 몸을 돌리기 전에…….

하지만 어느 주머니에도 손수건은 없었다.

어딘가에 두고 잊어버렸나?

"어라라, 혹시 뭐 찾으세요?"

갑작스러운 목소리에 고마키는 화들짝 놀랐다.

돌아보자 바로 뒤에 히스이가 서 있었다. 왜 그러냐는 듯 고개를 갸웃거리면서.

"아아, 아뇨, 그게."

주머니를 뒤지는 모습이 우스꽝스러워 보였을지도 모른다.

그때 히스이는 생각났다는 듯 양손을 마주 잡으며 말했다.

"아, 어떡해. 저도 참, 이렇게 다 잊어버린다니까요."

뒤이어 작은 핸드백을 뒤져 뭔가를 꺼냈다.

고마키의 손수건이었다.

"여기요."

만면에 미소를 띠며 건네기에 고마키는 멍하니 받아 들었다.

"이게……."

"전철에서 내리다가 떨어뜨리셨어요. 부르려고 했는데 고마키 씨를 놓칠까 봐 허둥지둥하는 사이에 드리는 걸 깜빡했지 뭐예요."

"아, 그, 그러셨군요. 감사합니다."

"별말씀을요."

히스이는 부드럽게 미소 지었다.

수상한 짓을 하는 것처럼 보였을까?

아니, 자신은 손수건을 찾고 있었을 뿐이다.

뒤가 켕길 만한 행동은 하지 않았다…….

히스이가 방 쪽으로 뭔가를 찾으러 갔다.

때는 지금이다.

고마키는 페트병으로 손을 뻗었다. 손수건으로 감싸듯이 잡고 지문이 묻었을 법한 곳을 닦았다. 결로 때문에 손수건이 물방울을 흡수해 젖어버렸지만 지금은 그걸 신경 쓸 때가 아니다.

"아, 고마키 씨."

고마키의 몸이 얼어붙었다.

히스이가 바로 돌아온 것이다.

"그, 죄송한데요. 저, 아까 그 손수건 좀 빌릴 수 있을까요?"

"엇, 손수건, 이요?"

손수건으로 감싼 페트병을 등 뒤로 숨겨 히스이의 눈에 보이지 않게 했다.

"네. 증거품이 될 만한 걸 찾았어요. 제 손수건은 아까 페트병 잡을 때 젖어버렸거든요."

"아, 아니, 그게……"

고마키의 시선이 수상쩍게 우왕좌왕했다.

필사적으로 변명을 떠올렸다.

땀이 이마를 타고 줄줄 흘러내렸다.

"어라라? 땀이 심하게 나요." 히스이가 다가서서 걱정하듯 고마키를 올려다보며 말했다. "괜찮으세요? 많이 덥긴 하죠. 창문을 더 여는 게 좋을지도 모르겠어요."

"아아, 그래, 땀을, 닦아버렸어요. 그, 땀을 닦으려고 손수건을 찾았거든요. 저는 그, 땀이 많은 편이라, 그래서, 축축하게 젖어버려서, 여성분께 드리기는, 좀 부끄럽다고 해야 하나, 죄송하……."

쿵.

둔중한 소리가 울려 퍼졌다.

히스이와 고마키는 그 자리에 멈춰 서서 마주 보았다.

시간과 호흡이 멈춰버린 것 같았다.

고마키의 손에서 페트병이 미끄러져 바닥에 떨어진 것이다.

고마키는 침을 꿀꺽 삼켰다.

안경 렌즈 너머에 있는 히스이의 커다란 눈을 바라보았다.

조금이라도 시선을 피하면 들켜버릴 것이다.

그래, 마음 단단히 먹자.

수십 분처럼 느껴지는 긴 시간이 흐른 후.

"어라라."

히스이는 눈을 동그랗게 뜨고 고개를 살짝 갸웃거렸다.

"무슨 소리죠?"

"글쎄요." 고마키는 천장을 올려다보았다. "어린애 아닐까요. 윗집에 어린애가 살거든요. 여름방학 때는 특히 시끄럽다고 요시다가 불평했는데……."

"뭐가 떨어진 듯한 소리였는데……."

"공 같은 거겠죠. 그나저나 증거품은 뭡니까?"

"아, 맞다!"

히스이는 양손을 마주 대며 몸을 돌렸다.

잘 넘긴 것 같다.

고마키는 안도의 한숨을 내쉬었다.

히스이가 방으로 간 사이 고마키는 손수건으로 감싸듯 페트병을 들어 원래 장소에 돌려놓았다. 이미 지문은 닦았으니 목적은 달성했다. 히스이가 돌아온다. 손수건 대신 화장지로 타협했는지, 화장지 위에 작은 영수증 한 장을 올려놓았다.

"이거 보세요."

"이게 뭐죠?"

가까운 인테리어 잡화점의 이름이 적힌 영수증이다.

이게 무슨 증거가 된다는 것인지.

그린 러그. 미들 사이즈, 라고만 적혀 있다.

"그린 러그라는 게 거실에 깔린 이 러그 아닐까요?"

"아아, 네, 그럴지도 모르겠네요."

고마키는 고개를 끄덕이며 바닥을 내려다보았다.

거실 중앙에 털이 긴 녹색 러그가 깔려 있었다.

"구매 날짜가 요시다 씨가 사망하기 이틀 전 맞죠?"

히스이가 영수증에 적힌 날짜를 가리키며 물었다.

정말 그랬다.

범행 두 달 전에 요시다의 집에 왔을 때는 러그 색상이 달랐다.

커피든 뭐든 음식물을 흘려서 새로 샀을까?

"그게 왜요?"

"이상해요." 히스이는 검지로 이마를 짚으며 신음했다. "묘하단 말이죠."

"그러니까 뭐가요?"

고마키는 초조한 기색을 감추며 물었다.

"이 화이트보드 좀 봐주세요."

히스이가 화이트보드로 다가가 웅크려 앉았다.

고마키도 가까이 갔다가 움찔했다.

"바퀴에 러그 털이 끼어 있어요."

"으음……. 그게 무슨 뜻……?"

고마키는 그게 뭘 의미하는지 잘 알고 있었다.

"누군가가 지극히 최근에 화이트보드를 움직였다는 증거 아닐까요. 바퀴가 러그 위를 지나간 거예요. 예를 들어 거실에서 방으로 이동했다거나……. 그래요. 분명히 범인이 뭔가 목적이 있어서 그렇게 한 게 분명해요!"

히스이의 말대로 화이트보드는 거실에서 방으로 옮겨졌다가 다시 원래 자리로 돌아왔다. 러그의 털은 그때 낀 것이 틀림없다.

왜냐하면 화이트보드를 움직인 건 다른 누구도 아닌 고마키였기 때문이다. 설마 요시다가 산 지 얼마 안 된 러그의 털이 바퀴에 끼었으리라고는…….

하지만 고마키는 동요를 숨기며 아무렇지 않은 듯 말했다.

"그냥 단순히, 요시다가 배치를 바꾸려 했던 게 아닐까요."

"엇…… 그건…… 그럴지도 모르겠네요."

고마키가 자신의 의견을 긍정해주기를 바랐을지도 모른다.

히스이는 자신 없다는 듯 어깨를 늘어뜨리고 말았다.

"게다가 뭔가 목적이 있다고요? 고작 화이트보드를 옮긴 행동에 무슨 대단한 의미가 있겠어요. 저는 역시 히스이 씨가 생각을 너무 많이 하는 것 같아요. 타살이라니……. 요시다는 제게 다른 얘기를 하고 싶었던 게 아닐까요? 이를테면 회사를 잘 부탁한다던가, 뭐 그런 말요."

"그럴까요……."

히스이는 시무룩해진 채 고개를 숙였다.

위험할 뻔했다.

아무리 영능력이 있다 해도 어차피 풋내기 탐정이다.

감은 예리할지 모르지만 진상에 다다르지 못하면 아무 의미도 없다. 페트병의 물증도 없었다. 이제 히스이가 스스로 납득할 때까지 맞춰주다가 적당히 끝내면 된다. 이건 고마키에게도 기회였다. 동정하며 당신 편은 나뿐이라고 계속 어필하다 보면, 자기 같은 사람도 마음을 사로잡을 수 있을지 모른다. 아니, 자신이기에 가능할지도 모른다. 이건 운명이다. 구름이 걷히고 내리쬔 태양빛에 피어난 꽃이 히스이인 것이다. 운명이다. 분명, 내가 아니면 안 된다. 요시다처럼 얼굴이 전부인 멍청이 말고, 알고 보면 누구보다 현명하고 누구보다 선진적이며 완전 범죄마저 성공하는 지성을 가진 자신이 이 아름다운 여인을 차지해야 마땅하다…….

"늦었으니 이제 갈까요?"

고마키의 말에, 낙심한 듯한 히스이가 고개를 끄덕였다.

그러고는 터덜터덜 싱크대 옆으로 다가가 핸드백에서 지퍼백을 꺼냈다. 고마키는 놀랐다. 그런 것까지 준비하다니. 히스이는 손수건으로 페트병을 잡아 투명한 지퍼백에 넣었다. 그 순간, 뭔가 깨달은 모양이었다.

"어라라."

고개를 기울인 채 페트병 넣은 지퍼백을 빤히 본다.

"이번엔 뭐예요?"

설마 들킨 건가.

손수건으로 닦아 결로가 없어졌다.

눈치 빠르게 그걸 알아챘나……?

하지만 히스이는 전혀 다른 이야기를 했다.

"뚜껑이 열려 있어요."

"네?"

고마키는 황급히 뚜껑 부분을 확인했다.

그 말을 듣고서야 알았다. 뚜껑을 한 번 열어서, 페트병에 남은 링과 뚜껑 사이에 약간 틈이 생겨 있었다.

무슨 상황이지?

"내용물은 전혀 줄지 않은 것 같아요. 뚜껑을 열었다가 마시지도 않고 냉장고에 다시 넣은 걸까요? 요시다 씨는 저한테 그걸 말하고 싶었을까요?"

이러다가는 잘못될 수도 있겠다.

예감이, 고마키에게 위기라고 알리고 있다.

그때 요시다는 굳이 페트병 뚜껑을 열어서 고마키에게 건넨 것인가……. 그렇다면…….

"아니, 단순히 직전에 마실 마음이 없어졌을지도 모르죠. 의미 같은 건 없지 않을까요."

"그런가요." 히스이는 고개를 갸웃거렸다. "이건 탄산음료예요. 뚜껑을 연 뒤에 마실 마음이 없어졌다 해도, 보통은 뚜껑을 다시 꽉 잠글 텐데요. 그러지 않으면 탄산이 빠져버리니까요. 그런데 이 뚜껑을 잘 보면 느슨해 보여요. 마치 누군가가 뚜껑이 열린 걸 모른 채 냉장고에 다시 넣었다는 듯이……."

의외로 머리를 쓸 줄 아는 모양이다.

무사태평해 보이는데 방심할 수가 없다.

아냐, 진정하자.

여기에서 역정을 내봐야 소용없다.

히스이에게는 잘못이 없으니까.

"그렇다 해도, 그게 범죄의 증거가 되리라는 생각은 들지 않아요."

"그런가요……."

히스이는 갸우뚱거리다가 이윽고 결심했다는 듯 말했다.

"저, 역시 경찰분과 상담을 해봐야겠어요."

"그 생각은 접는 게 좋아요. 음, 이런 말을 하고 싶지는 않지만 경찰은 저와 달리 조즈카 씨의 능력을 믿어주지 않을 거예요. 문전박대당할걸요."

"아뇨, 그렇지 않아요."

히스이는 진지한 표정으로 고개를 가로저었다.

갈색 눈동자가 결의의 빛을 내보이며 고마키를 응시한다.

"경찰에 지인이 있어요."

"네?"

"숙부님이 경시청에 경시로 계세요."

"경시?"

형사가 아니라 경시라고 했나.

경시면 나름대로 꽤 높은 직급 아니던가.

"네. 제 능력에 관해서도 잘 아세요. 지금까지 여러 번 상담한 적이 있고요. 손에 꼽을 정도이긴 하지만 살인사건 수사 때 도움을 드린 적도 있고……."

"그건…… 그게, 사실이에요?"

"저, 거짓말은 안 해요."

히스이는 충격받았다는 듯 서글픈 표정으로 말했다.

"아, 죄송해요. 그, 의심하는 게 아니라 그냥 놀라서."

"물론 비공식적으로요. 영감 있는 민간인이 수사에 협조한다는
게 알려지면 숙부님도 입장이 난처해지잖아요. 그래서 최대한 연락
드리지 않으려고 했는데……. 이 페트병은 경찰이 조사해볼 가치가
있는 것 같아요."

이야기를 들으며 고마키는 머리를 싸쥐고 싶다는 생각으로 가득
해졌다.

이게 무슨 소리야.

영능력자의 증언으로 수사를 해서 사건을 해결해왔다니…….

일본 경찰은 대체 어떻게 돌아가고 있는 거지?

⁕

지와사키 마코토는 귀에 꽂은 블루투스 이어폰을 한 손으로 눌
렀다. 장시간 착용한 탓에 약간 통증이 느껴졌다. 귀에 더 잘 맞는
제품으로 다시 사는 게 나을 것 같다. JR역은 지하철을 갈아타려는
사람들로 북적였다. 그 탁류의 바다에 휩쓸리지 않도록 걸음을 내
디디며, 마코토는 두 사람을 따라갔다.

저 앞에서 조즈카 히스이가 고개를 꾸벅 숙이며 인사를 하고 있
었다.

이제 숙부가 계시는 곳에 간다는 말소리가 마코토의 이어폰으로 들려왔다. 고마키 시게히토는 한동안 히스이의 뒷모습을 바라보았지만 마침내 체념한 듯 지하철 승강장으로 내려갔다. 히스이는 야마노테 선 승강장으로 가는 에스컬레이터에 탔다. 고마키가 돌아오지 않는지 확인한 후 마코토는 히스이의 뒤를 쫓았다. 만날 장소를 정해뒀기에 서두를 필요는 없지만 너무 오랜 시간 눈을 떼면 젊은 남자나 주정뱅이가 치근대기도 하니 마음을 놓을 수 없다.

플랫폼 끝까지 걸어가 히스이가 앉아 있는 벤치로 향했다. 다행히 주변에 사람은 없었다.

마코토는 옆자리에 앉았다. 이어폰을 빼며 묻는다.

"어땠어? 엄청나게 당황하는 것 같던데."

"처음 짐작한 대로 고마키 시게히토가 범인이 맞을 거예요."

히스이는 그렇게 단언하더니 웨이브를 그리는 머리칼을 한 손으로 뒤로 넘겼다. 얼마 전 어느 연쇄 살인범을 체포한 뒤 히스이는 머리카락을 투명감 있는 베이지 베이스의 색으로 염색했다. 기분전환이라고 했다. 마코토는 원래의 흑발을 더 좋아하지만 이건 이것대로 부드러운 인상으로 만들어줘서 이번 작전과 잘 맞는 것 같다. 실제로 고마키 시게히토는 완전히 속고 있을 것이다. 딱하다. 상대에 따라 히스이의 분위기를 바꿔 메이크업을 하는 건 마코토의 소관이므로 남 일은 아니지만.

"그나저나 마코토, 목마르지 않아요?"

사랑스러운 갈색 눈동자가 안경 안쪽에서 장난스레 반짝였다. 눈에 띄고 싶지 않을 때, 히스이는 컬러 렌즈로 원래 눈동자 색을 가리고 프레임이 커다란 안경을 쓴다. 이 안경은 인상을 바꿔주는 역할 외에 실용적인 이점도 있었다. 안경테에 작은 카메라가 설치돼 있고 영상을 무선으로 송신 가능하다는 것이다. 후방에서 지원하는 마코토도 히스이가 보는 장면을 확인할 수 있었다. 빈말로도 해상도가 좋다고는 할 수 없지만.

"뭐, 마르다면 마르긴 한데."

"그런 당신께 이걸 드릴게요."

히스이는 핸드백을 뒤지더니 귀여운 목소리로 "짜잔" 하고 효과음을 내며 페트병이 든 지퍼백을 꺼내 보였다.

마코토는 건네받으며 물었다.

"이거 증거품 아니야?"

"아뇨. 실제 증거품은 가네바 씨한테 부탁해서 며칠 전에 회수했어요. 이건 가짜고요. 무겁기만 하니까 마셔주세요."

"아, 그래?"

음습한 녀석이라고 생각하며 마코토는 지퍼백에서 페트병을 꺼냈다.

뚜껑을 비틀자마자, 아차 싶었지만 이미 늦었다.

"앗, 잠깐, 이거!"

탄산이 뿜어져나와 마코토의 손을 적신다.

히스이는 그 모습을 보더니 배를 잡고 웃어댔다.

"이, 이거 아끼는 옷이란 말이야!"

뚝뚝 떨어지는 탄산수가 옷에 떨어지지 않도록 마코토는 자리에서 일어났다. 넘쳐나는 달콤한 액체가 플랫폼과 마코토의 손을 적셨다.

히스이가 혀를 날름 내밀며 웃는다.

"몰래카메라 대성공."

"이게……! 어쩐지 차갑고 뚜껑도 잠겨 있다 했어!"

히스이는 키득키득 귀여운 소리를 내며 한 손으로 입가를 가리고 있다.

"이런 단순한 함정에 걸려들 줄이야. 마코토도 한참 멀었네요."

눈동자에는 장난기가 가득했지만 애교보다도 음습함이 엿보였다. 적어도 마코토에게는 그렇게 느껴졌다. 눈물까지 글썽거리며 웃는 모습을 보니 부아가 치민다. 마코토는 젖은 손을 가방에 쑤셔 넣었다. 시간 때우기용으로 가지고 다니던 잡지를 꺼낸 다음 둥글게 말아 히스이의 정수리를 힘껏 때린다.

꺄악, 못난 비명을 흘리며 히스이가 몸을 구부렸다.

제법 감정을 실어 때렸으니 상당히 아팠을 것이다.

마코토는 손수건을 꺼내 젖은 곳을 닦으며 물었다.

"그래서, 저 녀석이 범인이라면 이제 공연은 끝난 거야?"

"아뇨."

히스이가 손으로 정수리를 문지르며 고개를 불쑥 들었다.

아파서 표정을 찡그린 채 안경을 벗고 반대쪽 플랫폼을 노려보았다.

"진짜 페트병 말인데요, 뚜껑은 확실히 열려 있었는데 고마키의 지문은 없었어요. 아무리 논리가 범인을 가리킨대도 간접적인 정황 증거만 찾았을 뿐이고, 물증이 안 나왔어요. 이대로는 기소하기 어려울 거예요. 가끔 있는 패턴이에요. 수법은 치졸한 주제에 운이 따라줘서 지문이나 DNA 같은 물증이 없고, 마침 CCTV에도 안 찍히고 목격자도 없는 범행……."

"게다가 알리바이도 있잖아?"

그러나 세상에서 가장 방심할 수 없는 여자가, 두 눈을 번뜩이며 당돌하게 웃었다.

"하지만 이럴 때 더더욱 빛을 발하는 게 조즈카 히스이죠. 결정타는 제가 반드시 찾아 보여드릴게요."

고마키 시게히토는 화이트보드에 뭔가를 빠르게 쓰고 있었다. 테스트 삼아 복잡한 UML을 그려보는 중이었다. 오늘 아침 회의에서, 고마키가 담당하는 피크타일에 새로운 기능을 추가하기로 결정됐다. 지금까지 아껴둔 아이디어는 있지만 신기능을 적용하려면 대대적인 수정 작업이 필요하다. 광범위하게 영향이 미칠 것이다. 간단한 기능이라면 머릿속으로 클래스 설계를 정리할 수 있고 툴을 이용해 단번에 UML 도식을 만들 수 있지만, 시행착오를 거쳐야 할 때는 역시 거침없이 자유롭게 그릴 수 있는 아날로그 작업을 택하게 된다. 모든 작업을 디지털로 옮겨가고 싶은 고마키는 펜을 잡아야 하는 이런 순간이 답답하게 느껴졌다.

"고마키 씨, 잠깐만."

동료인 미네기시의 목소리에 뒤를 돌아보았다.

이내 깜짝 놀랐다. 엔지니어들 책상이 모여 있는 공간 맞은편에서, 미네기시가 뜻밖의 인물을 데려왔기 때문이다.

조즈카 히스이.

눈이 마주치자 히스이는 환한 표정을 지으며 꾸벅 고개 숙여 인사했다. 느닷없이 회사에 젊은 여성이 찾아오니 남자들은 손을 멈추고 무슨 일인가 싶어 허리를 세운 채 시선을 보낸다. 고마키는 내심 식은땀을 흘리며 히스이를 데려온 미네기시 쪽으로 갔다.

"조즈카 씨."

"연락도 없이 찾아와서 죄송해요."

히스이는 다시 한번 고개를 숙였다. 매번 힘차게 꾸벅이는 통에 컬이 들어간 갈색 머리칼이 너풀거려 달콤한 향기가 코끝을 간질인다. 안경이 흘러내릴 것 같았는지 히스이는 황급히 안경테 위치를 바로잡았다.

"저기, 사과의 뜻은 아니지만 간식거리를 사왔으니 다 같이 드세요."

히스이가 커다란 도넛 박스를 내밀었다. 까불거리는 성격의 디자이너 후미야마가 휘파람을 불며 좋아한다. 잠깐 동안 후미야마가 히스이를 상대하도록 한 뒤 고마키는 미네기시에게 속삭였다.

"뭐 하러 여기까지 데려왔어."

"SSD만 못 보게 하면 되잖아. 평소에도 손님은 저쪽으로 들이는데 뭘."

미네기시는 파티션으로 구분된 미팅 공간을 가리켰다.

이러나저러나 작은 회사였다. 사이타마의 잡거빌딩 한 층을 빌렸을 뿐이라 물리적인 보안에까지 신경 쓸 여유는 없었다. 직원 수가 늘었으니 사옥을 도쿄로 이전하자는 계획이 나오고 있었지만 요시다의 죽음을 생각하면 먼 미래가 될 것 같다.

"그나저나 누구야? 알고 보니 보통내기가 아니었네!"

고마키는 미네기시를 쏘아본 뒤 히스이에게 돌아갔다. 사람 대하는 능력이 뛰어난 후미야마가 작업을 걸어도 히스이는 싱긋 웃을 뿐이었다. 고마키는 미팅 공간 쪽으로 히스이를 데려갔다.

"죄송해요." 히스이가 면목 없다는 듯 말했다. "고마키 씨를 불러달라고만 하려 했는데……."

고마키는 웃었다. 놀랐지만, 히스이의 방문은 고마키에게 기쁨은 물론 우쭐함까지 느끼게 해주었다. 일단 히스이를 접이식 의자에 앉혔다.

"작은 회사라서 모두 가족처럼 지내요. 아무래도 다들 재미있어하는 것 같아요."

"왠지 저 때문에 오해를 하시는 것 같네요. 고마키 씨에게 폐를 끼치지 않았어야 할 텐데요."

"아, 아닙니다."

고마키는 뒤통수를 만지작거리며 의자에 앉아 있는 히스이를 내려다보았다. 무슨 생각을 하는지 도저히 알 수가 없다. 단순한 이웃 사이는 아니라고 믿고 싶지만 그 이상의 관계로 발전해도 되는 단계인지 아닌지를 전혀 판단할 수 없었다.

여자와 교제하려면 어떤 요소를 갖춰야 하지? 유닛 테스트를 할 때처럼, OK를 초록색으로 표시해주면 알기 쉬울 텐데.

하지만 히스이는 일부러 회사까지 찾아왔다. 적어도 지금은 자신을 필요로 하고 있을 터였다.

"저기가 고마키 씨 책상인가요?"

히스이는 프로그래머 작업 공간에 흥미를 느꼈는지, 파티션 너머로 시선을 던지고 있었다.

"아, 네……."

고마키는 가까스로 고개를 끄덕였다.

"바로 뒤에 화이트보드가 있네요."

"네, 뭐. 뭔가 생각날 때 바로 그릴 수 있도록 해뒀죠. 그나저나 오늘은 어쩐 일이세요? 회사까지 오시고……."

"아, 맞다. 저도 참, 중요한 얘기를 안 하고……. 실은 그 후에 숙부님께 말씀드렸고, 살인사건의 가능성을 고려해 재수사를 하게 됐어요. 그랬더니 살인을 가리키는 증거가 몇 가지 새롭게 나왔어요."

살인을 가리키는 새로운 증거?

그게 무슨 소리야.

그런 게 있을 리가…….

"그것 참……. 야, 놀랍네요."

고마키는 눈 둘 곳을 몰라 하며 히스이 맞은편에 있는 의자에 걸터앉았다.

설마 진짜로 경찰이 움직일 줄이야…….

그날 이후로 인터넷으로 가볍게 검색을 해보았다. 정말 스쳐가는 풍문 수준이라 제대로 된 기사는 하나도 없었지만 경찰이 영능력자의 힘을 빌려 사건을 해결한 것 아닌가 하는 소문이 오컬트 관련 사이트에서 나돌고 있었다. 얼마 전에 일본을 뒤흔든 연쇄 살인사건 수사에도 그 영능력자가 관여했다고 한다. 오컬트 마니아들이 증거도 없이 떠들었을 뿐이라 진짜인지는 의심스러웠지만.

"경찰이…… 조즈카 씨의 능력을 무척 신뢰하나 보군요."

"일단은 실적이 있으니까요."

히스이는 조금 자랑스럽다는 듯 미소 지었다.

그 표정을 보며 고마키는 머리를 굴렸다. 살인 가능성 고려. 재수사. 거기까지는 괜찮다. 아직 초조해할 필요는 전혀 없다. 페트병의 지문도 없었다. 알리바이도 있다. 그래, 알리바이가 있었다. 이럴 때를 대비해 계획을 세워두었으니 말이다.

"그래서, 새로 나온 증거라는 게……?"

여기에서 정보를 얻어두면 대처할 수 있을지도 모른다. 하지만 히스이는 고개를 내저었다.

"그 전에 고마키 씨에게 여쭙고 싶은 게 있어요. 서두르는 게 좋을 것 같아서 막무가내로 들이닥쳐 죄송하지만……."

"아아, 아닙니다. 괜찮아요. 그래서 뭔데요?"

"네."

히스이는 자세를 고쳐 앉았다.

커다란 눈동자에 그대로 관통당한다.

"고마키 씨의 알리바이를 자세히 말씀해주셨으면 해요."

고마키는 슬며시 마음의 준비를 했다.

숨을 뱉는다.

"알리바이……. 그런 걸 왜 물으시는 거죠?"

"앗, 화내시면 안 돼요."

히스이는 눈을 깜박거리며 갑자기 허둥대기 시작했다. 양손을 파닥거리더니 당황한 기색을 내비치며 말한다.

"저기, 그게, 고마키 씨를 의심한다거나 그런 건 전혀 아니에요.

그, 고마키 씨에게 알리바이가 있다는 말은 경찰한테 들었어요. 하지만 저, IT 계열의 업무를 잘 몰라서, 어떻게 그게 알리바이가 되는 건지 이해가 안 되더라고요. 그래서 경찰도 재수사 때 저처럼 생각하게 되면 고마키 씨를 의심할 수도 있을 것 같아서요."

더듬거리며 설명했지만 히스이는 당장이라도 울음을 터뜨릴 듯한 표정이었다. 구불거리는 머리카락을 빗으며 횡설수설 말한다.

"저 때문에 소중한 분에게 피해가 가면 안 되니 확인을 해둬야겠다는 생각에……."

"아아, 그러셨군요."

고마키는 입가에서 웃음이 새어나오려 하는 것을 느꼈다.

'소중한 분'이라.

적어도 히스이는 자신을 단순한 이웃으로 보지는 않는다…….

"그렇다면 걱정하실 필요 없어요. 제 알리바이는 확실하니까요."

"저, 숙부님께도 고마키 씨의 알리바이를 설명하고 싶으니 자세히 얘기해주시면 안 될까요?"

"아, 그러죠."

고마키가 고개를 끄덕이자 히스이는 커다란 가방에서 핑크색 수첩을 꺼냈다.

페이지를 넘기며 큰 눈망울을 도리반도리반 움직인다. 히스이가 말했다.

"으음, 경찰 조사에 따르면 요시다 씨의 사망 추정 시각은 19시

33분에서 21시 사이였다고 해요. 19시 33분에 현장 부근 편의점에서 요시다 씨가 물건을 사는 모습이 CCTV에 찍혔어요. 탄산음료, 빵 등을 사신 것 같아요."

고마키는 고개를 끄덕였다. 그때, 만져버린 페트병을 가지고 갈까 고민했지만 현장에 남겨두길 잘한 것 같다. 현장에서 발견되지 않았다면 제삼자가 있었다는 뜻이 된다. 히스이가 말을 이어갔다.

"20시 10분경, 동료인 스고 씨가 전화를 걸었는데 요시다 씨는 전화를 받지 않으셨어요. 경찰은, 아마 이때는 이미 사망해서 전화를 못 받는 상태였을 거라고 추정하더라고요."

"그렇군요. 제가 처음에 들은 내용보다 상세하네요. 사망 추정 시각의 범위가 더 넓었던 것 같은데요."

"그날 고마키 씨는 밤늦게까지 회사에서 일하고 계셨죠? 스고 씨와 영상통화를 하셨다던데."

"네. 우리가 운영하는 웹 서비스 서버가 외부 공격을 받았어요. 아마 장난이었겠지만 신기능을 추가할 때 우리 쪽 처리에 미스가 있었고, 그 약점을 비집고 들어온 바람에 서버 사이드가 다운돼버렸죠. 원인을 알아내고 수정하기까지 시간이 걸려서……. 통화는 20시쯤부터, 수정의 가닥을 잡은 23시쯤까지 했고, 회사에는 자정 넘어서까지 남아 있었어요."

"회사에 다른 분은 안 계셨나요?"

"요시다가 야근을 싫어했어요. 자기가 빨리 퇴근하고 싶으니 그랬겠죠. 매일 그런 건 아니지만 보통 금요일이면 19시 이후에는 아무도 없어요."

"그래서, 이게, 경찰이 트집을 잡으면 난처해질 것 같은 부분인데요……." 히스이는 주뼛거리며 말했다. "회사에는 혼자 계셨던 거죠? 이미 퇴근하신 스고 씨와 영상통화를 하며 작업을 하셨고. 그런데, 그게…… 영상통화라면 알리바이를 확실하게 증명할 수 없잖아요? 그 왜, 요즘에는, 배경을 바꿀 수 있는 소프트웨어 같은 것도 있다고 하니까요."

"아아, 그건 스고 씨가 확실히 증언해줄 거예요. 저는 배경을 바꾸지 않았고, 틀림없이 회사였다고 말해줄 겁니다. 게다가……."

"게다가?"

"음, IT를 잘 모르시는 분께는 설명하기 어려운데, 전 회사에서밖에 할 수 없는 작업을 했어요."

히스이는 신기하다는 듯 눈을 동그랗게 떴다.

"공격을 받은 서버는 클라우드상에 있어요. 즉 이 회사에 실체가 있는 게 아니라 서버 관리회사가 관리하는 어딘가에 있는 거죠. 그 서버에는 네트워크를 통해 액세스 해야 하는데, 보안상 이 회사의 네트워크가 아니면 액세스 할 수 없게 돼 있어요."

"회사에서만 액세스 할 수 있는 서버인데 공격을 받은 거예요?"

"아, 아뇨, 그게요, 설명이 복잡한데, 웹 서비스의 틈을 파고든 공격이었어요. 공격 자체를 SNS에 글 올리듯 위장할 수 있죠. 서버에 불법으로 접속하는 형태가 아니라서 방법만 알면 누구든지 할 수 있는 공격이었고요. 틈을 내어줘버린 저희가 어설펐어요."

히스이는 제대로 이해했는지 "그렇구나"라고 중얼거리며 수첩에 뭔가 바지런히 적었다. 고마키는 최대한 이해하기 쉬운 단어를 선택했다. 물론 거짓말을 섞을 수는 없다. 경찰에도 IT 전문가가 있을 테니 앞뒤가 안 맞았다가는 의심을 살지도 모른다.

"그래서 서버 자체에는 회사 안에서만 액세스 할 수 있어요. 유일하게, 서버 관리자인 스고 씨만 비상시에 대비해 집에서 액세스 할 수 있고, 그 외에는 회사 안이 아니면 요시다조차 액세스 할 수 없습니다. 물론 외부에서 회사를 경유해 액세스 하는 것도 불가능하고요. 세계에서 제일 뛰어난 해커가 불법 접속을 했다 해도 기록이 남기 때문에 스고 씨는 알 수 있죠. 그런 보안 시스템입니다."

"그렇군요. 이 회사에서가 아니면 절대로 접속할 수 없다⋯⋯."

"그 외에도 개발 서버나 소스 코드가 있는 리포지토리 서버⋯⋯. 수정 작업을 하려면 여러 서버를 건드려야 하는데 그 또한 이 회사에서가 아니면 무리입니다. 저는 20시경부터 24시까지 줄곧 그 작업을 했어요. 공격을 받은 건 우연이었고, 원인 조사와 수정에 몇 시간이나 걸려버렸죠. 만약 회사를 벗어나 두 시간을 들여 요시다의 집까지 다녀왔다면 복구 같은 건 도저히 할 수 없었을 겁니다. 그건 스고 씨와 다른 사원도 동의할 테고 기록에도 남아 있어요. 경찰에도 IT 전문가가 있을 테니 그 사람들이 조사해보면 확실한 알리바이라는 걸 알 거예요."

"그렇군요……. 끝난 시각이 24시군요. 그럼 공격받은 서비스는 24시경에는 다 고쳐졌나요?"

"네. 수정이 끝나서 24시에는 무사히 재개할 수 있었습니다."

"알겠어요. 그렇다면 철벽이네요. 경찰 쪽에서도 트집 잡을 구석이 없는 알리바이일 것 같아요. 마음이 놓여요."

"걱정해주셨다니 기분은 좋네요."

"저기, 좀 전에, 미스가 있어서 서버가 다운됐다고 하셨잖아요. 미스라는 건, 음, 소위 버그라는 건가요?"

"아아, 네. 잘 아시네요."

고마키는 미소 지었다. 히스이는 잘 모르겠다는 표정으로 고개를 갸웃거렸다.

"그, 버그는, 분명 프로그램 내부 오류죠? 프로그램이 잘못됐는데도 그 전까지는 계속 문제없이 돌아간 거예요?"

역시나. 고마키는 고개를 끄덕였다. 지식이 없는 사람은 그 부분이 잘 이해되지 않을 것이다. 고마키는 검지로 책상을 두드리며 말했다.

"저는 제일 무서운 버그는 프로그래머가 인지하지 못한 버그라고 생각합니다. 평소에는 정상적으로 돌아가는데 특정 조건하에서는 멈춰버리는……. 평소에는 잘 작동되니까, 그 조건이 갖춰질 때까지 잘못됐다는 걸 알아채지 못해요. 특정 조건이라는 것도 뚜렷

하지 않으니 재현할 수도 없고. 재현을 못 하면 어떤 원인으로 잘못된 건지 모르니 어떻게 수정해야 할지도 가늠할 수 없고…… 신체에 비유하면 이해가 쉬울지도 모르겠네요. 암처럼, 아주 예전부터 몸에 있었는데 발견되기까지 증상이 없고 알아챘을 때는 이미 늦은…… 그런 질환만큼 무서운 건 없잖아요?"

"네, 그렇네요……"

아는지 모르는지, 히스이는 진지한 표정으로 듣고 있었다. 고마키는 거침없이 설명을 이어갔다. 여성에게 화젯거리를 제공하는 데는 서툴지만 전문 분야만큼은 말이 술술 나온다. 아름다운 여성이 자신의 이야기를 집중해 들어주니 기분이 좋았다.

"질환과의 차이점은, 버그는 자연 발생이 아니라 인간의 실수로 생겨난다는 겁니다. 간단한 예시를 들면 수치밖에 받아들이지 못하는 함수에 문자열이 들어가거나, 단순히 변수의 철자를 타이핑할 때 오타를 냈거나, 코드에 공백이 섞였거나…… 프로그래머의 실수 탓에 발생하는 거예요."

"그렇게까지 실수를 많이 하는 경우도 있나요?"

"네."

고마키는 웃으며 고개를 끄덕였다.

"프로그램은 내가 원하는 대로 움직이지 않는다. 타이핑한 대로 움직인다…… 제가 좋아하는, 작자 미상의 격언이에요. 인간은 사소한 실수를 많이 범하는 생물이죠. 당연히 프로그래머도 인간이니까 코드를 입력하는 과정에서 알아채지 못하는 실수를 하기도 해요. 프로그램에는 의지도 감정도 없으니 뭐가 맞고 뭐가 틀렸는지 모릅니다. 그저 입력된 대로 작동하죠. 그러니 우리는 수없이 코드를 반복적으로 읽어서 실수를 찾아내는 노력을 게을리하지 않아요. 코드를 많이 짜면서 경험을 쌓다 보면 같은 실수를 되풀이하지 않도록 조심할 수도 있게 되고, 에러의 원인을 빠르게 찾아낼 수도 있게 되죠. 코드를 짠다는 건 버그와의 싸움이기도 하고, 자기 자신의 실패와 어리석음을 직시하는 작업이기도 합니다."

"와아."

히스이는 미소를 띠며 양손을 모았다.

"뭔가, 멋진 말씀이에요."

"아아, 네, 뭐, 그랬군요."

고마키는 쑥스러워했다.

"뭐, 그런 느낌으로, 그때는 스고 씨와 함께 어디에 버그가 있는지 찾는 데 한 시간은 걸렸어요. 대대적으로 수정해야 한다는 걸 파악하고 코드를 다시 짜는 데만도 두 시간 가까이 걸렸나……."

"한 시간 들여 원인을 찾고 두 시간 들여 고쳤다……라는 말씀이죠?"

"네. 스고 씨에게 물어봐도 같은 말을 할 겁니다."

"코드를 고친다는 건 어떤 느낌이에요? 일반적인 컴퓨터로…… 파일을 덮어쓰기 하는 거랑 비슷한가요?"

히스이가 고개를 갸웃거리며 물었다.

"아, 그래요. 파일을 덧써서 수정한다고 생각하면 됩니다. 실제로는 더 편리한 시스템이 있어서 수정한 부분의 차분差分만 한꺼번에 덮어씌울 수 있지만요."

들뜬 마음에 불필요한 말까지 해버린 것 아닌가 싶었다.

새로 찾아냈다는 증거도 신경 쓰였다. 이쯤에서 대화를 끝내고 싶다.

"저, 그런데 조즈카 씨. 살인을 가리키는 증거라는 게……."

만일 그것이 고마키가 관여했다는 증거라면 어떻게든 제거해야 한다.

"아, 맞다. 그런데 그 전에 이걸 봐주셨으면 해요."

그 전에?

히스이는 가방에서 사진 한 장을 꺼냈다.

애타는 마음을 억누르며 고마키는 그 사진을 들여다보았다.

이게 뭐지?

검은 테이블 같은 것의 표면을 클로즈업해 찍은 사진이었다.

한가운데에 동그라미 모양으로 액체의 흔적이 있었다.

"요시다 씨의 컴퓨터 책상을 찍은 거예요. 이 고리 형상은 무슨 음료 자국 같은데, 책상 왼편에 있었어요. 머그컵에서 흘러 책상에 떨어졌고 그 후에 머그컵을 치워서 이런 자국이 남은 것 같아요. 처음에 현장에 들어간 감식반이 만일을 위해 찍어둔 사진 가운데 이게 섞여 있었어요."

고마키는 사진을 가만히 보았다. 히스이가 무슨 말을 하고 싶어 하는 것인지 모르겠다.

"이게 어떻다는 거죠?"

"이 부분을 봐주세요."

히스이의 손가락이 고리의 일부를 가리켰다.

"없어요."

확실히 사진에 찍힌 액체 고리는 오른쪽 일부분이 닦인 듯이 끊겨서 알파벳 C 모양을 그리고 있었다.

"아마도 뭔가 가느다란 것……. 범인이 펜 같은 걸 이 위에 두는 바람에 거기가 닦혀서 이런 모양이 된 거 아닐까요?"

"아하, 뭔가를 뒀으니 이런 형상이 됐다……. 그건 알겠어요. 그런데 왜 범인이 그랬다고 생각하죠? 요시다가 그랬을지도 모르잖아요."

"책상에는 펜이 없었다고 해요. 거실에 화이트보드용 펜이 있지만 그 펜은 굵직하니까 끊긴 크기가 안 맞고……. 그러니 범인이 펜을 썼다가 그걸 가져간 것 같은데……."

역시 풋내기 탐정.

미소가 절로 지어지는 엉뚱한 추리였다.

이 흔적은 고마키의 범행과는 아무런 관계도 없다. 고마키는 펜 따위 가져가지 않았고 책상에 그런 걸 두지도 않았다. 케이블 종류

일 수도 있겠다 싶었지만 그런 물건 역시 갖고 있지 않았다. 이건 요시다가 남긴 흔적이리라. 요시다에게 펜이 한 자루도 없었다고 보기는 어려우니 우연히 찾지 못했을 뿐이다.

"이게 살인과 관련된 증거입니까?"

고마키가 물었다. 히스이는 동의를 얻지 못했음을 깨달아서인지 고개를 푹 숙였다.

"네……. 뭔가 이유가 있어서 펜을 가져갔다고 생각했어요."

"그렇다고 해도 살인범을 특정할 수는 없겠네요. 증거가 되지는 않겠어요."

"그렇겠죠……."

히스이는 고개를 숙인 채 생각에 잠긴 듯하더니 다시 가방을 뒤졌다.

"그래도 그래도, 이걸 봐주세요. 이쪽은 무시할 수 없는 증거예요. 말씀드리고 싶었던 증거가 이거예요."

마침내 본론이다.

다음으로 내민 사진에는 안경이 찍혀 있었다.

요시다가 쓰던 안경이다.

감식반이 촬영했는지, 고마키가 봤을 때와 마찬가지로 탈의 공간의 목욕 수건 위에 놓여 있다.

"요시다의 안경이네요. 이게 왜요?"

"여기를 봐주세요."

히스이가 안경 렌즈를 가리켰다.

고마키는 사진에 얼굴을 갖다대고 실눈을 떴다.

"안경 렌즈에 요시다 씨 장문掌紋이 있어요."

그제야 고마키는 자신의 실수를 알아차렸다.

"손바닥의 이 위치예요. 여기 엄지손가락 뿌리 부분요. 왜 이 부분의 장문이 안경 렌즈에 남아 있을까요?"

"흐음……."

고마키는 고개를 갸웃했다.

"누군가에게 머리를 맞고 순간적으로 손이 그곳으로 향했다. 그때 손바닥이 렌즈에 닿았다……. 그렇게 볼 수는 없을까요?"

"글쎄요." 고마키는 웃었다. "우연히 손바닥이 렌즈에 닿았을 수도 있죠. 저도 안경을 쓰니 잘 아는데, 실수로 만져서 지문이 묻는 경우는 얼마든지 있을 수 있어요."

"손가락이 닿는 건 이해해요. 그런데 손바닥이 닿기도 하나요? 게다가 장문이 렌즈에 묻으면 앞을 보기가 상당히 불편할 텐데요. 그런 상태로 욕실까지 갈까요?"

"요시다는 둔한 편이에요. 그런 데 무심하다 해도 이상하게 느껴지지 않는데요."

"거실 테이블에는 안경닦이가 있었어요. 바로 옆에 안경닦이가 있는데 닦지도 않고 욕실로 가요?"

고마키는 잠시 생각했다. 잇달아 부정하기만 하면 답답할 수도 있겠다.

"과연…….. 듣고 보니 그렇네요. 조즈카 씨 추리는 생각해볼 가치
가 있는 것 같아요. 하지만 요시다가 무심한 편이라는 점도 무시할
수는 없지 않을까요. 둘 다 똑같이 가능성이 있는 것 같은데."

"이게 끝이 아니에요."

아직도 뭐가 남았나.

히스이가 세 번째 사진을 테이블에 내놨다.

"이건?"

"요시다 씨 책상 사진이에요."

이번에는 앞의 사진과 달리 별로 클로즈업되지 않았다. 앉는 쪽
을 찍은 사진으로, 요시다의 노트북용 키보드와 마우스가 검은 책
상에 놓여 있음을 알 수 있었다.

"지극히 평범한 사진 같은데……."

"실은 사건 현장 자료를 보다가 이상한 점을 깨달았어요."

"이상한 점요?"

"네. 책상의 앉는 쪽, 이 가장자리 부분만 지문이 닦여 있었어요.
키보드와 마우스에는 요시다 씨 지문이 선명하게 남아 있는데 말이
에요."

설마 초동 수사로 거기까지 파악했나. 고마키는 악연실색했다.

"무슨 뜻이죠? 전 별로 이상해 보이지 않는데요."

"요시다 씨는 퇴근 후에 노트북으로 인터넷 쇼핑을 하셨어요. 즉

사망 직전에 노트북을 사용했죠. 그런데도 책상 가장자리는 닦인 흔적이 있고……. 요시다 씨의 지문이나 장문이 나와야 하잖아요. 이상하지 않으세요?"

고마키는 히스이의 말을 곱씹으며 앞뒤를 맞추려 했다.

"요시다가 음료든 뭐든 흘린 게 아닐까요? 그래서 책상 가장자리만 티슈 같은 걸로 닦았을 수도 있죠. 그러면 지문이 없는 게 이상하지 않고요."

"그럴지도 모르지만……."

"가령 누군가가 책상을 썼다고 해도, 그게 뭘 증명하죠?"

"그건 아직 잘 모르겠어요……."

"조즈가 씨."

고마키는 자세를 바로잡고 히스이를 마주 보았다.

풀 죽은 얼굴을 들여다보며 말했다.

"우리 역할은 여기까지 아닐까요. 경찰이 재수사를 검토중이라면 나머지는 경찰에 맡겨야 할 것 같아요. 그 정도면 요시다도 분명 만족스러워할 거예요."

히스이는 고개를 떨어뜨렸다.

"죄송해요……. 저 혼자 헛다리 짚다가 일하시는 곳에 불쑥 찾아오기나 하고."

듣던 대로 여자란 생물은 감정 기복이 심한 모양이다. 컨트롤하기가 참 성가시다는 걸 느끼며 고마키는 다급히 말을 이었다.

"아뇨, 괜찮아요. 조즈카 씨의 추리는 정말로 예리하고 흥미로웠고, 이야기 나눌 수 있어서 기뻤어요. 프로그래밍 이야기를 너무 많이 해버려서 죄송하기도 했지만요."

히스이는 조그맣게 웃었다.

"그 이야기 정말 재미있었어요. 저도 프로그래밍 공부를 하고 싶어졌어요." 다시 기분이 좋아졌는지 미소를 보였다. "자신이 쓴 문장이 컴퓨터를 움직인다니, 마법의 언어 같아서 멋있어요. 저도 그 언어를 할 수 있다면 새 직장을 구하는 데도 도움이 될 것 같고요."

"괜찮다면 가르쳐드릴까요?"

"앗."

놀란 표정을 보고 고마키는 아차 싶었다.

이런, 인사치레였나.

그 점을 고려하지도 않고 반사적으로 말해버렸다.

하지만 잠시 후, 히스이는 꽃이 피어나는 듯한 미소를 보였다.

"와아. 그래도 돼요?"

"아, 네, 그럼요."

생각지도 못한 기회라고 고마키는 생각했다.

이 이상 히스이의 풋내기 탐정 놀이에 맞춰주는 건 위험하다. 자신의 범행임을 가리키는 물증은 없고 알리바이도 있지만, 훗날 어떤 능력으로 범행을 알아차릴 가능성은 부정할 수 없다. 다만 지금 요시다의 망령은 자신에게 악몽을 꾸게 할 뿐이고 히스이에게 구체적인 메시지를 전달하지도 못하는 듯했다. 깊이 파고들지 않고 현상 유지만 하면 어떻게든 될 것이다. 그러나 수사에 협력하지 않으면 히스이와 함께 있을 수 있는 이유가 없어져버린다.

프로그래밍을 가르쳐준다는 구실이 있다면…….

자신을 걱정하는 마음에 회사까지 찾아와줄 정도다.

히스이의 마음을 사로잡을 날이 머지않았다.

역시 운은 내 편이다.

히스이의 미소를 보며, 고마키는 환하게 펼쳐질 미래를 꿈꾸고 있었다.

이른 아침 시간을 이용해 카페에서 조금씩 히스이에게 프로그래밍을 가르쳤다.

아쉽지만 매일은 아니다. 히스이에게도 일정이 있어서 시작하기까지 수일의 공백이 생기고 말았다. 그 며칠 동안 고마키는 자신의 일상에 그늘이 드리우려 하는 걸 느꼈다. 경찰이 요시다의 수상한 죽음을 재조사하게 되어 젬레일스에 다시 형사가 드나들게 된 것이다. 고마키를 포함해 몇 사람의 알리바이를 확인하는 듯했다. 스고도 알리바이 질문을 받았다고 했다. 물론 고마키의 알리바이는 무너지지 않는다. 오히려 경찰이 스고의 증언을 받아냄으로써 더욱 확고해졌을 터였다. 게다가 경찰은 살인의 결정적인 증거를 찾아낸 것도 아닌 모양이었다. 약간의 의구심이 든다는 정도이리라.

악몽은 여전했다. 잠자리가 뒤숭숭하고 가위에 눌리는 일도 많았다. 요시다의 원한은 언제쯤 사라질까. 이게 끝없이 이어진다면, 범행이 발각되지 않는다 해도 죗값을 치르는 것이나 마찬가지다. 그런 나날이었기에 히스이와의 일상은 더없이 큰 위안을 주었다.

히스이는 노트북이 없다고 했다. 갑자기 큰돈을 쓰게 할 수는 없으니 고마키의 노트북을 이용하기로 했다.

지금 히스이는 카페의 칸막이 자리에서 고마키 옆에 앉아 있다.

노트북 화면과 눈싸움을 계속하고 있었다.

기본적인 조작부터 가르쳐줘야 할 것 같다.

커플처럼 나란히 앉아 있다는 사실에 고마키는 고양감을 느꼈다. 출근 전 카페에서 끼니를 때우는 회사원은 적지 않았고, 그런 남자들이 질투 섞인 시선을 보내는 걸 어쩔 수 없이 느꼈다. 지금껏 고마키가 보내던 종류의 시선이었다. 설마 자신이 그런 시선을 받는 입장이 될 줄이야.

바로 옆에서, 히스이는 고마키와 함께 노트북의 작은 화면을 들여다보고 있다. 달콤하고 기분 좋은 향기. 옷의 이름은 모르겠지만 가슴께와 어깨 쪽이 어렴풋이 비치는 블라우스는 히스이의 피부가 얼마나 하얗고 매끈한지를 아주 가까이서 보여주고 있다. 고마키는 자신이 소년처럼 어찌할 바를 몰라 하고 있다는 걸 깨달았다. 어떻게든 노트북 화면에 집중해야 한다. 어깨가 맞닿을 정도의 거리에서, 고마키는 정성스레 조작법을 가르쳤다. 습득 속도가 빠른 히스이는 이해했다 싶으면 반짝이는 눈망울로 고마키를 보며 웃었다. 오늘은 안경을 쓰지 않았다. 아름다운 눈동자에 빨려들 것만 같아 고마키는 얼른 시선을 돌려버렸다.

왠지 청춘을 되찾은 듯한 기분에 젖어든다.

요시다에게 짓밟히고 빼앗긴 청춘.

고마키는 언제나 이를 갈며 바라볼 뿐이었다. 교실의 눈부심과 소란스러움은 자신과 연이 없다고 체념하고, 양팔로 세상을 휘덮은 채 책상에 엎드려 참고 견딜 뿐이었다. 다른 누구에게 잠깐이라도 말을 건네려 하면 요시다가 노려봤고 모두가 비웃었다.

그 녀석을 죽임으로써 자신은 비로소 잃어버린 시간을 되찾을 수 있게 됐다…….

"으음, 그렇군요. 알 것 같기도 하고 아닌 것 같기도 하고."

히스이는 진지한 표정으로 화면을 들여다보고 있다. 바로 근처에 있는 그 옆얼굴을, 고마키는 사랑스러운 듯 바라보았다. 하지만 출근 시간이 다가오고 있다.

"괜찮아요. 조즈카 씨는 제법 소질이 있어요."

"정말요? 일할 때 확실히 활용할 수 있을지 조금 불안한데……."

"프로그래밍은 논리적 사고를 키우는 데 안성맞춤이에요. 요즘 같은 정보화 시대에 배워둬서 손해 볼 건 없죠. 그나저나 이제 출근 해야 하니 오늘은 여기까지 할까요?"

"아, 네."

히스이에게 가르칠 언어를 정해야겠다고 생각했다. 파이선으로 할까 루비로 할까. 간편성과 실용성을 생각하면 자바스크립트가 나을 수도 있다. 그럼 타입스크립트를 처음부터 가르치는 게 좋겠지만 갑자기 대략적인 개념을 이해시키려면 힘들지 모르겠다……

"아 참, 수사에 또 진전이 있었어요."

"네?"

정신을 차리니 히스이가 커다란 눈으로 이쪽을 보고 있었다.

아무래도 여전히 포기하지 않고 요시다 사건을 쫓고 있는 모양이다.

"현장의 가스레인지에 달이다 만 탕약이 남아 있었어요. 질냄비에 든…… 혹시 탕약이 어떤 건지 아세요?"

"네. 그, 시꺼멓고 고약한 냄새가 나는 거죠?"

"네. 저도 어릴 때 먹은 적 있는데, 다시 도전할 기분은 안 나요."

히스이가 인상을 찌푸리며 말했다.

"암튼 냄비가 가스레인지에 남아 있었다는데, 요시다 씨는 사망 전날 평소 내원하는 한방약국에서 처방을 새로 받았다고 해요. 그리고 그 탕약의 복용법이…… 어라라."

히스이는 놀랍다는 표정으로 고마키를 보고 있다.

고마키는 제 역할을 다 끝낸 노트북을 슬리브에 넣어 가방에 정리하며 히스이의 말을 듣는 중이었다. 히스이가 말을 하다 말고 말똥말똥한 표정을 짓는 게 의아해서 물었다.

"왜 그러세요?"

"신기해서요. 고마키 씨…… 그 탕약이 까맣다는 걸 어떻게 아셨어요?"

"엇."

고마키는 호흡을 멈췄다.

겨드랑이에서 불쾌한 땀이 배어나기 시작했다.

"보통 탕약은, 굳이 따지자면 탁한 오렌지색에 가까운 게 일반적이에요. 한의사 말에 따르면 그 처방은 드문 케이스라고 하던데요."

전에 요시다의 집에서 본 적이 있다.

라는 변명을, 고마키는 꿀꺽 삼켰다.

요시다가 언제부터 탕약을 먹기 시작했는지는 모른다. 한방치료를 시작한 시점이 한 달 이내일 경우, 최근에는 요시다 집에 간 석이 없다고 한 자신의 말과 모순된다.

"아…… 그건, 우연이에요."

고마키는 웃으며 말했다. 손수건으로 이마의 땀을 닦았다.

"아버지가 옛날에 드신 적이 있는데, 마침 시커먼 색이었거든요. 탕약이라면 그 정도밖에 본 적이 없어요. 일반적으로는 오렌지색이군요."

"와, 그렇군요. 이런 우연이 다 있네요."

히스이는 납득했는지 고개를 기울이며 웃었다.

"그래서…… 저, 그게 왜요? 탕약이 단서입니까?"

"아, 네. 한의사가 말한 복용법이라는 게, 하루치 약을 밤에 사십 분 정도 달여 냉장고에 넣어뒀다가 다음 날 두세 차례에 걸쳐 먹으라는 거였대요."

"아하."

"요시다 씨는 다음 날 먹을 약을 달이려고 가스레인지 불을 켰던 거예요. 전 그것도 살인을 뒷받침하는 증거라고 생각해요."

"왜요?"

"사고였다면, 요시다 씨는 약을 달이기 위해 사십 분 정도 가스레인지의 불을 켜놓을 생각으로 욕실에 들어갔을 거예요. 하지만 시신 발견 당시, 불은 꺼져 있었어요. 조사해보니 탕약은 이십 분 정도밖에 달이지 않은 상태였죠. 가스레인지는 자동으로 꺼진 게 아니라 누가 끈 거예요."

"그 말은 즉…… 누군가가 요시다를 죽인 후에 가스레인지를 껐다는 건가요?"

"네. 불이 나지 않도록 신경을 썼을지도 모르죠."

고마키는 자신의 행동을 후회했다. 명백한 자신의 실수다.

실제로, 불을 끈 건 심리적인 영향이 컸다.

악취가 진동하는 그것을 달이는 가스레인지를 몇 시간이나 켜둔 상태로 그 집에 머무르고 싶지는 않았기 때문이다.

"제삼자가 그 자리에 있었다는 증거가 여럿 나왔어요. 경찰도 이제 본격적으로 살인사건이라 판단하고 수사에 들어갈 거예요."

기어코 경찰이 살인사건이라고 단정했다…….

"그렇군요. 그러고 보니…… 그 페트병은 어땠나요?"

"그게요." 히스이는 아쉽다는 듯 고개를 떨어뜨렸다. "증거가 될 만한 건 나오지 않았어요."

"그랬군요."

고마키는 웃었다. 히스이는 자신에게 행운의 여신일지도 모른다. 생각해보면 히스이 덕분에 페트병의 존재를 알고 증거 인멸이 가능했다고도 할 수 있다.

"뭐, 경찰이 움직이기 시작했다니 다행이네요. 그렇게 해서 요시다의 마음이 풀리면 좋겠어요."

아직 괜찮다.

오히려 고마키는 여유를 느끼기까지 했다.

자신에게는 알리바이가 있다. 그리고 무엇보다, 고마키의 범행을 가리키는 물증은 전혀 없다. 자신은 조심스럽게 행동했다. 물증 같은 게 있을 리 없다. CCTV에 찍힐 만한 경로는 꼼꼼하게 피했고 모자와 선글라스로 변장도 했다. 스마트폰의 위치 정보는 끄고 비행기 모드로 해두었다. 요시다 집의 와이파이를 이용했지만 그 라우터는 접속 정보를 저장할 수 없는 타입이라 전자적인 증거는 남지 않는다. 알리바이 확보를 위해 사용한 영상통화 서비스는 기밀성이 높아 기록이 남지 않는 타입으로 했다. 고마키를 가리키는 물증은 어디에도 존재하지 않는다는 뜻이다.

경찰이 나를 체포할 수 있을 리가 없다.

나는 앞으로, 이 사랑스러운 여인과 함께 인생을 되찾을 거니까.

※

지와사키 마코토는 초고층 맨션의 호화로운 거실에서 보고서를 작성하고 있었다.

다양한 경위와 실적 덕분에 조즈카 히스이에게는 경시청이 다루는 사건에 개입할 수 있는 일부 권한이 부여되어 있다. 하지만 당연하게도, 권한이 주어지는 대신 보고서를 제출해야 하는 의무가 있었다. 위법행위가 있는지 자세히 조사하기 위해서일 것이다. 물론 조즈카 히스이라는 위인이 스스로 보고서를 작성할 리는 만무하니 그 업무 또한 죄다 마코토 담당이었다. 사실을 있는 그대로 쓸 수는 없기에 최대한 무난한 내용으로 바꿀 필요가 있다. 히스이의 수사는 황당무계해서 마코토는 보고서마다 머리를 싸맸다. 아직은 사건이 해결되지 않은 상황이라 괜찮지만…….

일단락 지은 뒤 테이블에 둔 노트북에서 고개를 들었다.

히스이는 칠칠치 못하게 소파에 큰대자로 누워 손에 든 사진 한 장과 눈싸움을 하며 끙끙거리고 있었다. 더워서인지 얇은 홈웨어 차림이라 남자가 본다면 좋아하겠지만, 마코토 눈에는 야무지지 못한 차림새로밖에 보이지 않았다.

"뭐 봐?"

"증거 사진이요."

히스이는 개구리가 뒤집힌 것 같은 자세로 마코토를 보지도 않고 답했다.

"여기에 뭔가 회심의 일격이 숨겨져 있는 것 같은데……."

"책상의 C자 자국?"

"네. 머그컵에서 흐른 건 탕약이라고 해요. 전날 만들어둔 걸 마셨겠죠. 하지만 왜 일부분만 지워졌을까. 고마키의 반응을 보아하니 전혀 모르는 것 같더라고요. 그러니 더욱더, 물증을 찾으려면 여기를 노려야 할 것 같단 말이죠. 아아, 싫다, 내가 이렇게 고민해야 한다니……."

"고마키가 책상에서 노트북을 썼다면, 케이블 같은 거 아닐까?"

"그 가능성도 이미 생각했는데, 케이블이라면 정리할 때 고마키가 알아차렸을 거예요. 이 흔적도 더 많이 지워졌을 테고요."

히스이는 사진을 보며 신음했다.

마코토는 일어났다. 어깨가 결려 가볍게 견갑골을 펴 스트레칭을 했다.

"이미 늦은 시간이긴 한데, 오늘은 그 집에 안 가도 돼?"

히스이는 귀여운 입술을 비죽이며 눈을 흘겼다.

"하루 정도는 상관없잖아요. 며칠 내내 살인범 옆집에서 자는 게 얼마나 고역인데요."

"알리바이는 그대로 둬도 괜찮아? 고마키가 영상통화를 한 곳이 회사가 아니라 범행 현장이었다고 해도, 실제로 사내에서가 아니면 할 수 없는 작업을 몇 시간이나 했잖아?"

고마키의 물음에 히스이는 양손을 팔랑팔랑 움직이며 말했다.

"그런 거, 알리바이라고 부를 수 있을 정도는 아니에요. 감 좋은 미스터리물 독자라면, 서두를 읽은 것만으로 알아챘어야 해요."

"아, 그러셔."

뭐야. 그건 별로 문제가 아니었다는 말인가.

히스이가 문제 삼는 건 어디까지나 물증을 찾는 일이다.

"그럼 어떻게 했다는 거야? 얘기만 들었을 때는, 알리바이를 무너뜨리려면 전문적인 지식이 필요할 것 같은데."

"지식이 없으면 복잡해 보일지도 모르지만 조건을 정리하면 답은 쉽게 보여요. 마코토도 풀 수 있도록 제가 해설해드리죠."

"그렇다면 뭐, 나야 고맙지."

알리바이를 어떻게 풀었는지 보고서에 써야 할 것이다. 마코토도 알아둘 필요가 있다.

"알리바이를 구성하는 조건은 이런 거예요. 첫째, 프로그램에 버

그가 있고 그 부분이 외부 공격을 받아 회사가 운영하는 웹 서비스
에 문제가 발생했다. 둘째, 그 문제의 원인 조사와 수정은 사내에서
가 아니면 절대로 불가능하다. 셋째, 조사와 수정에는 총 세 시간이
걸린다. 넷째, 그 정도 시간이 필요하다는 걸 동료인 스고 씨도 증
언했다. 다섯째, 스고 씨와의 영상통화는 20시부터 23시까지 이어
졌다. 여섯째, 고마키는 24시까지 회사에 남아 있었다고 증언했는
데 그걸 확인해줄 제삼자는 없다. 일곱째, 서비스는 24시에 복구됐
다. 여덟째, 회사에서 범행 현장까지는 편도 한 시간이 걸린다⋯⋯."

히스이는 소파에 아무렇게나 드러누운 상태로 술술 읊었다.

비취색 눈동자가 이쪽을 보고 있다.

"봐요, 이 조건의 틈을 찌르면 간단하죠?"

"아니, 전혀 모르겠는데."

마코토가 말하자 히스이는 입술을 삐죽거렸다.

"그러면 곤란해요. 마코토도 저처럼 명탐정의 논리를 갖춰야죠."

"머리 쓰는 건 힘들어."

마코토는 어깨를 으쓱였다. 히스이 흉내를 내는 건 내키지 않았
다. 명탐정 같은 사고라니, 그런 걸 할 수 있을 리도 없다. 하지만 히
스이는 마코토에게, 생각하기를 포기하지 말라고 입이 마르도록 말
한다. 이번에도 직접 생각해내라고 하고 싶은 건지, 마코토에게 답
을 알려줄 마음이 없어 보였다.

히스이는 손에 든 사진과 눈싸움을 재개하더니 또 끙끙거렸다.

"당분 섭취라도 좀 할래?"

마코토는 그렇게 말하며 주방으로 향했다.

자신에게도 당분이 필요하다는 것을 깨달았다.

냉장고에는 마코토가 오전에 줄 서서 사 온 한정판 푸딩이 들어 있다.

이렇게 피곤할 때를 대비해 사둔 것이다.

히스이가 먹을 것도 갖다줘야지.

마코토는 냉장고를 열었다.

마코토는 냉장고를 닫았다.

잰걸음으로 거실로 돌아왔다.

"히스이, 너!"

히스이는 거꾸로 뒤집힌 얼굴로 마코토를 쳐다보았다.

"네?"

"푸딩! 푸딩이 없잖아!"

"아아."

히스이는 알겠다는 듯 반응하더니 마침내 몸을 일으켰다.

소파에서 자세를 고치고는 고개를 까딱한다.

"어머나, 이를 어쩐담. 먼저 먹어버렸어요."

혀를 날름 내밀며 그렇게 말했다.

이게 진짜.

"먼저라니, 네 개나 있었다고!"

"머리를 잘 못 쓰는 마코토와 달리 전 두뇌를 쓰는 게 일이니까요. 때로는 당분 급속 보급이 필요할 때가 있어요."

천연덕스러운 얼굴로 그런 소리를 한다.

"네가 명령이라고 해서, 더워 죽겠는데 꾹 참고 줄 서서 사 왔더니……."

"마코토가 요즘에 살이 좀 찐 것 같아서 다이어트도 도와주려고 했죠."

"뭐? 그래서 네 개를 한 번에 다 먹었어? 됐다, 됐어. 아, 성질나."

마코토는 이리저리 두리번거렸다.

때리는 데 쓰기에 적당한 게 보이지 않는다.

별수 없이 테이블에 있던 '그것'을 접어 기세 좋게 들어 올렸다.

히스이가 펄쩍 뛰어오르며 도망가려 한다.

"잠, 잠깐만요. 그건 좀 아플 텐데요."

"힘 조절은 내가 알아서 해."

마코토는 히스이를 향해 바싹바싹 다가갔다.

"마코토, 잠깐만 기다려봐요."

"아니, 한 대 정도는 괜찮잖아. 그냥 맞아."

"대사가 너무 험악한데요."

"괜찮아."

마코토는 손에 쥔 흉기를 들어 올렸다.

히스이의 두 눈동자가 반짝였다.

"맞기 싫으면 당장 사과를……."

"마코토, 잠깐 기다려요!"

"못 기다려."

"그게 아니라! 잠깐만 그대로 있어봐요!"

느닷없이 목소리에서 진지함이 느껴지자 마코토는 의아해했다. 별수 없이 손을 내린다.

"아니. 손은 들어보세요. 방금 전처럼."

마코토는 고개를 갸웃거리며 그 말에 따랐다. 히스이가 진지한 표정으로 다가온다.

잠시 뒤, 조즈카 히스이는 웃었다.

깔깔거리며 웃어댔다.

화가 난 마코토는 그것으로 히스이의 정수리를 때렸다.

물론 힘 조절은 했지만 제법 그럴싸한 소리가 났다.

하지만 히스이는 웃고 있었다.

가뜩이나 섬뜩한 사람인데 이렇게 보니 더더욱 섬뜩하다.

"뭐가 그렇게 웃겨?"

"아뇨, 신경 쓰지 마세요. 마코토, 한 건 하셨어요."

"무슨 뜻이야?"

마코토가 묻든 말든 히스이는 웃으며 몸을 돌렸다. 마코토와 떨어진 곳에 서서 기분 좋다는 듯 목소리를 높인다.

"짜잔."

왜인지 바이올린을 켜는 동작을 해 보였다. 가끔씩 하는 행동인데, 마코토는 도통 의미를 알 수 없었다. 분명히 셜록 홈스 흉내를 내는 것이리라.

조즈카 히스이의 눈동자가 요사스레 반짝였다.

"자, 신사숙녀 여러분. 오래 기다리셨습니다. 지금부터는 해결편이에요. 모든 단서가 제시됐습니다."

익숙한 그 모습을 보고 마코토는 납득했다.

아무래도 보고서에 적을 내용이 단번에 늘어날 것 같다.

히스이는 양손 다섯 손가락을 맞대더니 그 끝이 마코토를 향하도록 내밀었다.

"범인은 자명. 허지만 저는 이렇게 묻겠습니다. 과연, 당신은 **탐정의 추리를 추리할 수 있습니까?**"

히스이는 거실을 느릿느릿 걸으며 의기양양하게 선언했다.

"요점은 두 가지. 예리한 여러분은 벌써 아셨겠죠? **고마키 시게히토는 어떻게 알리바이를 확보했는지.** 그리고 **책상의 C자가 나타내는 물증이란 무엇인지.**"

히스이는 꽃이 피어나는 듯한 동작과 함께 손가락을 펼치며 장난스레 웃었다.

"힌트는, 프로그램은 원하는 대로 움직이지 않고 타이핑한 대로 움직인다. 조즈카 히스이였습니다!"

항상 느끼지만 대체 이런 연기는 왜 하는 걸까.

히스이가 투명한 스커트의 끝자락을 잡더니 숙녀처럼 인사했다.

마코토는 그 모습을 바라보며 조명이라도 비춰줬으면 좋았으려나 생각했다.

⚹

고마키 시게히토는 정체를 알 수 없는 불안을 느끼며 요시다의 집으로 향했다.

"드릴 말씀이 있어요……."

차분한 목소리로, 조즈카 히스이가 그렇게 불러냈기 때문이다.

평소와 느낌이 좀 다른데, 무슨 일까. 오늘 아침 프로그래밍을 공부할 때는 전에 없이 밝고 경쾌하게 생글생글 웃었다. 노트북을 사고 싶어졌다고 하며 고마키 노트북의 무게와 슬리브를 확인했다. 고마키는, 여성에게는 조금 더 가벼운 모델이 좋을 거라며 믿을 만한 기종을 몇 가지 추천했다. 회사에서도 짬짬이 조금 더 상세한 리스트를 준비했는데…….

대체 어떤 용건일까. 수사에서 새로운 사실이 발견됐다면 지금까지 그랬던 것처럼 바로 얘기할 터였다. 이렇게 진지하게 말할 리가 없다. 그렇다면…….

설마 물증 같은 게 나왔을 리도 없는데.

맨션에 도착해 요시다의 집 문을 연다.

집 안에는 조즈카 히스이가 서 있었다.

"조즈카 씨……."

"어서 오세요."

히스이는 무릎을 살짝 구부리는 고풍스러운 인사를 했다. 여자에게 그런 인사를 받은 건 처음이라 고마키는 우두커니 현관에 서 있을 수밖에 없었다.

"대체…… 무슨 일이에요. 아니, 열쇠는? 어떻게 들어왔어요?"

"경찰분께 부탁했어요. 이쪽으로 오시죠."

히스이에게 이끌려 거실로 들어갔다.

히스이는 거실 소파를 가리켰다.

"앉으세요."

고마키는 의아해하며 순순히 앉았다.

히스이는 창가로 다가갔다.

"단도직입으로 물을게요."

얼굴을 옆으로 돌리고는 고마키에게 묻는다.

"고마키 시게히토 씨. 요시다 나오마사 씨를 살해했죠?"

"무슨 소리를……."

고마키는 멍하게 중얼거렸다.

히스이의 모습이 이상하다.

눈망울에 어려 있던 순진한 반짝임이 보이지 않았다.

어째서일까. 오늘은 안경을 끼지 않아서일까?

아니, 오히려…….

히스이는 미소까지 떠우고 있는데, 눈동자에는 살인범을 규탄하는 듯한 냉엄한 빛이 번뜩였다.

그리고 무엇보다도 그 눈동자는 비취빛 색채를 발하고 있다…….

마치 다른 인물에 빙의돼버린 듯하여…….

'영매'라는 단어를 연상시켰다.

영매는 죽은 자의 혼을 몸에 불러들여 전혀 다른 사람처럼 행동한다고 한다.

사랑스러운 히스이가 옆에 바싹 달라붙은 악령에 지배당하는, 그런 상상이 머리를 스쳤다.

"왜, 그런 말을."

진실이 들춰졌다는 사실보다 히스이의 변화에 몹시 동요한 고마키가 어색하게 웃으며 말을 뱉어냈다. 온몸에서 땀이 왈칵왈칵 분출되는 게 느껴진다. 왜, 그렇게, 확신에 찬 표정으로, 그런 말을 하는 것인가…….

"그럴 리 없잖아요. 설마, 영능력으로 알았다는 말은 하지 말아요."

고마키는 손수건을 꺼내 이마의 땀을 닦으며 웃었다.

하지만 만약 영시를 이용해 진상을 알아냈다면.

요시다의 입이, 진상을 털어놨다면.

경찰은 히스이의 말을 믿을까.

지금까지의 실적이 있으니 믿을 것이다.

그렇다면…….

죽여야 하나.

여기서 죽여서 입을 막으면?

아니. 안 된다. 아직 죽일 수 없다.

고마키는 엘리베이터를 이용했다. CCTV에 찍혀버렸다. 게다가 히스이는 경찰에게 열쇠를 빌려 집으로 들어왔다고 했다. 그렇다면 경찰은 히스이가 이곳에 온 것을 알고 있다. 이곳을 범행 현장으로 삼을 수는 없다. 그렇다면…….

"아뇨."

생각을 찌내는 고마키를 아랑곳하지 않고, 히스이는 고개를 가로 저었다.

"유감스럽게도 제게는 영능력이 없어서 불가능해요."

생각의 바다에 휩쓸려 그 말을 놓칠 뻔 했다.

"네……?"

고마키는 얼이 나간 듯 중얼거렸다.

"현장 사진을 봤을 때, 제가 제일 먼저 주목한 건 그 테이블에 있던 작은 물방울 자국이었어요."

히스이는 조용히 한 손을 뻗어 거실에 있는 낮은 테이블을 가리켰다. 고마키의 시선이 가닿기를 기다린 듯한 타이밍에, 히스이가 손을 들어 검지를 지휘봉처럼 빙글빙글 움직이며 말하기 시작했다.

"테이블이 정리돼 있지 않고 먼지까지 쌓여 있었으니 시간이 지난 뒤에도 자국이 남았겠죠. 즉 유리잔이나 젖은 페트병 같은 게 있었을 가능성을 시사해요. 그런데 거기 맞는 크기의 유리잔은 집 안에 없고, 쓰레기통에도 페트병은 없었어요. 사건과는 무관할 가능성도 있지만 만일을 위해 냉장고 안을 조사해달라고 했죠. 거기서 그 탄산음료를 찾은 거예요. 뚜껑이 열려 있다는 건 바로 알았어요. 초동 수사 이후이긴 했지만, 무사히 지문 채취에도 성공해서 요시다 씨의 지문이 희미하게 남아 있다는 사실 또한 알게 됐죠……. 그런데, 그런데 말이에요. 재미있는 건 지금부터예요."

히스이가 양손을 팔랑거리며 고개를 살짝 기울였다.

분홍빛 입술이, 청순한 히스이와는 어울리지 않는 기분 나쁜 웃음을 짓고 있다.

"페트병 윗부분에서는 지문이나 장문이 일절 검출되지 않았어요. 결로의 영향이 아니라 뚜껑에서도 나오지 않았죠. 어라라? 이상하죠? 뚜껑이 열려 있다는 건 누군가가 이렇게 페트병 윗부분을 잡고 비틀었다는 뜻이잖아요."

히스이는 팬터마임을 하듯 페트병 여는 동작을 해 보였다.

"그런데도 지문이나 장문이 윗부분에 전혀 안 남았어요. 뚜껑이 열려 있는데 지문이 없다는 건 누군가가 그걸 닦았다는 뜻이죠. 요시다 씨가 스스로 그랬을 리는 없어요. 뚜껑이 열려 있다는 걸 눈치채지 못한 누군가가 닦은 거예요. 피해자가 사망 직전에 탄산음료를 구입했다는 사실을 감안하면, 이건 틀림없이 범행 현장에 제삼자가 있었다는 증거가 돼요."

"무슨……."

입을 떼려 하는 고마키를 무시하고, 히스이는 거실을 가로질렀다. 검지로 웨이브 진 머리칼을 감으며 득의양양하게 말했다.

"그 외에도 안경의 장문, 지문이 닦인 책상, 남은 탕약 등 범인은 온갖 실수를 저질렀어요. 요시다 씨가 넘어지면서 물에 빠졌다면 욕실 벽에도 물방울이 튀어서 자국이 남았어야 하는데, 현장 사진을 보니 그것도 안 보이더군요. 으음, 뭐, 너무나 허술한 실수를 들먹이며 범인을 괴롭히면 불쌍하니까 여기까지 해드릴게요."

소리 없이 웃는 히스이를, 고마키는 어안이 벙벙해진 채 올려다보았다.

"너한테…… 영능력이 없다고?"

그 말에 마침내 히스이는 고마키에게 시선을 던졌다.

아름다운 머리칼을 말고 있던 손가락의 움직임이 멈추자 반동으로 웨이브가 원상태로 돌아간다. 그 움직임과 함께, 히스이는 무미건조한 표정으로 고개를 끄덕였다.

"네. 없어요."

"무슨 말이야……. 날 속인 거야?"

"그 점은 죄송해요. 사과할게요."

히스이는 고개를 갸우뚱거리더니 잠깐 동안 눈을 감았다.

"하지만 당신도 사람을 죽였다는 걸 숨겼으니 피차 마찬가지잖아요?"

"어처구니없군. 아니, 그럼, 왜……."

왜 내 집에 찾아왔지?

처음부터 날 의심했던 것인가?

"무슨 생각으로 그런 말을 하는지 잘 모르겠는데…… 난 범인이 아니야. 경찰도 그건 알 거야. 난 알리바이가 있어……."

히스이는 조용히 고개를 저었다.

"유감스럽게도 당신의 알리바이는 성립되지 않아요."

"말도 안 되는 소리."

"지금쯤 경찰이 검증하고 있을 거예요."

"아니, 난 틀림없이 회사에 있었어."

"당신은 이 방에서 스고 씨와 영상통화를 했어요. 회사에 있었던 게 아니라고요."

"아냐, 난 회사에 있었어!"

완강하게 부정하는 고마키를 향해, 히스이는 미소를 지어 보이며 빠르게 쏘아붙였다.

"아뇨, 아뇨. 당신은 여기에 있었어요. 설명합니다. 설명해요. 요시다 씨의 책상 상태를 떠올려보세요. 키보드와 마우스에는 요시다 씨 지문이 확실히 묻어 있는데 책상의 앉는 쪽 가장자리만 지문이 깨끗하게 닦여 있었어요. 대체 어떻게 해야 그런 상태가 될까요?"

검지를 빙글빙글 돌리며 히스이는 방에 있는 노트북 책상을 가리켰다.

"예를 들어 장갑을 낀 범인이 노트북을 사용했다면 요시다 씨 지문이 키보드에 또렷하게 남는 건 이상해요. 장갑을 낀 채 키보드와 마우스를 만졌다면 요시다 씨 지문이 군데군데 닦여 있어야 하니까요. 그렇게 되지 않았다는 건, 범인은 요시다 씨의 키보드와 마우스를 사용하지 않았다는 뜻이죠. 그럼에도 범인이 굳이 가장자리를 닦은 이유는 장갑을 쓰지 않고 책상을 써야 했기 때문이죠. 그렇다면 생각할 수 있는 결과는 이렇습니다. 범인은 요시다 씨의 키보드와 마우스를 옆으로 치웠다. 그리고 비운 그 공간에서 뭔가 다른 작업을 했다……."

마치 히스이가 그 현장을 지켜봤던 것 같은 느낌이 들어 고마키는 호흡을 멈췄다.

히스이는 고개를 기울인 채 눈을 깜빡거리다가 다시 말을 뱉어낸다.

"어라라? 그런데, 이상하네요. 잘 생각해보세요. 범인은 필요 이상으로 지문을 남기거나 닦지는 않았어요. 욕실과 요시다 씨의 시체에서는 지문이 안 나왔으니 장갑을 준비해서 작업을 했겠죠. 그런데 책상 가장자리는 왜 닦아야 했을까요? **처음부터 장갑을 꼈다면 닦을 필요 따위 없었을 텐데, 왜요? 이건 놓칠 수 없는 모순이에요.**"

고마키는 입을 떡 벌린 채, 빠르게 말하는 히스이를 올려다볼 수밖에 없었다.

뭐지?

대체 뭐야?

이 여자는…….

"저는 책상 사진을 보고 일 분 정도 고민했어요. 결론으로 이끌어 준 건 새로 산 러그와, 그 러그의 털이 바퀴에 끼어 있던 화이트보드였죠. 범인은 화이트보드를 옮겼다. 왜일까요? 저는 범인이 이걸 옮겨서 뭔가 하고 싶었던 게 아닐까 추측했어요. 마침 관계자 가운데 딱 한 명, 영상통화를 근거로 알리바이를 주장하는 사람이 있고. 범인은 화이트보드를 옮겨 등 뒤에 둠으로써 자신이 회사에 있다는 듯이 통화 상대를 속일 수 있었다면? 사람은 무의식중에 얼굴을 만져요. 장갑을 낀 상태라면 영상통화 도중에 그 모습이 찍혀서 이상해보일 수 있죠. 그래서 범인은 어쩔 수 없이 장갑을 벗어야 했던 게 아닐까요."

"아니…….."

고마키는 반론의 실마리를 찾으며, 땀을 닦고 말했다.

"그 추리에는 허점이 있어. 내가 여기에서 스고 씨와 영상통화를 했다 쳐도……. 클라우드상에 있는 서버에는 회사 네트워크가 아니면 액세스 할 수 없거든."

"네. 그런 것 같더군요. 경찰 전문가도 조사 후에 그런 결론을 내렸더라고요."

"그렇다면."

"그런데 문득 이런 생각이 들었어요. 그 작업을 하기 위해 몇 시간이나 회사에 있을 필요가 정말로 있을까……."

"멍청한 소리. 서버에 액세스 하지 않고 어떻게."

"프로그램은 원하는 대로 움직이지 않는다. 타이핑한 대로 움직인다."

사악한 기운마저 느껴지는 미소를 지으며 히스이가 말했다.

고마키는 그 말에 숨을 삼켰다.

"프로그램의 버그는 질환처럼 자연 발생하는 게 아니라 인간의 실수로 생겨나죠. 이걸 가르쳐준 사람은 고마키 씨였어요. 그 이야기, 심오해서 정말 재미있더라고요. 그래서 생각했어요. 그렇다면, 그렇다면? 미리 문제가 생기게끔 의도적으로 잘못 기입해두면 어떨까……."

"그건……."

"누군가의 장난 때문에 버그가 있다는 걸 알게 된 거잖아요? 그래서 서버의 애플리케이션이 다운돼버렸고. 그러면 이렇게도 생각할 수 있겠네요. 특정한 곳을 공격하면 서버가 다운되게끔 **사전에 준비해두고**, 타이밍에 맞춰 **직접 그곳을 공격하면 된다**."

히스이의 매서운 시선이 날아와 꽂혔다.

고마키는 눈앞이 캄캄해지는 걸 느끼고 있었다.

이 여자, 뭐야…….

"직접 준비한 실수라면 어디를 어떻게 손봐야 바로잡을 수 있는지 알 거예요. **몇 시간씩이나 알아볼 필요가 없죠.** 그리고…… 그리고 그리고? 그 코드를 다시 짜기까지 몇 시간이나 걸린다 해도…… **수정한 걸 미리 준비해두면 되는 거예요.** 당신은 스고 씨와 통화하며 코드를 고치는 척했지만, 사실은 **아무것도 하지 않았어요.**"

히스이는 검지를 세워 자신의 머리칼을 빙글빙글 감기 시작했다. 그러고는 애처롭다는 듯 살짝 웃어 보였다.

"불쌍하게도, 스고 씨만 자신에게 할당된 부분을 부지런히 수정했죠. 그분 말에 따르면 작업한 내용은 고마키 씨가 마지막에 한 번에 반영했다더군요. 당신 주도하에 기획된 프로그램이라면 그 정도 컨트롤은 가능했을 거예요. 당신은 23시까지 여기에서 스고 씨와 수다를 떤 후, 통화를 마치고 한 시간 들여 회사로 돌아가 자정에 서버에 접속해 미리 준비해둔 수정 파일을 반영했어요. 지인에게 들었는데, 전문용어로는 뭐라고 한댔죠? 머지 한 다음 커밋? 그 다음에는 디플로이? 일류 엔지니어이신 고마키 씨 생각은 어때요? 모순이 있나요?"

고마키는 반론할 수 없었다.

입술을 깨물며, 사악하게 조소하는 히스이를 간신히 노려본다.

"아니……. 그건…… 그렇게 생각할 수도 있을 뿐이야. 내가, 이곳에 있었다는 걸 증명하지는 못해. 아무런 증거도 안 된다고."

"과연 그럴까요오?"

히스이는 고개를 갸우뚱거렸다.

"내가 범인이라는 증거를 보여줘."

"네."

"뭐?"

"네. 보여드릴게요."

검지의 움직임이 멈추더니 감겼던 머리카락이 스르륵 풀리며 춤을 춘다.

히스이는 미소 지은 채 양손의 다섯 손가락을 마주 댔다. 기도하는 동작과 비슷했지만 손가락은 모두 천천히 고마키를 가리켰다. 고마키는 그 아름다운 손끝에서 탄환이 날아와 자신을 관통하는 게 아닐까 하는 착각에 휩싸였다.

"이걸 보시죠."

어디에서 꺼냈는지 히스이는 사진 한 장을 내밀었다. 뭐지. 느닷없이 나타난 것처럼 보였다. 착각인가? 사진에는 예전에 본 적 있는, 책상에 남은 고리 모양의 자국이 찍혀 있었다. 히스이는 그 사진을 팔락팔락 흔들어 보였다.

"이게 아무래도 신경 쓰여서……. 성분을 분석했더니 이 고리 모양의 액체는 요시다 씨가 전날 처방받아 달인 탕약이었어요. 냉장보관해둔 걸 머그컵에 넣어 전자레인지로 데우거나 해서 마셨겠죠. 그때 너무 기울였는지, 액체가 컵 옆면을 타고 흘렀고 그걸 모른 채 컵을 책상에 둔 바람에 고리 모양으로 젖은 자국이 남았어요. 머그컵은 요시다 씨가 범인이 오기 전에 치워서 개수대에 있었어요. 그런데 말이죠, 이 고리의 일부분이 끊긴 것 같은 흔적이 있어요. 펜처럼 가는 물체가 놓인 결과 알파벳 C자와 같은 형태가 됐죠. 하지만 아무리 찾아봐도 현장에는 이런 자국을 남길 만한 게 없었어요. 그냥 물이 아니라 특징 있는 액체니까 그 물체에는 탕약이 묻어 남았을 텐데, 책상을 뒤집어엎다시피 해봐도 그럴싸한 게 전혀 안 나오더군요."

고마키는 추리의 결말이 어디로 향할지 전혀 알 수 없었다.

"어디에도 없다는 건 **범인이 가져갔다**는 뜻이에요. 그럼 범인은 그 자리에 뭘 놔뒀을까요? 조금 전 추리를 감안하면, 범인은 책상에서 영상통화를 했어요. 키보드와 마우스를 옆으로 밀어두고 자신의 노트북을 뒀겠죠. 그리고 화각을 좁게 조정할 수 있는 웹카메라 정도일까요. 하지만 노트북도 웹카메라도 펜처럼 폭이 좁지 않아요. 케이블 같은 건가 해서 슬쩍 떠봤는데, 고마키 씨는 전혀 모르는 것 같더라고요. 그래서 한동안 고민했어요."

히스이는 고개를 기울이며 난처하다는 듯 웃었다.

"하지만 우수한 파트너 덕분에 어제 마침내 그 정체를 알아냈죠. 생각해보면 당연한, 아주 간단한 거였어요. 아유, 창피해라. 저도 참 바보 같다니까요."

히스이는 자신의 옆머리를 주먹으로 살짝 때리며 혀를 내밀었다.

고마키도 마침내 이해했다.

그것은 자신이 저지른 가장 큰 실수였다.

아무리 조심한다 해도 인간은 실수를 저질러버린다…….

"저, 노트북을 잘 몰라서요. 컴퓨터 작업은 파트너가 해주니까 별로 만질 일이 없어요. 특히 보이지 않는 부분에는 더 둔감했죠. 하지만, 그래요. 생각해보면 그렇게 되는 건 당연한 일이었어요. 노트북 바닥, 네 모서리에 붙어 있는 미끄럼 방지 고무……. 노트북 바닥면은 대부분 거기만 튀어나와 있어요. 범인은 노트북을 책상에 두고 위치를 조정했죠. 그때, 미끄럼 방지 고무가 고리 모양의 액체를 긁은 거예요."

그렇군…….

그때 요시다의 책상은 정리돼 있지 않은 서류로 가득했다. 차양처럼 책상 면적의 많은 부분을 덮고 있었다. 고마키는 노트북 위치를 조정하려고 그것을 움직였다. 용무를 마치고 정리할 때도 건드렸을지 모른다.

고마키는 고개를 푹 숙인 채 깊은 한숨을 내쉬었다.

경찰이 히스이를 이 집에 오게 했다면 아마도 어딘가에서 대기하고 있을 것이다.

그런 예감이 들었다.

고마키가 체념했음을 깨달은 것일까. 히스이는 온화한 목소리로 말했다.

"오늘 아침, 고마키 씨의 노트북을 슬쩍 확인해보니 역시나 바닥면에 더러워진 부분이 있더군요. 젖은 걸 모르고 집어넣은 탓에 슬리브에도 묻어 있었어요. 천으로 된 슬리브라서 더 확실하게 보이더군요. 갖고 계시죠?"

고마키는 모든 걸 내려놓고 자신의 노트북을 꺼냈다.

뒤집어보자 히스이의 말대로 미끄럼 방지용으로 부착된 고무 돌기 부분이 아주 살짝 더러워져 있었다. 슬리브를 열어 안을 살피니 그곳에도 얼룩이 보였다.

"탕약은 생약을 배합해서 만들어요. 분석해보면 일전에 요시다 씨가 받은 처방과 동일한 성분이 검출되겠죠."

고마키는 한숨을 내뱉었다.

"설마 이런 실수를 했을 줄이야……."

완벽한 범행 계획이었는데.

하지만 버그는 아무리 잡고 또 잡아도 없어지지 않는다.

인간은 완벽하지 않으니까.

그 사실을 잘 알고 있었을 텐데.

조용한 실내에 히스이의 숙연한 목소리가 울린다.

"틀렸어요. 당신의 가장 큰 실수는 살인 아닌가요?"

고마키는 고개를 들어 아름다운 단죄자를 바라보았다.

"당신은 대체 뭐 하는 사람입니까?"

"저는 살인이라는 죄를 저지른 사회의 적을 없애는 사람이에요."

"대단하네."

고마키는 힘없이 웃었다. 자조하는 기분이었다.

"정의의 사도 같군."

"그런 엄청난 사람은 아니에요. 일개 탐정이죠."

히스이는 어깨를 으쓱였다.

"난 처음부터 속았던 건가……. 여자는 무서운 존재군요."

히스이는 천장을 흘끗 올려다보더니 장난스레 웃었다.

"여자가 무서운 게 아니에요. 제 눈에는 남자가 바보 같은걸요."

"그 말이 맞을 테죠."

고마키는 웃었다.

자신은 얼마나 무시무시한 존재에게 손을 뻗으려 한 것인가.

"소즈카 씨…… 난 요시다에게 청춘을 빼앗겼어요."

히스이는 말이 없었다.

대꾸는 없었지만 고마키는 말을 이어갔다.

"중학생 때, 나 때문에 요시다가 다쳤어요. 그래서 다리에 평생 갈 상처가 생겼죠. 미안하게 생각해요. 하지만 그 자식은 죄책감을 이용해서 내 재능을 제 것인 양 세상에 발표했어요. 너 같은 게 하는 것보다 훨씬 낫다고 바보 취급을 받으면서 십대와 이십대를 보냈어요. 절대로 빛이 들지 않는, 먹구름 잔뜩 낀 나날이었죠. 그 클라우드에는 여태껏 빼앗긴 내 청춘의 결정체가 잠들어 있어요……."

고마키는 눈을 감고 숨을 뱉었다.

아주 조금 마음이 가벼워진 듯한 착각이 들었다.

"요시다의 지배에서 해방되고 싶었어……. 그런데 그 덕분에 앞으로 남은 인생을 속죄하며 보내야 하다니. 결국 죽을 때까지 요시다의 저주가 이어지는 인생이네요……."

"인생도 내가 원하는 대로는 움직이지 않아요. 행동한 대로 움직이죠."

고마키는 흠칫 놀라 히스이를 바라보았다.

히스이는 아주 잠깐, 서글픈 표정으로 그를 보았다.

"왜 이런 방법을 선택한 거예요? 프로그램은 타이핑한 대로만 움직이잖아요?"

확실히 그럴지도 모른다.

자신은 요시다에게 불만을 느끼기만 했을 뿐 이렇다 할 행동으로 옮기지는 못했다. 그를 떠나 이직을 하는 방법도 있었을 테고, 진실을 폭로해 공적을 되찾는 것도, 하려면 할 수 있었을 터였다. 그게 불가능했던 이유는, 마음 한구석에서는 잠자코 따르는 게 편하다고 느꼈기 때문 아닐까. 그리고 마지막 한 걸음은 원한에 지배되어 잘못된 방향으로 내디뎠다…….

"결국…… 모든 걸 요시다의 책임으로만 돌린 나의 나약함이 원인이었을지도 모르죠."

고마키는 히스이를 보았다.

그리고 가까스로 말했다.

"비록 짧은 만남이었지만, 당신과 시간을 보낼 수 있어서 좋았어요."

그건 자신의 인생에 찾아온, 아주 잠깐 동안의 맑은 하늘이었다.

"전 그렇지도 않아요."

하지만 히스이는 슬픈 표정으로 고개를 저었다.

"그런 상황을 연출한 제가 할 말은 아니지만, 당신은 제 겉모습에만 끌린 거예요. 제게 좋아하는 영화도, 하고 싶은 일도 물어보지 않았죠. 다음에 여자를 만날 때는 주의하는 게 좋아요."

엄중한 말에 고마키는 웃었다.

"명심하겠습니다."

지금이라면 저 뛰어난 지성에 반해버릴 것 같은데.

"경험을 쌓다 보면 사람은 실수를 줄일 수 있어요."

"버그를 줄이듯이?"

"네. 버그를 줄이듯이."

히스이는 살며시 웃으며, 안내하듯 한쪽 팔을 뻗었다.

"그래도 프로그램 이야기는 조금 즐거웠어요."

"그렇다면 다행이네."

고마키는 히스이가 가리키는 현관 쪽으로 향했다.

경찰이 대기하고 있을 것이다.

인생도, 자신이 써 내려간 대로밖에 굴러가지 않는다.

만약 아직 기회가 있다면, 앞으로의 인생은 그 말을 마음에 새기며 살아가겠노라 다짐한다.

"가시죠."

히스이의 말에 고마키는 발걸음을 옮겼다.

"Murder on the Cloud" ends,

and … again.

날씨 좋은 휴일 오후였다.

지와사키 마코토는 여느 때와 다름없이 거실에서 노트북으로 보고서를 작성하고 있었다.

조즈카 히스이의 논리는 때때로 엉뚱해서 글로 정리하기가 어렵다. 어떻게 그런 걸 알 수 있나 싶은 대목을 자주 맞닥뜨린다. 혹시 정말로 영감이 있는 게 아닌지 몇 번이나 의심했을 정도다.

그 주인공은 이른 아침부터 외출했다. 일이 없는 날이다. 이런 날에는 대부분 하염없이 자거나 방에 틀어박혀 마술 영상을 보거나 책을 읽지, 오전에 외출하는 경우는 드물다. 왜 나갔는지 가늠도 되지 않았다.

그렇다. 예나 지금이나 마코토는 히스이를 전혀 모른다.

"다녀왔어요."

맥 빠진 목소리와 함께 히스이가 돌아왔다.

정오가 지난 지 얼마 되지 않았다. 생각보다 이른 귀가였다.

"어디 갔다 왔어?"

거실로 들어온 히스이에게 물었다.

외출할 때마다 쓸데없이 멋을 부리는 히스이는 역시나 오늘도 한껏 차려입은 상태였다. 자신을 예쁘게 꾸미는 게 취미라고 한다. 행복하겠다고 마코토는 생각했다. 하지만 나가기 전에 눈앞에서 보란 듯이 패션쇼를 하는 건 자제해줬으면 좋겠다. 그나저나 오늘은 너무 튀지 않게 갈색 컬러렌즈를 끼고 도수 없는 안경을 착용한 것 같았다.

히스이가 케이크 상자를 거실 테이블에 놓았다.

왠지 뿌듯해하는 표정이다.

"후후후. 사건을 해결한 저에게 주는 상으로 한정판 푸딩을 사왔지요."

그러고는 기쁘다는 듯 눈동자를 반짝이며 상자를 열었다.

푸딩이 한가득 늘어서 있었다.

본인이 직접 사오는 일은 드물다.

"어라라, 마코토도 먹고 싶어요?"

히스이가 짓궂은 얼굴로 약 올리듯 말했다.

마코토는 애써 냉정한 표정을 지으며 히스이를 보았다.

"별로."

"어떻게 할까요? 특별히 네 개까지는 양보할 수 있는데요."

얘 뭐야.

자기한테 주는 선물이라면서 예전 일을 사과하려는 건가?

"아냐. 네 개나 먹기는 힘들어."

"마코토는 자제력이 없잖아요. 어차피 전부 먹어버릴 거면서. 다 알아요."

둥글게 말 수 있는 잡지 같은 게 없는지 두리번거렸지만 손 닿는 곳에는 없었다.

히스이는 기분이 좋은지 쿡쿡 웃으며 푸딩을 냉장고에 넣으러 갔다.

별수 없이 마코토는 한숨을 내쉬며 보고서 작업으로 돌아갔다.

히스이가 거실로 돌아와 맞은편 의자에 앉는다.

세면대에서 하면 될 것을, 컬러 렌즈를 빼기 시작했다.

눈앞에서 하는 게 괜히 미심쩍다. 저 비취빛 눈동자도 컬러렌즈 아닐까 마코토는 몰래 의심하고 있다. 진짜 눈동자는 무슨 색일까.

"아 참, 아까 택배 왔어."

마코토는 방 한쪽에 있는 직사각형 상자를 눈짓으로 가리켰다.

"오, 생각보다 빨리 왔네요."

히스이가 일어나 콧노래를 부르며 상자 쪽으로 갔다.

"뭔데?"

히스이는 등을 돌린 채 한 손에 작은 칼을 들고 한동안 씨름하더니 내용물을 꺼내는 데 성공한 것 같았다.

"짜잔."

얼빠진 목소리와 함께 내용물을 끌어안고 돌아왔다.

하얀 패키지에 담긴 그것은 노트북인 듯했다.

귀여운 느낌의 핑크골드 컬러였다.

"갑자기 웬 노트북?"

"마코토, 그거 알아요? 프로그래밍은 논리적인 사고를 키우는 데 안성맞춤이에요. 자, 개봉식입니다."

뭐야 이 녀석.

패키지를 테이블에 두고 포장을 열려 하는 히스이를, 마코토는 질렸다는 기분으로 보고 있었다.

"또 돈을 낭비하고…… 어차피 금방 싫증 낼 거면서."

"그럴 일 없어요오."

히스이는 입을 삐죽거렸다. 비닐이 잘 뜯기지 않는지 고전하고 있다.

"뭐 그러시든가."

마코토는 그 모습을 곁눈질하며 보고서 작성을 재개했다.

노트북을 산 김에 보고서도 직접 써주면 좋겠는데…….

무리겠지.

조즈카 히스이만큼 취미가 다양하면서 금방 싫증 내는 사람을 여태 본 적이 없다.

문득, 사건에 대해 자신이 적은 문장을 보고 의문이 생겨났다.

"한 가지 궁금한 게 있어."

"뭔데요?"

노트북을 꺼내 들고 좋아하던 히스이가 고개를 들었다.

"좀 억지스러운 것 같아서. 책상에 남아 있던 탕약의 양은 아주 적었잖아? 그게 노트북의 미끄럼 방지 고무에 묻어서 슬리브를 더럽혔다 쳐도…… 성분을 분석할 양이 돼? 어렵지 않아? 몇 시간이나 알리바이 공작을 한 후라면 바싹 말라 있기도 할 테고."

히스이는 눈을 약간 크게 뜨고 마코토를 보았다. 마코토가 말을 이었다.

"혹시 너, 처음부터 그 책상의 C가 뭔지 알고 있었던 거 아냐? 그래서 일부러 고마키에게 접근해 노트북이랑 슬리브에 같은 성분의 액체를 묻히려 했고……."

자기 앞에서 C자의 정체를 알아낸 척했지만 그마저 연기였다 해도 조즈카 히스이라면 이상할 게 없다.

이 무서운 여자라면 증거 날조도 손쉽게 해낼 것 같다.

캐묻자, 히스이는 가당치도 않다는 듯 인상을 찌푸렸다.

"참나, 마코토는 절 어떻게 보는 거예요."

"세상에서 제일 믿을 수 없는 여자."

"다른 표현은 없나요……."

"살인마와 연애 놀이를 하면서 스릴과 쾌감을 느끼는 변태 사디스트 탐정."

"마코토, 오늘부로 해고예요."

"날 자르면 너처럼 손 많이 가는 사람을 누가 돌보겠니."

히스이는 천장을 올려다보았다.

물론 천장에는 아무것도 없다.

달리 할 말이 없을 때 버릇처럼 나오는 동작이다.

마코토는 테이블에 놓인 히스이의 도수 없는 안경을 힐긋 보았다. 왠지 그런 생각이 들었다. 저 안경은 속내를 숨기기 위한 가면 같은 게 아닐까. 본래의 히스이를 격리하고 탐정다운 자신을 빙의시켜 한없이 엄하게 범인을 단죄하기 위한 도구.

지나친 억측일까?

"그래서 진실이 뭐야?"

물론 진상이 어떻든 보고서에 쓸 생각은 눈곱만큼도 없다.

"글쎄요."

히스이는 양손 손끝을 맞대며 웃었다.

히스이의 두 눈동자가 반짝이며 이쪽을 본다.

저 미소는.

너, 정말 영감이 있는 거 아니야?

그런 식으로 싸우면 힘들지 않아?

마코토가 이런 질문을 할 때마다 돌아오는 그 표정.

긍정이라고도 부정이라고도 말할 수 없는, 중간 어딘가의 미소였다.

포말의

심판

괜찮다. 옳은 일이다.

복도를 걸으며 스에자키 에리는 그렇게 자신을 타일렀다.

내일 있을 송별회만은 유타에게 미안하고 마음이 쓰였다. 기대감에 부푼 아이들의 미소가 눈앞에 아른거리지만 이대로라면 연기延期할 수밖에 없을 것이다. 하지만 오늘을 놓치면 다음 기회가 언제 찾아올지 알 수 없다.

한밤중의 초등학교 복도는 낮의 경치와는 사뭇 달라 매우 고요했다. 일직선으로 깔린 리놀륨 바닥을 LED 조명이 비추는데, 옆에 늘어선 교실에는 당연하게도 불이 켜져 있지 않다. 시야 끝자락에 드리운 그림자는 불길하여 유령이라도 나올 것 같은 착각에 빠져들었다.

초등학교 교사에게는 이런 경치가 익숙하다. 지금까지 야심한 시각에 교무실과 교실을 오간 횟수는 셀 수도 없을 정도다. 하지만 오늘 밤은 자신에게 특별한 밤이 될 것이다. 긴장감에 뿜어지는 땀을 옴켜쥐며, 에리는 자신의 성城으로 향했다.

깜깜한 교실 문을 열자 어둠 속에서 목소리가 들려왔다.

"늦었잖아."

왠지 재미있어하는 듯한, 에리의 신경을 긁어대는 불쾌한 목소리였다.

복도에서 비치는 조명을 받아 체격 큰 남자의 실루엣이 어둠 속에 떠오른다. 교실의 어두운 창문을 등지고 선 남자의 이름은 다구사 아키오였다. 시간을 때우고 있었는지, 손에 든 스마트폰 화면의 빛이 다구사의 얼굴을 희미하게 비쳤다. 희끗희끗한 다박수염에 벗어지기 시작한 지저분한 머리. 그리고 차마 눈 뜨고 볼 수 없는 비열한 미소.

"당신과 달리 난 바빠. 알잖아." 가까스로 불쾌감을 되돌려주며, 에리는 다구사에게서 눈을 돌렸다. "CCTV는 확실히 피했겠지?"

"당연하지. 날 만만하게 보면 곤란해." 다구사가 웃었다. 그러고는 스마트폰을 낡은 양복 안주머니에 넣으며 말했다. "그런데 이런 시간에 학교의 보안 시스템이 이렇게 허술하면 아무나 드나들 수 있잖아. 애들 안전은 뒷전이란 건가?"

"그게 당신이 할 소리야?"

솟구치는 오한을 억누르며, 에리는 자신의 팔을 꼭 껴안았다.

"됐고, 협조하기로 했나 보군." 다구사는 천박한 웃음을 지으며 그 표정에 어울리는 역겨운 말을 입에 올렸다. "학교 선생님이 협조해준다면 더 안전하게 카메라를 설치할 수 있지. 아, 그리고 애들 개인정보도 넘겨줘. 그 변태들한테 동영상이랑 세트로 팔면 꽤 짭짤할 것 같거든."

"그딴 짓을 할 수 있을 리가 없잖아."

"그럼 일단은 돈부터. 준비해왔지?"

에리는 시선을 떨어뜨렸다. 내내 쥐고 있어 땀이 스며든 봉투를 내밀었다.

다구사는 비웃으며 봉투를 받아 들었다. 입구를 열어 안을 확인하려 한다.

"어둡네. 그냥 불 켜."

"터무니없는 소리 하지 마. 여긴 바깥에서 잘 보인다고. 난 괜찮지만 당신은 아니잖아?"

다구사는 혀를 차며 창문 쪽으로 시선을 돌렸다. 그러고는 복도 쪽을 보았다.

"별수 없지. 복도 조명으로 확인해야겠군."

"잠깐만."

에리의 목소리가 날카로워졌다.

다구사가 의아하다는 듯 에리를 보았다.

"응?"

"저기에서…… 누가 이쪽을 보는 것 같지 않아?"

"뭐라고?"

"봐, 저쪽……. 다른 사람 눈에 안 띄게 들어온 거 맞지?"

다구사가 창문으로 바깥을 내다보려 한다.

"어디?"

"너무 가까이 가지 마. 자세 낮추고. 누가 보면 어떡해."

다구사는 혀를 차며 몸을 굽혔다. 그러면서도 바깥이 신경은 쓰이는 모양이었다. 에리를 등지고 서서 밖을 내다보려 하고 있다. 베란다가 있어 그 자세라면 지면 쪽은 보이지 않을 것이다. 에리는 교실 구석에 있는 자신의 책상 아래, 거기 놓아둔 상자에서 재빨리 그것을 끼냈다.

"어이, 그 사람 갔어?"

괜찮다. 옳은 일이다.

내가 모두를 구할 것이다.

"이봐."

이상하다 싶었는지 다구사가 이쪽으로 몸을 돌렸다.

에리는 치켜든 콘크리트 블록으로 남자의 정수리를 힘껏 내리찍었다.

둔탁한 소리가 울려 퍼졌다.

신음 소리는 없었다.

다만 충격이 손목을 통해 에리의 팔 전체로 퍼져나갔다.

정신이 들었을 때 다구사는 교실 바닥에 쓰러져 있었다.

격한 운동을 한 것도 아닌데 전속력으로 내달렸을 때처럼 심장이 빠르게 요동쳤다. 에리는 아주 잠시, 다구사를 내려다보았다.

곧장 이성을 되찾고 콘크리트 블록을 상자에 넣는다.

휴대전화를 꺼내 손전등을 켰다. 초조해서인지 손이 마음처럼 잘 움직이지 않았다. 작은 LED 빛이 쓰러진 다구사를 비췄다. 꿈쩍도 하지 않은 채 머리에서 피를 흘리고 있었다. 에리는 상자에서 목장갑을 꺼내 착용했다. 그러고는 다구사의 몸을 흔들었다. 불쾌감에 인상을 찌푸리며, 숨을 쉬고 있는지 확인한다. 죽었다. 아마도.

이런 건가. 이렇게도 허무하게, 인간은 죽는 건가.

에리는 당연한 사실을 재확인했다.

그래. 자신은 알고 있을 터였다.

사람은 허무하게 죽는다.

비눗방울 터지듯 허망하게, 생명은 사라진다.

일격에 끝낼 수 있어 다행이었다.

수월하게 죽였다…….

하지만 아직 안도하기는 이르다.

에리는 복도로 나가 계단 옆에서 손수레를 끌고 왔다. 잠시 고민했지만 방향 조절이 쉽지 않아 교실 입구에 두었다. 어둠 속에서 다구사 쪽으로 돌아가 바닥을 더듬거렸다. 떨어져 있는 봉투를 잊지 않고 챙긴 뒤 방해가 되지 않도록 일단은 상자에 넣는다.

그러고는 다구사의 겨드랑이를 안아 들어 입구까지 끌고 갔다. 다구사는 평균적인 남성보다 체구가 컸다. 직업상 체력에 자신이 있는데도 에리는 이를 악물어야 했다. 책상 사이를 누비고 나아가 듯 끌다가 몇 번이나 아이들 책상에 허리를 찧었다.

복도로 나와 가까스로 손수레에 다구사의 시체를 실었다. 그때 다구사가 신발을 신지 않았다는 걸 알아챘다. 흠칫 놀란 에리는 교실로 돌아갔다. 불을 켤지 고민했지만 만에 하나 누가 보더라도 자기만 있으면 아무 문제 없다. 그렇게 생각하고 불을 켰다.

실내를 둘러보니 다구사를 끌고 가던 도중에 떨어졌는지, 내빈용 슬리퍼 한 쌍이 바닥에 널브러져 있었다. 신발 자국이 남는 걸 우려해 꼼꼼하게 갈아 신었으리라. 에리는 슬리퍼를 주워 들었다가 한쪽이 살짝 변색됐다는 걸 깨달았다. 목장갑을 껴서 잘 몰랐는데 젖어 있었던 것이다. 어딘가 바닥이 젖은 곳을 밟고 온 것 같았다. 복도에는 수도가 있어 젖을 만한 곳은 얼마든지 있다. 하지만 화장실일지도 모른다. 다구사라면 그럴 수 있다. 이미 그곳에서 힌탕 했겠지. 그 모습을 상상하니 소름이 끼쳐 에리는 입술을 깨물었다.

일단은 슬리퍼를 책상 아래의 상자에 넣었다. 다구사가 신고 온 신발은 어디 있을까. 누가 볼지도 모르는데 설마 신발장에 넣지는 않았을 것이다. 그런 걱정을 할 때, 다구사가 처음 서 있던 곳에서 가까운 책상에 못 보던 비닐봉투가 보였다. 혹시나 하며 살펴보니 낡은 가죽구두가 들어 있었다.

에리는 손수레로 돌아와 구두를 신겼다. 그런데 가죽이어서인지 발이 안쪽까지 잘 들어가지 않았다. 우물쭈물할 시간은 없다. 이 층에 누가 올 가능성은 없겠지만 만약이라는 게 있다. 시체를 장시간 부자연스러운 자세로 두면 시반이 남는다는 것도 알고 있었다. 그런 상황은 피해야 한다. 어쩔 수 없이 구두 한쪽은 대충 걸쳐두는 정도에서 포기했다. 에리는 준비해둔 쇠망치를 꺼내 다구사의 손에 쥐였다. 지문을 남기기 위해서였다. 쇠망치는 다구사가 입은 정장의 오른쪽 주머니에 넣고, 미리 챙겨 온 목장갑을 다구사의 손에 끼웠다. 이로써 준비는 다 됐다. 손수레를 밀어 운반하기 시작했다. 야심한 복도에서, 그런 에리의 모습을 수상한 눈으로 지켜보는 사람은 없었다.

복도에서 직진해 3층 제일 끝에 있는 과학실 문을 열었다. 커튼이 닫혀 있어 실내는 어두컴컴했다. 혹시 모르니 불은 켜지 않고 손수레를 밀어 안으로 들어선다. 하지만 이내 손수레가 뭔가에 걸렸는지 움직이지 않았다. 복도 조명에 의지해 실눈을 뜨고 살펴보니 바닥에 깔린 케이블 커버가 원인이었다. 두께가 있어 아이들도 곧잘 발이 걸리는 곳이다. 미처 생각하지 못한 부분이었다.

그 밖에도 에리가 손수레를 끌고 가려 했던 과학실 뒤쪽에는 수납장에 다 넣지 못한 종이상자며 선반에 놓인 비커들, 실험대에 연결된 수도 등 손수레의 동선을 방해하는 요소가 한 무더기였다. 이대로 끌고 가기는 어려울 것이다. 에리는 어쩔 수 없이 불을 켰다.

인근 주민들이 불 켜진 모습을 보더라도 어차피 평소처럼 야근을 한다고 생각할 터였다. 걸리적대는 것들을 치우며 신중하게 손수레를 밀어 베란다로 향한다. 배치가 바뀐 걸 의아하게 여기는 사람이 있을 수도 있으니 나중에 원위치로 돌려놔야 할 것이다.

과학실 안쪽에 도착한 뒤 베란다로 이어지는 커튼과 창문을 열고, 가까스로 다구사의 몸을 들어 올린다. 그대로 질질 끌어 베란다 난간에 몸이 걸쳐지게 올렸다. 거기까지 끝냈을 때 이미 온몸이 땀범벅이었다. 땀방울이 시체에 떨어지지 않도록, 에리는 한 번에 끝내지 않고 조심스레 운반을 실행했다. 손수레 없이는 이 작업을 해낼 수 없었을 것이다.

드디어 마지막이다…….

최대한 힘을 끌어모아 다구사의 허리를 들어 올렸다.

난간 너머로 밀어낸다.

지금까지의 고생이 거짓말이었던 것처럼 다구사의 몸은 중력을 따라 머리부터 바닥으로 곤두박질쳤다.

어떤 목소리도 없이, 그저 둔탁한 소리만 났다.

그러나 그 소리를 들은 사람은 에리뿐이었다.

에리는 기진맥진하여 바닥에 주저앉았다.

한동안 난간에 기댄 채 멍하니 있었다.

"괜찮아."

에리는 자신에게 말하듯 중얼거렸다.

"난 잘못한 거 없으니까⋯⋯."

‑ ❋ ‑

경시청 형사부 제2기동수사대 소속인 구시게 하야토 순사부장은 낡은 초등학교 건물을 올려다보며 하품을 꾹 참았다. 3층 건물 뒤로 펼쳐진 맑고 푸른 하늘이 눈부시다. 이 태양 빛이 조금이라도 졸음을 가져가주기를 바랄 뿐이다.

초등학교에 불법 침입을 시도하던 자가 3층에서 떨어져 사망.

구시게는 초동 수사에 참여했지만 사고사를 의심할 요소는 보이지 않았고 수사는 몇 시간도 더 전에 관할 서로 넘어갔다. 지금쯤이면 사망한 남자가 초등학교에 침입하려던 동기를 조사하고 있을 것이다. 이미 구시게의 손을 떠난 사건이다. 그런데.

초동 수사 후, 제대로 자지도 못하고 장시간 순찰 근무를 하던 구시게는 마침내 퇴근해 쉴 수 있겠다고 안도했건만 퇴근 직전에 상사에게 붙들렸다. 그리고 이제부터 어떤 인물을 응대해야 한다. 정오가 가까운 시각이었고 아침식사를 거른 상태라 배도 고팠다.

초등학교는 임시 휴교 중이어서 아이들 모습은 보이지 않았다. 추락 현장 주변에는 노란 테이프가 둘러쳐져 있지만 이미 블루 시트는 제거했고 당연히 시체도 옮긴 뒤였다. 구시게가 시간을 때울 겸 들고 있던 자료를 넘기는데 출입금지 테이프 너머에서 경찰관의 목소리가 들려왔다.

"잠시만요. 학교 선생님이십니까? 여기 들어가시면 안 됩니다."

"와, 제가 학교 선생님으로 보여요? 여기 이 여자는 어때요? 표정은 차가운데……. 그래서 더 그럴싸해 보이나?"

참으로 경박한 목소리가 들려온다. 당황한 듯한 경관의 뒷모습을 보며, 구시게는 그쪽으로 다가갔다. 경관이 막은 사람들은 누가 봐도 수사 현장에는 어울리지 않는 여자 두 명이었다. 갈색 머리 여성은 하얀 양산을 쓰고 있다.

"관계자야. 들어오시게 해."

구시게는 경관에게 말하며 테이프를 들어 올렸다.

그러고는 지긋지긋하다는 기분을 억누르며 말했다.

"저, 조즈카 씨……. 여긴 무슨 일로 오셨습니까?"

여전히 넋이 나갈 만큼 아름다운 아가씨가 양산을 기울이며 몸을 숙여 테이프 아래로 들어왔다.

밝은 갈색 머리카락은 웨이브를 그리고, 머리칼 사이로는 마치 계산된 것처럼 금빛 귀걸이가 반짝인다. 시원해 보이는 원피스 옷단 아래로 길고 하얀 다리가 미끈하게 뻗어 있어 구시게는 눈 둘 곳을 찾기 힘들었다. 그런 여자, 조즈카 히스이가 구시게의 물음에 답하지 않고 빙긋 웃었다.

"구시게 씨, 마코토가 초등학교 선생님으로 보이세요?"

히스이가 눈짓으로 뒤에 있는 여자를 가리켰다.

말없이 히스이의 뒤에 있던 사람은 지와사키 마코토였다. 긴 흑발을 포니테일로 묶고 무표정하게 서 있다. 정장 같은 슬림한 팬츠와 하얀 와이셔츠에 검푸른 넥타이를 맨 유니섹스 차림으로, 얼핏 형사처럼 보이기도 했다. 별로 말을 섞어본 적이 없기도 하고, 마코토가 히스이에게 어떤 역할을 하는 인물인지도 모른다. 조금도 웃지 않는 여성이지만 히스이보다 왠지 보이시한 분위기인 마코토 쪽이 구시게의 이상형에 가까웠다.

"아, 네. 글쎄요. 음, 뭐, 그렇네요."

얼떨떨해하며 대답하자 마코토는 기분 나쁘다는 표정으로 이쪽을 흘끗 보았다. 초등학교 선생님이었다면 아이들을 무척 엄하게 대했을 것이다. 구시게가 뭐라 대응해야 할지 몰라 난처해하자 히스이는 유쾌하다는 듯 웃으며 마침내 그의 질문에 대답했다.

"실은 일이 있어서 본청에 갔는데, 거기에서 우연히 구시게 씨 얘기가 나왔거든요."

"엇, 제 얘기요?"

"그런데 어젯밤에 초등학교에서 사건이 있었다지 뭐예요. 초등학교잖아요. 일본의 초등학교에 한번 와보고 싶더라고요."

히스이가 뺨에 손을 갖다대고 황홀하다는 표정을 지으며 말했다.

고작 그런 이유로 자신이 추가 근무를 해야 하다니. 구시게는 현기증을 느꼈다. 간신히 짜증을 참으며 입을 열었다.

"그게, 딱히 조즈카 씨가 오실 만한 사건은 아닌 것 같은데……."

"구시게 씨, 피곤하시죠? 배웅해드릴까요?"

"앗, 아뇨, 그……." 구시게는 왜인지 마코토를 보았다. "차로 오셨습니까?"

"마코토가 운전해서요. 아니면 금색 자전거로 오는 편이 나았을까요?"

"예?"

"말려들면 지는 거예요."

마코토가 표정 하나 바꾸지 않고 말했다.

히스이는 양산을 쓰고 건물을 올려다보고 있다.

"사건 개요 좀 알려주세요."

"엇, 아, 네."

구시게는 수첩으로 눈을 떨어뜨렸다. 관할 서에 넘기려고 정리해둔 메모를 읽어 내려간다. 어째서인지 매번 이렇게 히스이의 페이스에 휘말리게 된다.

"사망자는 다구사 아키오, 사십육 세입니다. 이 년 전까지 이 학교 교직원이었다는데, 현재 직업은 확인중입니다. 신고는 어젯밤 22시 6분에 보안업체에서 했습니다. 21시 48분에 학교의 방범 시스템에 이상을 감지돼서 경비 두 명이 현장을 확인하러 왔다가 다구사의 시체를 발견하고 경찰에 연락했답니다."

방범 시스템의 이상 감지부터 경찰 신고까지 다소 시간이 걸렸는데, 달려온 경비원이 다구사의 시체를 바로 발견하지 못했기 때문이었다. 건물은 부지 중앙에 있고 부지를 빙 둘러싼 펜스와도 거리가 있어서 밖에서는 시체를 볼 수 없다. 한밤중이라 부지 안도 깜깜해서 과학실을 둘러보다 창문이 열린 것을 본 경비가 베란다에서 아래쪽을 살피다가 겨우 시체를 발견했다고 했다.

구시게가 설명하는 동안 히스이는 양산을 쓴 채 신기하다는 듯 주변을 두리번거렸다. 건물을 올려다봤다가 정원수를 들여다봤다가, 말을 듣기는 하는지 의심스러울 정도였다. 하지만 수차례 함께 일해본 경험상 이게 히스이의 스타일이라는 것도 구시게는 알고 있었다. 개의치 않고 설명을 이어간다.

"다구사는 배수관을 타고 올라 베란다를 통해 3층으로 들어간 것 같습니다. 과학실 창문이 마침 잠겨 있지 않아서, 창문 깰 도구를 소지했지만 쓰지 않고 들어간 것 같아요. 그런데 복도에는 방범 시스템이 있어서 침입을 감지하고 경보음을 울렸습니다. 그 시각이 21시 48분. 다구사는 도망치려 했는지 다시 배수관을 타고 땅으로 내려오려다가 당황한 탓에 발을 헛디뎌 추락. 머리를 세게 부딪혀 사망한 것으로 보입니다. 검시 결과에서도 모순은 없고요."

"커튼이 살짝 열려 있는 저기가 과학실인가 보네요."

히스이는 문제의 베란다를 올려다보았다. 커튼이 다 닫혀 있는데 다구사가 드나들어서인지 한 곳만 아주 살짝 열려 있었다.

"네. 커튼을 포함한 모든 현장은 시체 발견 당시 그대로입니다."

"2층에서 떨어졌을 가능성은 없나요?"

"내려오던 도중에 떨어졌다는 말씀이신가요?" 왜 그런 걸 궁금해하는지 의아하게 여기며, 구시게는 자료를 넘겼다. "검시 결과에 따르면 손상 정도로 보건대 3층 높이에서 떨어진 게 확실하다고 합니다. 자세한 건 부검을 해봐야 알 수 있겠지만, 내려오던 도중에 떨어졌을 가능성은 낮을 거예요."

구시게는 시체의 모습을 떠올렸다. 2층 높이였다면 그렇게 참혹하지는 않았을 것이다.

히스이는 다구사의 시체가 있던 자리를 보고 있었다.

"소지품은?"

"보자⋯⋯. 양복 안주머니에서 스마트폰, 오른쪽 주머니에서 쇠망치, 바지 오른쪽 뒷주머니에서 지갑, 왼쪽 뒷주머니에는 접힌 경마신문이 꽂혀 있었습니다. 가방 같은 건 없었어요."

히스이가 일어나 3층 베란다를 올려다보며, 금색 팔찌로 장식된 가는 팔을 구시게 쪽으로 뻗었다.

"사진 좀."

"여기요."

구시게는 복사한 현장 사진 다발을 히스이에게 건넸다.

무슨 이유에서인지 히스이는 마코토를 노려보았다.

서 있던 마코토가 한숨을 한 번 내쉬고는 말없이 옆으로 가서 양산을 받아 들었다. 그걸로 히스이를 자외선에서 지켜주면서 작게 혀를 찼다. 히스이는 흡족하다는 표정을 지으며 양손으로 사진을 한 장씩 확인했다.

히스이가 의문을 입에 올린다.

"왜 굳이 3층으로 들어갔을까요?"

"두 가지 이유를 생각할 수 있습니다. 교직원에게 들은 바로는 3층 과학실은 자주 문단속을 깜빡해서 의제로 다뤄진 적이 많았답니다. 일반 교실은 담임교사가 확실히 잠그는데, 다른 곳은 방범 시스템도 있고 3층이기도 해서 확인을 깜빡하기 일쑤였나 봅니다. 이 년 전까지 교직원으로 근무한 다구사는 그걸 알고 있었던 게 아닐까요. 실제로 당일에도 창문 하나는 잠겨 있지 않았던 모양입니다. 다구사가 소지한 쇠망치는 유리창 깨는 용도로는 부적합했으니 최대한 창문을 깨지 않고 들어가고 싶었을 거예요."

"또 다른 이유는요?"

"1층 중앙현관 근처 계단에는 CCTV가 있어서 이용하는 사람이 찍힙니다. 1층 창문으로 침입해도 계단을 오르면 기록에 남아버리죠. 건물에 엘리베이터 같은 게 없으니 CCTV에 안 찍히려면 2층이나 3층으로 들어가야 합니다. CCTV는 1층에만 있다네요."

"침입 목적은 파악됐나요?"

"아직 밝혀지지 않아서 관할 서에서 수사중입니다. 단 3층에 있는 과학 준비실이던가, 그곳에는 고가의 물건도 있어서 작년에는 약품 같은 걸 도둑맞기도 했답니다. 아마 값나가는 걸 노리고 절도 목적으로 침입한 것으로 보입니다. 과학실 내부는 감식반이 조사했는데, 현재 이렇다 할 흔적은 발견하지 못했습니다."

"이 년 전까지 교직원으로 근무했댔죠? 그런데 왜 방범 시스템에 걸렸을까요?"

"건물 내에 적외선 감지 시스템을 도입한 건 다구사가 퇴직한 이후랍니다. 그 전까지는 CCTV와 교문 부근의 센서가 전부였다고 해요. 작년 도난 사건을 계기로 도입했다더군요. 다구사는 그걸 몰랐을 겁니다."

히스이는 사진을 보고 있다. 구시게가 말했다.

"보세요, 조즈카 씨가 오실 것까지도 없는 사건이죠? 그냥 덜떨어진 설도범이에요."

"짧은 시간 사이에 자세히 조사하셨네요. 역시 구시게 씨는 대단하세요."

히스이가 미소를 지으며 말했다. 자신을 꿰뚫는 듯한 그 표정에 구시게는 나이에 어울리지 않게 볼을 붉혔다. 그러느라 이제 그만 가라고 돌려서 한 말이 묵살당했다는 걸 뒤늦게 깨달았다. 구시게가 한 번 더 목소리를 높이려던 그때 히스이가 제압하듯 말했다.

"신발이 벗겨졌네요."

히스이가 사진 한 장을 구시게에게 내민다. 시체 발견 당시 촬영한 것이었다. 시체의 발 부분을 클로즈업한 사진으로, 히스이 말대로 한쪽 신발만 벗겨져 있다.

"과학실에 들어갔을 때 발자국을 남기지 않으려고 일단 신발을 벗은 게 아닐까요. 실제로 과학실에서는 신발 자국이 발견되지 않았습니다. 그러다 급하게 도망치면서 구두를 대충 신었다가 추락 시 벗겨진 것으로 보입니다."

"그런데 오른쪽은 제대로 신은 것 같은데요."

"가죽구두이긴 해도 많이 낡았더라고요. 보시다시피 평소에도 뒤꿈치를 구겨 신은 자국이 선명하게 남아 있습니다. 오른쪽은 똑바로 신었는데 왼쪽은 그러지 못한 게 아닐까요."

"그렇군요. 구두 밑창이 닳은 모양을 보면 왼쪽다리가 축족軸足. 운동할 때 제 몸을 주로 지탱하는 다리인가 봐요. 오른쪽을 먼저 신고 왼쪽을 포기하는 건 일리가 있긴 한데……."

구시게는 어느 쪽 다리가 축족인지까지는 생각하지 못했다. 히스이는 다음 사진에 시선을 고정한 채 작게 중얼거렸다. 휙 하고 날숨이 새어나오는 듯한 묘한 소리였다.

"왜 그러세요?"

"개미예요."

"개미?"

아무렇지 않은 표정으로 사진을 보고 있던 히스이가 인상을 찌푸린 채 몸을 바르르 떨었다.

"여기요."

히스이는 들고 있던 사진을 구시게에게 떠넘기듯이 건넸다. 시체의 발 부분을 찍은 사진이었다. 양말을 신은 다구사의 뒤꿈치에 개미 한 마리가 있다. 고개를 드니 히스이는 싫다는 듯 구시게에게서 허둥지둥 멀어지고 있었다.

"혹시 벌레 무서워하세요?"

"무서워하는 건 아니에요. 생리적으로 못 받아들일 뿐이에요."

"그게 그거 아닌가요……."

히스이가 욱하며 말한다.

"제가 하고 싶은 말은, 개미가 왜 발꿈치에 있냐는 거예요."

"과자 같은 거라도 밟았나 보죠."

"일본 초등학교에는 과학실에 과자가 떨어져 있어요?"

왜인지 흘겨보고 있다.

"개미 한 마리쯤이야…… 우연히 그랬을 수도 있지 않습니까?"

시체가 떨어진 곳에는 콘크리트 경계석이 있다. 하지만 그 경계석은 흙바닥과 인접해 있어서 개미가 있었다 해도 딱히 이상하지는 않다. 경험에 비추어봐도 별반 특별한 구석이 없는 현장 사진이었다.

개미 사진은 더는 보고 싶지 않은 모양이다. 히스이는 이미 다음 사진을 보고 있었다. 검지와 중지를 나란히 세우고 볼을 가볍게 톡톡 때리듯 누르고 있었다.

"이 신문, 약간이지만 젖은 자국이 있어요."

"네?"

히스이가 보고 있던 건 엎드린 시체의 허리 부위를 촬영한 사진이었다. 상의가 말려 올라갔고, 접힌 경마신문이 바지 뒷주머니에 꽂혀 있는 게 보였다. 말마따나 극히 일부분이긴 하지만 구깃구깃하게 주름진 채 변색돼 있었다. 바지에 아무렇게나 쑤셔 넣은 걸 보면 대충대충 다뤘으리라.

"젖은 벤치에라도 앉았던 게 아닐까요."

특별히 근거가 있는 건 아니지만 구시게는 그렇게 말했다. 히스이는 자신의 볼을 두드리던 손끝을, 뭔가를 어루만지듯이 움직이며 핑크빛 입술로 가져왔다.

"그렇군요."

그러고는 다음 사진으로 시선을 옮겼다.

"현장 주변에 또 떨어진 건 없었나요?"

"네. 일단 날이 밝은 후에도 감식반이 조사했는데 딱히 없었어요."

"스마트폰은 켜져 있었고요?"

"네. 하지만 잠금을 해제하지는 못했습니다."

히스이는 다구사의 소지품을 늘어놓고 찍은 사진을 보고 있었다.

"이 사진, 발견 직후에 찍은 건가요?"

"네. 아무것도 건드리지 않았을 겁니다."

"감사합니다."

히스이는 미소 지으며 구시게에게 사진을 돌려주었다. 마지막까지 보고 있던 사진은 과학실 내부를 찍은 것이었다. 뒤이어 무릎을 살짝 구부려 인사하더니 마코토에게서 양산을 받아 들었다.

"너무 방해하는 것도 민폐이니 이만 가보겠습니다."

"네." 구시게는 고개를 기울인 채 끄덕였다. "시시한 사건이죠?"

"아뇨."

히스이는 부드럽게 미소 지은 채 고개를 저었다.

"이건 살인사건이에요."

"네?"

히스이는 성큼성큼 현장에서 멀어져 갔다. 말없이 따라붙은 마코토가 출입금지 테이프를 들어 올렸다. 그 아래로 몸을 굽혀 지나가는 히스이에게, 구시게는 황급히 질문을 던졌다.

"잠깐, 어, 조즈카 씨, 왜 그렇게 생각하시는 겁니까?"

"형사의 감이에요."

히스이가 옆얼굴을 보이며 장난스레 웃었다.

"너 형사 아니잖아."

한숨 섞인 대사를 내뱉은 건 마코토였다. 히스이는 혀를 살짝 내밀었다.

"그렇다면 여자의 감이라고 하죠."

"그게 이유입니까?"

구시게는 꺼림칙한 예감이 들어 신음했다.

"그럼, 평소처럼 영감이라고 해야 만족하시겠어요?"

그렇게 말하더니 히스이는 요망스레 비취빛 두 눈을 반짝였다.

귀찮아지겠구나. 구시게는 각오했다.

어쨌거나 그가 아는 한, 이 여자가 말하는 **영감**인지 뭔지가 어긋난 적은 한 번도 없다. 좀 봐줄 순 없나. 장시간 근무를 마치고 이제야 퇴근하나 싶었는데. 파트너는 진작 퇴근했고 수사는 이미 관할 서로 넘어갔다.

자신은 더는 관계없다. 그렇게 되뇌고 싶은 유혹을 가까스로 떨쳐냈다. 관할 서에 '사고'라는 잘못된 선입견을 전달해 수사를 교착 상태에 빠뜨리고 싶지는 않다. 구시게는 자세한 설명을 듣기 위해 히스이의 뒤를 쫓았다.

이건 형사의 감인데…….

집에 돌아갈 수 있는 건 한참 더 뒤가 될 듯했다.

꿈속에서 스에자키 에리는 어린 소녀였다.

주위에는 무지갯빛으로 반짝이는 마법의 비눗방울이 한가득 떠 있다. 엄마가 마법의 주문을 걸어 숨결을 불어넣으면, 마치 살아 있는 생물처럼 막이 넘실거리며 서서히 형태를 바꾸고 새로운 거품이 되어 이 세계를 향해 비상한다. 무지갯빛을 반사하며 눈부시게 빛나는 수많은 거품이, 어린 에리 주변을 떠다닌다. 에리는 천진난만하게, 새로운 생명을 자아내는 마법을 알려달라고 졸랐다.

"엄마의 비눗방울에는 비밀이 있어. 에리한테도 가르쳐줄게."

엄마는 내일 수업 시간에 그걸 사용한다고 했다.

"이런. 재료가 모자라네. 새로 사와야겠다."

에리는 현관까지 나가 엄마를 배웅했다. 엄마가 남긴 비눗물에 숨을 불어넣어 새로운 거품을 만들어내며 엄마가 돌아오기를 기다렸다. 하지만 거품은 덧없다. 에리는 무수히 많은 거품을 만들었는데, 차례차례 터지며 사라져간다.

팟, 팟, 팟, 에리를 감싸고 빛나던 것들이 안개처럼 흩어졌다. 에리는 그 광경을 멍하니 보고 있다. 아무리 시간이 지나도 엄마는 돌아오지 않았다. 또 하나의 비눗방울이 터진다. 하나, 둘, 셋……. 주위의 모든 것이 사라진 경치 속에서, 에리는 어안이 벙벙해진 채 서 있다. 에리의 몸은 어느새 어른이 되어 있었다. 휴대전화가 울린다. 에리는 떨리는 손으로 휴대전화를 귀에 갖다댄다.

거기서 깼다.

심하게 땀을 흘리고 있었다. 에리는 이마에 배어난 땀을 손등으로 닦았다. 호흡이 차분해지기를 기다렸다가 침대 밖으로 나왔다. 주방에 있는 작은 냉장고를 열어 컵에 보리차를 따르려 했다. 씻어둔 컵에 무지갯빛 막이 보였다. 주방세제가 깨끗하게 씻기지 않았나 보다. 무지갯빛 막은 언제나 에리에게 아픈 기억을 떠올리게 한다. 새 컵을 꺼내 보리차를 따랐다. 몸은 수분을 원했고, 에리는 그것을 쭉 들이켰다.

찝찝한 꿈을 꿔버렸다.

엄마가 돌아가신 건 에리가 대학생이었을 때다. 엄마는 초등학교 교사였다. 그날, 엄마는 다음 날 수업에 쓸 비눗물을 준비하고 있었다. 그때만 해도 에리는 자신이 엄마처럼 초등학교 교사가 되리라고는 꿈에도 생각지 않았다. 대학교 전공은 문과 계열을 선택했기에 교직 과정을 이수하기는 했지만, 어디까지나 취직용 보험 같은 것이었다. 엄마는 에리가 어릴 때부터 자주 비눗방울을 만들어 놀아주었다. 그때의 추억이 뒤섞여 이런 꿈을 꾼 것이리라. 그날, 에리는 취직에 대한 불안 때문에 우울했다. 그런데 엄마가 부엌에서 비눗물을 준비하는 모습을 보고 추억에 젖었다. 에리는 빨대를 잘라 어린애처럼 무지갯빛 거품을 만들며 놀았다. 엄마는 어처구니없어했지만 이윽고 초등학생을 대하듯 허공에 비눗방울을 띄우며 같이 놀기 시작했다.

그러다 수업에 쓸 재료가 부족해져서 엄마는 그걸 사러 나갔다.

집으로 돌아오는 엄마의 자전거를 트럭이 바로 옆에서 충돌했다고 했다.

에리는 수도꼭지를 비틀어 무지갯빛 막이 묻은 컵을 헹궜다.

물을 잠그고, 개수대에 둔다.

거실 텔레비전을 켜보지만 눈에 들어오는 뉴스는 없다.

시각은 6시 정각.

마침내 휴교 기간은 끝났다.

괜찮다. 잘되고 있다.

에리는 세면대 거울 앞에 서서 자신을 응시했다.

그날 이후로 다크서클이 심해졌다. 화장에 들일 시간이 많지는 않다. 바로 집을 나서야 하기 때문이다. 오늘부터 수업이 재개되는데 한동안은 아이들의 통학로를 지켜야 한다. 물론 정규 근무 시간이 아닌 탓에 수당은 안 나오지만, 교사라는 직업이 원래 그렇다. 평소 엄마가 일하는 모습을 봤으니 자신은 절대로 교사 따위 되지 않겠노라 다짐했었다. 엄마는 항상 늦게 들어왔다. 주말에도 일을 했고 학부모들에게 쩔쩔매느라 스트레스로 몸이 망가지는 게 일상이었다. 엄마 또한 에리가 교사가 되기를 바라지는 않았을 것이다. 만약을 위해 교사 자격증을 따둘까 하고 얘기했을 때, 부탁이니 초등학교 교사만큼은 하지 말라며 엄마는 웃었다. 건강이 안 좋아질 거라고.

자신의 인생을 희생할 수 있는 사람만이 교사가 될 수 있다.

엄마가 돌아가신 후 중등 교사 자격증만 갖고 있던 에리는 일부러 통신교육 과정을 이수해 초등 교사 자격증을 취득했다. 중학교에서 일할 수도 있었는데 왜 초등학교 교사의 길에 집착했을까. 에리는 명확한 이유를 아직도 모르겠다.

일상은 아무 일 없었다는 듯 제자리를 찾아갔다. 넘어야 할 벽은 하나 더 있지만 경찰은 아직 그걸 찾아내지 못한 것 같았다. 혹은 어떻게 대응할지 고심하는 중일지도 모른다. 아무튼 다구사의 죽음은 사고로 처리되었는지 최근 며칠간은 경찰 그림자조차 보이지 않았다.

괜찮다. 아무 문제 없다. 자신은 옳은 일을 했으니까.

에리는 평소처럼 집을 나섰고, 이른 아침 회의를 마치고, 통학로를 걷는 아이들을 미소로 맞고, 그렇게 모두의 명랑한 목소리에 둘러싸여 수업을 시작했다.

국어 시간이었다.

에리는 칠판에 히라가나로 '메ぬ'를 쓰고 동그라미를 쳤다. '목표目当て. 메아테라고 발음한다'의 '메'를 뜻하는 문자였다.

"그럼, 오늘 미션은 이거. 다 같이 헤엄이레오 리오니의 그림책 《헤엄이》의 주인공의 작전이 뭔지 생각해볼까요? 아까 소리 내서 읽은 것 중에 힌트가 있어."

에리는 판서를 하며 아이들에게 물었다.

"뭐든 생각나는 사람은 손 들어보세요."

그 말과 함께 여기저기서 손이 올라왔다. 반응은 제각각이다. '저요 저요' 소리치는 아이가 있는가 하면 공손하게 똑바로 손을 들고 얌전히 있는 아이도 있다. 활기찬 건 좋지만 너무 시끄러워도 난감하다. 에리는 웃으며 말했다.

"'저요 저요'는 아기 때까지만 하는 거야."

에리의 말에 아이들은 마법처럼 조용해졌다. 2학년이 된 아이들도 자신은 성장하고 있다는 긍지가 있을 것이다. "유치원으로 다시 가고 싶니?"라는 말 또한 아이들을 금방 어른스럽게 만드는 마법의 프레이즈다. 엄마가 일할 때 쓰던 말인데 설마 이렇게 몇 번이나 도움받는 날이 올 줄이야. 십대 시절의 에리는 상상도 할 수 없던 일이다.

얌전히 손을 들어준 마오를 지명한 뒤 귀여운 대답을 듣는다. 전 교직원의 추락사 사건에 학부모들은 동요했지만 아이들에게는 머나먼 이야기였을 것이다. 여느 때와 다름없는 평온한 수업이었다. 그래. 이거면 됐다. 나는 이 경치를 지킨 것이다. 내가 죽이지 않았다면 수많은 아이들의 웃음이 사라질 뻔했다. 누가 됐든 나설 필요가 있었다. 그렇게 생각하자 자부심마저 샘솟았다.

괜찮다. 계획은 완벽하다. 나는 잡히지 않을 것이다.

아이들을 위해서라도 절대 잡힐 수는 없다.

아이들의 대답을 칭찬하며 판서를 하는데 조용히 문이 열렸음을 알아챘다. 돌아보니 교실 뒷문으로 두 사람이 들어오고 있었다.

한 사람은 머리숱이 적고 안경을 쓴 중년 남성. 도네가와 교감이었다. 그의 뒤를 따라 젊은 여자가 들어왔다. 누구지. 교감은 에리를 향해 고개를 끄덕일 뿐이었다. 신경 쓰지 말고 수업을 이어가라는 뜻이다. 아이들도 두 사람에게 흥미를 느끼긴 했지만 에리가 손뼉을 치며 주의를 끌자 바로 고개를 앞으로 돌렸다.

"또 다른 의견 있는 사람?"

한 번 더 발표를 유도한다.

낯선 인물이 뒤에 있어서인지 이번에는 다들 예의 바르고 얌전하게 손을 들었다. 에리는 교감 옆에 선 인물을 의식하며 수업을 진행했다. 저 여자는 누구일까. 오늘 누가 견학을 온다는 연락이 있었나? 젊은 사람인 걸 보면 학부모 같지는 않고 교육위원회 사람도 아닐 것이다. 교생 실습을 온 거라면 이해되지만, 그렇다면 사전에 공지가 있었을 테고 혼자 올 리도 없다. 굳이 교감이 데리고 왔다는 사실도 신경쓰였다.

에리는 아이들과 이야기를 계속하면서 모두를 웃게 만들었고 화목하게 수업을 이어갔다. 뒤에서 보고 있는 여자도 그 분위기에 휩싸였는지 부드럽게 웃고 있다.

여자는 때때로 바인더에 들어 있는 자료 같은 걸 넘겼다. 기껏해야 이십대 중반 정도. 공들여 세팅할 시간이 있는지, 갈색 머리칼을 예쁘게 반묶음으로 올렸다. 빨간 테 안경 너머로 보이는 큰 눈망울과 정성스러운 메이크업이 맞물려 눈길을 끄는 미인이었다. 만사를 귀찮아하는 교감이 직접 안내한 이유가 짐작이 갔다. 여자는 시원해 보이는 프릴 블라우스 차림인데, 교사라면 수업 참관이 있을 때

정도나 입을 수 있는 복장이라고 에리는 생각했다. 대체 누구지?

속으로 물음표를 띄우며, 다시 아이들의 대답을 칠판에 적고 있을 때였다.

요란한 소리가 들려 에리는 몸을 돌렸다. 여자가 들고 있던 바인더를 바닥에 떨어뜨렸는지 미처 잡지 못한 프린트 용지가 사방팔방으로 흩어지고 있었다. 아이들도 깜짝 놀라 돌아보았다.

"에구구, 죄, 죄송합니다!"

여자는 맥 빠지는 음성으로 말하며 몸을 숙여 종이를 모으기 시작했다. 그 모습을 보고 아이들이 웃음을 터뜨렸다. 웅크려 앉은 자세 때문에 짧은 스커트가 말려 올라갔고 스타킹을 신은 날씬한 허벅지가 드러났다. 저 인간, 초등학교에 잘도 저런 차림으로 왔네. 에리는 내심 짜증이 났다. 에리의 차가운 시선을 느꼈는지, 속없이 웃으며 프린트를 같이 줍던 도네가와가 헛기침을 한 뒤 여자에게 무어라 속삭였다.

여자는 자료를 끌어안고 한 손으로 허겁지겁 머리를 정리하더니 교실 아이들을 향해 말했다.

"저, 여러분, 안녕하세요."

그 목소리는 신기하리만치 쩌렁쩌렁 잘 들려서 금세 아이들의 이목을 집중시켰다.

"안녕하세요!"

아이들이 합창하듯 화답했다. 여자는 놀랐는지 눈이 동그래졌다.

"와아, 활기차네요. 저어, 여러분, 놀라게 해서 미안해요."

고개를 꾸벅 숙인 뒤 말을 이어간다.

"제 이름은 시라이 나나코입니다. 나나코 선생님이라고 불러주세요. 오늘부터 여러분의 고민을 들어주기 위해 이 학교에 왔답니다. 이십 분 쉬는 시간과 점심시간에 2층 상담실에 있을 테니 이야기를 하고 싶은 사람은 오세요."

그러더니 생글거리며 한 손을 흔들었다. 목소리 억양도 좋아서 마치 어린이 방송에 나오는 '언니'인 양 능숙한 인사였다. 아이들은 무척 기뻐했고 "상담실이 뭐예요?" "어디에 있어요?" 하며 질문이 날아들었다.

그렇군. 스쿨 카운슬러전문 상담 교사인가. 에리는 납득했다. 이 학교에도 상담사는 있지만 비상근이라 일주일에 한 번밖에 근무하지 않는다. 이번 사건을 고려해 단기간 동안 임상심리사를 상근으로 초빙한다는 이야기가 나왔다. 그게 저 여자인 모양이다.

에리는 손뼉을 치며 말했다.

"자, 다들, 지금은 수업중이야. 봐, 나나코 선생님도 난처해하시지? 나나코 선생님께 하고 싶은 이야기가 있는 친구는 쉬는 시간에 가보도록 할까요."

에리가 말하자 아이들은 밝게 소리치며 대답했다. 미녀 선생님 앞에서 말을 잘 안 듣는 모습은 보이고 싶지 않을 것이다. 에리는 '반반한 사람은 이럴 때 참 편하네'라고 생각하며 눈치 없이 웃고 있는 나나코를 흘겨보았다.

　나나코는 시선을 느꼈는지 갈색 눈동자를 반짝이더니 남의 속도
모르고 에리를 향해 싱긋 웃어 보였다.

❀

　솔직히 시라이 나나코의 첫인상은 별로 좋지 않았다.

　처음에 에리를 가장 화나게 한 요인은 역시 나나코의 복장이었
다. 근무 첫날이라 그런 복장으로 왔겠거니 생각했는데 다음 날도
패션에는 큰 변화가 없었다. 시원한 건 좋지만 피부가 비치는 레이
스 블라우스와 짧은 오렌지색 스커트. 누구를 의식했는지는 모르겠
는데 역시나 머리단장에 신경 쓰고 핑크색 립스틱으로 입술을 칠
한 채 출근했다. 대체 무슨 생각으로 초등학교에 그런 모습으로 오
나 싶어 기가 막혔다. 교감인 도네가와를 비롯해 남자들만 히죽내
며 좋아할 뿐, 여성 비율이 높은 교직원들 중에는 에리와 비슷하게
여기는 사람이 많았다. 시라이 나나코의 존재감은 교무실 안에서도
일찌감치 드러났다. 어쨌거나 반반한 사람이다. 별로 똑똑해 보이
지도 않고, 이런 식으로 늘 남자들의 환대 속에서 살아왔을 것이다.

　화가 나는 또 다른 이유는 시라이 나나코의 평소 행동이었다.

　나나코는 수업중에도 불쑥불쑥 들어와 아이들을 관찰했다. 에리

는 그런 방식을 처음 접했기에 깜짝 놀랐다. 비상근 상담사는 상담실에서 아이들이 찾아오기를 기다리지, 나나코처럼 수업 도중에 얼굴을 보이는 경우는 거의 없다. 느닷없이 들어오면 아이들 집중력도 흐트러지고 수업 리듬도 깨지기 때문에 에리는 그 방식이 영 마음에 들지 않았다. 하지만 교장이 허가한 모양이었고, 단기간일 테니까, 하는 마음에 에리도 받아들였다. 고민이 있는 아이가─특히 저학년이라면 더더욱─ 직접 상담실을 찾아가리라는 보장은 없다. 그러니 스쿨 카운슬러가 직접 교실로 와서 상황을 살피는 게 효과적일 터이다. 하지만 문제는 그런 방침이 아니라 시라이 나나코라는 사람 자체였다.

뭐랄까, 어쨌든, 보고 있으면 신경질이 날 정도로 덜렁댔다. 아무것도 없는 곳에서 자꾸 넘어진다. 복도를 걷다가 발을 헛디뎌 넘어질 뻔하는 모습을 본 적이 한두 번이 아니었다. 교실에 견학을 왔을 때도 걸음마다 아이들 책상에 허리를 찧으며 소리를 질렀다. 처음 봤을 때처럼 교무실에서 들고 가던 자료를 사방팔방 흩뿌린 적도 많다. 그러면서 애니메이션 캐릭터 같은 목소리로 "에구구" 따위 비명을 질러대면 남자들은 기꺼이 나서서 도왔다. 에구구라니. 그런 소리를 내는 여자가 어디 있나. 남자나 애들은 쉽게 넘어가 나나코의 존재를 받아들인 모양이지만 에리는 도무지 좋아지지가 않았다.

그래서 나나코가 오고 며칠이 지나 일대일 면담을 제안받았을 때, 솔직히 내키지 않았다. 나나코는 일을 만만하게 보고 있는 게 분명하다. 저렇게 생겼으니 지금껏 다 용서받고 살아왔을 것이다. 하지만 초등학교는 그런 태도로 일을 계속할 수 있을 만큼 만만한 곳이 아니고, 아이들을 위해서라도 그러면 안 될 일이다. 불편한 사람이기도 해서, 일대일 면담 때 감정을 숨길 수 있을지 에리는 자신이 없었다.

17시가 넘은 시각. 에리는 나나코를 교실로 안내한 뒤 교탁 옆에 놓인 오르간 의자에 앉게 했다. 자신은 구석에 있는 책상 의자에 앉은 뒤 이야기를 재촉했다. 빨리 끝내고 싶어 잡담은 피했다.

"그래서? 우리 반 애들이 상담실에 가기도 해?"

"아, 네. 마오가 왔었어요."

나나코는 의자에 바른 자세로 앉아 있었다. 허리는 똑바로 세우고 허벅지에 양손을 올렸다. 나나코가 이쪽을 똑바로 보고 있는 데 비해 에리는 몸을 살짝 옆으로 돌린 형태였다.

"그래도, 귀여운 고민이었어요."

"귀엽다니?"

"탄지 얘기였어요. 햄스터."

나나코가 교실 뒤쪽을 본다. 나란히 선 사물함 위에 작은 케이지가 있는데 거기서 햄스터 한 마리를 사육하고 있었다.

"탄지가 케이지를 여러 번 탈출했다고 하더라고요. 이러다 언젠가 안 돌아오면 어쩌지 하는 생각에 잠을 잘 못 이룰 때도 있대요."

"뭐야 그게." 에리는 웃었다. "마오답네. 맞아, 마오는 탄지를 정말 좋아해. 그래도 괜찮아. 탈출한다 해도 탄지가 좋아하는 장소가 있는데…… 마침 이쪽이네."

에리는 책상 아래쪽으로 시선을 떨어뜨렸다. 수업에 사용하는 잡다한 도구가 정리되지 않은 상태로 종이봉투에 담긴 채 줄지어 있었다.

"작은 공간이 있거든. 없어졌나 싶어서 찾아보면 항상 여기로 돌아오더라고."

"은신처 같은 건가요?"

나나코의 눈이 동그래졌다.

"그런 셈이지. 그러니 걱정 안 해도 돼. 그런 상담도 해줘야 한다니 스쿨 카운슬러도 힘들겠어."

"사소한 거라도 아이들에게는 큰 불안으로 느껴질 수 있으니까요." 나나코는 고개를 기울이며 미소 지었다. "그런 불안은 하나씩 없애줘야 해요."

나나코가 하고픈 말은 이해됐지만 교육위원회에서 굳이 예산을 할애한 이유는 그런 것 때문이 아닐 터였다. 뭐, 전 교직원의 추락사가 아이들에게는 큰 충격이 아니었다고 생각하면 되겠지. 하긴 경찰이 그 사실을 알아차린다면 나나코의 업무는 훗날 큰 의미를 지니게 될 것이다. 하지만 이렇게 미덥지 못한 애송이에게 맡겨도 괜찮을까 하는 불안도 있었다.

"그 외에는? 그게 끝이야?"

"이 반에서 상담실에 와준 건 마오뿐이에요. 그런데 개인적으로 몇 가지 궁금한 점이 있어요. 확인차 여쭤봐도 될까요?"

"확인?"

"예를 들면 고이케 다이치요. 다른 남학생들과 약간 벽이 있는 것 같아요. 따돌림이라 할 만큼 명확한 건 아닌데, 그렇다고 다이치의 커뮤니케이션 능력에 문제가 있는 것도 아니고요. 혹시 짐작 가시는 게 있을까요?"

"앗, 다이치가 그런 상담을 했어?"

"아니요. 수업이나 쉬는 시간 때 모습을 보고 그렇게 느꼈을 뿐이에요."

에리는 진심으로 놀랐다. 나나코 쪽으로 몸을 돌려, 진지한 표정을 짓고 있는 젊은 임상심리사를 바라보았다. 에리는 고개를 끄덕이며 설명했다.

"그런 거라면 괜찮을 거야. 특별히 문제가 있는 건 아니야. 다이치는 전학 온 지 얼마 안 됐거든. 4월에 왔으니 아직 다른 애들과 완전히 친해지지는 못했을 거야. 그래도 소야도 있고 아키히데도 있고, 개중에는 꽤 가깝게 지내는 애들도 있어."

"그렇군요. 그렇다면 안심, 또 안심이에요."

또 안심은 무슨. 해맑게 웃는 나나코에게 인상을 찌푸리고 싶어졌다. 하지만 그 뒤로도 나나코의 확인은 계속됐고, 아이들을 보는 시선에 감탄하지 않을 수 없었다. 전문가이긴 한가 보다. 나나코는 아이들 가정에서의 문제를 차례차례 맞혔다. 대부분 에리가 파악하고 있는 내용이지만, 어쩐지 마음에 걸리기는 했어도 명확하게 알수는 없던 부분까지 아이들의 평소 언행에서 추측해 납득할 수 있는 답을 제시해주었다. 이야기가 끝났을 무렵 에리는 아예 나나코쪽으로 의자를 돌리고 앉아 있었다.

"이 반에서 알게 된 건 이 정도예요. 사소한 것도 많지만 일단은 유의하면 좋을 것 같아서……. 어라라, 스에자키 선생님? 왜 그러세요?"

신기하다는 듯 커다란 눈을 깜빡이며 나나코가 물었다.

"놀랐어."

에리는 솔직하게 말했다.

"대단해. 당신, 정말 아이들 보는 눈이 남다르구나. 왠지 의외야."

"왜 의외예요?"

"아, 아니, 그냥 말이 그렇다고."

나나코는 수긍할 수 없다는 듯 입을 삐죽거렸다. 일일이 표정으로 드러내다니 참 어리다고 에리는 생각했다. 그게 또 잘 어울려서 못마땅하다.

"아, 알겠어요. 선생님, 제가 물렁하기만 하고 건방지고 도움 안되는 인간이라고 생각하셨죠?"

"뭐? 아냐, 그런 건 아닌데."

딱 그렇게 생각했기에 시선을 피했다.

"그렇게 생각하신 거 맞네요!"

나나코는 의자를 끌고 에리 쪽으로 가까이 와 앉았다.

"아니."

궁지에 몰린 에리는 신음했다.

"당신, 뭐랄까, 그…… 으음, 표현은 잘 못하겠지만, 초등학교에 그런 복장으로 오는 거 어떻게 생각해?"

"그건 편견이에요."

나나코는 큰 눈으로 이쪽을 노려봤다. 하지만 사랑스럽게 튀어나온 입술을 보니 진심으로 비난하는 것 같지는 않았다. 그냥 토라진 정도랄까. 정말 어린애 같다.

"하지만 맞아요. 저, 어느 직장에서든 그런 오해 많이 받아요. 얼빠진 바보에 생긴 것만 예쁘장하지 툭하면 넘어지고 별 도움 안 된다고요."

"예쁘장하다는 건 아는구나."

그 떳떳함에 반은 질리고 반은 재미있어서 에리는 웃으며 말했다. 그러자 나나코는 살짝 진지한 표정으로 돌아오더니 에리를 보았다.

"선생님, 이건 제 전투복이에요."

"전투복?"

"저, 어릴 때는 정말 자신감이 없었어요. 지금도 그렇지만, 주의가 산만해서 잘 넘어지고 물건도 허구한 날 잃어버려서 다들 비웃고, 창피를 많이 당했어요."

나나코는 시선을 떨어뜨렸다. 빨간 프레임의 안경이 기울더니 앞머리와 함께 그 표정을 살짝 가렸다.

"중학교에 입학한 후에도 달라진 건 없었어요. 그런데 어느 날 친구가 말했어요. '나나코는 예쁘니까 웃어넘길 수 있지?'라고. 어쩌면 비꼬거나 놀리는 말이었을 수도 있지만……. 그래도 그걸 제 무기로 삼기로 했어요. 그러면 실수를 반복해도 스스로 자신감을 가질 수 있다, 나 자신을 좋아할 수 있게 되지 않을까, 하고요."

당시의 결의가 깃든 듯 진지한 눈동자를 보며, 에리는 속으로 자신이 부끄러워졌다. 나나코의 산만한 주의력은 발달장애 증상과 겹치는 측면이 있을지도 모른다. 그 때문에 어린 시절부터 마음고생을 해왔으리라는 것은, 초등학교 교사라면 헤아렸어야 한다. 그런데도 나나코의 복장과 분위기만 보고 색안경을 써버렸다. 그거야말로 진짜 편견이었다.

"정말로 여러 직장에서 들어요. 누구 시선을 의식한 거냐는 둥 학생한테 끼를 부리지 말라는 둥. 하지만 오해하지 말아줬으면 하는데, 타인을 위해 저를 꾸미는 게 아니에요. 저는 예쁜 제가 좋고, 저를 위해 예쁘게 하고 다녀요. 그렇게라도 하지 않으면 일할 의욕이 안 생겨요."

나나코는 아주 조금 푸념하는 듯한 어조로 말했다. 에리는 재미있는 친구라고 생각했다. 여기가 선술집이었다면 단숨에 술을 들이

켰을 법한 분위기였다.

"선생님도 그런 거 있으시죠? 자신의 무기라든가, 자신감과 직결되는 무언가."

"글쎄."

에리는 웃으며 고개를 갸웃거렸다.

자신감과 직결되는 것.

그런 게 있다면, 뭘까?

문득 자신은 왜 교사 일을 계속하고 있을까 하는 생각이 막연하게 들었다.

"시라이 씨는 그런 경험 때문에 스쿨 카운슬러가 된 거야?"

"네. 그것도 있지만, 천직이라고 생각해요."

"천직?"

"저, 뭐랄까……. 영감 같은 게 있다고 할까요. 유령 말고도 사람의 기운 같은 걸 알 수 있거든요."

다시 봤다 싶은 순간, 또 엉뚱한 소리를 한다.

"기운?"

"네." 나나코는 진지한 얼굴로 고개를 끄덕였다. "설명하기 어렵긴 한데, 그걸로 그 사람을 어렴풋이 알 수 있게 된달까요. 그래서 아이들의 문제도 아는 거예요."

"농담이지?"

"농담 아니에요."

나나코는 볼을 부풀렸다.

"친구들이 점쟁이로 직업을 바꾸라고 권하기도 해요. 선생님에 관해서도 맞힐 수 있어요."

"흐음."

역시 이상한 사람이구나. 에리는 웃었다. 허언증일지도 모른다. 하지만 그걸로 아이들의 문제를 차례차례 맞혔다면 마냥 비웃을 수만은 없을 것이다.

"자, 그럼 해봐. 손금이라도 보는 거야?"

"그런 건 필요 없어요."

나나코는 느릿느릿 자세를 고쳐 앉았다.

허리를 곧추세우고 이쪽을 응시한다.

안경 안쪽의 갈색 눈망울이 에리의 눈을 들여다보았다.

방심했다가는 마음속까지 들여다볼 것만 같다.

그런 착각을 불러일으키는 눈동자였다.

"예를 들면, 사람의 죽음에 대해 생각하고 계시죠?"

"뭐?"

"아주 최근에 그와 관련된 큰 결단을 내리셨군요. 아마도 선생님의 인생을 좌우할 만한 결단이었을 거예요."

에리는 잠자코 나나코를 마주 보았다.

눈빛에도 표정에도 그다지 감정이 담겨 있지 않았다.

"선생님은 정의감이 아주 강한 분이에요. 지나치게 깔끔한 경향은 있지만 자기 직업에 자부심을 느끼고, 아이들을 사랑하시죠. 그래서 내린 결단이에요. 어떤 결단일까……. 흐음……. 어쨌든 거기에는 가족도 큰 영향을 끼쳤군요. 어머님이요. 하지만 동시에 강한 망설임이 있어서 어머님의 의견을 묻고 싶으시고요. 그게 불가능한 건…… 혹시 어머님께선 이미?"

에리는 다시 숨을 쉬기 시작했다.

적어도 자신의 숨이 멈춰 있던 것만 같은 착각에 빠졌다.

"맞아. 벌써 십 년도 더 됐지만."

"죄송해요. 큰소리쳤는데 선생님이 어떤 결단을 내리셨는지는 잘 모르겠어요. 본 적이 없는 색깔이에요. 흐음."

나나코가 몸을 내밀어 눈동자를 들여다본다.

에리는 그 시선에서 도망치고 싶은 마음뿐이었다.

하지만 어찌된 영문인지 고개를 돌릴 수가 없다.

고개를 돌렸다가는 괜히…….

"선생님, 혹시, 사람을……."

뭔가 깨달았다는 듯 나나코의 눈동자가 흔들리더니 커다래졌다.

그곳에 깃든 감정은 경악과 의심.

에리에게는 그렇게 보였다.

"뭐가?"

"아니에요."

나나코는 황급히 고개를 저었다.

"거짓말. 뭐 알아낸 거 아니야?"

나나코는 한동안 말이 없다가 이내 겁에 질린 듯 주변을 둘러보았다.

"아뇨…… 저, 그만 가볼게요."

설마.

나나코는 도망치듯 일어나 교실을 나가려 했다.

하지만, 그렇다면, 나나코는 무엇을 알아냈다는 걸까.

왜 그런 눈으로 자신을 봤을까?

문 앞에 선 나나코는 뭔가 알아챘다는 듯 돌아보았다. 그러고는 교실을 의심의 눈초리로 둘러보며 말했다. 에리는 그 말에 온몸이 얼어붙는 것 같았다.

"선생님…… 최근에 여기에서 죽은 사람이 있지 않나요?"

"무슨 소리야."

에리는 코웃음을 칠 수밖에 없었다.

"그렇군요."

나나코는 고개를 끄덕였으나 수긍하는 것 같아 보이지는 않았다.

그대로 문에서 멀어져 갔다.

등줄기를 타고 흐르는 땀의 감촉에 에리는 온몸을 떨었다.

진짜 영능력자…….

에리는 그런 초인적인 힘을 믿지 않는다.

하지만 덮어놓고 부정할 수만도 없었다.

틀림없다.

나나코에게는 그런 힘이 있다.

에리를 보고 뭔가를 느낀 것이다.

나나코가 잠시 동안 보인 의심의 눈초리가, 에리의 뇌리에 박혀 떠나지 않았다.

뜨거운 햇살에 이마에서 구슬땀이 솟구쳤다.

철판에서 이어가는 고기가 된 것 같다고 생각하며 에리는 자조 섞인 웃음을 흘렸다. 더러워진 목장갑을 낀 손등으로 육즙처럼 흐르는 땀을 닦는다. 저녁인데도 7월 햇살은 따가웠고, 건물 뒤편의 이 밭에는 그늘 한 점 드리우지 않았다. 에리는 허리를 아파하며 잡초를 뽑았다.

2학년 텃밭에 심은 채소는 방울토마토, 피망, 풋고추, 고구마, 가지. 에리는 텃밭에 물을 주고 시든 모종을 다시 심었다. 2학년 생활과 주임으로서 이 밭을 돌보는 업무가 에리에게 떠맡겨졌다.

목장갑으로 땀을 훔칠 때마다 얼굴이 얼룩덜룩해진다. 오랜 기간 교사 일을 했음에도 이 작업만큼은 정이 붙지 않았다. 자기 반 텃밭만이라면 애착 같은 것이 샘솟겠지만 2학년 다른 반 텃밭까지 보살피자니 귀찮은 마음이 앞선다. 날이 저물기 전에 끝내야 하고, 다른 업무도 어영부영 뒤로 밀려나기에 필연적으로 퇴근이 늦어진다. 에리는 자외선을 피하기 위해 팔 토시를 끼고 농업용 모자와 마스크로 얼굴을 감싸고 있었다. 땀이 날 때마다 화장이 지워져 눈에 들어간다. 농사꾼 아주머니가 따로 없다. 엄마는 이런 일도 불평 없이 해냈을까.

조금 더 이야기를 나눌 수 있었으면 좋았을 텐데. 자신이 이 일을 하게 된 지금, 같은 직업에 인생을 바친 엄마와 교직 이야기를 나눠보고 싶었다.

쭈그려 앉아 작업을 계속하는데, 뒤쪽에서 다가오는 발소리가 들렸다. 이내 바로 옆 콘크리트 바닥에 예쁜 핀 힐을 신은 가느다란 두 다리가 멈춰 섰다.

"열심이시네요."

올려다보자 시원스러운 원피스를 입은 시라이 나나코가 한 손에 하얀 양산을 들고 서 있다. 이곳과 전혀 어울리지 않는 매무새였다. 자신과는 너무나 다른 그 모습에 에리는 울고 싶어졌다. 열심이시네요 같은 소리 하네. 에리는 인상을 찌푸리며 일어났다. 나나코가 묻는다.

"뭐 하고 계셨어요?"

"잡초 제거. 보면 몰라?"

"그렇군요."

나나코가 감탄하듯 고개를 끄덕였다.

"처음엔 스에자키 선생님이신 줄 몰랐어요. 농사꾼 같아서."

시원한 차림으로 양산을 빙그르르 돌리는 인간에게 그런 말이나 듣다니. 에리는 마스크를 벗고 나나코를 노려보았다.

"좋아서 이러고 있는 거 아냐. 무슨 일이야?"

"아, 맞다. 저, 그 사건을 조사하고 있거든요. 선생님께 여쭤보고 싶은 게 있어서요."

"사건이라니?"

"전 교직원이 추락사한 사건이요."

"그 사고? 그런 걸 왜 조사해?"

"이, 선생님. 그거 뭐예요? 거기 봉을 따라 연결된 거."

"이거? 피망이야. 본 적 없어? 초등학교 때 길러봤을 거 아냐."

"저, 어릴 때는 외국에 살았어요. 일본 초등학교에 다녀본 적이 없어요."

"아, 그래."

귀국자녀장기 해외 거주 후 귀국한 이들의 자녀로군. 옷, 구두, 가방은 명품 브랜드인데 스쿨 카운슬러의 벌이가 그렇게 넉넉할 리 없다. 분명 유복한 집안에서 자랐을 것이다. 게다가 절세미인이기까지 하다. 어째서 이런 곳에서 일하는지 신기할 따름이다. 얼마 전에는 일하는 모습에 감탄했지만 역시 시라이 나나코라는 사람을 좋아할 수 있을 것 같지 않았다.

그나저나 그 사건을 조사하고 있다니?

그렇다면 역시…….

"그래서, 궁금한 게 뭐야? 그런 사고를 조사해서 뭐 하려고?"

"그 사건은 제가 이 학교로 오게 된 계기니까 관심이 생겨서 선생님 몇 분께 여쭤봤어요. 그러다가 부자연스러운 점이 몇 가지 있다는 걸 알았지 뭐예요."

"부자연스러운 점?"

목장갑을 벗고 가까이 놓아두었던 페트병을 집어 들었다. 수분을 보충하며 나나코의 말에 귀를 기울인다.

"경찰은, 전 교직원인 다구사 씨가 배수관을 타고 3층 과학실 베란다로 침입했다가 방범 시스템에 놀라 황급히 도망가려던 차에 발을 헛디뎌 떨어진 것으로 보고 있다고 해요. 과학준비실에는 돈 될 만한 것들이 있으니 그걸 노리고 침입한 것 같다고요."

"흐음."

별 관심 없는 척하며 에리는 고개를 끄덕였다.

"그게 이상하다는 거야?"

"네, 이상하잖아요. 너무 이상해요."

나나코는 빨간 안경 안쪽에 있는 눈동자를 흘끗 움직였다. 양산을 돌리며 말한다.

"다구사 씨는 과학준비실에 어떻게 들어가려고 했을까요?"

아하. 에리는 속으로 고개를 끄덕였다.

그렇게 나온다 이거지.

"선생님도 아시겠지만 과학준비실은 평소에도 잠겨 있대요. 당연할 거예요. 아이들이 위험한 도구나 약품을 만지면 큰일이니까요. 준비실 열쇠는 교무실에 있는데, 당연히 밤에는 교무실이 잠겨 있어요. 그러면 준비실 잠금장치를 어떻게든 열어야 해요. 그런데 너무나 부자연스럽게도, 다구사 씨는 작은 쇠망치만 갖고 있었다고 해요. 쇠망치로 어떻게 잠금장치를 열려고 했을까요?"

"그걸 내가 어떻게 알겠어." 에리는 미네랄워터로 목을 축인 뒤 뚜껑을 닫았다. "가령 다른 목적이 있었던 건 아니야? 다구사는 처음부터 과학준비실에 들어갈 생각이 없었다거나."

"어떤 다른 목적이요? 3층에는 2학년과 5학년 교실 말고는 과학실, 과학준비실, 화장실이 다예요. 용품실도 있는데 역시 잠겨 있고요. 다구사 씨는 어디에 들어가려 했을까요?"

"글쎄, 생각난 걸 말했을 뿐이야. 그나저나 자세히도 알고 있네. 쇠망치만 갖고 있었구나. 몰랐어."

"경찰도 수상하게 생각해서 교감 선생님께 여쭤봤대요."

아하. 교감이라는 작자가 히죽거리면서 나나코에게 술술 불었군.

하지만 지금 단계에서는 경찰이 거기에 의문을 품는 것도 어쩔 수 없는 일이다.

파헤쳐봐야 에리는 아무렇지도 않다.

"그런데 그걸 왜 나한테 묻는 거야?"

에리는 경계하며 나나코의 표정을 살폈다.

여전히, 어딘가 능글맞은 미소를 짓고 있었다.

"선생님이라면 묘안을 알려주실 것 같아서요."

"유감스럽게도 도움이 될 것 같지는 않네."

"그렇군요……."

어깨를 축 늘어뜨리는 나나코를 흘깃 본 뒤 에리는 다시 목장갑을 꼈다.

잡초를 뽑기 위해 허리를 숙이자마자 목소리가 들려왔다.

"그럼, 하나 더 여쭤봐도 될까요?"

"아직 뭐가 남았어?"

"그날 밤, 학교에 마지막까지 남아 있던 분은 스에자키 선생님, 1학년 담임 고모다 선생님, 4학년 담임 마쓰바야시 선생님이시죠? 다 같이 21시 넘어서 학교를 나서셨다고 들었어요."

에리는 한 번 더 일어나 가만히 나나코를 보았다.

"맞아."

"무섭지 않으셨어요?"

"뭐?"

"여자 셋이서 늦게까지 남아 계셨잖아요. 여차하면 도둑과 맞닥뜨릴 수도 있었어요."

"생각해본 적 없는데 확실히 위험할 뻔했네. 묻고 싶다는 게 그거야?"

"아뇨. 실은 고모다 선생님이 경찰에 신기한 증언을 하셨다고 해요. 고모다 선생님, 두고 온 물건이 있어서 20시경에 과학실에 가셨다더라고요. 간 김에 창문이 잠겼는지 확인하셨대요. 모든 창문이 잠겨 있는 걸 확인하고 나오셨다던데요. 그런데……."

설명을 듣는 에리의 표정이 딱딱하게 굳었다.

화장이 지워지는 게 더위 탓만은 아니었다. 긴장감에 솟구치는 땀도 화장을 벗겨내고 있었다.

"그런데, 그런데요. 다구사 씨는 쇠망치로 창문을 깨지 않고도 과학실에 들어갔어요. 어라라? 이상하죠? 유리를 깨지 않고 침입이 가능했던 건 때마침 창문이 잠겨 있지 않았기 때문이라고 생각했어요. 그런데 20시에 잠겨 있던 창문이 어떻게 21시 48분에는 열려 있었을까요? 20시 이후에 누군가가 과학실 창문을 연 걸까요?"

고모다가 그 시간에 과학실에 갔을 줄이야…….

평소 과학실 창문은 그렇게 꼼꼼하게 관리되지 않았다. 3층이고 방범 시스템도 있다. 과학실을 마지막으로 쓴 교사가 확인하지만 그 이후에 아이들이 장난치다가 열 가능성도 있는 것이다. 그런데 하필 20시라는 늦은 시간에 군이 잠금장치를 확인했다니…….

"착각한 건 아니고? 고모다 선생님, 굼뜬 구석이 있거든. 아니, 그게 아니라면 모순되잖아."

"그러니까요. 경찰은 그렇게 생각하나 봐요."

나나코는 양산을 팽글팽글 돌리며 고개를 갸웃거렸다.

"당신 생각은 다르다는 뜻이야?"

"네."

나나코는 에리를 보며 웃었다.

"이건 살인사건 아닐까요."

"살인이라고?"

뜨거운 햇살에 익은 에리의 이마를 타고 땀방울이 흘러내린다.

"네. 예를 들어 학교 안에 있던 누군가가 다구사 씨의 침입을 도왔다면 앞뒤가 맞아요. 범인은 20시 이후에 과학실 창문을 열어놓겠다고 다구사 씨에게 말해뒀어요. 다구사 씨는 안내에 따라 베란다를 통해 과학실에 침입하려 했고……. 그런데 범인이 거기에서 기다리고 있었던 거예요. 베란다로 넘어 들어오려 했다면……. 여자라도 쉽게 밀어 떨어뜨린 뒤 사고로 보이게 할 수 있죠……."

그 추리를 듣고 에리는 웃었다.

"시라이 씨도 참 재미있는 소리를 하네. 애니메이션에 나오는 명탐정 같아. 그 추리가 맞다면, 밤 10시라고 했나? 방범 시스템이 반응한 그 시간까지 학교에 남아 있던 사람이 범인이라는 뜻이야?"

"네. 정확하게는 21시 48분요. 그 시간까지 학교에 남았던 사람은 없나요?"

"유감스럽게도 그때까지 남아 있던 교직원은 없어. 우리는 더 전에 퇴근했고……. 누가 있었다면 방범 시스템에 걸렸겠지. 그건 단순한 사고야."

"으음, 그런가요⋯⋯."

나나코는 한 손을 뺨에 갖다댄 채 입을 다물었다.

그대로 사색의 바다에 잠겼는지 멍한 표정으로 고개를 갸우뚱거리고 있다.

에리는 한숨을 내쉬며 마스크로 입을 덮었다. 다시 웅크려 앉아 잡초를 뽑기 시작한다.

"저기."

아직도 뭐가 남았나.

"왜?"

"여쭤보고 싶은 게 또 있어요. 혹시 다구사 씨에게 원한을 품었을 거라고 짐작 가는 사람은 없으세요?"

"당신 말이야." 에리는 다시 일어섰다. "적당히 해. 보면 몰라? 해지기 전에 끝내고 싶거든?"

"힘드시겠어요." 나나코는 천연덕스럽게 안됐다는 듯 중얼거렸다. "도와드릴까요?"

"그 차림으로 뭘 할 수 있는데?"

가시 돋친 말을 내뱉자 나나코는 자신의 차림새를 내려다보았다. 에리가 화를 내건 말건, 나나코는 허공을 차듯 한쪽 발을 앞으로 내밀고 원피스를 흔들었다.

"이 옷 예쁘죠? 좋아하는 옷이에요."

"그럼 못 도와주겠네."

에리는 내뱉듯이 말했다.

"그나저나 선생님, 다구사 씨에게 원한이 있을 사람, 짐작 가는 구석 없으세요?"

"글쎄. 다구사 씨와는 얘기해본 적이 거의 없어서."

"그래도 좀 더 곰곰이 생각해주시겠어요?"

"이보세요."

더위와 맞물려 에리의 짜증은 정점에 달했다.

"당신, 일개 스쿨 카운슬러잖아? 형사도 아니고, 그런 놈 사고를 조사하는 게 무슨 의미가 있다고 그래? 난 지금 일을 하고 있으니 방해 좀 적당히 해줄래?"

"어라라."

나나코는 안경 너머의 눈을 동그랗게 떴다.

"선생님, 왜 그렇게 말씀하시는 거예요? 다구사 씨는 전 동료잖아요. 같은 학교에서 근무한 사이 아닌가요? 왜 **그런 놈**이라고 하시는 거죠? 다구사 씨랑은 얘기해본 적도 거의 없으시다면서요?"

"그건."

에리는 나나코를 흘겨보았다.

그러고는 시선을 돌리며 핑계거리를 찾았다.

"말이 그렇다는 거야. 설명하긴 어렵지만 평소 별로 느낌이 안 좋은 사람이기도 했고……. 그래, 봐, 도둑질 때문에 초등학교에 침입하려고 했잖아."

"그러면 죽는 게 당연한가요?"

"내가 언제 그렇게 말했어. 대체 뭐야, 그만 좀 하라니까? 사고인 게 뻔하잖아!"

나나코가 어깨를 으쓱였다.

그러고는 시치미 떼는 표정으로 말한다.

"선생님, 더워서 짜증이 나신 건 알겠어요."

"본인 때문이라는 자각은 없나 봐?"

"만약 이게 살인사건이라면 아이들까지 위험해질 가능성도 있어요. 그냥 둘 수는 없죠. 사건을 조사하는 건 어른으로서 당연한 책무예요."

나나코는 훑는 듯한 눈빛으로 에리를 보았다. 이쪽의 시선에 주눅 든 기색은 전혀 없었다. 오히려 에리만 점점 미칠 지경이다.

뭐야, 이 여자…….

나나코는 "실례할게요" 하더니 몸을 돌렸다.

다시 작업을 하려고 앉았을 때 목소리가 들려왔다.

"아, 선생님, 하나만 더."

에리는 지긋지긋해서 한숨을 내뱉었다.

허리에 손을 대고 나나코를 째려본다.

"이건 사건과는 무관한데…… 선생님은 왜 3층 화장실을 안 쓰시는 거예요?"

"뭐?"

에리는 말문이 막혔다.

"복도에서 선생님을 몇 번 본 적이 있어요. 어디를 가시나 했는데 2층으로 내려가서 교직원용 화장실로 들어가시더라고요. 다른 선생님은 다 교실과 가까운 화장실을 쓰시고요. 3층에도 화장실이 있는데 선생님은 왜 굳이 2층으로 가시나 해서요."

"딱히…… 그냥, 3층 화장실은 애들이 쓰니까. 시끄러운 것도 싫고. 그게 왜?"

"마오에게 물었더니 선생님도 작년까진 아이들이 쓰는 화장실을 쓰셨다던데요."

"저기 말야…… 어떤 화장실을 쓰든 내 맘이지. 그런 사생활까지 일일이 들쑤셔서 대체 뭘 하려는 거야?"

"어라라. 기분 나쁘셨다면 사과드릴게요."

나나코는 삐쭉 혀를 내밀었다.

미안해하는 기색은 전혀 없다.

"사소한 것까지도 알고 싶어하는 게 제 나쁜 버릇이에요. 저도 제가 피곤하다니까요."

나나코는 양산을 돌리며 조그만 주먹으로 자신의 머리를 쩔었다.

이 여자…….

에리가 기가 차다는 표정으로 서 있는데 나나코는 시원스러운 얼굴로 콧노래를 흥얼거리며 멀어져갔다.

틀림없다. 이 여자는 에리가 다구사를 죽였다고 의심하고 있다.

게다가 그 근거라는 것도, 기운을 보네 마네 하는 초능력이다.

너무도 어처구니가 없다.

하지만…….

온몸에 땀이 흐르는 걸 느끼며.

에리만 그 자리에 남겨졌다.

✻

다음 날 사태가 급변했다.

경찰 수사 결과, 학교에 불법 침입을 시도한 다구사 아키오의 동기가 밝혀졌기 때문이다.

다구사는 불법 촬영 상습범이었다. 교직원으로 근무한 여러 중학교와 초등학교에 함부로 드나들며 탈의실과 화장실 등에 불법 촬영 카메라를 설치했다고 한다. 그렇게 찍은 동영상은 인터넷을 통해 고가에 팔아왔다. 본인의 일그러진 욕구 때문이 아니라, 돈벌이 수단으로 촬영을 반복하며 상당한 이익을 거뒀다고 했다. 에리는 그런 것을 보고 싶어하는 인간들이 있다는 사실을 아직도 믿을 수 없었다.

다구사의 마수는 아동과 학생뿐만 아니라 교직원에게까지 뻗쳤다. 저도 모르는 사이에 피해를 입은 교직원도 많을 것이다. 다구사가 동영상을 판매하는 데 그치지 않고 협박 수단으로도 활용한 정황이 있는데, 다른 중학교에서는 아이들 개인정보까지 입수한 모양이었다. 무엇에 쓰려 했는지 생각하면 에리는 소름이 끼쳐 몸이 떨릴 지경이었다. 그렇다. 다구사는 죽어 마땅한 인간이었다…….

다구사의 자택을 조사한 경찰은 그런 사실을 알고 학교 전체를 수색했다. 그를 뒷받침하듯 화장실과 탈의실에서 불법 촬영용 소형 카메라가 발견됐다. 방전된 상태였지만 데이터는 그대로 남아 있었다. 사고사한 다구사는 데이터를 회수하기 위해 학교에 왔을 것이라 추측되었다.

에리는 그런 설명을, 여자 경찰관에게서 일대일로 들었다. 에리도 피해자 중 한 명이라고 했다. 물론 다구사의 협박을 받은 에리는 그 사실을 알고 있었다. 모르는 척 당혹스러워하는 연기를 하느라 고역이었지만 여성 경찰관은 동요하는 에리를 의심하지 않았다.

학교에서는 긴급히 학부모 설명회를 열어 피해 학생들의 보호자에게 사태를 설명했다. 전 교직원의 소행이라는 점에서 비난의 목소리가 하늘을 찔렀다. 에리는 현장에 없었지만 다음 날 핼쑥해진 교장과 교감의 얼굴을 보니 얼마나 시달렸을지 쉬이 상상이 됐다. 학교 전화기는 온종일 울려댔고 각종 언론에서 취재진이 몰려들었다. 학교는 피해자인데 가해자 취급하는 보도도 많았다. 학교는 무슨 생각을 하고 있나. 아이들의 안전을 지키지 못하는 곳에 우리 아이를 맡겨도 되는가. 왜 보안에 돈을 들이지 않았나. 교직원들은 아이들을 지킬 마음이 정말 있는가. 당신들은 아이들의 미래가 뭐라고 생각하는가…….

에리에게도 학부모들이 전화를 걸어 호되게 따졌다. 몇 시간씩 그런 전화에 대응하다 보니 잔업 시간도 몇 배로 불어났다. 당연히 시험지 채점, 알림장 기입, 수업 준비 등 온갖 업무가 잇달아 밀리면서 퇴근 시간이 밤 11시를 넘기는 날도 많아졌다. 교사란 이럴 때 인간적인 대우를 받지 못하고 일방적으로 손가락질을 받는다. 자신의 인생을 바칠 수 있는 자만이 교사가 될 수 있다…….

아이들에게 어떻게 설명할지는 각 가정의 판단에 맡기기로 했다. 모르는 게 낫다는 의견도 있을 것이다. 저학년 아이들은 상황을 이해하기에 무리가 있을 터였다. 하지만 아이들은 섬세해서 학교와 집의 분위기가 달라졌음을 느꼈을 테다. 학사 일정을 마냥 미룰 수도 없는 노릇이라, 비난이 쏟아지는 와중에도 휴교 없이 학교는 굴러갔다. 각 가정과 아이들의 심리를 보살피는 측면에서는 사건을 계기로 고용한 임상심리사의 존재가 큰 역할을 한 듯했다. 방과 후에는 보호자 상담도 진행했기에 시라이 나나코는 그때부터 바빠졌다. 도저히 호감을 가질 수 없는 여자지만 실력만큼은 확실한지 신기하게도 보호자들 사이에서 평판이 좋았다.

범행이 드러나기까지, 생각보다 시간이 더 걸리긴 했으나 모든 건 에리의 짐작대로였다.

고육지책이기는 했다. 하지만 다구사는 에리에게 뻔뻔한 낯짝으로 말했다. 해커라는 것들도 협력하고 있다며, IT 수사에 약한 경찰은 자신들의 판매 루트를 절대로 알아낼 수 없을 거라고. 그 말을 곧이곧대로 받아들일 수는 없었지만 가볍게 부정할 정도로 지식이 있는 것도 아니었다. 그러나 불법 침입을 시도하다 사고로 죽으면 경찰은 다구사의 자택을 조사하게 되리라. 그럼 분명 꼬리를 잡을 수 있을 것이라 에리는 생각했다. 경찰은 섬뜩한 영상을 확인하게 되겠지만 모든 건 아이들을 위해서였다. 다구사의 소행이 드러나면 수사망이 거래처까지 확대될 터였다. 피해자가 더 발생하는 걸 막기 위해서라도 필요한 일이었다.

당연하게도, 학교에는 경찰이 수시로 들락거리게 되었다. 에리가 운동장에서 체육용품을 정리한 뒤 교실로 돌아가려고 했을 때의 일이다. 다구사가 추락한 지점에서 정장 차림의 젊은 남자를 보았다. 한눈에도 경찰이라는 걸 알 수 있었다. 그 남자와 서서 이야기를 나누는 상대는 시라이 나나코였다.

에리는 무심결에 건물 그늘에 숨어 그 모습을 지켜보았다. 경찰이 나나코에게 무슨 얘기를 하는지 궁금했기 때문이다. 하지만 말소리까지는 들리지 않고 두 사람의 표정만 보였다. 뭔가 기묘했다. 뭐랄까, 탐문 수사를 하는 분위기가 아니다. 두 사람은 가까워 보였다. 경찰이 시라이 나나코의 여우짓에 헤벌쭉거리는 단순한 상황도 아니다. 오랜 지인 같은 분위기였던 것이다. 에리가 가만히 관찰하는데 남자의 얼굴에 난처함이 점점 엿보이기 시작했다. 이내 흥분한 목소리가 들려온다.

"아니, 시라이 씨, 그건 무리예요. 증거가 없잖아요."

그때 나나코와 눈이 마주쳤다.

나나코는 싱긋 웃더니 한 손을 흔들었다. 에리는 시선을 피하며 우연이었다는 듯 중앙현관으로 향했다. 그런데 나나코가 에리를 바짝 쫓아왔다.

"선생니임. 잠깐만 기다려주세요오."

어깨 너머로 흘긋 보니 쫓아온 건 나나코뿐이고 그 경찰은 보이지 않았다.

"아까는 누구야? 꽤 친해 보이던데."

"아아, 수시 1과 형사예요."

나나코가 아무것도 아니라는 듯 능청스레 말한다.

"음?"

에리는 기억을 더듬었다.

"수사 1과라면……."

"살인사건을 다루는 곳이죠."

"무슨 뜻이야? 그건 사고잖아?"

"아, 맞다, 맞다."

양손을 맞대더니 나나코가 웃는다.

"사실은요, 아는 사이예요."

"아는 사이?"

"아까 그 형사요."

"경찰에 지인이 있어?"

"여러 번 협조했거든요."

"협조라니?"

"어머, 내 정신 좀 봐."

나나코는 손목시계를 보며 말했다.

"상담 예약이 있어요. 먼저 실례하겠습니다."

"잠깐……."

"나중에, 선생님 계시는 곳으로 갈게요."

나나코는 뱅그르르 돌아 에리를 보더니 고개를 까딱이며 웃었다.

"이것저것 여쭤보고 싶은 게 있어서요."

에리가 뭐라 대꾸할 틈을 주지도 않고 나나코는 몸을 돌렸다. 콧노래를 흥얼거리며 깡충깡충 뛰듯 가벼운 발걸음으로 멀어져간다.

물어보고 싶은 게 있다고?

이쪽이 하고 싶은 말이다.

살인사건을 다루는 형사가 왜 여기에 와 있는지. 다구사의 죽음은 사고사로 결론 난 게 아니었나. 그걸 뒤집을 만한 증거라도 발견됐나. 그럴 리 없다. 자신은 아무 실수도 하지 않았을 터였다.

게다가 여러 번 협조했다니?

무슨 뜻이지. 그게 가능한 일인가.

마음을 꿰뚫어 보는 듯한 그 커다란 눈망울이 뇌리를 스쳤다.

속이 타들어가는 마음으로, 에리는 나나코가 사라진 중앙현관을 우두커니 바라보았다.

❉

창밖은 이미 어두웠다.

스에자키 에리는 아무도 없는 교실에서 업무에 쫓기고 있었다. 다구사 일로 업무가 적잖이 밀렸다. 에리는 교실 구석에 있는 자신의 책상에 앉아 빨간 펜으로 아이들이 제출한 글씨 연습 프린트를 체크하고 있었다. 삼십 명의 프린트를 한 장 한 장 보며 틀린 곳을 수정한다. 2학년 과제이다 보니 당연히 틀린 부분이 많고, 자연스레 에리가 손대야 하는 부분도 늘어간다.

연신 빨간 펜을 움직인 탓에 손가락에 피로가 느껴졌다. 그건 그래도 괜찮은데, 낮에 들은 나나코의 말이 신경 쓰여 집중력이 자꾸 흐트러진다. 눈도 뻑뻑해 몇 번이나 눈꺼풀을 마사지했다. 쉬고 싶지만 이 일 말고도 남은 업무가 있어서 하루 미루면 내일은 또다시 같은 양의 프린트가 쌓일 것이다. 어떻게든 오늘 안에 끝내야 한다. 슬슬 저녁때도 지난 시각이라 배에서 꼬르륵 소리가 났다.

"어라라, 선생님, 고생이 많으시네요."

입구 쪽에서 이상하리만치 밝고 느긋한 목소리가 들려온다.

에리는 한숨을 내쉬며 그쪽을 보았다.

시라이 나나코가, 피곤일랑 모르겠다는 듯 생기 있는 미소를 지으며 서 있었다.

"볼일 있어?"

에리는 미심쩍어하며 나나코를 보았다. 나나코는 도넛 가게의 종이 상자를 살짝 들어 보이며 웃었다.

"밤늦게까지 힘드시겠어요. 선생님, 배고프지 않으세요? 도넛을 받았어요."

교실에는 에어컨이 없다. 창문으로 들어오는 미적지근한 바람이 에리의 땀을 불쾌하게 어루만진다. 그에 비해 나나코는 시원해 보였다. 화장도 지워지지 않았고 땀 한 방울 흘리지 않았다. 에리는 상담실에는 에어컨이 있다는 사실을 떠올리고 한숨을 내뱉었다.

"누가 줬는데?"

일단은 물어봤다. 나나코는 거리낌 없이 교실로 들어오더니 가까운 자리에 멋대로 앉았다. 책상에 도넛 상자를 올린다.

"학부모님이요. 상담할 때 가져오셨어요."

"그런 건 받으면 안 돼."

"어머나."

나나코는 당황한 듯 눈이 휘둥그레졌다.

"그래요?"

"그게 규칙이야."

나나코는 개봉한 도넛 상자를 내려다보았다. 풀 죽어 눈꼬리가 내려갔다.

"으음, 그래도 이대로 썩게 두면 아까우니까 몰래 먹어요. 아, 저, 무리해서 드시라는 건 아니에요. 아이들의 모범이 돼야 할 교사가 룰을 어기면 큰일이죠. 그에 비하면 전 어찌나 불량한지."

나나코는 그렇게 말하며 자신의 뒤통수를 주먹으로 살짝 때리더니 혀를 날름 내밀었다. 이내 손에 든 도넛을 덥석 물었다. 에리는 어안이 벙벙해진 채 바라볼 뿐이었다.

"하아."

황홀하다는 듯, 나나코는 요염함마저 느껴지는 기묘한 목소리를 흘리며 웃었다.

"적당한 당분이 뇌 속까지 퍼지는 기분이에요. 맛있다아."

하아 같은 소리 하네.

"먹는 거야 당신 자유인데 여기서 먹을 건 없잖아? 일 끝났으면 얼른 퇴근하지그래?"

"선생님은 아직 일이 남으셨나요?"

"보면 몰라?"

에리는 손끝으로 펜을 돌렸다.

"어머. 다들 항상 늦게까지 남아 계시는 것 같던데, 참 힘든 직업이네요."

"당신은 정시 퇴근하는 것 같던데."

"불법 촬영 사건 이후로는 학부모 상담이 늘었으니 그럴 수 없죠. 오늘은 저도 야근이에요. 그나저나 초등학교 선생님이 이렇게 야근이 많은 직업이라니 깜짝 놀랐다니까요."

남은 일이 많다고 했는데도 나나코는 돌아갈 마음이 전혀 없다는 듯 말을 이어갔다. 별수 없이 에리는 빨간 펜으로 아이들의 프린트를 첨삭하며 나나코에게 물었다.

"왜, 초등학교는 처음이야?"

"네. 지금까지는 중학교에서만 일했어요."

"중학교 교직원은 동아리 활동이 있어서 더 힘들 수도 있겠네. 주말에도 못 쉴 때가 있으니까."

"초등학교 선생님도, 특히 저학년 담당은 더 힘든 것 같아요. 개인적인 시간까지 할애해서 일을 해야 하다니요. 애초에 혼자서 아이들 서른 명을 매일 장시간 보살펴야 한다니 말도 안 된다고 생각해요. 아무리 경험이 풍부한 부모라 해도 몇 명을 돌보는 게 한계고, 유치원에서도 교사 여러 명이 분담하잖아요."

도넛을 베어 물며 나나코는 그런 말을 했다.

에리는 펜의 뚜껑을 닫았다. 그러고는 펜을 돌리며 말했다.

"어느 학교든 인력 부족이고, 이 일을 평생 하려는 사람도 없으니 어쩔 수 없지. 업무량은 많은데 우리는 사소한 일로도 비난을 받아. 이번에도 담임을 비난하는 학부모가 많아서 마쓰바야시 선생님이 상당히 힘들어하는 것 같더라."

"마쓰바야시 선생님은 젊으신 데도 책임감이 강한 분이죠. 아이들 하나하나를 진심으로 아끼는 분이세요."

"그렇게 책임감이 강하고 좋은 선생일수록 빨리 그만둬."

에리는 한숨을 쉬며 프린트로 시선을 떨어뜨렸다. 그러자 어떤 생각이 떠올라 펜 끝으로 책상을 몇 차례 두드렸다.

"이런 프린트도 그래. 아이들을 위하는 마음에 철자를 꼼꼼하게 지적해줘도, 분노한 학부모가 불공평한 지도指導라고 SNS에 사진을 올려서 교사가 비난받기도 해. 그런 일 때문에 그만둬버린 선생님도 있어. 우리는 잘 시간도 줄여가며 아이들을 생각하는데 말이야. 앞으로는 그런 데까지 신경 써야 하니 한 명 한 명을 각별히 대하기도 어려워지겠지."

에리는 프린트 표면을 때리는 펜 끝을 응시하고 있었다. 머릿속에 직장을 떠나간 동료들 모습이 떠올랐다. 문제 상황에 짓눌려 그만둔 사람이 아주 많지는 않다. 여자가 많은 직장이니 결혼을 계기로 그만두는 사람이 더 많다는 느낌이다. 뭔가 기회가 있으면 그걸 찬스라고 생각해 떠나려 한다. 에리 주변에는 그런 사람이 많았다. 다들 지치고 지쳐서 도망가고 싶어하는 것이다. 도망갈 이유를 찾아낸 사람은 행복할지도 모른다. 엄마는 어땠을까. 엄마는 결혼을 해서도, 자신을 낳고도, 교직을 포기하려 하지 않았다. 자신은 어떨까. 언젠가 꺾이는 때가 올까. 엄마는 언제까지 일을 할 생각이었는지 물어보고 싶어졌다. 이렇게 보람 없는 직업인데도 끝까지 할 마음이었을까.

"선의로 한 일이 악의로 받아들여지는 건 괴롭죠."

홀연, 나나코가 나지막이 말을 흘렸다.

시선을 돌리니 안경 너머의 눈은 어두운 창밖을 향하고 있었다. 뜻하지 않게 분위기가 숙연해지자 에리는 헛기침을 했다. 아무 말도 하지 않겠노라 다짐했는데 어느샌가 푸념을 늘어놓고 말았다.

방심하면 안 된다. 나나코는 그 사건 이야기를 하러 왔을 것이다.

틀림없이 에리가 다구사를 죽였다고 의심하고 있다. 그걸 확인하려는 것이다. 하지만 의심의 근거는 초능력이다. 초능력. 코웃음이 나온다. 나나코에게 정말 그런 신기한 능력이 있을지도 모르겠으나 그런 건 아무 증거도 되지 않을 터였다. 그러니 떠보려는 거겠지. 경찰과 편하게 대화를 나누던 모습이 마음에 걸리지만, 경찰이 초능력을 근거로 자신을 체포할 리는 만무하다. 그래, 나나코와 대화하던 수사 1과 형사는 그때 이렇게 말했다. 증거가 없잖아요, 라고. 그러나 경찰이 나나코의 말을 어디까지 믿는지, 그리고 경찰이 정말 에리를 의심하는지, 자신 또한 나나코를 떠볼 필요는 있을지도 모른다.

"그래서…… 뭐 하러 왔어? 묻고 싶은 게 있다며."

"아, 그랬죠. 맞아요. 그 사건 때문에 드릴 말씀이 있어서요."

나나코는 이미 도넛 하나를 다 먹어치웠다. 어린애처럼 손가락을 핥으며 눈을 치켜뜨고 에리를 본다.

"조금 전 이야기대로, 이 학교 선생님들은 항상 늦게 퇴근하시더라고요. 밤 10시가 지난 심야까지 교무실에 불이 켜져 있는 경우도 드물지 않다니, 블랙기업노동 조건과 환경이 열악한 기업을 가리키는 일본식 표현이 따로 없다니까요. 출근도 일찍 해야 하고 야근 수당도 안 나오는데 정말 존경스러워요."

"무슨 말을 하고 싶은 거야?"

"추락사한 다구사 씨……." 거기까지 말하더니 나나코는 인상을 찌푸렸다. 불법 촬영범을 존대로 칭하는 게 찝찝했을지도 모른다. 호칭을 바로 정정했다. "추락사한 다구사는 오랜 기간, 여러 차례에 걸쳐 이 학교에 침입했다고 해요. 카메라를 설치했더라도 데이터를 회수하려면 다시 들어와야 하죠. 즉 추락사한 그날이 처음으로 불법 침입한 날인 거예요. 이상하지 않으세요?"

"이상하다니, 뭐가?"

나나코는 대답은 하지 않고 갑자기 생각났다는 듯 활짝 웃으며 상자에서 새 도넛을 꺼냈다.

"아, 선생님, 도넛 안 드실래요? 역시나 저 혼자 먹으려니 죄송해서요."

"됐어."

에리는 짜증을 참으며 신음하듯 말했다.

"그러세요?"

나나코는 그 도넛을 물며 행복하다는 표정을 지었다.

"그래서." 에리는 목소리를 낮췄다. "뭐가 이상하다는 거야?"

"아아, 맞다, 맞아요. 그 얘기중이었죠."

입술 끝에 묻은 설탕 가루를 중지로 털어낸다.

동작은 기묘하게 요염했고, 눈빛은 에리를 뜯어보는 것 같았다.

이쪽의 속내를 들여다보려는 듯한 눈빛이었다.

"다구사는 왜 그날만 방범 시스템에 걸렸을까요⋯⋯."

에리는 프린트로 시선을 떨어뜨렸다.

다시 빨간 펜을 쥐고 철자를 수정하며 관심 없다는 듯 답했다.

"지금까지 운이 좋았던 거 아냐?"

"아뇨, 그렇지 않아요. 선생님, 잘 생각해보세요. 대부분의 학교
와 마찬가지로, 이 학교에서는 모든 교직원이 퇴근할 때까지 방범
시스템은 작동되지 않아요. 당연해요. 야근하는 선생님들을 일일이
감지하면 경비회사 사람도 큰일이니까요. 유일한 예외로 교문 같은
데 설치된 카메라는 낮에도 돌아가지만, 어쨌든 부지가 넓은 학교
예요. 문을 통과하지 않으면서 카메라에도 찍히지 않고 부지로 들
어올 수 있는 루트는 얼마든지 있어요. 즉 아이들이 하교한 후부터
모든 교직원이 퇴근할 때까지의 시간대⋯⋯ 다시 말해 선생님들이
야근하는 동안에 이 학교는 무방비 상태라고 할 수 있죠."

"그건 어느 학교든 마찬가지잖아. 교직원 눈에만 띄지 않으면 외
부인이 얼마든 드나들 수 있어. 학교의 맹점이라고도 할 수 있지."

"네. 근무 경험이 있는 다구사는 그 사실을 잘 알았을 거예요. 그

러니 선생님들이 퇴근한 이후의 늦은 시간대, 굳이 방범 시스템이 작동할 때 학교에 들어와 데이터를 회수할 필요가 없다는 거죠. 선생님들이 교무실에서 야근하는 동안 회수하는 게 센서에 걸릴 위험도 없고 훨씬 편해요. 선생님들만 눈치채지 않으면 되니까요. 이 생각을 뒷받침하기라도 하듯 실제로 교무실이 있는 2층 화장실에는 불법 촬영 카메라가 없었어요. 화장실로 들어오는 선생님과 마주칠 위험을 없앤 거죠."

나나코는 논리 정연하게 말했다. 이 머리 나빠 보이는 여자가 생각해낸 것 같지는 않았다. 아마 낮에 대화한 형사가 일러줬을 것이다. 일반인에게 정보를 흘리다니 믿기지 않지만, 남자란 이런 여자에게 쉽게 넘어가는 생물이다.

"어라라?"

에리가 뭔가 말하려 하는데 나나코가 고개를 갸웃거렸다.

"그러고 보니 선생님은 3층 화장실을 안 쓰셨네요. 교실은 3층에 있는데 항상 2층 교무실 옆 화장실을 쓰셨잖아요. '럭키'였네요?"

이런 식으로 치고 들어오는군.

에리는 머리를 굴렸다. 다구사에게 협박을 받기 시작한 뒤로 수개월 동안, 에리는 3층 화장실을 이용하지 않았다. 교직원용 화장실에는 카메라가 없다고 다구사에게서 직접 들었기 때문이다. 경찰이 미심쩍어할 때를 대비해 대답은 미리 준비해두었다. 떠올리며 복창하기만 하면 된다. 설마 경찰이 아닌 일개 스쿨 카운슬러에게 말하게 될 줄은 몰랐지만.

"우연이야. 최근에만 3층 화장실을 안 썼지 예전에는 썼어. 나도 피해자란 말이야."

"최근에는 왜 안 쓰셨어요?"

"요즘 배가 자주 아파서."

"배가 자주 아프다?"

"그래서 화장실에 오래 있는 모습을 아이들에게 보이고 싶지 않았어. 나도 수치심이라는 게 있잖아. 이해됐으려나?"

"그렇군요. 잘 알겠습니다. 납득이 가요."

나나코는 고개를 끄덕였다. 진심으로 수긍하는 건 아니겠지만 모순은 없을 터였다.

"아까 얘기로 돌아갈까요. 교무실에서 가까운 화장실에는 카메라를 설치하지 않았기 때문에, 다구사는 지금까지 선생님들이 근무하시는 사이에 몰래 들어왔다고 추측할 수 있어요. 그런데 그날따라 방범 시스템이 가동되는 시간대에 배수관을 타고 3층 베란다를 통해 과학실로 들어가려 했어요. 굳이 왜 그랬을까요?"

"내가 그걸 어떻게 알아."

에리는 다시 빨간 펜의 뚜껑을 닫았다. 나나코의 의문은 핵심을 찌르고 있었다. 거기서 모순을 발견하고 경찰에서 살인일 가능성을 의심하기 시작하면 위험해진다. 나나코가 그 친한 형사에게 언질을 줄지도 모른다. 에리는 머리를 굴리며 말했다.

"이렇게 생각할 수는 없을까? 실제로 침입한 걸 보면, 무슨 일이 있어도 그 시간에 데이터를 회수해야 했다거나 하는 이유가 있었을 거라고. 그놈은 돈을 벌려고 그런 짓을 했다고 하니, 거래 상대가 까다롭게 굴어서 어떻게든 그날 중으로 데이터가 필요해졌을 수도 있잖아? 상상도 하기 싫지만."

"으음, 그럴까요?"

나나코는 입술에 검지를 대고 고개를 까딱거렸다.

"원래는 우리가 퇴근하기 전에 학교에 들어오려 했는데 뭔가 이유가 있어서 늦어버렸고, 별수 없이 그 시간에 침입해서 데이터를 회수하려 한 거지. 적외선 감지 시스템을 도입한 건 다구사가 그만둔 다음이니까, 그걸 모르고 들어올 수 있을 거라고 판단한 거야. 그런데 시스템이 작동하니까 당황해서 도망치려 했고……. 자업자득이야. 이상할 건 전혀 없는데?"

"그런데 다구사의 취미가 경마였다는 건 아세요?"

나나코가 느닷없이 맥락 없는 이야기를 꺼낸다.

"경마?"

금시초문이지만 그게 뭐 어떻다는 건지.

"사실은요, 다구사의 지갑에서 편의점 영수증이 나왔어요."

"그래서?"

"어라라? 선생님 배 안 고프세요? 역시 도넛을 드시는 게 좋지 않을까요?"

나나코는 능청스레 도넛 상자를 에리에게 내밀었다. 허기지긴 하지만 배에서 소리가 나지는 않았다. 에리는 인상을 찌푸렸다. 속이 타는 기분을 느끼며, 별수 없이 일어나 나나코가 내민 상자에서 도넛 하나를 꺼냈다. 그걸 베어 물며 물었다.

"그래서 영수증이 왜?"

"선생님, 여기 물티슈요."

에리는 나나코가 내미는 물티슈를 낚아채듯 뺏었다.

"그래서?"

"아, 맞아요. 영수증. 무슨 얘기를 하려고 했더라." 나나코는 주먹을 자신의 관자놀이에 갖다댔다. "아, 그래그래. 맞아요. 경찰에서 영수증을 확인했는데 다구사는 당일 20시경에 여기서 가까운 편의점에서 경마신문을 샀어요. 바지 뒷주머니에 아무렇게나 접힌 신문이 들어 있었죠."

"그게…… 어쨌다는 거야?"

"어라라, 모르시겠어요?"

의미심장하게 말하는 나나코를 보며, 에리는 필사적으로 머리를 굴렸다. 에리의 사고思考보다 빠르게 나나코가 말했다.

"다구사는 20시에 여기서 가까운 편의점에 있었어요. 21시 48분에 학교로 침입하기까지 한 시간 반 넘게 어디에서 뭘 했을까요?"

에리는 입을 열지 않고 있다가 빨간 펜을 빙그르르 돌리며 조용히 말했다.

"어딘가에서 어슬렁댔겠지. 밥을 먹었든가."

"그러면 방금 전에 선생님이 말씀하신 가설과 모순돼요. 다구사에게는 선생님들이 야근중일 때 침입할 수 있는 시간적 여유가 많았단 말이에요. 모두 퇴근한 후에 위험을 무릅쓸 이유가 없어요."

"그러니까, 급하게 상황이 달라졌겠지. 원래는 그날 학교에 숨어들 계획이 없었던 거 아냐? 그런데 우리가 퇴근한 후에 그날 중으로 데이터를 회수해야 하는 이유가 생긴 거야. 이건 추측이지만, 그런 장사에는 반사회적인 인간들이 엮여 있지 않아? 그런 사람들한테 협박받았을 수도 있지."

"으음…… 그렇게 보시는 군요."

나나코는 재미있다는 듯 입을 나문 채 웃었다.

"실은 다구사의 스마트폰을 분석했는데, 동료와 20시 40분 전후에 메시지를 주고받았더라고요."

에리는 눈을 가늘게 뜨고 손에 든 도넛을 보았다. 손끝이 떨리려 하는 걸 가까스로 참는다.

"메시지?"

"뭐 그냥 시시콜콜한 경마정보 얘기였다고 해요. 어쨌거나 선생님이 말씀하신 데이터 회수 독촉 같은 이야기는 일절 없었나 봐요."

"그래?"

에리는 안도의 한숨이 나오려는 걸 참았다. 이제 곧 에리를 만나러 간다는 둥 자신을 협박했다는 정황이 드러나는 메시지면 어떡하나 싶어 좀 겁이 났기 때문이다. 다구사는 신중해서, 에리가 경찰에 증거를 들이밀 수 없게끔 에리와 연락할 때 스마트폰을 쓰지 않는 인간이었다. 그래서 다구사의 스마트폰에서는 자신과 관련된 정보가 나오지 않겠거니 하고 대수롭지 않게 여기고 있었다.

"경마정보는 암호였던 거 아냐?" 에리는 문득 떠오른 생각을 말했다. "그런 사람들은 신중할 것 같아서. 데이터를 곧장 회수하라는 의미였을지도 모르지."

"오호…… 선생님, 추리작가를 하셔도 될 것 같은 발상이네요."

나나코는 다시 입을 다문 채 웃었다. 텔레비전 드라마에서 범인이 입에 올릴 법한 대사였다.

"그렇다면, 이 근처 편의점에서 경마신문을 산 건 우연일까요? 다구사는 우연히 학교 근처에 있었다?"

"그런 거 아냐? 그거 말고 뭐가 있겠어."

"예를 들면요, 누군가와 만날 예정이었다는 가설은 어때요?"

나나코는 그 광경을 상상하듯 얼굴을 기울이며 말했다. 그러고는 검지로 뺨을 누르며 술술 말을 이어갔다.

"이제 곧 불법 침입을 해야 하는 상황에 경마신문을 사는 건 부자연스러워요. 하지만 곧 누군가를 만날 예정이었다면 이해가 되죠. 다구사는 만날 사람이 있었던 거예요. 그런데 조금 일찍 도착해 버린 바람에 경마신문을 사서 시간을 때우려 한 거죠. 그리고, 만나기로 한 인물에게 살해당하고……."

나나코의 상상은 대부분 맞았다.

다구사에게 협박받던 에리는 그때 자기 반 교실에서 그와 만났다. 시간을 정한 건 다구사지만 에리는 도저히 뺄 수 없는 회의와 업무가 생겨 늦어버렸던 것이다. 교직원 근무 경험이 있으니 다구사는 에리가 얼마나 바쁜지 잘 알고 있었다. 그걸 감안해 경마신문을 보며 시간을 때웠을 것이다. 다른 사람 눈에 띄지 않도록 교실 불을 켜지 말라고 일러뒀지만 문을 열어놓으면 복도 불빛으로도 충분히 신문을 읽을 수 있었을 터였다.

에리는 웃었다.

"하긴 당신, 전에도 그런 말을 했지. 다구사를 불러들인 사람이 베란다로 올라온 그놈을 밀어서 떨어뜨렸다고."

"네. 아닌가요?"

"'참 잘했어요' 도장은 찍어줄 수 없는 추리야. 그건 무리라니까. 그 시간에는 방범 시스템이 작동중이었어. 우리가 퇴근한 뒤에도 누군가 남아 있었다면 센서가 바로 감지했겠지."

"센서는 복도에만 있어요. 가령 이렇게는 생각할 수 없을까요? 누군가가 계속 과학실에 숨어 있다가 다구사를 밀어 떨어뜨린 후에 도망갔다. 그럼 다구사는 학교에 침입하기 전에 베란다에서 떨어진 셈이니, 센서가 감지한 건 다구사를 밀고 복도로 도망간 범인……."

과연 흥미로운 추리다.

"그럼 누군가가 퇴근한 척하고 과학실에 숨어 있었다는 뜻이야?"

"네. 충분히 생각할 수 있지 않나요?"

"뭐, 무리는 아니긴 한데."

에리는 시선을 떨어뜨렸다. 나나코의 추측을 부정할 수 있는 근거가 딱히 떠오르지 않았다. 게다가 이 시나리오는 에리에게 불리할 것 같지도 않다. 에리는 막 생각났다는 듯, 손에 든 도너츠를 베어 물었다.

"그런데 누가 다구사를 죽인 거라면 동기는 뭐야?"

"글쎄요. 범인은 다구사의 악행을 알고 있었겠죠. 아마 불법 촬영 피해자라서 협박을 받았을 거예요. 협조하라고 강요받았을지도 모르죠. 그건 범인에게 굴욕이기도 하고, 정의에 어긋나는 행위였어요. 그리고 무엇보다, 그 인물은 아이들을 지키기 위해 범행을 저지른 거예요……."

에리는 열린 창문 밖의 밤하늘로 시선을 던졌다. 가로등 불빛도 별빛도 없다. 그저 어둠이 깔려 있을 뿐.

"선생님은 어떻게 생각하세요? 다구사의 행동은 비열했어요. 선생님이라면 죽이고 싶어질 것 같으세요?"

에리는 밤의 유리창에 반사되는 자신의 표정을 보며 입을 뗐다.

"죽이겠지."

그곳에 비치는 자신의 얼굴은 미소마저 머금고 있는 듯 보였다.

"어머머."

나나코가 별반 놀란 것 같지도 않은 목소리를 흘렸다. 에리는 시선을 고정한 채 말했다.

"하지만 유감스럽게도 난 사건과는 무관해. 다구사가 침입한 시간이 언제라고 했지?"

"21시 48분이요."

에리는 나나코에게 눈길을 돌렸다.

표정에는 여유마저 어려 있을 터였다.

"그렇다면 난 알리바이가 있어."

"누군가와 같이 계셨나요?"

"그때는 가까운 식당에서 고모다 선생님과 늦은 저녁을 먹고 있었어."

"그렇군요. 철벽이네요."

"안됐네."

나나코는 가녀린 어깨를 으쓱였다.

그러고는 도넛 상자를 들고 일어났다.

"할 말은 다 끝났어?"

"일을 너무 방해하면 안 되니 오늘은 이쯤에서 가볼게요."

에리는 문으로 향하는 나나코의 등에 대고 말했다.

"당신한테 신기한 힘이 있을진 모르겠는데, 일개 스쿨 카운슬러가 탐정 흉내를 내는 게 무슨 의미가 있지?"

나나코는 멈춰 섰지만 아무런 대꾸도 하지 않았다. 에리가 말을 덧붙였다.

"다구사는 인간 말종이었어. 많은 아이들이 위험에서 벗어났다고 생각해. 당신은 살인이라고 하지만 그건 사고야. 사고면 됐잖아. 그렇게 처리하면 곤란해지는 사람이라도 있는 거야?"

나나코는 어깨 너머로 이쪽을 보았다. 그 눈빛을 에리는 똑바로 받아냈다.

안경 너머의 두 눈은 아무 말도 하지 않았다.

"나한테 다구사를 죽이고 싶어질 것 같으냐고 물었지. 당신은 어때? 당신이라면."

나나코는 대답 없이 복도로 모습을 감췄다.

◦

다음 날, 에리는 쉬는 시간에 복도를 걷고 있었다.

앞쪽에서 시라이 나나코의 모습을 발견하고 무심코 경계했는데, 에리네 반 아이들에게 둘러 싸여 있었다. 표정을 보아하니 어딘가 난처해하는 것 같았다. 이십 분의 쉬는 시간, 나나코는 상담실에서 대기해야 하는데 아이들이 붙들고 놓아주지 않는 모양이었다. 골탕 먹어보라는 생각도 조금은 들었지만 자기 반 아이들인지라 마냥 두고 볼 수가 없었다.

"무슨 일이야?"

에리의 목소리에 나나코와 아이들의 시선이 이쪽을 향한다. 나나코는 유독 잘 따르는 마오에게 팔을 붙잡힌 채 곤혹스러워하는 표정으로 에리를 바라보았다.

"그게, 실은, 아이들이 유타의 송별회에 초대해서요. 스에자키 선생님의 허락 없이 마음대로 대답할 수 없으니⋯⋯."

"나나코 선생님도 와요!"

"같이 비눗방울 만들어요."

"무지 재미있다니까요!"

유타와 소야와 다이치, 마오가 입을 모아 나나코를 조른다.

"선생니임, 그래도 되죠?"

마오의 물음에 에리는 웃었다.

"아무렴 어때. 와."

"송별회에서 비눗방울 놀이를 하나요?"

"작년 수업에서 했을 때 반응이 워낙 좋았어서 일 년 만에 다시 하려고. 1학년 9월 수업이었는데 2학년 때는 할 기회가 없거든."

에리는 미묘하게 쓴웃음을 지으며 나나코에게 답했다. 여름방학에 전학 가는 유타의 송별회는 다구사 일 때문에 연기한 참이었다. 송별회라고 하면 슬픈 이미지가 떠오르지만, 비눗방울과 아이들이 준비한 마술 등 볼거리도 있어서 기대하는 아이도 많았다. 주제가 이래서인지 나나코와의 대화가 긴장되지 않았다. 아이들이 너도나도 나나코의 이름을 부르며 팔을 잡아당기고 있다.

"선생님 비눗방울은 대단해요!"

"다른 선생님이랑은 달라요! 엄청나요!"

소야의 말이 끝나기 무섭게 다이치가 방방 뛰며 말한다. 흐뭇한 광경이지만 저학년 아동과의 스킨십이 익숙하지 않은지 나나코는 진이 빠진 표정이었다. 통쾌했다.

"비눗방울을 부는 요령이라도 있나요?"

아이들에게 붙들려 몸을 비튼 채로 나나코가 물었다.

"딱히 그런 건 없어."

매달리는 마오의 체중 때문에 앞으로 고꾸라지려 하는 나나코를 보며 에리는 마지못해 웃었다.

"애들아, 선생님 힘들어하시잖아. 나나코 선생님도 송별회에 오신다니까 이제 그만 놓아드려."

아이들이 떨어지자 녹초가 된 표정의 나나코가 느릿느릿 머리칼을 정돈했다. 그러고는 블라우스 소매를 살폈다.

"우리가 매일 트레이닝복을 입는 이유를 알겠지?"

"혹시 콧물과 침 범벅이 되니까 그런 거예요?"

나나코는 눈꼬리를 내리며 물었다.

"당신, 스쿨 카운슬러면서 사실은 애들 싫어하지?"

"그렇지 않아요."

나나코는 수긍할 수 없다는 듯 부루퉁해져서 고개를 가로저었다.

"버거울 뿐이에요."

"같은 뜻이야."

"달라요. 곧장 거짓말을 하는 점은 좋아하거든요."

아이들이 떠나간 방향을 힐끗 보며 나나코가 말했다.

"무슨 뜻이야?"

"마음을 읽는 일이 직업이니 간파하는 재미가 있어요."

나나코는 양손으로 안경테를 밀어 올렸다. 위치를 바로잡듯 움직이며 에리의 눈을 바라본다. 무엇이든 다 간파할 듯한 커다란 갈색 눈동자가 에리를 꿰뚫었다.

"난 거짓말 같은 거 안 해."

"정말이라면 얼마나 좋을까요. 하지만 그것도 오늘까지예요."

나나코는 고개를 숙이더니 복도 끝으로 멀어져갔다.

에리는 그 뒷모습을 바라보았다.

오늘까지?

무슨 뜻일까.

아니, 괜찮다. 아무리 의심의 눈초리를 보내도 나나코가 할 수 있는 일은 아무것도 없다. 자신은 증거를 남기지 않았다. 그래서 지금까지 잡히지 않은 것이다. 게다가 알리바이도 있다. 오기 내지는 허세, 그런 마음에서 뱉은 말이 틀림없다.

불안을 떨쳐내며 교실로 돌아가려 하는데 마오가 불러 세웠다.

"선생님, 있잖아요."

"응, 왜?"

조금 전 잔뜩 들떠서 나나코에게 매달리던 것과는 정반대로, 마오는 불안한 표정으로 에리를 올려다보았다.

　　"선생님은 안 가죠?"

　　"무슨 뜻이야?"

　　에리는 의아해하며 무릎을 구부려 눈높이를 맞췄다. 마오는 고개를 갸웃거리며 말했다.

　　"엄마가 그랬어요. 마쓰바야시 선생님은 갈지도 모른다고."

　　에리는 마오의 말을 비로소 이해했다. 마쓰바야시는 젊은 여자 선생님이었다. 이번 일로 자신도 피해를 입었다는 사실에 큰 충격을 받은 데다 무자비한 학부모들의 원성을 견디지 못하고 어제부터 휴가에 들어간 상태였다. 교감도 속을 끓이는 일명 '몬스터 부모'로, 윗선에서 끊어내지 못했다는 점에서 학교 측 책임도 있다. 하지만 경력이 짧은 마쓰바야시의 마음이 꺾여버린 것도 무리는 아니다. 정말 이대로 휴직할지는 에리도 알 수 없지만, 어디선가 그런 소문이 새어나가 학부모 사이에 퍼졌을지도 모른다. 마오는 그걸 들었으리라.

　　"선생님, 없어지지 않을 거죠?"

　　"그러엄. 선생님이 왜 없어져."

　　에리는 마오의 머리를 쓰다듬었다.

　　그러고는 일어서서 교실로 들어갔다.

　　아이들의 얼굴을 하나하나 확인한다.

그때, 나나코는 다구사를 죽이고 싶어질 것 같으냐고 물었다.

에리는 망설임 없이 수긍했다. 그 생각은 지금도 여전하다. 그저 엄마라면 어떻게 했을까 하는 의문이 있을 뿐이다. 마지막까지 교사였던 엄마라면 어떻게 했을까. 분명 자신과 같은 결단을 내렸을 것이다. 웃는 얼굴로 가득한 이 경치를 잃을 수는 없다. 자신은 뻗쳐 오는 역겨운 욕망의 손아귀에서 아이들을 지켜냈다. 더 빨리 결정할 걸 그랬다는 생각이 들 정도다. 그랬다면 피해를 막을 수도 있었을 것이다.

자신은 아무 잘못도 하지 않았다.

아이들을 위해서라도 절대 체포되면 안 된다.

⁂

방과 후에 교정을 정리한 뒤 학교 건물로 들어가려던 참이었다.

다구사가 추락한 현장을 지나려다가 그곳에 누가 있다는 걸 알아차렸다. 요전번처럼 시라이 나나코와 수사 1과 형사였다. 에리는 숨죽인 채 건물 그늘에 몸을 숨겼다. 어쩌면 수사 상황이 어떻게 돌아가는지 엿들을 수 있을지도 모른다.

"그럼 그 카메라는 아직 못 찾았다는 거네요?"

나나코의 목소리가 들렸다. 형사가 대답한다.

"네. 이건 불법 촬영 카메라와 달라요. 좀 더 평범한 타입의 카메라입니다. 거래 현장에 설치해서 상대가 배신하지 못하게 증거를 남길 목적이었겠죠. 데이터를 조사하다가 그런 영상을 발견했는데, 다른 학교 교직원이 다구사에게 개인정보를 넘기는 모습이 찍혀 있었어요. 그런데 정작 촬영에 사용했을 카메라가 안 보여요."

"그럼 이렇게도 생각할 수 있겠네요. 그 카메라는 교직원과의 거래 현장을 촬영하기 위해 아직 어딘가에 설치된 상태고, 범인은 그걸 모르는 채로 다구사를 죽였다고."

"네. 범행 순간도 찍혀 있을지 모릅니다. 학교 측 허가를 받아서 건물을 수색하려고 해요."

"그렇군요. 그럼 저도 예상되는 장소를 살펴볼게요."

두 사람의 대화가 무얼 뜻하는지 깨달은 에리는 핏기가 가시는 기분이었다.

에리는 두 사람에게 들키지 않도록 황급히 왔던 길을 되돌아갔다. 옆문을 통해 건물 안으로 들어가 내빈용 슬리퍼를 신고 분주히 자신의 교실로 향했다. 평소 신던 샌들은 중앙현관에 뒀는데, 거기로 가려면 두 사람 앞을 지나야 한다. 아무도 없는 교실로 들어가 조명을 켰다. 심장 박동이 극도로 빨라지는 것을 느끼며 실내를 두리번거린다.

다구사가 카메라를 설치했다니.

따지고 보면 화장실에 불법 촬영 카메라를 설치하는 인간이다.

에리를 협박해 협조를 강요한 뒤 거기 굴복해 개인정보를 건네려 했다면, 새로운 협박거리로 삼아 진흙탕으로 끌고 들어갔을 것이다. 이 얼마나 역겨운 발상인가.

카메라는 어디 있지?

2학년 교실은 잡다한 것으로 뒤덮여 있다. 색종이를 접어 만든 알록달록한 장식품과 컬러풀한 게시물이 곳곳에 붙어 있었다. 수업에서 사용할 교재도 많아서 카메라를 설치할 만한 곳은 얼마든지 있어 보였다. 경찰 수색이 시작되기 전에 빨리 찾아내야 하는데⋯⋯. 나란히 선 사물함 위를 꼼꼼하게 확인하고 탄지가 돌아다니는 햄스터 케이지도 주의 깊게 살폈다. 수납장, 청소도구함, 교탁 안까지 구석구석 들여다보았다.

없다. 아무 데도 없다.

설마 하는 마음에 책상 한쪽에 둔 알루미늄 케이스로 손을 뻗었다. 원래는 과자가 들어 있던 케이스인데 아이들의 분실물을 보관하는 용도로 사용중이었다. 교실에서 습득한 물건은 에리에게 주는데, 에리가 없을 때는 배려심을 발휘해 여기 넣어두는 아이도 많다.

다른 곳에 없다면 혹시⋯⋯.

케이스에는 소형 디지털카메라가 들어 있었다.

에리는 안도의 한숨을 내쉬었다.

이게 그 카메라가 틀림없다. 아이들 중 하나가 분실물로 착각해 넣어두었을 것이다. 위험할 뻔했다. 때마침 나나코와 형사의 대화를 엿듣지 않았다면 붙잡혔을지도 모른다. 그런 내숭쟁이한테 속아 일반인에게까지 수사 정보를 흘리니 이 사달이 나는 것이다. 이제 에리의 범행을 가리키는 증거는 어디에도 없다.

에리는 카메라를 들고 혼자 씨익 웃었다.

"선생님, 좋은 일이라도 있으세요?"

난데없이 등 뒤에서 목소리가 들려와 심장이 입으로 튀어나올 뻔했다.

에리는 반사적으로 몸을 돌렸다가 화들짝 놀랐다. 바로 뒤에 나나코가 서 있었다. 카메라를 든 손은 가까스로 등 뒤로 감췄다.

"어라라? 뭐 숨기고 계세요?"

"아무……."

혀가 잘 안 돌아간다. 심장이 터질 것만 같다.

"아, 아무것도 아니야."

어째서인지 눈을 뜨고 있을 수가 없어서 질끈 감았다. 진정하라고 자신을 다독이며 눈을 뜬다. 나나코는 왜 그러느냐는 표정으로 에리를 보고 있었다. 괜찮다. 아직 결정적인 건 발견되지 않았다. 등 뒤로 돌린 손에 자연스레 힘이 들어간다. 손바닥에 배어나온 땀이 작은 카메라를 적시는 게 느껴졌다.

"그렇군요. 웃고 계시기에 아이들이 멋진 선물이라도 해드렸나 했어요."

"내가 그랬던가. 기분 탓 아니야?"

"으음……." 나나코는 수긍하지 못하겠다는 듯 에리를 빤히 보았다. 그러다 시선이 에리의 발치로 내려갔다.

"어머, 선생님, 내빈용 슬리퍼네요? 평소 신던 샌들은 어떻게 하시고요?"

"이건."

에리는 필사적으로 생각한다.

"밖에서 일하다가 화장실에 가고 싶어져서."

"화장실에요."

"요즘 배가 자주 아프다고 했잖아." 에리는 나나코를 흘겨보았다. "급하게 들어오느라 정문으로 들어올 여유가 없었어. 그러게, 깜빡했네. 이따가 샌들 가지러 가야겠다."

"그렇게 오랫동안 배가 아프면 병원에 가보시는 게 좋아요."

나나코는 빙긋 웃었다.

"응, 그래야지. 그나저나 무슨 일로 왔어?"

에리는 은근슬쩍 나나코와 거리를 벌리며 물었다.

"아, 맞다. 선생님께 여쭤보고 싶은 게 있어요."

"또 사건 얘기야?"

에리는 진저리를 내며 물었다.

하지만 이 맷집 좋은 여자에게 이런 비아냥은 통하지 않는 듯했다.

"네, 맞아요. 실은 고모다 선생님께 흥미로운 얘기를 들었거든요. 고모다 선생님 말씀으로는 그날 다 같이 퇴근할 때까지, 스에자키 선생님은 이십 분 정도 교무실을 비우셨다더라고요. 어디에서 뭐 하셨어요?"

"그런 건 왜 물어?"

"만약을 위해서요. 혹시 이상한 소리를 듣지 않으셨을까 해서."

"퇴근 전까지 교실에 있었어."

경찰이 물었을 때를 대비해 생각해둔 대답이었다.

"여기요?"

"응. 혼자 작업에 집중하고 싶을 때나 다음 날 수업 준비를 해야 할 때, 교실에서 일하는 경우는 얼마든지 있어. 특히 그날은 다음 날 유타의 송별회가 예정돼 있었으니까 이것저것 준비했지. 봐, 거기 비눗물이 있잖아."

에리는 책상에 놓인 페트병을 가리켰다. 나나코가 호기심 어린 눈빛으로 그쪽을 보는 순간, 카메라를 주머니에 쑤셔 넣었다.

"와, 이거 혹시 직접 만드셨어요?"

음료로 착각해 마시는 일이 없도록 페트병에는 내용물을 가리듯 큰 종이테이프가 붙어 있었다. 에리가 사인펜으로 크게 '비눗방울용. 마시면 안 됨'이라고 적어두었다.

"인원이 서른 명 정도라서 시판용으로는 양이 모자라거든."

"이거, 어제는 여기에 없지 않았어요?"

"실수로 마시면 위험하고, 상하기도 하니까. 그때 만든 건 결국 폐기하고 아까 다시 만들었어."

에리는 그렇게 대답하며 손바닥의 땀을 트레이닝복에 닦았다.

"교실에서 만드신 건 아니죠?"

"그러니까아, 비눗방울 불 때 쓰는 고리를 만들었어. 옆에 종이봉
투 있잖아."

페트병 옆에 놓인 종이봉투에는 세탁소 옷걸이를 구부려 만든
비눗방울용 고리가 여러 개 들어 있었다. 그 외에도 비눗물에 담글
용도의 알루미늄 트레이와 빨대 등 놀이에 쓰기 위한 도구가 갖춰
져 있다.

"작년에 쓴 건 1학년 선생님한테 물려줬거든. 그래서 새로 만들
었지."

"그렇군요. 이렇게 많이 만들려면 이십 분은 걸리겠어요."

물론 도구는 사전에 준비했다가 다구사를 살해한 날 저녁에 교
실에 갖다놓았다. 비눗방울 놀이를 하기로 했던 송별회는 취소될 거
라 예측했지만 그렇다고 도구를 준비하지 않았다는 게 동료에게 발
각되면 의심을 살 수 있다. 그때는 다행히 다구사가 방심한 틈을 노
릴 수 있었는데, 죽일 기회를 놓쳤다면 송별회도 해야 했을 것이다.

나나코는 눈을 반짝이며 종이봉투 안을 들여다보다가 퍼뜩 생각
났다는 듯 에리를 보았다. 그러나 그때 에리는 이미 평정심을 되찾
은 상태였다. 카메라도 주머니에 숨겼다. 위험할 뻔했다.

"왜?"

"선생님, 분실물 케이스가 어떤 거예요?"

"앗."

에리는 저도 모르게 상자를 보았다.

나나코는 잽싸게 그 시선을 쫓았다.

"아, 이거군요."

"그건 왜?"

"실은 이 교실에서 잃어버린 게 있어요. 제가 속상해하니까 아이들이 여기 있다고 알려주더라고요."

"잃어버린 거?"

"네."

나나코는 콧노래를 부르며 뚜껑을 열었다.

"어라라."

그러고는 이상하다는 듯 고개를 갸웃거렸다.

"없네요."

"……잃어버린 게 뭔데?"

"이상하네요오."

나나코는 질문에 답은 하지 않고 검지를 볼에 댄 채 고개를 갸우뚱거리고 있다.

"분명 이 안에 있다고 했는데……."

"그러니까, 그게 뭐냐고. 뭘 잃어버렸는데?"

"흐음. 카메라요……."

분실물 상자를 뒤지며 나나코가 말했다.

"뭐?"

어렴풋이 느꼈던 예감이 점점 부풀어 오르며 선명한 형태로 바뀌어갔다.

"카메라요. 방과 후, 아이들이 하교할 시간에는 확실히 여기에 있었을 거예요."

"카메라?"

에리의 사고가 어지러이 흔들린다. 그러나 초조함에 땀이 흐를 뿐, 능숙하게 대처를 못 하겠다. 에리는 주머니 속 카메라를 움켜쥐었다.

"착각한 거 아냐?"

"아뇨. 그럴 리 없어요. 아, 그렇지!"

나나코는 어디에선가 스마트폰을 꺼냈다. 주머니가 있는 옷 같지는 않은데, 어쨌거나 화면을 들어 보이며 말했다.

"원격으로 조작할 수 있는 타입이라 블루투스로 연결돼요. 접속됐다고 뜨는 걸 보면 그렇게 멀리 있지는 않네요. 교실에 있는 게 확실해요."

에리는 고개를 돌렸다. 머리를 회전시켜야 한다.

최선이 뭘까. 어떻게 해야 좋을까.

애초에 왜 카메라를 잃어버린 건지…….

아니, 그래. 이건 처음부터…….

"아, 원격 조작으로 셔터를 눌러볼게요. 전자음이 날 테니 위치를 알 수 있을 거예요."

"그 카메라, 이거 아니야?"

에리는 주머니에서 카메라를 꺼내 나나코에게 내밀었다.

"어라라?"

나나코는 천연덕스럽게 고개를 기울이며 눈을 동그랗게 떴다.

"그게 왜 선생님 주머니에?"

"당신, 일부러 이러는 거지."

"뭐가요?"

"이게 뭐라고 그러는 거야!" 에리는 거칠게 내뱉었다. "비싼 거니까 교무실로 가져가려고 했어. 그게 잘못됐어?"

에리가 소리치자 나나코는 안경 안쪽의 눈을 깜빡였다.

"아하, 그렇게 나오시는군요."

짓궂은 두 눈이 안경 안에서 번쩍거린다.

언제나 태평해 보이던 웃는 얼굴이 지금은 너무 악마 같고 밉살스럽기 그지없었다.

이건 명백한 덫이다.

나나코는 에리를 함정에 빠뜨릴 심산으로 일부러 그 대화를 흘린 것이다. 낮에 '그것도 오늘까지다'라고 한 것도, 에리를 초조하게 만들려는 포석이었음이 틀림없다.

"이런 건 초등학생이 갖고 다닐 만한 물건이 아니잖아. 그러니까 이 안에 넣어둘 필요는 없어. 그래서 교무실에 가져가겠다는데, 그게 이상해?"

"네, 맞는 말씀이네요."

나나코는 어깨를 으쓱였다.

"당신, 내가 범인이라고 단정 지은 모양인데, 근거라고 해봐야 당신 초능력이 전부잖아!"

"초능력이 아니라 영감이에요. 선생님의 기운이 그렇게 말하는걸요."

"그게 어쨌다는 거야! 증거 있어? 내가 범인이라는 증거가 있기나 하냐고! 있으면 가져와보란 말이야!"

에리는 격앙되어 나나코를 노려보았다.

이 또한 나나코의 삭선임을 알지만 감정을 억제할 수가 없었다.

"흐으음."

나나코는 중지 끝으로 자신의 이마를 살짝 두드렸다.

"아쉽게도 아직은 증거가 없어요. 하지만 반드시 찾아내서 보여드릴게요."

나나코는 투명한 스커트 끝자락이라도 잡는 듯한 동작으로, 무릎을 살짝 구부려 인사했다.

카메라는 그냥 두고, 발길을 돌려 유유히 교실에서 나간다.

"저게 진짜……!"

에리는 카메라를 책상 위로 내던졌다.

그러다 분노가 잦아들면서 서서히 냉정을 되찾았다.

그래. 증거는 없다. 나나코도 결정적인 한 방이 없으니 이런 비겁한 짓을 하는 것이다. 자신은 고비를 넘겼다. 경찰이 아무것도 발견하지 못한 이상, 증거 같은 게 있을 리 없다.

운은 자신의 편을 들어주고 있다. 분명 엄마가 지켜주고 있겠지.

아이들을 위해서라도, 저런 여자에게 잡힐 수는 없다.

⁕

지와사키 마코토는 주방에 서서 콧노래를 부르며 머랭 반죽을 휘젓고 있었다.

집안일이라고는 하나도 할 줄 모르는 어린애 같은 고용주를 대신해 청소, 빨래, 식사 준비, 심지어 차량으로 태워다주고 데리러 가는 것까지 죄다 마코토의 일이었다. 이 널찍한 주방 역시 자신의 고용주는 변변히 써본 적도 없을 것이다. 그래서 이 한정된 공간은 마코토의 성이었다. 가혹한 노동 환경이지만 취미인 요리와 제과제빵을 하며 평온한 시간을 갖는 것도 그다지 나쁘지는 않다.

거실 문이 열리더니 샤워를 마친 조즈카 히스이가 비트적거리며 들어왔다. 당장이라도 쓰러질듯 마치 몽유병 환자 같은 걸음걸이였다. 드라이를 하다 힘이 부쳤는지 머리카락은 반쯤 젖었고 시원스러운 캐미솔 사이로 비치는 피부에는 아직 물방울이 들러붙어 있다. 히스이는 그대로 소파에 쓰러지듯 누웠다. 엉덩이가 훤히 보이는 통에 마코토는 눈살을 찌푸렸다.

"이상한 포즈로 자지 마. 눈에 거슬려."

"너무 가혹해요. 블랙기업보다 더해."

엎드린 히스이가 중얼중얼 신음하고 있다.

"일본 초등학교의 노동 환경이 이렇게나 가혹하다니, 정말 말세예요. 그러니 의무 교육이 이 모양이죠. 이런 환경에서 교육받은 사람이 사회로 나가면, 당연하다는 듯이 가혹한 노동 환경에 물들어가겠죠."

"내 노동 환경이 더 블랙기업 같은데."

마코토가 한마디 했지만 히스이는 묵묵부답이었다.

자고로 명탐정이란 말귀를 잘 알아듣는 법이거늘, 자신이 불리한 이야기는 일절 들리지 않는 모양이다.

마코토는 한숨을 내쉰 뒤 머랭 반죽을 저으며 말했다. 핸드믹서가 고장 나 거품기로 수작업을 하고 있었다.

"그렇게 피곤하면 관두지그래? 딱히 대단한 사건도 아니고, 그 선생님의 동기도 동정 가는 부분이 있잖아."

"마코토라면 죽일 거예요?"

히스이가 소파에서 벌떡 몸을 일으키더니 다리를 W자로 구부리고 앉았다.

등을 돌리고 있어 표정은 보이지 않았다.

"뭐, 죽이지는 않겠지."

"그렇죠. 그것만큼은 안 돼요."

히스이는 가만히 고개를 저었다.

"지금은 체포하더라도 불기소 처분이 될 거예요. 적어도 부검으로 타살이 확실해졌다면 좋았을 텐데, 두부 손상이 심각해서 사고사도 부정할 수 없어요. 이건 범인에게는 행운이 따르는 범죄예요. 기소할 수 있는 증거를 어떻게든 찾아내고 싶은데……"

히스이는 등을 돌리고 있지만 마코토에게는 옆얼굴이 살짝 보였다. 히스이가 골똘히 생각에 잠기는 일은 잘 없다. 기본적으로 언제나 한순간에 사건을 해결해버린다. 이번에도 현장을 한 번 보고 살인사건이란 것을 간파했고 바로 스에자키 에리를 범인으로 지목했다. 어떤 추론을 거쳐 그런 결론에 달했는지 마코토는 잘 모른다. 하지만 물적 증거가 필요한 순간부터 고전하는 케이스가 늘었다. 히스이의 전매특허인 정황 증거를 겹겹이 쌓아 올린 논리로는 검찰을 납득시키기가 어려운지, 경찰은 곧잘 망설였다. 이번에도 증거를 찾지 못해 막다른 길목에 들어선 것 같았다.

마침내 히스이는 한숨을 내쉬었다. 소파에서 일어나더니 젖은 발로 바닥에 찰딱찰딱 물을 묻히며 이쪽으로 온다.

"그나저나 그건 저녁 메뉴예요?"

"저녁 준비는 끝났어. 지금은 시폰 케이크를 만드는 중이야. 신타니 씨가 좋은 계란을 보내줬거든."

"유키노가?"

믹싱 볼에 얼굴을 갖다대더니 히스이가 강아지처럼 킁킁거린다.

"으음, 뇌가 당분이 필요하대요."

"다 될 때까지 기다려."

마코토는 머랭에 설탕을 뿌리고 또다시 휘저었다.

"아까부터 그러던데, 설탕을 여러 번 나눠 넣는 이유가 뭐예요?"

"그게 비법이야. 주술 같은 거지."

"그런 비논리적인 소리를."

히스이가 볼을 부풀렸다.

마코토는 빠르게 머랭을 저으며 할 수 없이 기억을 끄집어낸다.

"머랭에 설탕을 넣는 이유는 단맛 때문만이 아니야. 거품을 안정시키기 위해서야."

"거품을 안정시킨다고요?"

"자세히는 모르지만, 설탕이 수분을 흡수하면 점도가 높아지니까 그런 거 아닐까? 점성이 있으면 거품을 유지하기 쉬워지는 거지. 한꺼번에 많이 넣으면 오히려 걸쭉해져버려."

"흐음. 번거롭네요."

이 녀석이.

"됐다, 농도 딱 좋네."

깔끔하게 솟아오른 농밀한 거품을 내려다보며 마코토는 흡족하다는 듯 고개를 끄덕였다.

"에잇."

그때 히스이가 손가락을 푹 꽂아 하얀 거품을 떠 올렸다.

"야!"

그대로 손끝을 날름거리며 핥는다.

"으아, 달아!"

히스이는 그렇게 외치며 얼굴을 찡그렸다.

"그야 당연하지. 이 상태로 먹는 녀석은 처음 봤네."

"머랭이 단 이유는 맛을 맞추기 위해서가 아니라 거품을 안정시키기 위해……."

히스이는 꼬마처럼 검지를 입에 문 채 중얼거렸다.

"설탕이라. 그럼, 그거 거짓말 아니야?"

허공을 응시하던 히스이의 눈이 예리하게 번뜩인다.

마코토의 손에서 볼을 낚아챘다.

"왜 이래!"

빼앗은 볼 안을 물끄러미 들여다보았다.

"마코토, 이거예요!"

검지로 머랭을 뜨더니 의기양양한 표정으로 히스이가 외쳤다.

"뭐가?"

마코토가 어안이 벙벙해진 채 거품기를 꽉 쥔다.

히스이가 검지를 마코토에게 들이밀어 머랭을 코에 묻혔다.

"야, 너 진짜!"

코가 하얘진 마코토가 소리치자 히스이는 기분 좋다는 듯 깔깔 거리며 웃었다.

"짜라란."

요상한 리듬을 흥얼거리며, 볼을 들고 바이올린처럼 켜는 시늉을 하고 있다. 왜 저러는지 모르겠다. 히스이는 환한 표정으로 말했다.

"역시 마코토예요. 뽀뽀해줄게요."

"필요 없어, 하지 마, 기분 나빠!"

"자아."

히스이가 양발을 번갈아 깡총깡총 뛰며 전등 스위치로 손을 뻗 는다. 조명이 꺼지고 구석에 있는 오렌지색 무드등만 남았다. 연극 이 또 시작됐구나, 마코토는 코끝을 닦고 입을 다물었다. 마술을 즐 기는 히스이는 퍼포먼스를 무척이나 좋아한다. 이런 역할놀이나 연 습을 받아주는 것도 마코토가 하는 업무의 일환이다.

히스이가 흐릿한 불빛 속을 걷는다.

"자, 신사숙녀 여러분, 오래 기다리셨습니다. 해결편입니다."

한 손에 볼을 들고 히스이는 거실 중앙에 서 있었다.

"으음, 이번에는 제법 고전했어요. 애써 학교에 잠입한 보람이 있 었네요. 범인은 틀림없이 스에자키 선생님입니다. 하지만 신념을 갖고 살인을 저지른 사람을 추궁하려면 결정적인 물증이, 그것도 특별한 증거가 필요하죠. 과연 무엇이 스에자키 선생님의 범죄를 뒷받침할 증거인가. 감 좋은 여러분은 이미 아셨겠죠?"

히스이는 머랭이 묻은 검지를 날름 핥았다.

쓸데없이 섹시하네. 마코토는 그 모습을 보고 한숨을 쉬었다.

그래도 여기까지 왔다면 사건은 곧 종결된다는 뜻이다.

"힌트는 이거. 이게 왜 결정적인 증거인지. 이미 눈치채신 분께는 다른 문제를 내드리죠. 제가 어떻게 이 사건을 살인사건이라고 단정했는지, 그리고 어떻게 스에자키 선생님이 범인이란 걸 알았는지. 스에자키 선생님의 알리바이와 지금까지 나온 정보를 취합해서 여러분도 생각해보세요."

길이가 짧은 캐미솔이라 붙잡을 만한 곳이 없었을 것이다.

"지금까지, 조즈카 히스이였습니다."

투명한 스커트를 한 손으로 들어 올리는 동작과 함께, 히스이가 인사하는 모습을 보고.

얼른 시폰 케이크를 만들러 가고 싶다고 생각하며.

지와사키 마코토는 전등을 도로 켰다.

✦

스에자키 에리는 한산한 복도를 걷고 있었다.

창 너머로는 어둠이 깔려 있을 뿐.

이 고요함은 그날 밤을 떠오르게 한다. 에리가 다구사를 죽인 밤이다.

인적 없는 복도를 빠져나가, 홀로 밝게 불 켜진 교실의 문을 연다.

에리의 교실. 에리의 성.

그리고 다구사를 죽인 장소였다.

"어서 오세요. 기다리고 있었어요."

교실에 발을 들여놓자 조용한 목소리가 에리를 맞았다.

"언제부터 당신 교실이 된 거야?"

이곳의 주인은 자신이다.

그럼에도 시라이 나나코는 교탁 앞에 서 있었다.

마치 앞으로 수업을 시작할 교사라도 된 것처럼.

반묶음을 한 갈색 머리, 빨간 테 안경, 투명한 화장, 하얀 프릴 블라우스. 익숙한 차림새, 익숙한 모습이었다. 그런데 오늘은 어딘가달랐다. 본능적으로 그걸 헤아리자 공포가 엄습해왔다.

"선생님, 오늘은 '참 잘했어요'를 받으러 왔어요."

양손을 맞대며 나나코가 웃는다.

분명 부드러운 표정이다.

그러나 두 눈은 에리를 날카롭게 응시하고 있다.

조금이라도 방심했다가는 돌이킬 수 없는 일이 벌어질 것이다.

그런 예감이 들었다.

"'참 잘했어요'라면, 백 점 만점?"

"네. 오늘은 이 해답에 백 점 만점을 받고 싶어요."

"무슨 얘기인지 전혀 모르겠는데."

"살인사건 얘기예요."

에리는 한숨을 내쉬었다.

바로 옆에 소야의 책상이 있었다. 그 아이에게 미안하다고 생각하며 책상에 걸터앉았다. 오랫동안 서서 일하다 왔더니 제법 지친 상태였다.

"말했잖아. 그건 사고라고."

"아뇨, 살인사건이에요."

"증거 있어?"

"살인사건이라는 걸 가리키는 증거라면 **처음부터 잔뜩 있었어요.**"

나나코는 양손을 펼쳐 다섯 손가락을 팔랑거렸다. 그러더니 열 손가락을 맞대고 기도하는 듯한 이상한 동작을 취했다. 그 포즈를 한 채 칠판 앞을 천천히 걸었다. 얼굴을 옆으로 돌린 상태로 말을 이어간다.

"처음 부자연스러움을 알아챈 순간은 피해자가 목장갑을 낀 걸 확인했을 때였어요. 다구사가 불법 침입을 시도하다 경보에 놀라서 도망치던 와중에 추락한 거라면, 이건 너무나도 기묘한 상황이거든요. 그래요, 지극히 모순적이에요"

목장갑?

나나코의 이야기를 멍하게 듣고 있던 에리는 머릿속이 어지러웠다. 평소와 비슷하기도, 아닌 것 같기도 한 말투에 신경 쓰다 보니 내용의 중요성은 전혀 깨닫지 못했다.

"목장갑? 그게 왜?"

"어머머, 모르시겠어요? 모르신다고요?"

나나코는 꽃이 피어나는 모습을 형상화하듯 양손을 펼쳤다.

칠판 앞을 오가며 물결치는 머리칼을 손끝으로 말았다.

"설명해드릴게요. 다구사가 베란다에서 학교로 들어와 복도로 나갔다고 치죠. 그럴 때 가지고 있어야 하는 물건이 없었다는 사실을 깨달았어요. 어쩌면 떨어뜨렸을지도 모른다고 생각해서 현장 사진을 보고 바로 경찰 쪽에 확인했지만 역시 주변에도 떨어져 있지 않았죠. 다구사는 갖고 있어야 마땅한 걸 갖고 있지 않았던 거예요."

"갖고 있어야 마땅한 것?"

"랜턴요. 랜턴도 없이 한밤중에 도둑질하러 들어가는 사람은 없어요."

"랜턴이라니."

에리는 코웃음을 쳤다.

"그런 거 없어도 요즘에는 스마트폰이⋯⋯."

말을 내뱉으면서 뒤늦게 이해했다.

하얀 손끝에 감겨 있던 머리카락이 스르륵 풀리며 원래 자리로 돌아갔다.

옆얼굴을 보이고 있던 나나코가 푸르게 빛나는 두 눈으로 에리를 보았다.

그랬다.

안경 안쪽에는 기묘하게 차가운 비취색 눈길이 있었다.

"네. 요즘 세상은 참 편하죠. 스마트폰에는 손전등 기능이 있으니까요. 당연히 그걸 쓰면 랜턴 따위 갖고 다닐 필요는 없어요. 그런데요, 그런데 말이죠. 다구사의 스마트폰은 양복 안주머니에 들어있었고 손전등 기능은 켜져 있지 않았어요."

"그 정도야…… 도망칠 때 껐겠지."

에리는 떨리는 목소리로 읊조리듯 말했다.

"네, 맞아요. 그 가능성도 고려할 필요가 있죠. 그런데요……."

후후훗, 나나코는 기분 나쁜 소리로 웃었다.

에리는 이미 자신이 실수했다는 것을 깨달았다.

"그래요. 다구사는 목장갑을 끼고 있었어요. 목장갑을 낀 상태로는 스마트폰 조명을 끄거나 켤 수 없어요. 경보가 울려 황급히 도망가야 하는 상황에 목장갑을 벗고 스마트폰을 조작하고 도로 안주머니에 넣고, 또다시 장갑을 끼고 베란다에서 배수관을 타고 내려간다……. 그건 좀……."

쿡쿡 웃으며 고개를 좌우로 흔든다.

"어떻게 생각해도 말이 안 돼요."

고요해진 교실을 잠깐의 침묵이 가득 채운다.

"불법으로 침입했잖아."

에리는 어떻게든 반격의 실마리를 찾아 끌어당겼다.

"조명을 쓰기 싫었던 거 아냐? 누가 볼 수도 있으니……."

"선생님."

나나코는 짓궂게 쓴웃음을 지으며 이번에도 고개를 흔들었다.

"그날 밤에는 달빛조차 없었어요. 건물은 부지 한가운데 있어서 가로등 불빛은 닿지 않아요. 과학실에는 커튼도 걸려 있어서 실내는 암흑이죠. 그런데 과학실에는 실험 책상, 상자, 바닥에는 케이블 등 온갖 장애물이 널려 있어요. 발이라도 걸렸다가는 선반의 비커 같은 게 떨어져 깨질 테고, 손으로 더듬어 이동하기는 어려우니, 랜턴이 있다면 분명히 사용했을 거예요. 어차피 이웃 주민이 불빛을 본다 해도 평소처럼 선생님이 늦게까지 일하는 줄 알 테니까요."

"그래."

에리는 여유롭게 한숨을 내쉬었다.

아직은 자신이 우위를 지키고 있다.

"살인사건이라고 치자. 하지만 그렇다 해도 나랑은 상관없는 일이야. 난 다구사가 죽은 시간에는 고모다 선생님과 저녁을 먹고 있었으니까. 내가 죽이는 건 불가능해."

"선생님, 그런 건 알리바이라고 하는 거 아니에요."

검지를 똑바로 세우더니 지휘봉처럼 흔들며 나나코가 말했다.

"들을 준비 되셨죠? 방범 시스템이 이상을 감지하고 경보를 울린 건 21시 48분이었어요. 그 시간에 틀림없이 선생님은 고모다 선생님과 식사를 하고 계셨을 거예요. 하지만 21시 48분이라는 시간은 어디까지나 방범 시스템이 이상을 감지한 시간일 뿐, 다구사가 사망한 시각이라고는 볼 수 없어요. 사고라면 몰라도, 다구사가 누군가에게 살해당했다면 21시 48분을 곧이곧대로 사망 시각으로 받아들이면 안 되죠. 다구사는 그보다 더 일찍 죽은 거예요!"

비취색 눈동자가 자신을 찌르는 것 같아 에리는 시선을 떨어뜨렸다.

자신이 얼마나 안전한지, 어떻게 반격을 해야 하는지.

전혀 알 수 없었다.

이 여자는 어디까지 알고 있지?

어디까지 눈치챘지?

"그럼…… 그 경보는 어떻게 설명할 건데."

"음…… 이쪽을 봐주세요."

나나코는 웃으며 교탁 아래로 몸을 굽혔다.

거기에서 뭔가 꺼내 교탁에 올린다.

원래라면 교실 뒤에 있어야 할 햄스터 케이지였다.

나나코에게 붙들린 게 별로 놀랍지도 않은지, 야행성인 탄지가 쳇바퀴를 돌리고 있다. 대그락대그락 회전하는 그것을 에리는 멍하니 바라보았다.

"정 많은 마오가 알려줬어요. 탄지는 자주 탈출한다면서요? 그리고 선생님은 이렇게도 말씀하셨죠. 설령 도망가더라도 탄지는 반드시 원래 장소로 돌아온다고…….'

나나코는 그렇게 말하며 케이지 문을 열었다.

손끝으로는 무언가를 들고 있다. 사료인가. 탄지는 경계했지만 이윽고 거기에 이끌리듯 케이지 밖으로 얼굴을 내밀었다. 탄지를 유도하며 나나코가 말했다.

"생각해보면 방범 시스템에도 여러 종류가 있어요. 움직임을 포착한 건 3층 복도에 있는 적외선 감지 센서였어요. 적외선 감지는 인간뿐만 아니라 열 변화를 일으키는 모든 것에 반응해요. 초등학교에서는 학교 안에 들어온 길고양이를 잘못 감지하는 경우도 꽤 있는 것 같더라고요?"

탄지가 교탁에 놓인 사료를 볼 한가득 욱여넣는다.

"즉 학교를 나서기 전에 미리 케이지와 교실 문을 열어두면, 정확한 시간은 컨트롤할 수 없겠지만 사랑스러운 탄지가 케이지에서 빠져나와 경보를 울려주겠죠. 그리고 어느 정도 시간이 지나면 똘똘한 탄지는 좋아하는 장소로 돌아갈 테고……. 뭐, 지금은 탈출하면 곤란하니 이쯤에서 관둘게요."

나나코는 능숙하게 탄지를 손바닥에 올렸다.

케이지에 집어넣으며 에리를 힐끗 바라본다.

"마술에서도 자주 쓰이는 수법인데, 사람에게는 분리된 두 사상事象을 마음대로 연결하려 하는 인지의 쇠약성이 있어요. 다구사의 시체와 경보, 이 둘 사이에 있는 보이지 않는 틈을 보완하도록 꾸밈으로써 선생님은 알리바이를 조작하셨을 뿐만 아니라 다구사가 불법 침입 하려다 사고사했다는 인상을 굳힐 수 있었던 거예요."

비취색 눈동자가 불길하게 번뜩이며 한 걸음, 또 한 걸음 에리를 옥죄어온다.

"그런 건…… 당신의 상상이잖아. 아무런 증거도 되지 않아."

나나코는 볼을 부풀렸다.

"역시 증거가 없으면 '참 잘했어요'는 못 받는 건가요?"

"당연하잖아. 애초에 난 범인이 아니니까 증거 같은 게 있을 리 없지만."

"그렇다면 보여드리죠."

나나코가 허공에 손을 뻗더니 손가락으로 딱 소리를 냈다.

그러자 난데없이 주홍색 손수건이 나타났다.

두둥실 공중으로 떠오르는 그것에 에리는 시선을 빼앗긴다.

손수건은 교탁에 떨어졌는데, 마치 길쭉한 물체를 덮은 것 같은 실루엣이 떠올랐다. 교탁에 길쭉한 뭔가가 놓여 있고 손수건은 그 위를 덮듯이 떨어진 것이다. 하지만 조금 전까지 교탁에는 탄지의 케이지밖에 없었다. 마술을 보는 기분이었다.

"제가 준비한 증거예요."

"증거라고……?"

그런 게 있을 리 없는데.

보나마나 허세를 부리는 것이다.

두께 탓인지 손수건 아래에 뭐가 있는지는 보이지 않았다.

"처음에는 물증이 되지 않을 것 같아 간과해버렸어요. 하지만 눈여겨봐야 하는 건 다구사가 바지에 넣어둔 경마신문이었어요."

"경마신문이 어쨌다는 거야?"

"사실은 그 경마신문, 아주 조금이지만 젖은 자국이 있었어요. 다구사는 신문을 접어 바지 뒷주머니에 넣어뒀죠. 이쪽에요."

나나코는 교탁 옆으로 비켜서서 굳이 작은 엉덩이를 내밀어 가리켰다. 엉덩이의 왼쪽 뒷부분이었다.

"주머니에서 삐져나온 이 부분만 젖어 있었어요. 신문을 사건 당일 밤에 샀다는 건 전에도 말씀드렸죠. 그러면 다구사가 죽기 직전에 젖었을 가능성이 높지만 왜, 무엇에 젖었는지를 전혀 알 수 없었어요. 아니, 정확하게 말하자면 물에 젖었을 거라고는 짐작했죠. 범인이 시체를 인아 끄는 과정에서 젖은 곳을 지났을 거라고 생각했어요. 하지만 그게 어디인지는 알 수 없었고, 물에 젖었다고 해서 증거가 될 거라고도 생각되지 않았죠. 초등학교니까 화장실이나 복도의 수돗가 근처 등 젖은 장소는 얼마든지 있을 것 같았거든요. 대수롭지 않게 넘겨버렸어요."

다구사의 시체가 젖어 있었다고……?

에리는 다구사가 신은 슬리퍼가 약간 젖어 있었던 게 떠올랐다.

다구사가 화장실에 들어갔다 나오면서 젖었다고 생각했다. 그러나 바지 뒷주머니에 넣은 신문이 젖어 있었다면 에리가 시체를 옮기던 중에 젖었다는 뜻이다. 한데 대체 어디에서?

"그리고 한 가지 더, 여기를 봐주세요."

나나코가 뻗은 손끝에서 사진 한 장이 나타났다.

다구사 시신의 일부를 클로즈업해서 찍은 사진이었다.

"확대돼 있는데, 이거요."

나나코는 에리에게 다가와 그 사진을 들이밀었다.

어찌된 일인지 표정에서 여유가 사라지고 얼굴을 돌리고 있다. 오물을 밀어내는 듯한 동작이라 에리는 어리둥절해졌다.

"이것 좀 가져가주실래요……."

나나코는 고개를 돌린 채 말했다. 주뼛주뼛 내민 사진을, 에리는 별수 없이 받아 들었다. 나나코는 도망치듯 에리에게서 떨어지더니 교탁 앞으로 돌아갔다.

사진에는 다구사의 발끝이 찍혀 있었다.

가죽구두가 벗겨졌고 양말을 신은 발꿈치가 노출돼 있다.

"거기, 개미 보이시죠?"

"개미……?"

정말 개미 한 마리가 양말에 붙어 있다.

그러고 보니 나나코는 벌레를 무서워한다고 했다. 아이들이 교정에서 잡아온 벌레를 보여주자 비명 지르는 광경을 본 적이 있다. 그나저나 개미가 어쨌다는 것인가?

나나코는 이성을 되찾은 듯 말을 늘어놓기 시작했다.

"뭐, 우연히 찍힌 거라고도 볼 수 있겠죠. 충분히 그럴 수 있으니까요. 저도 처음에는 그런 줄 알았어요. 그런데 여기에 의미가 있다면? 골똘히 생각해볼 가치는 있을 것 같았어요. 다구사의 시체는 젖어 있고 심지어 개미가 붙어 있다. 이걸 종합해보면…… 음, 뭐, 처음에는 저도 뭐가 뭔지 모르겠더라고요."

모르겠다.

나나코는 대체 무슨 얘기를 하는 거지?

개미가 무슨 증거가 된다고.

"그런데 얼마 전에…… 제가, 애들은 거짓말을 하니까 좋다고 한 말 기억하시나요?"

또 상관없는 이야기가 튀어나온다.

에리는 나나코의 사고를 따라갈 수 없었다.

"사실 그때 전 아이들의 말 속에서 어떤 모순을 찾아냈어요. 그러니까, 그 모순 때문에 그런 말을 했던 거예요. 애들은 아무렇지 않게 거짓말을 하니 언행에 모순이 생기는 경우도 흔하죠. 그래서 그때는 그 아이가 거짓말을 했다고 생각했어요. 하지만 아니었어요. 어떤 사실을 깨닫고는, 제가 그 아이를 오해했다는 걸 알았어요. 자, 그 대화 어디에 모순이 있었는지 아시겠어요?"

"당신이…… 무슨 말을 하려는 건지 모르겠어……."

에리는 공포를 느끼며 멀거니 중얼거렸다.

뭐지.

나는 무엇에 발목을 붙잡힌 것인가.

초록 눈동자의 사냥꾼에게 에리는 완전히 포박된 상태였다.

"설명합니다? 그때 소야가 선생님 비눗방울은 대단하다고 말했어요. 직후에 다이치가 이렇게 말했죠. '다른 선생님이랑은 달라요! 엄청나요!'라고. 이 말의 뜻을 아셨나요?"

당황한 에리는 고개를 저을 수밖에 없었다.

"이건 말이 안 돼요. 왜냐하면…… 잘 들으세요, 잘 들으시라고요. 선생님이 말씀해주셨지만 고이케 다이치는 올해 이 학교로 전학 왔어요. 그리고 비눗방울을 다룰 수 있는 수업은 1학년 9월에만 있어서, 선생님이 이 학급에서 비눗방울 놀이를 하는 건 일 년 만이라고 하셨죠. 올해 유타의 송별회가 있어서요. 그래요. **고이케 다이치가 선생님의 비눗물로 놀 수 있는 기회는 없었어요!**" 나나코는 손끝을 지휘봉처럼 흔들었다. 말의 속도가 서서히 빨라지더니 급기야는 속사포처럼 쏟아냈다. "그런데, 그런데요. 다이치는 어떻게 그런 말을 했을까요? 다른 선생님이랑은 다르다고 자신 있게 말한 이유가 뭐였을까요? 거짓말이 아니라면! 그게 거짓말이 아니라면! 다이치가 정말 선생님의 비눗물을 갖고 놀았다면! 언제, 어디에서! 그런 기회가 있었는가!"

쾅, 하고 나나코는 교탁을 내리쳤다.

스르륵, 그것을 덮고 있던 손수건이 미끄러져 내려간다.

에리는 자신을 몰아붙이던 독의 정체를 알았다.

"선생님이라면 잘 아실 거예요."

나나코가 힘없이 웃으며 말했다.

"어린애들이란, 걸핏하면 어른들이 예측할 수 없는 행동을 하는 존재예요."

에리는 교탁에 놓인 그것을 보았다.

"그런 게, 증거가, 될 리가……."

"시판용이라면 그렇겠죠. 하지만 이번에는 아니에요. 머랭의 거품을 내려면 설탕을 넣어야 한다고 해요. 설탕은 물과 잘 섞여서 거품의 점성을 높여주죠. 점성이 높아지면 거품이 잘 마르지 않고, 결국 잘 터지지 않게 돼요. 비눗방울도 마찬가지라고 할 수 있어요. 선생님의 비밀 레시피, 설탕을 쓰셨죠? 개미가 꼬일 만해요."

교탁에 놓인 페트병.

에리가 유타의 송별회를 위해 준비한, 특제 비눗물이었다.

엄마의 비눗방울에는 비밀이 있어. 에리한테도 가르쳐줄게.

엄마가 물려준 비밀 레시피.

아이들을 웃음 짓게 만드는 마법의 비눗방울.

"시체에서 젖은 부분의 성분을 분석해달라고 경찰에 요청했어요. 설탕과 계면활성제 종류 등이 비눗물의 성분과 일치한다더군요. 그날 방과 후, 다이치는 친구들과 몰래 교실에 들어와 선생님이 준비해둔 비눗물을 가지고 놀았어요. 어쩌면 다른 친구들이 선생님 비눗방울 얘기를 하는 걸 듣고 소외감을 느꼈을지도 모르죠. 도구가

다 준비돼 있다는 걸 알고 한발 먼저 비눗방울을 불어보고 싶어졌을 거예요. 그때 다이치는 비눗물을 흘려버렸어요. 책상 위는 수습할 수 있었지만 바닥에 떨어진 것까지는 미처 생각하지 못했죠. 이 시기에는 비눗방울을 다루는 학급이 없고, 설탕이 들어간 것까지 꼭 같은 조합으로 비눗물을 만드는 건 선생님…… 당신뿐이에요."

"아냐……. 그런 거, 여기에서 다구사가 죽었단 증거는 될 수 있어도, 내가 죽였다는 증거는……."

"선생님, 아니에요. 아니라니까요?"

나나코는 온화하게 고개를 저었다.

"선생님은 그날, 교무실이 아닌 이 교실에 계속 있었다고 직접 말씀하셨잖아요."

"그래도, 그래도…… 그래. 내가 교실에 오기 전에 다른 누군가가 여기에서 다구사를 죽였을 가능성도."

하지만 나나코는 그 말이 나오기를 기다렸다는 듯 초록 눈동자를 반짝이며 말했다.

"선생님, 잊으셨어요? 다구사는 20시 40분경까지 거래 상대와 메시지를 주고받았어요. 즉 적어도 그 시간까지는 살아 있었죠. **선생님이 교실로 오기 전에 그가 살해당했을 가능성은 제로예요.**"

20시 40분. 자신이 다구사를 죽이기 위해 여기로 온 시간……. 에리는 회상했다. 그때 자신을 맞이하던 다구사의 얼굴을, 스마트폰 조명이 희미하게 비추고 있었다……. 누군가와 메시지를 주고받고 있었던 것이다.

"다구사가 이 장소에서 살해당하고 비눗물이 옷에 묻을 수 있는 시간대는 20시 40분 이후밖에 없고, 바로 그 시각에 이 교실에서 계속 작업했다고 말씀하신 분은 다른 누구도 아닌 선생님이에요."

"그래도, 그래도……."

필사적으로 머리를 굴린다.

하지만 기사회생할 반격은 떠오르지 않았다.

"시라이 씨."

에리는 떨리는 목소리로 말했다.

"알잖아. 그 남자가 죽어서 피해 본 사람은 없어. 아니, 살아 있었다면 더 많은 아이들이 희생됐을 기야. 개인정보까지 건드렸다면 직접적으로 피해 보는 아이들도 있었을지 몰라. 당신만…… 당신만 조용히 있어주면."

"선생님, 그럴 수는 없어요. 더는 아무 말 마세요."

나나코는 눈을 감고 고개를 저었다.

"왜…… 난 옳은 일을 했어. 모두를 지켰다고! 그런데!"

나나코는 눈을 떴다. 에리를 응시하며 거세게 고개를 흔들었다.

"아뇨, 아니에요, 선생님! 틀렸어요. 아시겠어요? 이 세상에 옳은 살인 같은 건 없어요! 옳음이란 거품처럼 덧없고 허망한 거예요! 독선적인 살인 따위가 있어서는 안 된다고요!"

"그런 허울뿐인 말을……."

물결치는 머리카락이 흔들린다. 나나코는 매서운 눈빛으로, 기도하듯 외쳤다.

"허울뿐이더라도 믿어야 해요! 아시겠어요? 아시겠냐고요! 사람의 생명은 단 하나뿐이에요! 내세도, 부활도, 전생轉生도 없다고요!"

아프리만치 내밀린 사실을 확인하듯, 주먹을 치켜들고, 나나코가 소리쳤다.

"단 하나! 단 하나뿐! 우리의 목숨은 너무나도 덧없고 약해요. 그렇기에 저는 독선적인 살인을 용서할 수 없어요. 사람을 죽이면 안 되는 사회를 지켜나가는 것 외에는, 사람의 생명을 뺏으려는 폭력을 없앨 방법이 없다고요! 다른 사람을 죽이면 반드시 대가를 받는다고! 죗값을 치러야 한다고! 소중한 누군가를 지키려면 그 룰을 철저히 알려야, 살인이라는 폭력에서 생명을 지킬 수 있어요!"

비취빛 두 눈동자가 촉촉해졌다고, 에리는 그렇게 생각했다.

"선생님은 아이들에게 당당하게 말할 수 있으세요? 옳다고 판단하면 사람을 죽여도 된다고! 소중한 사람이 살해당했는데 그 살인마가 옳다고 생각해서 죽였다고 주장하면 어쩔 수 없다고, 아이들에게 떳떳하게 가르치실 수 있느냐 말이에요!"

에리는 숨을 삼키고 고개를 숙였다.

솔직히 그럴 수는 없다.

비눗방울이 터지듯. 꿈에서 깨어난 것처럼.

불현듯이 깨달았다. 나나코의 말이 맞다.

그리고 막연히, 엄마도 같은 말을 하리라는 생각이 들었다.

그렇군…….

그러니까 비눗물은, 엄마를 대신해 자신을 단죄한 것이다.

자신이 지키고자 했던 아이들은 이 결말을 위해 돌발 행동을 했는지도 모른다.

"'참 잘했어요'야, 시라이 씨."

에리는 웃었다.

"하지만 난…… 교사로서, 그 남자를 죽여야만 했어……."

그저 누군가가 그 말만은 들어줬으면 했다.

그러나 돌아온 말은 서글펐다.

"정말 그럴까요. 그렇게까지 할 가치가…… 교사는 그렇게까지 인생을 바칠 가치가 있는 직업인가요."

"당연하지. 그런 각오가 없으면 이 일, 못 해……."

에리는 얼굴을 덮은 채 탄식했다.

후회는 하지 않는다. 후회하고 싶지는 않다.

교사라는 사실에 긍지를 갖고 싶었다.

그야, 이렇게나 괴로우니까…….

에리는 고개를 들었다.

나나코는 손에 빨대를 들고 있었다. 비눗물 적신 빨대에 입술을 갖다댄다.

무지갯빛 거품이 부풀더니 고요한 교실 안을 떠다닌다.

나나코는 출입문을 가리키며 말했다. 처음으로 들어보는 듯한, 자상한 어조였다.

"선생님, 가시죠. 같이 가주시면 자수로 처리할 수 있어요."

에리는 물끄러미, 둥둥 떠다니는 무지갯빛 포말을 눈으로만 쫓았다.

"당신, 사실 평범한 스쿨 카운슬러 아니지?"

"사실은 그렇답니다."

일찌감치 눈치챘다.

그런데도 엄청난 비밀을 털어놓듯 비장한 표정으로 말하는 모습에 에리는 힘없이 웃고 말았다.

"유타의 송별회가 걱정이야. 부탁해도 될까?"

"마술에는 자신 있어요. 기꺼이 제가 맡을게요."

나나코는 상냥하게 미소 지었다.

떠다니던 비눗방울이 터지더니 사라졌다.

"Bubble Judgment" ends.

…and again.

"왜 이래야 하는 거야……."

지와사키 마코토는 정신이 아득해지는 기분이었다.

마코토는 쓸데없이 넓은 욕실 입구에 서 있었다. 욕실 중앙에는 고양이발 모양의 다리가 달린 욕조가 설치돼 있다. 조즈카 히스이가 쓸데없이 돈을 들여 특별히 꾸민 욕실이었다. 그 욕조에서 거품에 우아하게 몸을 담그고 있는 인물은 당연히 조즈카 히스이였다. 하얀 몸은 거의 거품에 덮여 있고 가녀린 어깨 일부분만 보인다.

"어쩔 수 없잖아요."

히스이는 자신이 비극 속 여왕이라도 된 양 우아하고 아름답게 팔을 뻗고 있었다. 새하얀 손끝에는 반창고가 감겨 있다.

"이 손으로는 아파서 머리를 감을 수 없으니까요."

"애도 아니고."

마코토는 성대하게 한숨을 내쉬었다.

서류 작업을 하다가 손을 벤 모양이었다. 히스이는 사건을 해결한 뒤에도, 계약 기간인 여름방학 전까지는 착실하게 스쿨 카운슬러 일을 계속하겠다고 했다. 특수한 케이스라 내심 감동했건만 자신에게 이런 잡무가 늘 줄 알았다면 이야기가 달라진다.

"그나저나 마코토, 영 매력 없는 모습이네요. 뭐랄까, 극도로 따분해요. 좀 더 요염하게 꾸밀 수 있잖아요?"

"그럴 필요가 없잖아."

마코토는 자신이 입은 셔츠를 내려다보았다.

티베트 여우의 맹한 표정이 프린트 돼 있으니 요염과는 무관하긴 하다.

한 번 더 한숨을 내쉬고 히스이가 머리에 샴푸를 뿌렸다. 그러고는 욕조 의자에 앉아 난잡한 손놀림으로 거품을 낸다. 히스이가 무어라 꿍얼거렸지만 가볍게 무시한다.

"제 머리를 감겨주는 영광스러운 순간이니 기념 사진이라도 찍을까요?"

"무슨 소리야."

마코토는 히스이의 머리를 쥐어박았다.

거품이 튀는 걸 보고 문득 생각한다.

"그러고 보니 보고서 써야 되는데."

이번 방식이 알려지면 분명 문제가 될 것이다.

일일이 서류에 적을 필요는 없겠지만 초동 수사 정보만으로 히스이가 범인을 특정한 수법은 보고해두는 게 좋으리라. 마코토는 그 내막을 아직 모른다. 경위를 묻자 히스이는 "아아" 하며 고개를 끄덕였다.

"그거라면 간단해요."

표정은 안 보이지만 들뜬 말투였다.

"살인이라고 가정하면 살해 현장은 그 층에 있는 교실이거나 과학실 또는 과학준비실, 또는 용품실 중 한 곳이에요. 다구사는 어딘가에서 범인과 만나기로 했겠죠. 과학실이 살해 현장이었다면 초동 수사 때 혈흔이라도 나왔을 거예요. 준비실과 용품실은 잠겨 있었고요. 그렇다면 범행 현장은 일반 교실 중 하나예요. 설마 다른 선생님의 교실에서 만나기로 할 사람은 없을 테니, 범인은 자신의 성이라고도 할 수 있는 교실에서 기다렸을 거예요. 자신의 교실이라면 청소해서 증거를 없애는 것도 부자연스럽지 않고 간단하니까요. 그래서 사건 당일에 마지막까지 남아 있던 교직원에 주목했어요. 마지막까지 남은 인물은 1학년 고모다 선생님, 4학년 마쓰바야시 선생님, 2학년 스에자키 선생님이었어요. 그 층에는 5학년과 2학년 교실이 있으니, 자연스럽게 2학년 담임인 스에자키 선생님이 범인이죠."

술술 말하지만 마코토는 생각을 쫓아가기가 버거웠다.

"살해 현장이 3층이라고 어떻게 단정했는데? 다른 층에서 죽이고 시체를 옮겼다면 다른 선생님이 범인일 가능성도 있는 거 아니야?"

"학교에 손수레는 있지만 엘리베이터가 없어요. 체격 큰 남자를 끌고 계단을 오르는 일은 사실상 불가능에 가깝죠. 그리고 마지막까지 남은 세 사람은 다 여자였어요."

"으음, 그럼 다구사가 더 빨리 살해당했다면? 그때는 다구사가 마지막으로 메시지를 보낸 시각까지는 몰랐잖아. 마지막까지 남아 있던 선생님이 범인이라고 단정할 수 없었을 텐데."

"그렇게 생각하면 검시 결과로 나온 사망 추정 시각과 경보가 울린 21시 48분 사이에 큰 괴리가 생겨서 앞뒤가 맞지 않아요. 불가능해요."

알 듯 말 듯하다.

언제나 히스이의 추리를 들을 때는 안개 속에 있는 기분이다. 사실은 영능력으로 진상을 알아내고 나중에 논리를 짜 맞추는 게 아닐까 하는 생각마저 든다. 어쨌거나 보고서에 정리할 수 있도록 마코토는 히스이의 논리를 머릿속으로 되뇌었다. 그러면서 히스이의 작은 두뇌를 감싼 두피를 씻어준다. 눈에 거품이 들어가는 걸 막기 위해서인지, 히스이는 천장을 보듯 고개를 젖히고 있었다.

"그건 그렇고, 스쿨 카운슬러 일을 계속하겠다니 대체 무슨 바람이 분 거야?"

내친 김에 마사지를 해주며 마코토가 물었다.

히스이는 한동안 말이 없었다.

표정은 보이지 않는다. 그저 두피에 가해지는 자극이 기분 좋았을지도 모른다.

"책임이 있어서요."

그래서, 잠시 뒤 흘러나온 그 말에 마코토는 놀랐다.

"저 때문에 아이들이 슬퍼하게 됐으니까요."

마코토는 움직이던 손을 멈춘다.

"제가 괜한 짓을 한 걸까요……."

그러고는 부드러운 거품으로 뒤덮인 히스이의 머리칼을 가만히 쓰다듬었다.

"농담이에요."

히스이는 하얀 어깨를 으쓱였다.

"그냥…… 콧물이랑 침이 묻는 것도 그렇게 나쁘지는 않겠다고 생각했을 뿐이에요."

히스이가 돌아보더니 혀를 내밀며 웃었다.

"그게 뭐야."

히스이는 콧노래를 흥얼거리기 시작했다. 뒤이어 마코토가 마사지를 다시 시작했고, 히스이는 한 번씩 양손으로 거품을 떠올려 훅 하고 불었다.

"있잖아."

마코토가 입을 열었다.

히스이에 관해 아는 건 별로 없다. 알고 있다 해도 다 거짓말인 것 같다. 예를 들면 이름, 나이, 출신 지역 등 지금껏 알려준 것이 전부 허구가 아니라고 어떻게 단언할 수 있겠는가.

"네가 탐정 일을 하는 이유 말이야."

마코토는 언제나처럼 이어폰을 통해 스에자키 에리와의 대결을 듣고 있었다. 거기에서 흘러나온 히스이의 말을 뇌리에 떠올린다. 전에 없이 감정이 격했다고 느꼈던 히스이의 외침을 너무나도 선명하게 떠올릴 수 있었다.

네가 지키고 싶은 사람은 누구야?

아니면 그것마저 허구일까?

"왜요?"

히스이가 고개를 돌리며 묻는다.

그때 히스이는 스에자키에게 말했다.

인생을 바칠 가치가 있는 직업이냐고.

너는 어때?

"아무것도 아니야."

마코토가 손에 묻은 거품을 불었다.

거품을 맞은 히스이가 웃더니 간지럽다는 듯 몸을 비튼다.

하얀 거품이 찰나의 꿈처럼 덧없이 터지며.

허공으로 사라져갔다.

신용할 수

없는

목격자

"이번 조사 자료입니다."

운노 야스노리는 테이블 위에 그것을 늘어놓았다. 프린트 용지 몇 장 사이에 사진이 섞여 있다. 긴장한 채 입을 다물고 있던 미야모토 부인이 그걸 보더니 당황한 기색을 내비쳤다.

"결론부터 말씀드리면, 미야모토 선생님 주변에는 여자의 그림자조차 없었습니다."

물론 이 응접실에는 둘뿐이다. 부인의 귀티 나는 옷차림이며 몸에 두른 장식품은 호사스럽다고 할 수 있는 것이지만 운노가 돈을 쏟아부은 특별응접실의 인테리어도 그에 못지않았다.

"그랬나요."

미야모토 부인은 안도와 곤혹이 뒤엉킨, 복잡한 표정으로 운노를 바라보았다.

"선거가 가까워지니 사모님께 비밀로 해야 하는 업무도 늘어나셨겠죠."

"네, 그건 이해합니다만……."

"안심하십시오. 한 달간의 조사를 통해 밝혀진 미야모토 선생님 스케줄입니다. 훌륭하다고 할 만큼 청렴결백해요."

부인은 한동안 멍한 표정으로 자료를 훑다가 이윽고 실감했는지, 눈꺼풀을 내리깔더니 소파 등받이에 깊숙이 기댔다.

"네. 아무래도 제 기우였던 것 같아요……. 왠지 바보 같네요."

"이혼 결심까지 했다고 하셨는데, 예상이 빗나가 다행입니다."

"평소와 달라진 것 같았거든요."

"업무상 긴장하실 일이 많아서였을 겁니다. 중요한 시기니까요."

뒤이어 운노는 자료 내용을 자세히 설명했다. 방을 나설 때 부인은 조사 결과에 만족한 듯 안도의 미소마저 보여주었다. 비용 설명은 부하 직원에게 맡기고, 운노는 미야모토 부인을 배웅했다. 한동안 아무도 없는 응접실 한복판에 서 있다가 자신의 방인 사장실로 이어지는 문을 열었다.

중년 남자가 당혹감에 새파랗게 질린 얼굴로 서 있었다.

"아아, 미야모토 선생님. 앉으시죠."

운노는 웃으며 그렇게 말한 뒤 자신의 책상으로 향했다. 그러고는 늘 애용하는 안락한 의자에 앉았다. 팔걸이에 기댄 채, 아직 몸이 굳어 있는 미야모토의 반쯤 쉬어버린 목소리를 듣는다.

"대체…… 어쩔 셈인가."

"사모님께 설명드린 내용에 불만이라도?"

운노가 컴퓨터를 조작해 특별응접실의 소리를 전하던 마이크를 껐다. 미야모토도 이 방의 스피커로 방금 전까지 부인과 대화한 내용을 들었을 것이다.

운노는 파일을 꺼내더니 그 사이에 끼워둔 사진 몇 장을 미야모토의 눈에 잘 보이게끔 책상에 펼쳤다. 포커페이스에 서툰 사람인지 우스울 만큼 감정 동요가 얼굴에 그대로 드러났다.

"이걸 언제 다……" 하고 신음하는 목소리를 한 손으로 저지한 뒤 운노는 웃으며 말했다.

"실력은 좋거든요. 뭐, 다른 탐정도 이 정도 증거는 확보할 수 있습니다. 중요한 시기이니 조심하시는 편이 좋을 겁니다. 사모님이 의뢰해주신 게 저희 회사여서 행운이었습니다."

"지금…… 협박하는 건가?"

"설마요." 운노는 웃었다. "그저 선의입니다. 전 선생님께 힘이 되어드리고 싶을 뿐입니다. 사소한 잘못이지만 매스컴은 득달같이 달려들어 소란을 피우며 지금까지 선생님의 공적은 없었던 것처럼 보도하겠죠. 사모님도 선생님과 이혼하실 마음이었던 것 같은데……. 사모님 집안에서 미운털이 박히면 선생님도 치명적인 타격을 받으시지 않겠습니까?"

미야모토는 어색하게 시선을 돌렸지만 운노의 속셈을 알고 싶어서인지 겁에 질린 눈빛으로 힐끔거렸다. 그의 이마에 배어나온 땀을 보고 운노는 승리를 확신했다.

"돈을 원하는 건…… 아닌 것 같은데."

"돈이 궁하지는 않습니다. 이건 어디까지나 선의입니다. 친구가 된 증표라고 생각하셔도 좋습니다. 단 저희도 하는 일이 많은 회사인지라…… 언젠가 선생님의 지혜를 빌리게 될 때가 있을지도 모르겠습니다."

미야모토는 한동안 침묵을 지켰다. 그러나 운노가 사진 다발을 내밀자 낚아채듯이 빼앗더니 양복 안쪽에 쑤셔 넣었다.

그러고는 한숨을 크게 내쉬었다.

"톡톡히 값을 치르겠군……."

"저희는 선생님 편입니다. 신용 조사 등 시키실 일이 있으면 언제든 처리해드리겠습니다."

운노는 인터폰으로 이소타니를 호출했다.

"미야모토 선생님 배웅해드려."

미야모토가 멀어져가는 모습을 본 뒤 운노는 의자에 앉았다.

필요한 업무를 마무리한 후 낡은 손목시계로 시선을 떨어뜨린다.

곧 예정된 시간이다. 서둘러 준비하자.

무슨 시간인가 하면…….

그것은, 살인의 시간이다.

희미한 어둠 속에서 운노는 손목시계를 보았다. 별빛에 비춰 몇 시인지 확인한다. 22시 58분. 소네모토가 바로 집으로 온다고 가정하면 곧 들어올 시간이다. 운노는 주차장 근처에 있는 화단에 숨어 있었다. 쌓아온 기술과 경험을 살려 꼼꼼하게 사전 조사를 해두었다. 여기라면 다른 사람 눈에 띌 걱정 없이 소네모토가 들어가는 모습을 관찰할 수 있다. 쾌적한 장소라고 하기는 어렵지만 운노는 이런 곳에 몸을 숨기는 데 익숙했다.

　차 한 대가 주차장으로 들어왔다. 전조등 불빛에 눈을 가늘게 뜨며 번호판이 보일 때까지 참을성 있게 기다린다. 소네모토의 차다. 운노는 맨션의 비상계단으로 향했다.

　도쿄 교외에 있는 맨션으로, 오래되지는 않았으나 절대 신축이라고는 할 수 없는 건물이었다. 주 출입구는 자동으로 잠기지만 주차장이 있는 뒷문으로는 자유롭게 드나들 수 있다. CCTV의 구색은 갖추었으나 사각지대가 발생하게끔 허술하게 설치돼 있었다. 운노는 그곳에서 비상계단으로 미끄러지듯 들어갔다. 예전 직장에서 수많은 CCTV 영상을 봤다. 일주일에 수십 시간이나 화면을 들여다본 적도 있다. 지금도 여전히 연구를 게을리하지 않는다. 어떤 화각의 카메라가 어떻게 거동 수상자를 포착하는지 잘 아는 것이다. 기종과 각도를 보면 사각지대쯤은 쉽게 파악할 수 있다.

소네모토의 집은 4층이었다. 엘리베이터에도 CCTV가 설치돼 있어서 비상계단을 올라갈 수밖에 없다. 운노는 빠른 걸음으로 계단을 올랐다. 노화가 느껴지기 시작한 몸에는 조금 벅차지만 이것만큼은 어쩔 수 없다. 좋은 운동이라고 긍정적으로 생각하기로 한다. 입가에는 미소가 번져 나오기까지 했다.

비상구 문을 살짝 열고 소네모토가 오기를 기다렸다. 얼마 뒤 엘리베이터에서 내린 소네모토가 집 앞으로 가 열쇠를 꽂는 모습이 보였다.

소네모토가 안으로 들어갔다. 운노는 주위에 사람이 없다는 걸 확인한 후 잰걸음으로 소네모토의 집으로 향했다. 지문이 묻지 않도록 문을 두드린다. 인터폰을 누르면 기록이 남을지도 모른다고 생각했기 때문이다.

잠시 시간이 흐르고, 경계하듯 주뼛주뼛 문이 열렸다.

"사장님……."

소네모토가 놀란 표정으로 얼굴을 내밀었다.

"늦은 시간에 미안하군." 운노는 빠르게 말했다. "할 얘기가 있어서 왔어."

"다시 생각해보셨어요?"

소네모토는 아직 문을 활짝 열려고 하지 않았다. 운노는 끈기 있게 말을 이어갔다.

"응. 나도 마음을 정했어. 자네 권유대로 내일 경찰서에 가서 자수할 생각이야. 그 전에, 내가 어쩌다 이런 일을 하게 됐는지……
자네도 알아줬으면 해서. 내 얘기 좀 들어줄 수 없겠나?"

만에 하나 이웃 주민이 보더라도 무방하게끔, 운노는 평소와 다른 차림새로 왔다. 머리칼은 한껏 흐트러뜨렸고 구겨진 코트 앞자락에서 보이는 목덜미에는 넥타이도 매지 않은 채 피곤에 찌든 듯한 분위기를 연출했다. 운노가 그런 상태여도 이상하지 않음을 아는 소네모토는 아무 의심도 하지 않을 것이다. 조금이나마 경계심을 풀었는지 그가 문을 열었다.

"안이 지저분해요."

"괜찮아. 십 분이면 돼."

조금 망설이는 듯했지만 결국 운노를 집 안에 들이기로 결심한 모양이었다.

"실례하지."

운노는 안으로 발을 들여놓았다. 현관에서 대화하는 모습을 귀가하던 사람이 보지 않으리라는 보장은 없다.

집은 혼자 살기에는 넓은 2LDK 구조로, 방 배치는 사전에 알아본 대로였다.

소네모토는 운노를 거실 쪽으로 안내했다.

"정말 다 자백하실 거죠?"

"그래. 하지만 준비를 끝내고 보니 오늘이었어. 자네를 포함해 직원들에게 폐를 끼칠 수는 없으니까."

"외투는 그쪽에 거시면 됩니다."

"그러지."

운노는 코트를 벗어 현관 한쪽에 있는 옷걸이에 걸었다.

언제든 손목시계를 확인할 수 있도록 소매를 걷어 올렸다. 너무 뜸을 들이면 안 된다.

거실 중앙에 작은 다이닝 테이블이 있었다. 의자 두 개는 테이블 앞뒤를 감싸듯이 바로 눈앞과 안쪽 창가에 배치돼 있다. 테이블 위는 생각보다 깔끔했고 닫아둔 노트북이 놓여 있었다.

"일단 앉으시죠."

소네모토가 그렇게 말하며 앞에 있는 의자를 뺀다.

"응."

운노는 대답을 하면서도 의자에 앉지 않고 실내를 둘러보며 관찰했다. 어떻게든 소네모토의 시선을 자신에게서 다른 곳으로 돌려야 한다.

베란다로 이어지는 넓은 창은 오른쪽 커튼만 열린 채 밤의 어둠과 반사되는 운노의 모습을 비추고 있었다. 베란다에서 말리던 빨래를 실내로 들인 채 방치했는지, 커튼레일에는 세탁물을 말릴 수 있는 빨래 건조 행거가 두 개 걸려 있다. 왼쪽에는 각지고 큰 행거에 셔츠며 잠옷 따위가, 오른쪽에는 작은 원형 타입 행거에 양말 여러 개가 매달려 있다. 종류별로 확실히 구분해둔 면모가 착실하고 꼼꼼한 소네모토답다고도 할 수 있는데, 과거에는 조직폭력단에 소속돼 있었으니 의외라고 생각하는 사람도 많을 것이다. 혹은 복역 생활에서 몸에 밴 습관일지도 모른다.

"왜 그러세요?"

"아니……."

소네모토는 다이닝 테이블 옆에 서서 여전히 약간 경계하는 것 같았다. 운노는 등 뒤로 팔을 뻗어 뒤춤에 꽂아둔 딱딱한 감촉을 손끝으로 확인한다. 소네모토는 운노보다 체격이 크고 운동 신경도 뛰어나다. 운노도 유도를 하긴 했지만 아무리 이 흉기를 쓴다 해도 정면에서는 목적을 달성하기 어려울 수 있다. 무엇을 구실로 삼을지 고민하며 두리번거리다가 그것을 발견했다.

"소네모토. 양말이 저런 데서 굴러다니네."

"네?"

운노의 시선을 따라 소네모토가 아래를 본다. 그는 몸을 굽혀 소파 아래를 들여다보았다.

"아아, 널 때 안 보이길래 어디 갔나 했어요."

운노는 잽싸게 뒤춤에서 작은 권총을 뺐다. 그리고 몸을 구부린 소네모토의 관자놀이에 갖다댔다.

"움직이지 마."

자세 그대로, 소네모토가 숨을 삼키는 게 느껴졌다.

그의 시선이 관자놀이에 닿은 것의 정체를 확인한다.

"사장님……. 어리석은 짓 하지 마세요."

"꼼짝 마. 조금이라도 허튼짓하면 쏴버릴 테니까. 이 거리라면 빗나갈 일은 없지."

운노는 긴장을 늦추지 않고 양손으로 권총을 쥐었다. 만약 반격당한다 해도 권총이 날아가는 일 만큼은 피해야 한다.

"천천히 일어나."

"사장님. 경찰에 넘기셨다면서요……."

"잔말 말고 일어나."

소네모토가 지시에 따라 천천히 일어났다.

"거기 앉아."

운노는 다이닝 테이블 의자를 눈짓으로 가리켰다. 창가에 있는 의자인데 마침 노트북이 그쪽을 향해 놓여 있었다. 소네모토는 가만히 고개를 끄덕이고는 의자에 앉았다. 공포와 긴장을 느꼈는지 희미하게 몸을 떠는 것 같았다. 반면 운노는 지극히 냉정했다. 경계를 늦추지 않고 총구를 계속 관자놀이에 겨눴다.

"지금 당장 그 데이터 삭제해."

운노는 닫힌 노트북을 가리켰다.

"그런 걸 할 수 있을 리가……."

"그렇다면 널 쏴 죽이고 노트북을 통째로 가져갈 거야. 하지만 지금 데이터를 삭제한다면 더 원만하게 끝내는 방법도 생각해보지."

소네모토는 주저하면서도 노트북을 향해 떨리는 손끝을 뻗었다. 그대로 화면을 열어 키보드로 암호를 입력한다. 유감스럽게도 키를 두드리는 손가락의 움직임이 생각보다 빨라서 암호가 뭔지 알아낼 수 없었다. 운노는 신경을 곤두세운 채 소네모토를 지켜보았다. 총구를 겨눈 이마에 작은 땀방울이 맺혔다.

바탕화면이 표시됐지만 소네모토는 더는 손을 움직이려 하지 않았다.

"왜 그래?"

"사장님, 역시 이런 행동은 그만두세요."

소네모토는 단호하게 말하더니 재빨리 노트북을 닫았다.

"그래? 그렇다면 여기서 작별해야겠군."

일어나려 하는 걸 알아채고 운노는 소네모토의 등 뒤로 몸을 날렸다. 왼팔로 그의 목을 조르며 체중을 싣는다.

소네모토가 저항하며 손을 뻗어 권총을 잡으려 했다.

운노는 그 순간을 기다렸다가 방아쇠를 당겼다.

소구경 권총의 파열음은 생각보다 작았다.

운노는 움직임이 없어진 소네모토의 몸에서 손을 뗐다.

소네모토는 관자놀이에서 피를 흘리며 고개를 숙이고 있다. 몸은 왼쪽으로 살짝 기울었지만 의자에서 미끄러지지는 않았고 등받이에 기댄 모습이었다.

이명이 잦아들기를 기다린 뒤 운노는 살며시 한숨을 내쉬었다. 계획대로 순조로운 살인. 사람 한 명을 죽였는데도 그다지 긴장하지 않는다니 내심 쓴웃음이 나왔다.

과거에 운노의 제안을 받아들인 사람 중 하나가 괴로워하며 내뱉은 한마디가 떠올랐다. '자네는 범죄계의 나폴레옹이라도 될 심산인가'라는 말이었다. 당시에는 무슨 뜻인지 몰랐지만 나중에 찾아보고서야 셜록 홈스의 숙적인 모리아티 교수를 가리키는 표현임을 알게 됐다.

가상의 인물에 비유되는 것도 어이없긴 하지만, 운노는 지금까지 정재계 거물과 저명한 인사들의 약점을 쥐고 단 한 번도 양심의 가책을 느끼지 않으면서 온갖 제안을 해왔다. 게다가 이렇게 냉정하게 사람을 죽이는 자신을 자각하자 그 평가가 꼭 틀린 것만도 아니라는 생각이 들었다.

운노는 사람을 죽이는 방법을 잘 알고 있었다. 이 일에 손대기 전에는 경시청 수사 1과 소속 형사로서 십 년 넘게 살인의 족적을 쫓았다. 수없이 사건 현장을 보고, 셀 수 없이 살인범을 체포했다. 그래서 사람을 죽이는 기술이나 살인자를 쫓는 수법을 숙지하고 있다. 반대로 말해 어떤 증거를 남기면 위험한지, 그리고 어떻게 하면 경찰이 자살이라고 결론 내리는지를 누구보다 잘 안다는 뜻이다. 그런 경험 덕분에 차분할 수 있는 것이리라. 이렇게까지 죄를 범하는 데 적합한 인간은 없을지도 모르겠다고 생각하며 운노는 웃었다.

예를 들어 이 맨션에 어느 정도 방음 효과가 있다는 건 사전 조사를 통해 알아냈다. 물론, 그래도 총성을 들은 사람이 있을 수 있지만 기껏해야 폭죽을 터뜨린 정도라고 착각할 것이다. 대략적인 시간을 기억하는 주민이 있을지도 모르나 문제될 건 없다. 야외에서 난사한 게 아닌 이상 일본이라는 나라에서 이웃 주민이 총성을 알아채는 건 대부분 사건 발각 이후의 일이다. 고로 현시점에서 신고할 인간은 없다 해도 무방하다.

이제부터 자살로 보이게끔 위장하면, 경찰은 살인이었다는 것조차 알아차리지 못하리라.

모든 것은 계획대로 순조롭다.

아무 문제도 없다.

그런데 그때 어떤 예감이 스쳤다. 그 직감을 따를 수 있었던 건 역시 범죄에 관한 기지 덕분일지도 모른다. 운노는 시선과도 비슷한 뭔가를 느껴 순간적으로 뒤를 돌아보았다.

등 뒤에는 밤하늘을 비추는 베란다 창과, 그 유리에 반사된 냉철한 자신의 표정뿐.

아니, 그게 다가 아니다.

운노는 창문 왼쪽을 가린 커튼 옆으로 바싹 다가섰다.

몸의 반을 숨긴 채 창문 너머를 본다. 도내이기는 하지만 이 주변은 한적한 주택지여서 높은 빌딩은 하나도 보이지 않았다. 단독 주택과 빌라가 드문드문 있어 창문에서 새어나오는 불빛만이 고요히 줄지어 있다. 경계할 필요가 없는 경치였다. 하지만 50미터 정도 떨어진 곳이었을까. 용수로 건너편으로 스산한 분위기의 잡거빌딩 같은 건물이 홀로 서 있는 게 보였다.

3층 베란다에 사람의 모습이 보인다.

실눈을 뜨고 살핀 끝에 여자의 실루엣이라는 걸 가까스로 알 수 있었다. 여자는 베란다로 몸을 내밀고 이쪽을 보고 있는 듯했다. 표정은 보이지 않았다. 너무 멀기도 하지만 무언가 커다란 안경 같은 물체로 얼굴을 가렸기 때문이다.

잠깐, 저건 쌍안경인데…….

설마 봤나?

운노는 조심스레 커튼으로 손을 뻗었다. 그대로 닫으려 했지만 레일에 빨래가 걸려 있어서 커튼이 도중에 걸리고 말았다. 초조함을 느끼며, 원형 행거를 내리고 커튼을 닫은 뒤 원래 자리에 다시 걸었다.

운노는 커튼 사이에 얼굴을 갖다대고 건너편 잡거빌딩을 응시했다. 3층 베란다에 있던 인물은 방으로 들어간 모양이었다. 얇은 커튼이 닫힌 채 빛이 새어나오고 있었다.

살인의 순간을 누가 봤다?

바보 같은 생각일지도 모르겠다. 수십 미터나 떨어진 곳에서 쌍안경을 든 사람이 때마침 이 맨션을 보다가 살인의 순간을 우연히 목격할 가능성이 있을까.

운노는 잠시 고뇌에 빠졌다.

당장 도망쳐야 하나.

기적에 가까운 확률로 여자가 쌍안경으로 이 맨션 창문을 보고 있었다고 치자.

운노의 범행까지 보였을까? 커튼레일에는 빨래가 걸려 있었다. 집 안 광경을 반쯤 가렸을 것이다. 운노의 모습이 보였다 해도, 앉아 있는 소네모토는 사각지대여서 안 보이지 않았을까? 하물며 총을 쏜 순간에 운노는 창문을 등지고 있었다. 발포하는 순간은 안 보였을 테고 총성은 닿지 않았으리라. 냉정하게 생각해보면 설마 이런 곳에서 총을 사용한 살인사건이 일어나리라고 상상 가능한 사람이 있을 리 없다.

게다가…….

그래. 비서인 이소타니가 오늘은 사자자리 유성군이 보이는 날이라고 말한 게 떠올랐다. 운노는 웃었다. 베란다에 있던 인물은 밤하늘을 보고 있었으리라. 그렇다면 이쪽을 보고 있었다고 생각한 건 기우에 지나지 않는다.

결과적으로 운노는 도망치지 않고 현장을 조작하기로 했다. 만약 목격당했다면, 당장 도망친다 해도 아무 작업 없이 온갖 증거가 남아 있는 상태이니 이내 체포당할 것이다. 그렇다면 만에 하나의 가능성을 우려하기보다 해야 할 일을 하고 끝내는 게 논리적이다.

운노는 먼저 주머니에서 고무장갑을 꺼내 착용한 뒤 권총에 묻었을 자신의 지문을 손수건으로 닦아냈다. 그리고 힘없이 늘어진 소네모토의 손에 권총을 쥐여주었다. 오른손뿐 아니라 왼손 지문을 묻혀두는 것도 잊지 않았다. 권총을 사용한 자살로 위장하는 건 드문 케이스지만, 운노는 피해자의 왼손 지문이 남아 있지 않았던 탓에 조작이 발각된 사건을 알고 있었다. 자동 권총은 양손을 쓰지 않으면 초탄初彈을 약실에 장전할 수 없기 때문이다.

몸이 왼쪽으로 기울어져 있기 때문이리라. 흘러내린 피가 소네모토의 왼손을 적시려는 참이었다. 운노의 행동이 조금만 더 굼떴더라면 피 묻은 손가락으로 어떻게 지문을 남길지 고민해야 했을 것이다. 팔을 타고 흘러내린 핏자국이 부자연스러우면 낭패다. 시체를 움직인 흔적이 발견되면 조작하는 의미가 없다. 운노는 소네모토의 왼팔이 움직이지 않도록 조심하며 권총에 왼 손가락 지문을 남겼다. 그리고 늘어진 오른손 아래에 권총을 두었다.

초연 반응과 총기 발사잔사發射殘渣도 걱정할 것 없다. 왜냐하면 소네모토는 저항할 때 스스로 권총을 잡으려 했기 때문이다. 손에서는 물론이거니와 근거리였으니 몸과 옷에서도 검출될 터였다. 소네모토가 자신을 쐈다고 판단할 근거가 될 것이다. 총을 잡도록 유도하기 위해 운노는 일부러 소네모토에게 틈을 보였다.

운노는 테이블 위 노트북에 손을 뻗어 자신 쪽으로 돌린 뒤 화면을 열었다. 하지만 키보드를 눌러도 로그인 암호 입력 화면만 떴다. 역시 계획대로 되지는 않는구나 생각하며 조그맣게 웃었다.

일단은 소네모토가 착용한 스마트워치의 연동 기능으로 노트북 잠금을 해제할 생각이었다. 미리 설정돼 있다면, 스마트워치 착용자가 노트북 가까이 갔을 때 암호를 입력하지 않아도 잠금이 풀릴 것이다. 예전에 소네모토가 그 기능을 자랑스레 얘기했던 걸 운노는 똑똑히 기억하고 있었다. 재부팅 했을 때를 비롯해 입력이 필요한 상황도 일부 있지만 조금 전에 소네모토는 직접 암호를 입력했다. 그렇다면 잠금이 해제되지 않는 이유는 스마트워치와 연동돼 있지 않아서인가. 아니면…….

물론 운노는 전혀 걱정하지 않았다. 계획에서도 중요한 부분이라 사전에 사양을 알아봤다. 연동 기능을 작동시키려면 스마트워치를 착용해야 한다. 소네모토는 왼팔에 이미 차고 있다. 즉 센서가 생체 신호를 인식하지 못하고 있다는 뜻이다. 운노는 바닥에 웅크려 앉아 늘어진 왼팔에 장착된 스마트워치를 살펴보았다. 피가 살짝 흘러 본체 뒷면에 피가 묻은 게 보였다. 그러나 적은 양이다. 지금이라면 흔적을 남기지 않고 벗길 수 있을지도 모른다. 운노는 신중하게 시곗줄을 풀어 스마트워치를 빼냈다.

뒷면 센서가 피로 약간 젖어 있다. 준비해둔 티슈로 센서를 닦았다. 이 정도로 혈흔이 없어지지는 않겠지만 센서를 인식시키기 위해서였다. 운노는 왼팔에 차고 있던 손목시계를 풀어 주머니에 넣었다. 그러고는 소네모토의 스마트워치를 착용했다. 센서가 반응하더니 네 자릿수 비밀번호를 입력하라는 화면이 떴다.

운노는 소네모토가 쓰는 비밀번호를 외우고 있었다. 같이 작업할 기회가 많았고, 이런 정보를 훔쳐봤다가 활용하는 행동으로 지금까지도 여러 번 이득을 봤다. 사업을 확장하는 과정에서 온갖 정보는 힘의 원천이 된다는 걸 운노는 잘 알고 있었다. 소네모토가 노트북에 사용하는 로그인 암호까지는 파악하지 못했지만 연동 기능으로 잠금을 풀 수 있다.

운노는 고무장갑을 벗고 스마트워치에 비밀번호를 입력했다. 한번 더, 장갑을 끼고 노트북 키를 두드린다. 그러자 워치가 진동하며 잠금 해제를 알려왔다. 바탕화면이 뜬다. 운노는 준비한 USB 메모리를 꽂았다.

소네모토가 쓰는 메일 소프트웨어를 열어 메일을 작성한다.

유서 내용을 미리 준비해 USB 메모리에 저장해 온 것이다. 고무장갑을 끼긴 했지만 불필요하게 키보드를 만지면 남아 있어야 할 소네모토의 지문까지 지워질 가능성이 있다. 경찰은 그런 실수를 포착해 범인의 공작을 알아내는 것이다. 운노는 최소한으로 움직이며 메일을 작성했다. 전과자라는 이유로 연인에게 결별당했다, 타인의 비밀을 쥐고 흔드는 직업에 회의감이 들었다 등 내용에는 진실을 버무렸다. 수신인은 운노로 해둔다.

뒤이어 운노는 자신에게 불리할 파일을 찾아내 삭제했다. 그 작업에도 USB 메모리에 담아 온 툴을 활용했다. 복원 소프트웨어 등을 이용한 복구 작업을 방해하는 툴로, 데이터가 존재했다는 흔적까지 최대한 지워버렸다.

운 좋게도 클라우드 서비스에는 데이터를 저장한 흔적이 없었다. 그런 서비스에서 데이터를 완전히 삭제하려면 손이 많이 가기 때문에 다행스러운 일이었다. 그 외에도 다른 사람에게 메일로 데이터를 보냈는지 알아봤지만 문제는 없어 보였다. 그러나 만약을 위해 유서가 될 메일을 제외한 데이터를 전부 없앴다. 준비해 온 유서 파일도 같은 툴을 이용해 삭제했다.

경찰이 잠금 해제에 성공했을 때 바로 유서 내용이 보이도록 화면을 띄웠다. 마지막으로, 메일을 보낸다.

그리고 노트북을 닫았다. 자살하기 전에 굳이 화면을 닫는 걸 부자연스럽게 여기는 사람이 있을지도 모르지만 이것만큼은 어쩔 수 없다. 권총을 쐈을 때 노트북 화면이 닫혀 있었기 때문이다.

노트북을 열어두면 총기 발사잔사를 조사했을 때 미량의 금속 등이 키보드에 남아 있어야 모순되지 않는다. 이런 부분은 충분히 주의해야 하는데, 반대로 말하면 이런 점을 잘 클리어하면 과학 수사를 속이는 것도 가능하다.

운노는 노트북을 원래 자리로 돌려놓았다. USB 메모리는 일부러 남겨뒀다. 우수한 사람이 분석하면 USB가 접속된 시각을 알아낼 수 있기 때문이다. 애초에 이건 소네모토가 구입한 USB 메모리로, 그의 책상에서 슬쩍했다. 구입 이력과 소네모토의 지문도 남아 있고 운노의 지문은 없다.

소네모토의 스마트폰도 잠금을 해제한 뒤 데이터를 초기화했다. 물론 운노는 자신의 지문을 닦았고, 이후에 소네모토의 지문을 남겨두는 것도 잊지 않았다. 집 안을 대충 둘러봤지만 다른 컴퓨터가 더 있는 것 같지는 않다.

당연한 소리지만 스마트워치도 소네모토의 팔에 다시 채워야 한다. 운노는 워치에 묻은 자신의 지문과 총기 발사잔사를 꼼꼼하게 닦은 뒤 디스플레이에 소네모토의 오른손 지문을 남겼다. 우려되는 건 유독 디스플레이에만 발사잔사가 남아 있지 않다는 점이었다. 그러나 이렇게 전체적으로 워치를 닦으면 금속 가루가 처음부터 극소량만 묻었다고 생각할 수 있게 된다. 발사잔사라는 게 원래 균등하게 묻지 않으니 전혀 부자연스럽지 않다.

머리에서 흐른 피가 시체의 왼팔을 타고 내려와 창가 앞 바닥에 피 웅덩이를 만들었다. 운노는 그것을 밟지 않도록 주의하며 신중한 손놀림으로 소네모토의 왼쪽 손목에 스마트워치를 채웠다. 센서를 닦은 흔적은 팔을 타고 흐른 혈액이 덮어줄 것이다. 팔과 센서 부분 사이로 피가 흘러 떨어지는 걸 확인한다. 스마트워치를 푼 사이에 피가 흐르는 경로가 바뀌었다면 다시 채웠을 때 부자연스러운 자국이 생기겠지만, 조금 느슨하게 맸으니 그렇게 되지는 않을 것이다.

운노는 커튼으로 시선을 보냈다. 아까 닫은 커튼을 다시 열어야 한다. 총을 쐈을 때는 오른쪽 커튼이 열려 있어서 유리창이 노출된 상태였기 때문이다. 눈에 보이지 않을 만큼 적은 양의 혈액과 발사잔사가 유리창에 달라붙었을 가능성이 있다. 커튼이 닫힌 상태라면, 그 흔적이 발견됐을 때 사후에 커튼이 닫혔다는 것이 되므로 위장 자살이 들통날 터였다.

운노는 창가에 서서 커튼 사이로 캄캄한 밤을 내다보았다.

건너편 잡거빌딩 3층에는 불이 켜져 있지만 커튼은 닫힌 상태였다. 역시 자신의 억측이었을 것이다. 운노는 커튼레일에서 원형 행거를 내린 뒤 커튼을 열었다.

창문에 반사되는 자신의 표정은 무척이나 차분했다. 누군가가 보더라도 들키지 않도록 운노는 커튼 뒤에 몸을 숨기고 있었다. 그 상태로 한동안 바깥을 관찰했지만 주변을 걷는 사람은 보이지 않았고 경찰이 나타날 기색도 전혀 없어 보였다. 이곳을 떠날 때 누군가의 눈에 띌 리스크가 적다는 뜻이다.

들고 있던 행거를 커튼레일에 도로 걸었다. 지문을 닦아내는 것도 잊지 않았다. 지금은 고무장갑을 끼고 있지만 처음에 커튼을 열 때 부주의하게도 맨손으로 만져버렸다. 밖의 시선을 느끼고 재빨리 움직인 것이 불찰이었다. 행거 일부에 지문이 없는 게 부자연스럽기는 하지만, 경찰이 이런 곳에서까지 지문을 채취하지는 않을 것이다. 경찰 조직도 인력과 시간에 제한이 있다. 어디까지나 의심스러운 곳에서만 지문을 채취한다. 어떻게 봐도 자살로 보이는 현장이라면 지문 채취는 최소한으로 이뤄질 테고, 그렇지 않다 해도 행거 일부에 지문이 없다는 정도로는 증거 능력이 없다. 소네모토의 지문은 다른 부분에도 있을 것이며 누군가가 극히 일부분의 지문을 닦았다고 생각할 사람이 있을 리도 없다. 운노는 맨손으로 만져버린 커튼에서도 지문을 닦았다. 이제 운노의 지문이 남은 곳은 어디에도 없다.

이렇게, 운노는 경찰이 착안할 수 있는 과학적 증거와 물증을 차례차례 없앴다.

마지막으로 침착하게 실내를 관찰한다.

놓친 건 없는가.

긴장을 늦춰서 치명적인 증거를 남겨버렸을 가능성은?

그 집념 어린 확인이 주효했다.

운노는 예상치 못한 실수를 깨달았다.

그것을 바라보다가 잠시, 어떻게 대처할지 고민했다.

시체 수변에 문제의 소지가 될 흔적은 보이지 않았다.

하지만 이걸 현장에 남겨두면 안 된다.

그렇다면 가져갈 수밖에 없다.

가져가도 문제가 되지 않을지 검토를 거듭한다.

가져간다 한들 경찰은 그것이 없어졌다는 사실조차 알아내지 못할 것이다. 운노는 그렇게 결론지었다. 비닐봉투에 그것을 담아 가방에 넣었다.

운노는 집에서 나와 코트를 걸친 다음 복제해 온 열쇠로 문을 잠갔다.

3D 프린터로 만든 열쇠이기 때문에 경찰이 출처를 쫓기는 불가능하다.

물증은 하나도 남아 있지 않다.

비상계단을 내려가 맨션을 빠져나간 뒤 손목시계를 다시 차고 시간을 확인했다. 범행에 걸린 시간은 약 십오 분. 이제 CCTV에 찍히지 않도록 미리 알아본 루트로 돌아가기만 하면 된다.

싱겁군. 운노는 생각했다.

경찰이 올 기색은 조금도 없었고, 밤은 한없이 적막했다.

"아니, 진짜라니까."

스즈미 아즈사는 스마트폰을 귀에 바싹 댄 채 커튼 사이를 내다보았다.

눈을 가늘게 뜨고 맞은편 맨션을 관찰한다. 4층에 있는 방을 보고 있었는데, 이 건물이 더 높은 지대에 지어져서인지 아주 살짝 내려다보는 듯한 각도였다. 쌍안경으로 들여다보자 커튼이 열린 창문으로 실내가 어렴풋이 보였다. 베란다 난간에 막혀서 볼 수 있는 범위는 위쪽 반 정도였다. 지금은 아무도 없는 것 같았다.

"너 말이야."

엄마는 기가 찬다는 투였다.

"웬일로 이 시간에 전화했나 했더니, 그런 말도 안 되는 소리나

하고.”

“진짜로 봤단 말이야!”

아즈사는 동요한 나머지 목소리가 거칠어졌다.

“엉뚱한 소리 하지 마.”

아니나 다를까, 엄마의 반응은 매정했다.

“맞은편 맨션에 권총을 든 강도가 나타나?”

전화 너머로도 확실히 알 만큼 한숨을 섞어가며 엄마가 말한다.

“여기는 일본이야. 너 어차피 술 마시고 있었지? 뭐 잘못 본 거 아냐? 엄마는 너처럼 쉽게 편견을 갖는 사람을 본 적이 없어. 일단 진정하고 냉정하게 생각해보지 그러니?”

“그건…… 그렇긴 한데.”

술 마시지 않았느냐는 소리를 들으면 대꾸할 수가 없다.

아즈사가 사는 건물은 돌아가신 할머니에게 물려받은 것이었다. 한때는 1층에 스낵바가 있었다고 들었고 2층과 3층이 주거 공간이다. 1층은 다시 세를 놓으려 리모델링까지 했지만 입지가 나빠서인지 비어 있다. 아즈사는 혼자 2층과 3층을 쓰며 살고 있다.

특히 3층 베란다가 널찍해서 마음에 들었다. 오늘처럼 차가운 바람을 맞고 밤하늘을 올려다보며 맥주를 홀짝이는 날도 종종 있다. 오늘 밤은 사자자리 유성군을 관측할 수 있다고 해서 하늘을 올려다보며 혼자 쓸쓸히 캔맥주를 연거푸 들이켰다. 그렇다. 혼자 쓸쓸히……. 뼈아픈 실연을 겪은 지 얼마 되지 않은 탓에, 아직도 남은 감정을 떨쳐내기 위해 횟술을 들이붓는 중이었다. 유성군은 맨눈으로도 관측할 수 있지만 밤하늘만 올려다보자니 지루해져서 무심코 쌍안경에 손을 댔다. 별 생각 없이, 마침 불이 켜져 있던 맞은편 맨션을 들여다본 것이다.

왠지 억울했지만 엄마 말대로 편견을 쉽게 갖는다는 것도 부정할 수 없다.

그도 그럴 것이 여기는 일본이다. 권총 따위는 경찰이나 폭력단 정도나 갖고 있을 텐데, 그런 사람이 맨션에 들이닥쳐서 강도짓을 할 리도 없다. 게다가 아즈사가 본 건 정말 한순간에 불과했다. 커튼은 바로 닫혀버렸고, 얼마 후 도로 열렸을 때는 아무도 보이지 않았다. 그리고 정말 권총을 쐈다면 총성을 들은 사람들 때문에 어수선해졌을 것이다. 눈치챈 사람이 없는 걸 보면 역시 잘못 봤을지 모른다. 아니면 무슨 촬영이었을 수도 있다. 그러고 보니 DVD 같은 걸로 본 형사 드라마에, 뒷머리 긴 형사가 총 쏘려는 남자를 제지하려 들었다가 드라마 촬영 현장이라 창피당했다는 내용이 있었던 것 같다.

아즈사는 집 안을 왔다 갔다 하며 그런 생각을 했다. 거울 앞에 서서 통화를 이어가며 거울을 들여다본다. 얼룩이 묻은 코끝을 손으로 문지르고는 생각을 바꿨다.

"그래, 모형총으로 노는 중이었을지도 몰라."

"네 착각이야. 경찰한테 망신당하지 않아 다행이다."

순간적으로 전화를 건 상대가 엄마여서 다행일지도 모른다.

경찰에 신고했다면 분명 난감해졌을 것이다.

이렇게 빈 맥주 캔을 잔뜩 늘어놓고 술 냄새나 풍기는 여자가 하는 말은 아무도 믿지 않을 게 뻔하다. 냉정을 되찾고 나니 스스로도 쌍안경으로 본 광경을 믿을 수가 없어졌다. 일본에서 총을 든 남자라니…… 게다가 만약 사건이 맞다면 내일쯤 순찰차가 와서 시끄러워질 터였다. 신고는 그때 해도 늦지 않을 것이다.

아즈사는 다른 이야기를 좀 더 주고받다가 전화를 끊었다.

걷잡을 수 없는 졸음이 덮쳐 와서 침대에 드러눕고 싶어졌다.

최근 들어 계속 수면 부족 상태다. 얼마 전까지 책 디자인과 잡지의 단편 일러스트 마감이 겹쳐 정신이 하나도 없었다. 됐다. 다 잊고 자버리자. 오늘 본 것도, 실연에 대한 미련도, 다 잊어버리면 그만이다.

그러고 보니 심야 라디오의 별자리 운세에서 조만간 운명적인 만남이 있을 거라고 했다. 희망만 버리지 않으면 언젠가 좋은 남자가 내 앞에 나타날 것이다…….

많은 건 바라지 않고, 그냥 돈 많고 잘생긴 사람이면 좋겠는데.

아즈사는 침대에 풀썩 쓰러졌다.

오늘 밤은 깊이 잠들 수 있을 것이다.

그 후 며칠간 운노 야스노리는 평소처럼 일상을 지냈다. 사장실 의자에 깊숙이 앉아 정리해야 하는 서류를 살펴보는, 자극과는 거리가 먼 나날이다. 회사가 성장하면서 현장에 나갈 일이 거의 사라졌으니 어쩔 수 없으리라.

소네모토의 죽음이 발각된 후, 운노의 회사를 방문한 형사들은 맥없이 돌아갔다.

아무래도 자살이라는 걸 의심하지 않는 듯했다.

별수 없을 것이다. 현장은 밀실 상황이었고 소네모토는 유서 메일을 남겼다. 의심스러운 흔적은 하나도 없으며, 소네모토의 경력에는 권총의 출처를 가리키는 내용까지 있었으니 형사 시절의 자신이었더라도 간파가 불가능했을 것이다.

그렇다 해도 시시했다. 기어코 사람을 죽였는데 악몽 한 번 꾸지 않았다. 냉정하게 완전 범죄 계획을 세우고 그저 그걸 완수했다. 딱히 감회라 할 만한 것이 느껴지지도 않았다. 평소처럼 자신에게 방해가 될 만한 요소를 침착하게 없앴을 뿐이다. 살인은 성취감이란 것과는 무관한 모양이다.

아내가 세상을 떠난 지 십수 년. 운노의 생활은 계속 이랬다. 주위에서는 회사를 급성장시켰다며 칭송했지만 운노는 별로 실감하지 못했다. 그 과정에서 행한 이면 거래를 통해 정재계의 다양한 인

물과 연결 고리를 만들었다 해도, 그걸 유효하게 활용하고 있는지
는 의문이었다.

그것들은 돈과 명성으로 변환되어 회사를 키웠지만 미래의 비전
이 보이지 않았다. 풍족한 생활을 누리고 있으나 돈도 명성도, 아내
가 살아 있던 그 시절로 자신을 데려가주지는 못하니까.

운노는 손목시계를 물끄러미 보았다. 그러다 정신이 들어 시각을
확인한다. 다음 회의까지 아직 여유가 있다. 그 전까지 다음 대형
안건 중 하나인 법인 조사 플랜의 큰 틀을 정해둬야 한다.

불현듯 어느 기자가 했던 말이 떠올랐다.

엔도라는 이름의 남자인데 운노와는 인연이 깊다. 정의가 아니라
돈을 위해 기사를 쓰는 인간으로, 운노는 그에게서 몇 가지 정보를
산 적이 있다. 그가 작년에, 경시청 출입 기자에게서 알아낸 기묘한
이야기를 들려줬다.

그때 대화는 긴자에 있는 어느 바 구석에서 은밀하게 오갔다.

어쩌다 그 얘기가 나왔는지, 엔도가 탐욕스럽게 웃으며 이렇게
말했다.

"운노 씨라면, 설사 사람을 죽이더라도 증거를 절대로 안 남기
겠죠?"

"바보 같은 소리 하지 마." 운노는 엔도의 의중을 살피며 농담으
로 치부하듯 웃었다. "일본 경찰은 우수해. 어떤 범인이든 반드시
잡아낼걸."

속으로는 거짓말이라고 생각하면서도 그렇게 말했다.

"과학 수사와 형사들 수사 기법에 빠삭하시잖아요. 작정하고 숨기려면 불가능하진 않죠?"

엔도는 웃으며 말하더니 기묘한 소리를 했다.

"그래도 조심하셔야 합니다. 경시청에는 비밀병기가 있다는 소문이 있거든요."

"비밀병기?"

"출입 기자인 친구 녀석한테 들었어요. 뭐, 말도 안 되는 소리라 저도 믿지는 않는데, 너무 허무맹랑하니 술안주로 삼기 좋은 얘기 같아서요."

"새로운 과학 수사 수법이라도 확립됐나."

"아뇨, 정반대예요."

엔도는 우스꽝스럽게 웃었다.

"정반대?"

"영능력이 있는 여자를 쓴대요."

운노는 콧김을 뿜었다. 무심코 웃음이 터진 것이다.

"만화를 너무 많이 봤군."

"어렵게 캐낸 정보인데 아무도 안 믿어서 쓸모가 없다고 그 녀석도 투덜거리더라고요. 다 큰 어른이 진지하게 헛소문이나 떠든다는 취급을 받으니 꼴이 말이 아니겠죠. 그런데 그 여자는 어떤 사건이든 유령한테 얘기를 듣고 해결해버린다나요. 해외에서는 FBI 같은 기관이 그런 데 수사 협력을 요청하기도 한다잖아요."

"그건 드라마고."

"그랬던가요."

엔도는 유리잔을 내려다보며 유쾌하다는 듯 웃었다. 취한 것 같기도 하다.

하지만 이어지는 말의 톤은 진지했다.

"요즘 한창 떠들썩한, 여자만 노리는 연쇄 살인범 있잖습니까."

"아아."

"그 녀석도 증거 하나 남기지 않는다던데…… 조만간 그 영능력자가 알아내지 않을까 하는 말이 있어요."

"그 말을 믿어?"

운노는 어이없다는 듯이 말했다. 엔도가 그런 실없는 오컬트 얘기를 믿는 사람이었을 줄이야. 앞으로 그에게서 입수하는 정보의 정확도를 잘 확인해야 할지도 모르겠다. 그러나 엔도 역시 진심으로 믿는 것은 아닌지 술을 들이켜더니 재미있다는 듯 웃으며 고개를 저었다.

"웃자고 하는 소리죠. 하지만 정말 그 살인범이 잡히면 그땐 믿게 될지도 몰라요."

엔도는 기자 친구가 알려줬다는, 그 영능력자의 이름을 입에 올렸다.

실없는 수다는 그때뿐이었다. 그 이후로 오랫동안 엔도를 만나지 않았다.

그런데 대화를 나눈 다음 날, 텔레비전은 그 살인범이 체포됐다는 뉴스로 도배됐다.

운노는 갑자기 흥미가 생겨 오랜 연줄을 이용해 연쇄 살인범 수사에 관한 정보를 수집했다. 들은 대로, 살인범은 오랜 시간에 걸쳐 증거를 일절 남기지 않고 범행을 저지른 모양이었다. 경찰의 수사 수법을 꿰뚫고 있고, CCTV 따위에 찍힌 적조차 없었다. 그런 자를 어떻게 체포하게 됐는지 설명할 수 있는 사람은 아무도 없는 듯했다. 매스컴에도 납득할 수 있는 이유는 하나도 언급되지 않았고, 인터넷에서는 의문시하는 의견도 많았지만 결론은 없었다. 하지만 소문을 조사하는 과정에서 운노는 불현듯 등골이 오싹해지는 정보를 목격했다. 그 살인마가 영능력자와 함께 경찰의 사건 수사에 협조했다는 내용이었다…….

운노는 사장실 의자에 깊숙이 앉아 눈을 감았다. 들고 있던 서류를 책상에 던진다. 지금에야 그 기억이 떠오른 이유는 당연하게도, 이제 막 자신의 손에 피를 묻혔기 때문이리라. 경찰의 수사 수법을 잘 알고 어떤 증거도 남기지 않은 살인범을 체포할 수 있다면, 그건…….

운노는 살짝 미소를 지었다.

어이없는 얘기라는 건 안다. 하지만 어째서인지 예감과도 같은 것이 머리 한구석에 박혀 떠나지 않았다.

엔도에게서 들은 그 영능력자의 이름이 뭐더라……. 상상과는 달리 젊은 여자였다는 사실은 기억하는데 정작 이름이 떠오르지 않았다.

정신이 들고 보니 책상에서 내선전화가 울리고 있었다.

운노는 스피커폰 스위치로 손을 뻗었다. 이소타니가 손님이 왔다고 알렸다.

"저, 사장님. 경시청에서 손님이 오셨습니다만……."

"그래?"

운노는 의아해하며 답했다.

"들어오시라고 해."

운노는 특별응접실에서 형사들을 맞았다.

어제도 왔던 두 사람이다. 둘 다 경시청 수사 1과 형사인데 운노가 형사로 일할 때는 본청에 없었다. 그중 베테랑 느낌이 나는 쪽이 이와치도 경부보, 젊고 동안인 쪽이 에비나 형사였다. 그런데 이번에는 두 사람 뒤쪽에 몸을 숨긴 듯한 형태로, 새로운 인물이 한 명 더 있었다.

아름다운 여성이다. 슈트를 입었지만 부드럽게 말린 머리칼과 귀여운 느낌의 화장을 보아하니 경찰인 것 같지는 않았다. 빨간 프레임의 안경을 썼고 그 안쪽에 숨겨진 이지적인 눈동자가 운노를 살피듯이 보고 있었다.

"이분은?"

운노는 여자를 눈짓하며 물었다.

형사들은 딱딱하게 굳어서 소파에 앉으려고도 하지 않았다. 여자는 입구 가까이에 서서 운노를 향해 온화하게 웃었다.

"수사 협력자입니다." 이와치도가 우호적인 미소를 지으며 말했다. "전문 지식으로 수사에 협조해주는 분입니다. 엄밀히 말해 경찰은 아니니 불편하시면 밖에서 기다리게 하겠습니다."

"불편할 건 없는데." 운노는 어깨를 으쓱했다. "하지만 외부인과 함께 움직이다니, 내가 있었을 때와는 분위기가 많이 달라진 듯하군요."

"진상 규명을 최우선으로 생각한 결과입니다."

이와치도가 고지식한 얼굴로 말했다.

"어떤 분야의 전문 지식이죠?"

"그건 말씀드릴 수 없습니다만, 뭐 일단은 인사라도 나누시죠."

이와치도는 몸을 돌려 여자에게 고개를 끄덕였다.

여자가 걸어 나온다. 하지만 소파에 다리가 걸려 앞으로 넘어질 듯이 휘청거렸다. "흐익" 하며 귀엽게 비명을 질렀고 운노는 다급히 여자의 몸을 붙들었다. 넘어져서 테이블 모서리에 머리를 부딪히게 둘 수는 없다.

"죄, 죄송해요. 저도 참."

운노의 품속에서 여자가 얼굴을 들었다. 안경이 살짝 흘러내려 렌즈 너머의 홍채까지 잘 보였다. 타국의 피가 섞였는지 눈동자가 초록색이었다. 여자가 말한다.

"저어, 이번 사건에서 수사에 도움을 드리게 된 조즈카 히스이라고 합니다."

"조즈카……."

이름을 들은 순간 운노는 전류가 온몸을 타고 흐르는 듯한 감각에 휩싸였다.

얼떨결에 웃을 뻔했다.

"왜 그러시죠?"

멀뚱멀뚱한 표정으로, 히스이라는 이름의 여자가 물었다. 운노는 가만히 고개를 저었다.

"아뇨……. 이름이 특이해서요. 그보다, 괜찮으십니까?"

"에구구, 죄송합니다!"

여자는 새된 소리로 외치더니 운노에게서 떨어졌다. 운노의 팔에는 여자의 향수 향기가 희미하게 남았다.

조즈카 히스이.

운노는 그 이름을 혓바닥 위에서 굴렸다.

틀림없다. 엔도가 말한 영능력자의 이름이 조즈카 히스이였다.

그 여자…… 히스이는 이름과 같은 비취빛 눈 '히스이'는 일본어로 '비취'를 뜻함을 가늘게 뜬 채 부끄럽다는 듯 운노를 바라보고 있었다. 운노는 애써 냉정한 척하며 그 눈을 마주 보았다. 엔도가 경시청의 비밀병기라고 야유하던 존재가 실재하고, 이렇게 형사들과 함께 자신을 찾아온 까닭을 생각했다. 유감스럽게도 대답은 하나밖에 없으리라.

경찰은 자신을 의심하고 있다.

"죄송해요." 히스이가 말했다. 어지간히 부끄러웠는지 볼이 발그레했다. "제가 워낙 덜렁거려서요."

"대체 어떤 분야의 전문가이신지 더 궁금해지는데요."

운노가 미소지었다. 동요는 한순간뿐이다. 마치 기계처럼, 어떻게 대처해야 할까 하는 생각만이 머릿속을 맴도는 게 느껴졌다.

"오늘은 어떤 용건으로 오셨습니까?"

물음에 답한 이는 근엄한 표정을 짓고 있던 이와치도였다.

"우선 어제 여쭤봤던 권총에 관해 말씀드릴 내용이 있습니다."

"출처가 어디인지 아느냐고 물으셨죠. 뭔가 알아냈습니까?"

"탄환의 강선흔腔線痕을 분석한 결과 어떤 총기인지 파악이 돼서요. 예상대로 소네모토가 몸 담았던 폭력단이 얽혀 있었습니다. 십년도 더 된 일인데, 대립하던 조직과의 싸움에서 사용된 총기입니다. 당시 권총 두 자루가 사용됐는데 조직 해산 후 어디로 갔는지 행방이 묘연한 상태였습니다."

어제 형사들이 찾아와 소네모토가 사용한 권총의 출처에 관해 짐작 가는 구석이 없는지 물었고, 운노는 소네모토의 과거를 얘기했다.

소네모토를 운노에게 소개한 이는 경찰학교 시절부터 친하게 지내던 조직범죄대책부 사람이었다. 소네모토는 조직에서 발을 뺄 각오를 하고 경찰에 정보를 제공하고 있었다. 그런 경위가 있으니 형기를 마치면 운노의 회사에서 그를 받아줄 수 있느냐고 제안을 받은 것이다. 벌써 십 년 전의 일이다. 당시 운노의 회사도 인력이 부족하던 터라 딱히 거절할 이유가 없었다. 소네모토는 의외로 성실했고, 적은 급여에도 열심히 일했다. 나쁘게 말하면 푼돈으로도 편하게 부려먹을 수 있는 장기말로서 최적의 인재였던 것이다.

이와치도가 말을 이어갔다.

"조직원 중에 도피 생활을 오래 한 놈이 있는데 그놈이 몇 년 전에 체포됐답니다. 그래서 어제 이것저것 캐물었죠. 체포되기 전에 권총 두 자루를 소네모토에게 맡겼다더군요. 소네모토가 조직을 배신한 건 몰랐을 겁니다. 총을 맡겼다는 게 오 년 전쯤이고 그때 소네모토는 여기 직원이었는데, 뭔가 들은 얘기 없으십니까?"

복역중인 사람에 대해서는 아는 게 없지만 '생각보다 빨리 입을 열어줬군' 하며 운노는 내심 웃었다.

"오 년 전이라……."

잠시 기억을 더듬는 척한다.

"그러고 보니 조직원이 접촉해 왔는데 어떻게 대응해야 할지 모르겠다며 제게 조언을 구한 적이 있어요. 넌 이미 손을 씻었고 조직은 없어졌으니 신경 쓰지 말라고 말해줬죠. 상대가 과거에 소네모토를 아끼던 형님이라 상당히 고민하는 것 같았습니다만……. 그런데, 그렇군……. 어쩌면 그때 총을 받았을지도 모르겠네요. 돈을 요구하는 정도였겠거니 하고 가볍게 생각했습니다."

물론 실제와는 다르다. 고민하던 소네모토는 권총을 받아버렸다고 운노에게 고백했다. 하지만 운노는 소네모토를 잘 구슬렸다. 자신이 갖고 있다가 연줄을 이용해 경찰에게 넘기겠다고 설득한 것이다. 소네모토에게는 피해가 가지 않게 해결하겠다고 장담했다. 운노가 전직 형사였다는 게 커다란 설득력이 있었으리라. 소네모토는 한 치의 의심도 없이 두 자루를 모두 운노에게 넘겼다.

운노는 언젠가 반드시 써먹을 날이 오리라 예상했다.

"그나저나 총의 출처가 밝혀졌군요. 설마 그런 걸로 자살을 할 줄은……."

권총의 출처라는 증거가 추가되어 이제 소네모토의 자살은 의심할 여지가 없는 상황이 됐을 터였다. 그런데 형사들은 이곳에 영능력자를 데리고 왔다.

그 말은…….

"어머머?"

느닷없이 공간에 어울리지 않는, 엉뚱한 목소리가 끼어들었다.

사랑스럽기는 했지만 왠지 신경을 건드리는 듯한, 고의성을 내포한 음성이었다. 시선을 돌리자 히스이가 고개를 갸웃거리며 신기하다는 듯 말을 이어갔다.

"그러면 그러면, 나머지 한 자루는 어디 갔을까요?"

질문을 던지는 듯한 히스이의 비취빛 시선을 받고 운노는 고개를 기울였다.

"혹시 아직 못 찾으셨습니까?"

"네. 소네모토의 자택과 의심 가는 장소를 다 뒤졌지만 안 나왔습니다. 어제 방문했을 때 사무실도 조사했는데 아무것도 없었고요."

"그렇군요." 운노는 사색하듯 천장을 올려다보았다. "어쩌면 다른 조직원이 접촉해서 진작 가져갔을지도 모르겠네요."

"으음, 이상하지 않아요?"

목소리의 주인공은 히스이였다.

"이상하다니, 뭐가요?"

경계심을 드러내지 않으려고 애쓰면서, 운노는 히스이를 바라보았다.

영능력자는 이미 자신에게서 뭔가를 느꼈을까? 아니면 소네모토의 영혼이 살인범의 이름이라도 알려줬을까? 바보 같은 소리지만 경찰이 동행한 걸 보면 능력을 얕볼 수 없다. 하지만 운노의 질문에는 답하지 않고, 히스이는 상체를 굽혀 발목을 누르고 있었다. 그대로 살짝 얼굴을 찌푸리며 난처하다는 듯 웃었다.

"죄송해요. 조금 전에 삐끗했나 봐요. 앉아도 될까요……."

"아, 네, 그럼요."

히스이는 소파에 앉았다. 신경이 쓰이는지 가느다란 발목을 문질렀다.

"그래서, 뭐가 이상하단 말씀입니까?"

"네?" 히스이가 고개를 들더니 갸우뚱한다. 멀뚱거리다가, 생각났다는 듯 양손을 맞댔다. "아아, 맞아요, 그 얘기를 하려 했죠."

그러고는 생글생글 웃으며 말을 계속했다.

"폭력단의 전 조직원이 소네모토 씨에게 접촉해서 권총을 회수하는 건 있을 수 없는 일 같아요. 하지만 한 자루만 발견됐으니 터무니없는 얘기는 아닌 걸까요? 두 자루를 맡겼으면 두 자루 다 회수하는 게 맞지 않나요?"

그런 건가. 운노는 웃는다.

"그렇게까지 이상할 거 없잖습니까. 맡아준 대가로 한 자루를 받았을지도 모르죠. 아니면 조직원이 회수한 게 아니라 소네모토가 한 자루만 돈과 교환했을 가능성도 있고요. 옛 연줄이 있으면 돈과 교환하는 것도 불가능하진 않을 겁니다."

"으음, 그렇다 해도 이상하단 말이죠."

히스이는 볼에 손을 갖다대고 고개를 갸웃거리고 있다.

"아직 뭔가 의문점이라도?"

"네, 실은, 지문이……."

그러다 히스이는 생각났다는 듯 두 형사를 보았다.

"저기, 두 분도 앉으시는 게 어때요? 사장님도 괜찮으시죠? 계속 서 있으니 안쓰럽기도 하고, 뭔가 정신 사나워서요."

두 사람은 얼굴을 마주 보았다. 운노가 고개를 끄덕이자 그들은 옆에 있는 소파에 앉았다. 운노도 히스이 맞은편 소파에 앉는다.

"그래서요?"

운노는 히스이를 재촉했다.

"네?"

히스이는 볼에 손을 갖다댄 채 신기하다는 듯이 운노를 보았다.

"그러니까, 의문점이라는 게 아직 있다는 거잖아요? 지문 얘기를 하시려는 것 같던데."

"아, 네, 맞아요. 그, 뭐였더라……. 아, 맞다. 지문 말인데요, 무척이나 기묘한 상태로 남아 있었어요."

"기묘한 상태라면?"

"문제의 권총은 자동 권총의 일종인데, 탄창을 손잡이에 삽입하는 타입이에요. 장전돼 있던 총알과 탄창의 지문을 분석하니 폭력단 조직원 지문은 나왔는데 소네모토 씨 지문이 안 나왔어요. 그에 비해 총의 외장…… 손잡이와 방아쇠, 안전장치 해제 레버, 슬라이드 같은 데서는 소네모토 씨 지문만 나왔죠. 이상하죠?"

"뭔가 이상한 점이 있나요?"

"아주 이상해요." 히스이는 양손을 펼쳤다. 무슨 제스처인지 열 손가락을 날개처럼 팔락팔락 움직인다. "탄창에 소네모토 씨 지문이 없고 다른 사람의 지문이 남았다는 건 소네모토 씨가 탄창을 만지지 않았다는 의미예요. 총알이 장전돼 있는지 아닌지 어떻게 확인했을까요? 다짜고짜 슬라이드를 당겨 초탄을 장전해 확인할 수도 있지만, 일단 탄창을 꺼내서 확인하는 게 일반적이죠. 총알이 들었는지 알 수 없는 상태로는 자살할 수도 없어요."

운노는 고개를 끄덕였다. 일리 있는 추리로 보이지만 어차피 초보의 잔꾀다. 그 정도라면 어떻게든 설명을 댈 수 있다. 운노는 입을 열었다.

"아마 소네모토는 처음에 권총을 받을 때 자기 지문을 외장에 묻혀버렸을 거예요. 일단 집에 가져갔다가, 만일의 경우 지문이 남아 있는 건 위험하다고 생각해서 표면을 닦아 지운 거죠. 탄창까지는 확인하지 않았으니 그곳을 닦을 필요는 없다고 생각했을 겁니다."

이해했는지 못 했는지 히스이는 고개를 기울이고 있다. 운노는 말을 이어갔다.

"그리고 그 후에는 권총을 만질 때 장갑을 꼈을 거예요. 소네모토는 의외로 꽤 꼼꼼한 성격이거든요. 그때 탄창을 빼서 탄환이 장전돼 있다는 사실도 확인했을 겁니다. 그 상태로 보관했는데, 자살할 때는 굳이 지문이 묻지 않게 할 필요가 없어요. 장전됐다는 건 알고 있으니 탄창을 건드릴 필요도 없죠. 그래서 결과적으로 지문이 그렇게 남았다고 볼 수 있습니다. 이해되셨나요?"

"그렇군요……. 전직 형사다우시네요. 무척 합리적이에요. 그래도 총이 한 자루밖에 없다는 게 아무래도 걸려요."

히스이는 아직 받아들이지 못했는지 고개를 갸웃거렸다.

"상당히 집요하시네요."

"더 심플한 답이 있을 것 같아서요."

"예를 들면?"

"예를 들면…… 그래요. 소네모토 씨의 죽음은 자살이 아니다."

비취빛 눈동자가 번뜩이며 운노를 응시한다.

"오호."

운노가 다음 말을 재촉하자 히스이는 볼에 손을 댄 채 천천히 말을 이었다.

"누군가가 권총으로 소네모토 씨를 살해하고 자살로 보이게 꾸민 거예요. 범인은 자신의 지문만 닦고 소네모토 씨 손에 권총을 쥐여주었죠. 지문 상태는 그걸로 설명이 가능해요. 그리고 이렇게 생각하면, 권총이 한 자루 부족한 것도 이해가 돼요. 범인은 소네모토 씨의 집에서 나머지 한 자루를 훔쳐 달아난 거죠."

"설마." 운노는 놀란 척한다. "흥미로운 가설이긴 한데, 소네모토의 죽음은 자살로 종결된 거 아닙니까?"

"실은 이 생각을 뒷받침하는 증언이 있어요."

두 형사가 움찔하며 히스이를 봤다. 유출하면 안 되는 정보였을까. 하지만 히스이는 조금도 개의치 않는 듯했다.

"목격 증언…… 말입니까?"

되물으며, 운노는 모든 것을 이해했다.

"네. 수상한 남자가 권총을 들고 있었다는 증언이에요." 히스이가 대답했다. "잘못 본 줄 알고 신고를 바로 하지는 않았는데, 나중에 사건이 일어났다는 걸 알고 경찰에 연락하셨어요."

자신이 어떠한 물증도 현장에 남기지 않은 이상, 형사들이 살인 사건이라 의심한 끝에 영능력자를 데리고 찾아온 이유는 하나뿐이리라. 그걸 예측했기에 운노는 매서운 눈빛의 형사들 앞에서도 흔들리지 않고 받아넘길 수 있었다. 경험상 형사의 안목은 얕볼 수 없다. 범인의 안색이 변하는 것을 보고 의혹을 품기 시작하면 철저하게 상대의 속내를 파헤치려 든다. 적어도 운노는 과거에 그런 형사였다.

역시 그때 운노의 범행을 목격한 게 맞았다…….

하지만 조바심을 낼 필요는 없다.

경찰이 이렇게 허점을 찔러 공격해오는 이유를 생각하면 명백히 알 수 있다.

그 증언에는 충분한 유효성이 없다.

"오호. 즉 그 사람은 범인이 소네모토를 쏴 죽이는 순간을 봤다는 겁니까?"

운노의 말에 히스이는 아쉽다는 듯 고개를 저었다.

"유감스럽게도 거기까지는 아닙니다. 습격당하는 소네모토 씨를 목격한 게 아니라, 어디까지나 권총 든 남자를 봤다는 증언뿐이에요. 당시 목격자가 술에 취했던 관계로 남자의 얼굴까지는 기억을 못 하시는 탓에 애매한 점도 많아요."

"오호. 그렇다면 그 사람이 **권총을 들고 주저하던 소네모토였을** 가능성을 부정할 수 없지 않나요?"

히스이는 정곡을 찔렸다는 듯 눈을 가늘게 떴다.

"과연……. 네. 듣고 보니 그 가능성도 배제할 수는 없겠네요……."

조금 전까지 요설을 펼치던 목소리가 작아지더니 기세가 꺾인 듯 말이 없어졌다.

그 침묵은 대부분의 인간이 놓칠 만한, 찰나의 틈에 불과했을 것이다. 하지만 운노는 사람의 표정을 읽는 데 프로였다. 형사 생활을 하며 키운 감인지 천성의 재능인지는 자신도 잘 모른다. 하지만 그렇게 상대의 미묘한 감정 변화와 거짓말을 꿰뚫어 보며 수많은 범죄자를 체포해온 실적이 있다. 틀림없이 상대는 기대가 어긋나 콧대가 꺾였을 것이다. 저들에게는 그 이상의 패가 없는 것이다.

운노는 순식간에 그 점을 간파했다.

"그 외에도 타살을 시사하는 물증이 있습니까?"

운노는 이와치도를 보며 물었다.

이 아가씨와 형사들은 자신이 동요하는 모습을 보고 확신을 얻고 싶었으리라. 그러나 운노가 지극히 냉정했기 때문에 공격 수단을 잃어버린 것이다. 실제로 이와치도는 실망한 기색을 다급히 지우며 말했다.

"아뇨……. 유감이지만 현장에서는 아무것도 나오지 않았습니다."

"물론, 타살이라면 누군가가 소중한 부하를 죽였다는 뜻이죠. 저도 전직 형사로서 적극 협조할 겁니다. 하지만 증언만으로는 그 수상한 사람이 소네모토였다고 보는 게 합리적인 판단 같군요. 과거가 알려져 연인에게 이별을 통보받았다는 동기도 있습니다. 현장은 밀실이었다고 말씀하셨고, 총기의 출처도 밝혀졌죠. 달리 물증이 없다면 자살을 의심할 요소는 없다고 생각됩니다만……."

운노의 반격에 히스이와 두 형사는 침묵했다.

역시 다른 패는 없다.

운노는 세 사람을 향해 웃어 보였다.

"그럼, 다른 용건은?"

이와치도가 고개를 저었다.

"없습니다. 저희는 권총에 관해서 혹시 더 아시는 게 없는지 여쭤보고 싶었을 뿐입니다."

"아쉽지만 다른 한 자루에 대해서는 아는 바가 없습니다. 소네모토가 권총을 갖고 있었다는 사실도 오늘 처음 알았으니까요."

"그러시군요. 그럼 혹시 뭔가 생각나시면 연락주십쇼."

형사들은 발길을 돌렸다.

히스이도 그들의 뒤를 따라 응접실에서 나갔다.

운노는 한숨을 내쉬며 소파에서 일어났다. 그때였다.

"그런데 사장님, 하나만 더……."

문이 불쑥 열리더니 히스이가 얼굴을 들이민다.

"왜 그러시죠?"

운노는 흠칫하며 히스이를 바라보았다. 주눅 든 기색도 없이, 귀여운 미소마저 지으며 응접실로 들어왔다.

안경 너머의 두 눈망울이 운노를 똑바로 응시한다.

"사장님은…… 사람을 쏴 죽인 경험이 있으세요?"

너무나도 갑작스러운 질문에 운노는 할 말을 잃었다.

"갑자기 무슨 소리를……."

"실은, 저, 영감 같은 게 있어서요." 히스이는 손으로 볼을 감싼 채 고개를 기울였다. 그러고는 난감하다는 듯 눈꼬리를 내리더니 비밀을 털어놓는 것처럼 이렇게 속삭이는 것이었다. "사람의 기운 같은 게 어렴풋이 보여요. 사장님한테는 그런 냄새가 난단 말이죠."

운노는 가만히 웃었다.

"재미있는 말씀을 하시네요. 제가 소네모토를 쏴 죽인 거 아니냐는 겁니까?"

"설마요." 히스이는 말도 안 된다는 듯이 눈이 휘둥그레졌다. 작위적인 표정이었다. "그런 생각까지는 안했어요. 나도 참 바보같이. 그렇게 받아들이셨다면 사과할게요. 실례했습니다. 그냥, 그, 예전에는 형사님이셨죠? 부득이하게 범인을 사살하신 경험이 있지 않을까 해서요."

"운 좋게도 총을 쏠 기회는 없었네요. 형사 드라마와는 달리 일본 경찰관은 대부분 총 한 번 뽑아 들지 않고 은퇴합니다. 유감스럽지만 당신의 감은 빗나갔어요."

"그렇다면 제 착각이었군요. 무례한 질문을 해서 죄송해요."

히스이는 고개를 꾸벅 숙였다.

"설마." 운노는 웃으며 말한다. "전문 지식이라는 게, 그 초능력을 말하는 겁니까?"

"그건 비밀이에요."

히스이는 검지를 입술 앞에 갖다대더니 이번에야말로 응접실에서 나갔다.

아무도 없어진 방에서 한참을 머물렀다.

상당히 대담하게 나오네. 운노는 웃었다.

이건 틀림없는 선전 포고다.

저 영능력자는 자신을 의심한다는 걸 숨기려고도 하지 않았다.

하지만 운노는 한없이 냉정했다.

예상외로 재미있어질지도 모르겠다.

운노는 혼자서 입꼬리를 슬며시 올리고 있었다.

⁂

지와사키 마코토는 주방에서 커피를 내리고 있다.

오늘은 처음 사본 디카페인 원두를 썼는데 맛이 어떨지. 향기는 문제없는 것 같다. 김이 모락모락 나는 서버에서 머그컵 두 잔에 커피를 따라 쟁반에 올린다. 물론 각설탕이 든 작은 단지를 곁들이는 것도 잊지 않았다. 마코토는 고용주의 방으로 쟁반을 들고 갔다.

노크하고 답변을 기다린 뒤 문을 연다.

마코토의 주인은 침대 위에 벌러덩 드러누워 있었다.

옷은 언제 갈아입었는지 '미운 오리 새끼'라는 글자가 적힌 티셔츠를 입고 있다. 한가운데에는 노란 오리 사진이 흐릿하게 프린트돼 있다. 마코토가 마음에 들어서 산 티셔츠인데 언제부터인가 안 보인다 싶더니 고용주에게 도난당했던 모양이다. 하의는 양판점에서 팔 법한 주황색 트레이닝복으로, 마치 집에 돌아와 늘어져 있는 여고생 같았다. 히스이는 배에 베개를 올려놓고 있었다.

"커피 놓고 갈게. 디카페인이야."

마코토는 사이드 테이블에 쟁반을 내려놓았다.

"잘 마실게요."

침대에 누운 채 대충 대답을 한 조즈카 히스이는, 사진이 첨부된 자료를 천장을 향해 들고 있었다. 주변에도 비슷한 서류가 온통 어질러져 있다.

"그나저나, 어때? 만만한 상대가 아닌 것 같던데."

빨간 테 안경에는 작은 카메라가 내장돼 있고 소리도 이어폰으로 바로 듣기 때문에 마코토는 히스이와 대부분의 정보를 공유한다. 해상도는 낮지만 기록을 분석해 유용하게 써먹을 수도 있다. 물론 마코토는 히스이가 상대의 반응을 어떻게 받아들였는지까지는 알 수 없다. 하지만 귀가 후의 모습으로 추측건대 아무래도 상태가 좋지 않아 보였다. 영상을 수차례 돌려봤지만 마코토가 봐도 운노는 동요하는 것으로 보이지 않았다. 영능력에 관해 듣고도 허둥대는 모습은 없었던 것 같다. 히스이의 방식이 통하지 않는 상대인 것이다.

히스이는 눈을 감고 깊은 한숨을 내쉬며 신음했다.

"난감하네요. 물증이 전혀 없어요."

양팔을 털썩 떨어뜨리자 서류도 시트 위로 떨어진다.

범행 현장을 속속들이 기록한 자료였다.

히스이는 배에 올려둔 커다란 베개를 끌어안고 느릿느릿 몸을 일으켰다.

"역시 수사 1과 형사 출신다워요. 과학 수사 수법을 꿰뚫고 있어요. 꼴도 보기 싫은 변태 연쇄 살인마 자식이랑 비슷해요. 헛웃음이 나올 정도로 현장에서는 증거다운 증거가 발견되지 않았어요. 권총 출처도 완벽하고, 살인을 나타내는 유일한 증거라고는 술 취한 스즈미 씨의 믿을 수 없는 증언뿐……."

히스이는 중얼거리며 사이드 테이블로 손을 뻗었다. 각설탕을 집어 커피에 떨어뜨린다.

"적어도 범인 얼굴을 봤다면 좋았을 텐데."

"맞아요. 떠올려주기만 한다면 승산은 있어요. 실낱같은 희망이긴 해도……."

"그럴 가능성도 있지만, 운노가 그걸 우려해서 스즈미 씨를 죽이기라도 하면?"

"설마요." 히스이는 웃었다. "그럴 일은 없어요. 리스크가 너무 크고, 스즈미 씨가 죽으면 소네모토 씨의 죽음이 타살이라고 경찰에 광고하는 꼴이에요."

하나. 둘. 셋. 넷. 어이가 없어 세는 걸 그만뒀을 정도로 히스이는 각설탕을 대량 투하하고 있다.

"범인이 현장에서 가져간 게 있다고 네가 말했잖아. 그건?"

"이미 처분했겠죠. 증거로 삼을 수 없을 거예요."

"가져간 게 대체 뭔데?"

"양말요."

"양말?"

"네. 피해자의 양말이에요. 정확히 말하면 원형 행거에 걸려 있던 양말."

"그런 걸 왜 가져갔지?"

히스이는 머그컵을 들여다보며 설탕을 넣고 있다.

"숙제로 남겨둘게요. 마코토도 생각해보세요."

범인이 양말을 가져갔다고? 영문을 모르겠다.

"그래도, 그건 증거가 안 되는 거지?"

"네, 맞아요. 그것만으로는 범인을 특정하는 증거가 될 수 없어요. 이번에는 정말 현장에서 아무것도 안 나왔어요. 그런 의미에서는 만만치 않은 상대죠. 심지어 우리 쪽 수법에도 꿈쩍하지 않으니 왠지 약 올라요."

하긴, 뭐랄까, 마코코 역시 그가 지독히 냉정한 사람이라는 인상을 받았다.

운노가 정말 이번 사건의 범인이라면 분명 낯빛 하나 변하지 않고 사람을 죽였으리라. 그 생각을 하자 기분이 언짢아졌다. 설명하긴 어렵지만 히스이가 그 남자에게 접근하면 위험해질 것 같다는 예감이 들었다.

히스이를 보니 설탕을 만족스레 넣었는지, 입김을 불고는 검은 액체를 홀짝이기 시작했다.

그러고는 바로 인상을 찡그린다.

"써요."

"뭐?" 마코토가 되물었다. "설탕을 그렇게나 넣었는데?"

"턱도 없어요."

"진짜?"

마코토는 내밀린 머그컵을 받아 들었다.

의아해하며 입을 갖다대본다.

"으악, 달아!"

이 액체 대체 뭐야. 지옥의 맛인가.

마코토는 머그컵을 히스이에게 다시 내밀었다.

"너 미각에 문제 있는 거 아냐?"

"그런 실례되는 말을. 저도 머랭이 너무 달다고 여길 정도의 감각은 있다고요."

"이러다 병 걸려."

"다 마시지는 않을 거니까 괜찮아요."

이 자식.

"정말, 커피를 왜 내려줘야 하는지 모르겠네."

마코토는 자신의 머그컵을 들었다.

"설탕을 넣으면 적당히 깊은 맛이 나죠. 마코토야말로 블랙커피를 잘도 마시네요. 제가 그런 걸 마셨다가는 기절할걸요."

"애도 아니고."

하마터면 마비될 뻔한 혀를 뜨겁고 씁쌀한 커피로 치유한다.

히스이는 콧방귀를 뀌며 입술을 비죽거렸다.

"블랙커피를 못 마시면 어린애라니, 그거야말로 어린애 같은 논리잖아요."

"그렇사옵니까."

마코토는 어깨를 으쓱이며 받아쳤다. 한 번 더 커피를 마셔보지만 직전에 너무 단 걸 마신 탓인지 새로운 원두의 맛을 잘 모르겠다. 마코토는 눈살을 찌푸렸다.

"그래서…… 자살일 가능성은 정말 없어? 그 사람이 범인인 게 확실해?"

"확실해요. 오늘 반응을 보고 확신했어요. 그런데 어쩌면, 현장에서 범죄의 증거를 찾는 게 불가능할지도 몰라요……."

히스이는 사람의 미묘한 표정을 읽을 수 있으나 그건 아무런 증거 능력을 갖지 못한다.

마코토는 커피를 홀짝이는 히스이의 표정을 보았다. 냉정하게 사고를 정리하는 것 같지만 초조함이 배어나오는 듯해 보이는 건 기분 탓일까.

불가능하다면 얼른 손을 떼버리는 편이 낫지 않을까, 하고 생각했다.

히스이는 경찰관과는 다르다.

무슨 일이 있어도 범죄자를 잡아야만 하는 이유가 없을 터였다.

히스이가 말을 이어갔다.

"하지만 이럴 때일수록 조즈카 히스이가 나서야죠. 스즈미 씨가 결정타를 기억해낼 때까지 일단은 공격해볼 거예요. 스즈미 씨가 증거가 될 만한 사실을 떠올려준다면 우리가 이기는 거예요."

초록빛 두 눈이 반짝이며 마코토를 올려다본다.

"마코토, 서포트 부탁할게요."

뭘까. 그 남자의 눈을 떠올리면 불길한 예감이 드는데.

"뭐, 그게 내 일이니까."

귀찮고 성가시지만 웬일로 솔직하게 부탁하니 거절할 수도 없다.

청소, 빨래, 식사에 운전, 그 외 이것저것.

급여를 받는 만큼은 확실히 일해주자.

운노는 의자에 앉아 사색에 잠겨 있었다.

장기전이 될수록 자신이 불리해질 것이다.

그 이유로서 걱정해야 할 건 당연히 목격자의 존재다.

경찰에게 결정타가 되지는 않을 증언이라는 건 잘 알고 있다. 만약 목격자가 운노의 얼굴을 봤다면 진작 판별해냈을 터였다. 영장을 받아내기에 충분한 증언이라면 가택 수색을 해서 남은 권총을 찾아냈을 테고 그 결과 운노는 체포됐을 것이다. 자신이라면 그렇게 한다. 그렇게 하지 못한다는 것은, 목격자가 범인의 얼굴을 못 봤거나 기억이 안 나는 상태라는 뜻이다. 창문으로 실내를 볼 수 있는 범위에는 한계가 있고, 술을 마신 상태였다고 하니 양쪽 다 충분히 가능성이 있다.

문제는 수사본부가 설치돼 수사가 길어질 경우다. 타살이라는 증거는 목격자의 애매한 증언 정도뿐인 것 같지만, 그걸 중시해서 살인사건으로서의 수사가 길어질 가능성은 충분히 있다. 경찰이 그 여자를 데려온 걸 보면 목격 증언을 중시했다는 뜻이다. 하지만 증언만으로는 결정타가 될 수 없기에 영능력자를 등용했다. 그 여자는 영능력으로 범인이 운노라는 걸 알았으나 체포 가능한 증거가 어디에도 없어 덫을 놓으려 했다……. 분명 그렇게 돌아가고 있는 것이다.

하지만 이대로 수사가 길어지면 장기간에 걸쳐 운노 주변에 미행이 따라붙을 가능성이 있다. 정직한 사업만 한다면 문제없겠지만 운노는 살인 말고도 뒤가 켕기는 일을 하고 있다. 다른 사건으로 체포됐다가 여죄를 추궁하는 형태로 공격이 들어오면 골치 아파진다. 녀석들이라면 그렇게 치고 들어올 터였다. 그들의 인해전술을 얕잡아볼 수는 없고, 그러는 사이에 사소한 계기로 목격자가 중요한 증언을 할지도 모른다.

이제 와서 권총을 버려봐야 온갖 뒷거래의 증거가 발각되면 끝장이다. 자료들을 없애기에는 너무 아깝다. 뒷거래를 통해 긴밀히 지내는 경찰 간부에게 부탁해서 압력을 가하는 비장의 카드도 있겠지만, 너무 서둘렀다가는 자신이 범인이라고 자백하는 셈이나 다름없다. 즉 아무것도 하지 않고 방어 태세만 갖추고 있으면 이쪽이 불리해질 뿐이다.

그럼 어떻게 치고 들어가야 하는가…….

조금 망설이긴 했지만 운노는 도전적인 사람이었다.

상대의 반격을 두려워하기만 했다면 저명한 인사들의 약점을 캐는 일도 못 했을 것이다.

작전은 심플했다.

목격자에게 접촉해 증언을 철회시키는 것이다.

형사 시절의 탐문 수사 경험을 통해 지겹도록 잘 알고 있었다.

사람의 기억이란 의외로 불확실하다. 범행을 목격한 사람이 증언을 번복하는 경우는 셀 수도 없고, 형사가 유도한 대로 범인 사진을 고르게 하는 것도 가능했다. 예를 들어 목격자가 기억을 확신하지 못하는 경우 "턱수염이 있지 않았습니까?" "체격이 좋지 않던가요?" "파란 옷을 입고 있었을 텐데요" 하는 유도 질문으로 몰아붙인 뒤 마지막에 범인 사진을 보여주면 '그 사람인 것 같다'라는 증언을 얻어낼 수 있다. 당연히 위법이라서 자칫하면 공판을 이어갈 수 없게 되기 때문에 요즘 경찰들은 꺼릴 것이다.

하지만 운노는 다르다.

만약 목격자가 쉽게 편견을 갖는 편이라면 이 방법은 아주 효과적이리라.

물론 목격자와 접촉했다가 오히려 운노를 떠올리게 될 가능성도 있으나, 경찰은 이미 자신의 사진을 목격자에게 보여줬을 것이다. 그럼에도 기억하지 못했으니 크게 걱정하지 않아도 된다. 범행 당시와는 다른 분위기를 연출하면 끄떡없다. 운노는 소네모토의 상사이자 전직 형사인 탐정이다. 직원을 위해 조사한다고 하면 이상할 것이 없다. 형사 시절의 운노를 아는 사람이라면 그렇게 하지 않는 게 부자연스럽다고 생각할지도 모른다. 하지만 만에 하나 그런 상황이 벌어지면…….

소네모토 때처럼 죽이면 그만이다.

보통은 리스크를 우려해 피할 것이다.

하지만 이게 운노가 살아가는 방식이었다.

재빨리 행동으로 옮기기로 했다.

미행에 주의를 기울이며 떨어진 곳에 주차한 뒤 현장 부근의 잡거빌딩으로 향한다. 아직 미행은 붙지 않은 듯했다. 미행에 관해서는 독자적인 노하우가 있어서 경찰보다 한 수 위라고 자부한다. 물론 간파도 쉽다. 운노가 범인이라고 판단할 증거는 없을 테고, 수사본부가 꾸려지지 않았다면 인력도 부족할 것이다. 운노는 수월하게 빌딩에 도착할 수 있었다.

가까이에서 본 잡거빌딩은 말하자면 주택 겸 상가에 가까운 3층짜리 건물이었다. 1층 세입자를 모집중인지 셔터를 닫은 채 광고를 붙여두었다. 월세가 높을 것 같지는 않지만 아무리 도내라 해도 이런 곳에 가게를 차릴 만한 메리트는 없어 보였다. 주거 공간으로 보이는 2층과 3층에 조명이 켜져 있는 걸 보니 다행히 안에 사람이 있는 것 같았다.

운노는 손목시계로 시각을 확인했다. 저녁식사 시간이라 집을 비운 채 불만 켜뒀을 가능성도 있지만 도전할 가치는 있다. 건물 측면에 녹슨 바깥 계단이 있고 올라가면 현관이 나오는 것 같았다. 운노는 계단을 올라 문 옆에 붙은 인터폰 버튼을 눌렀다. 물론 가죽 장갑을 꼈다. 작은 명패에는 '스즈미'라고 적혀 있었다.

잠시 뒤 "네" 하는 여자 목소리가 들려왔다.

"늦은 시간에 실례합니다. 저는 UY리서치라는 회사의 운노라고 합니다. 소위 말하는 흥신소에서 탐정 일을 하고 있습니다. 스즈미 씨 되십니까?"

상대가 금방 이해할 수 있도록 명료한 음성으로 말을 이어갔다.

"건너편 맨션에서 있었던 사건에 관해 조사중입니다. 이웃 주민이 사건을 목격했다는 이야기를 경찰에게 듣고, 주변 조사를 하고 있습니다. 뭔가 아시는 게 없나 해서요."

"저어." 인터폰에서 흘러나오는 목소리에서 불안이 느껴졌다. "그 얘기라면 형사님께 이미 다 했는데요."

"사실 사망한 소네모토가 저희 회사 직원이에요. 그를 위해서라도 어떻게든 사건의 진상을 밝히고 싶습니다. 인터폰으로도 상관없으니 자세한 얘기를 들려주실 수 있을까요?"

"하아."

망설이는 듯한 목소리다.

"저, 잠시만 기다려주시겠어요?"

"네. 갑자기 찾아와 정말 죄송합니다. 나중에라도 시간을 내주실 수 있다면 다시 찾아뵙겠습니다."

"음, 몇 분이면 돼요. 기다려주세요."

오 분 정도 지났을까.

문이 열리고 그 틈으로 여자가 얼굴을 내밀었다. 통통한 볼이 특징적이고 화장기가 거의 없는 얼굴의 삼십대 정도 여성으로, 수수한 흑발을 뒤로 묶었다.

"여기에서도 괜찮으실까요?" 스즈미는 말했다. "그게, 안은 지저분해서요."

"물론이지요." 운노는 여자를 안심시키듯 말했다. "최대한 빨리 끝내겠습니다."

운노는 부드럽게 웃어 보였다.

이 역시 형사 시절에 쌓은 노하우인데, 운노는 상대의 신용을 얻는 수완이 뛰어났다. 기본적으로 여성이 호감을 느낄 만한 생김새라는 말을 많이 듣는다. 취조 등 여성을 상대로 해야 하는 업무를 맡게 되는 경우도 많았다. 실제로 젊었을 때는 내키는 대로 여자를 만났고, 지금도 스스로를 그런 종류의 인간이라 여길 때도 있다. 실상은 아내가 먼저 떠난 후 그런 쪽으로는 아무 관심도 없어졌지만.

운노가 한 번 더 자기소개를 하며 명함을 내밀었다.

스즈미는 명함을 받아 들고는 고개를 갸웃거렸다.

"아, 이거 본 적 있어요." 기미가 앉은 코를 긁적이며 웃었다. 화장이 연해서 다 가려지지 않은 모양이었다. "불륜 조사, 신용 조사, 시장 조사, 뭐든 다 조사하는 UY리서치, 맞죠?"

"아시는군요. 감사합니다."

운노는 허리를 깊숙이 숙였다.

"탐정회사 광고는 별로 없으니까요. 엄청 큰 회사죠?"

스즈미가 운노의 얼굴을 빤히 보더니 갑자기 뺨을 붉혔다. 앞머리가 신경 쓰였는지 한 손으로 다급히 매만진다. 제대로 갖추지 않고 응대한 걸 후회하는 모양이었다. 운노는 내심 흐뭇하게 여기며 말했다.

"사건 당일 밤에 범행 순간을 목격하셨다고 들었습니다. 제게도 자세한 이야기를 들려주실 수 있으신지요?"

"그게, 범행 순간은 아니에요. 남자가 집 안에서 권총을 든 모습만 봤거든요."

"그 남자의 얼굴은 보셨습니까?"

"실은, 제가 그때 취해 있었어요."

스즈미가 웃었다. 부끄러워하는 듯한, 뜻밖에 매력적인 표정이었다. 떠나보낸 아내를 연상시키는 볼록한 아랫볼을 보고 운노는 그리움에 젖어들었다.

"맥주를 마시면서 베란다에서 하늘을 보고 있었어요. 아, 사자자리 유성군을 볼 수 있는 날이었거든요. 하늘을 계속 보다 보니 목이 뻐근해서 별 생각 없이 고개를 숙였는데, 웬지 그 집이 눈에 들어왔어요. 그, 작정하고 엿본 건 절대 아니에요."

"이해합니다."

"얼굴을 본 것 같긴 한데 기억이 전혀 안 나요. 형사님이 사진을 여러 장 보여줬는데 누구인지 모르겠더라고요."

그야 그럴 것이다. 권총을 들었던 당사자가 눈앞에 있는데도 전혀 알아보는 기미가 없으니 말이다. 아무래도 최악의 케이스만큼은 피할 수 있을 것 같았다. 사람을 죽이고도 증거를 남기지 않을 자신은 있지만, 지금 시점에서 스즈미가 미심쩍게 죽으면 그 사건은 타살이었다고 고백하는 것과 마찬가지다.

"그러셨군요. 그 외에 기억하시는 건 없습니까?"

"딱히……." 스즈미는 옅은 눈썹을 찡그렸다. "창문 한쪽만 커튼이 열려 있었어요. 양말 같은 게 걸려 있었던 듯해서 실내가 거의 보이지 않았고요. 무심결에 들여다봤는데, 권총 같은 걸 든 남자가 서 있는 모습이 살짝 보였을 뿐이에요."

"많이 놀라셨겠네요."

"맞아요. 깜짝 놀라서 엄마한테 전화했죠."

"경찰에 신고하실 생각은 안 하셨습니까?"

"음, 어떻게 해야 할지 모르겠어서 일단은 엄마한테 얘기해보는 게 좋을 것 같았어요." 스즈미는 이번에도 쑥스럽다는 듯 웃었다. "죄송해요. 좀 그렇죠? 나이가 몇인데."

"아뇨, 젊으시니까 누구에게든 의지하고 싶어지는 건 당연한 일입니다." 운노는 상대의 행동을 칭찬하듯 말했다. 당연하다. 곧장 경찰에 신고했다면 운노는 체포됐을지도 모른다. "누군가에게 총을 겨눈 게 아니었잖아요? 총을 들고만 있었다면 신고를 주저하게 되는 게 당연합니다."

"네, 맞아요 맞아요. 남자 혼자서 총을 들고 있기만 했거든요. 엄마도 그러셨어요. 일본에서 도둑질하려고 권총을 갖고 맨션에 쳐들어가는 사람은 없다고요. 그래서 모형총 같은 걸로 노는 중이었나, 하고 다시 생각하게 됐어요."

"과연, 그렇게 생각하실 수밖에 없죠. 저라도 그랬을 겁니다."

운노는 속으로 회심의 미소를 지었다.

"그런데 사건일 가능성도 있다면서 나중에야 형사님이 이것저것 물어보셨어요."

"이와치도 형사였습니까?"

"아, 네, 무섭게 생기신…… . 그리고 젊은 여자분도 꼬치꼬치 집요하게…… . 뭐였더라, 이름이 특이했어요. 엄청 예쁘고 날씬하고 키 큰 분."

"조즈카 씨 아닙니까?"

"아아, 맞아요 맞아요. 그런 이름이었어요. 전혀 형사로 안 보여서 놀랐는데, 생각나는 게 있으면 전화를 달라고 하시더라고요. 아는 사이세요?"

"이래 봬도 전에는 경시청에서 형사로 일했습니다. 지인이야 많지요."

"형사 출신 탐정이세요? 멋지다. 드라마 같아요."

정확히 말해 젊은 세대의 형사들은 잘 모르지만 굳이 언급하지 않았다. 이와치도의 이름을 먼저 꺼낸 것은 자신을 더욱 신뢰하게 만들기 위해서였다. 실제로 스즈미는 완전히 마음이 놓인다는 듯한 표정으로 운노를 대하고 있다.

"그런데 스즈미 씨 말씀을 들으니 소네모토는 자살이 확실해 보여요. 경찰도 만약을 위해 이것저것 물어봤을 뿐일 겁니다."

"그럴까요? 그때 제가 신고를 했더라면 여러 결과가 달라졌을 것 같아요. 제가 얼굴이라도 확실히 기억했다면……."

"아무것도 기억 안 난다는 말씀이시죠?"

"네."

스즈미는 목덜미를 매만지며 기억을 더듬듯 허공을 응시했다.

"남자였다는 건 확실한데 말이에요."

도통 모르겠다고, 난감하다는 듯 웃음 지으며 운노를 보았다.

그러더니 뭔가 알아차린 것처럼 눈을 깜박거렸다.

"저기."

"왜 그러십니까?"

운노는 의아해하며 물었다.

"아뇨."

스즈미가 눈을 가늘게 뜨고 운노를 빤히 보았다.

"그…… 저, 탐정님 얼굴을 어딘가에서 본 적이 있는 것 같아요."

슬쩍 감도는 긴장감에 운노는 숨을 멈췄다.

신기하다는 눈빛으로 이쪽을 올려다보는 스즈미를 잠자코 바라본다.

스즈미는 기억을 끄집어내려는 듯 연한 눈썹을 찌푸렸다.

설마 여기에서 기억해내는 건가.

운노는 옆에 있는 인터폰을 힐끔거렸다. 옛날 타입이라 영상을 남기는 기능은 없는 것 같다. 지문도 남기지 않았다. 죽이기는 쉬울

것이다. 목을 조르거나 총으로 쏘거나. 혹시 몰라 권총을 가져오기
는 했다. 하지만 여기에서 발포하면 다른 사람에게 들킬 가능성이
높다. 곧장 얼굴을 내미는 이웃 주민은 없을 수도 있지만 도망치는
모습을 볼지도 모른다. 또 강선흔을 통해 총의 출처가 밝혀지면 소
네모토의 죽음이 타살이라는 쪽에 무게가 실린다. 그러면 총을 쓰
지 않고 조용히 죽여야 하나? 하지만 그 경우에도 소네모토의 자살
은 의심을 받게 된다. 애초에 지금, 이 여자는 혼자 살까? 현관 안쪽
은 어슴푸레해서 여자 구두밖에 보이지 않았다. 그러나 만약 집 안
에 다른 사람이 있다면 아웃이다. 가까운 시일 내에 다시 올까? 명
함을 건네버린 게 실책이었을 수도 있다. 승산이 있다고 생각했건
만 역시나 경솔한 행동이었나.

이런 온갖 계산은 한순간에 이뤄졌다.

어쩔 수 없다. 총을 쓰자.

그렇게 마음먹었을 때였다.

"아, 텔레비전 광고!"

"네?"

운노는 눈을 끔벅거렸다.

"광고요. 몇 년 전에 광고에 나오시지 않았어요?" 여자는 손에 든
명함을 잠깐 보더니 웃으며 고개를 들었다. "UY리서치, 광고 찍으
셨죠! 탐정이 댄디하다고 생각해서 기억하고 있었어요!"

"예에."

운노는 볼을 긁적였다.

"맞네 맞네. 설마 그 사람을 직접 만날 줄이야. 어머, 사장님이셨어요?"

명함에 적힌 직함을 이제야 본 모양이었다.

"어머, 이런 미남분을 만날 줄 알았으면 신경 좀 쓸 걸! 저기, 저, 이렇지 않아요. 평소에는 이렇지 않고요, 그, 죄송해요, 후줄근해서. 별자리 운세, 너무 빠른 거 아냐?"

아이돌이라도 만난 양 호들갑을 피우며 들뜬 듯이 말했다. 쓸데 없이 총성을 올리지 않아도 될 것 같다. 저렇게 웃는 모습에서도 또 떠난 부인이 떠오르는 요소가 보여 가능한 한 죽이고 싶지 않다.

"아닙니다. 갑자기 찾아온 건 저니까요."

운노는 몇 년 전 텔레비전 광고를 찍은 적이 있다. 내키지 않았지만 여성 직원들의 강력한 의견에 힘입어 아주 잠깐 얼굴을 비췄다. 운노가 생각한 것보다 인터넷상에서 국소적으로 화제가 됐고, 개인 고객을 타깃으로 한 서비스에서 여성 이용자가 늘었다고 했다.

동시에 이 일은 운노의 승기로도 이어졌다. 스즈미는 범행을 목격했을 때 상당히 취해 있었던 것이다. 그게 아니라면 과거에 텔레비전 광고에서 본 기억과 연결되어 인상이 강하게 남았을 테니 말이다. 아마 앞으로도 기억해내지 못하리라.

자, 신뢰를 얻었으니 이제 구슬리는 일만 남았다.

창문으로 본 사람이 소네모토였다고 믿게 하면 된다.

"그런데 창문으로 보셨다는 남자 말입니다만, 체격이 좋지는 않던가요?"

"그게, 글쎄요, 흐음, 어땠더라……."

스즈미는 미간을 찌푸리며 고개를 갸웃거렸다.

"쌍안경으로 먼 곳을 보셨어요. 원근감도 달라지죠. 실제보다 작아 보이지는 않았습니까. 반대로 말하면, 보통 체격으로 보였다면 실제로는 체격이 큰 남자였다는 설명이 됩니다."

"듣고 보니 그랬던 것 같아요."

여자는 감탄했다는 듯 눈을 동그랗게 뜨고 고개를 끄덕였다.

"죽은 소네모토의 특징과 일치하는군요."

"그런가요?"

"네. 소네모토는 죽고 싶어했거든요. 현관은 잠겨 있었다니까 누군가가 죽인 거라면 추리 소설에 나오는 밀실 살인이 돼버립니다. 하지만 밀실 살인 같은 건 현실에서는 불가능하죠. 게다가 살인일 경우, 범인이 맨션에서 총을 쐈을 때 소리가 울려서 인근 주민들도 알았을 겁니다. 도망치는 모습을 누군가가 틀림없이 볼 테니 현실적인 방법이 아니죠."

"그렇군요."

스즈미는 안도했다는 듯 고개를 끄덕였다.

"살인이 확실하고 신고가 되었다면, 도주하는 범인을 경찰이 체포할 수 있었을지도 모릅니다. 하지만 그건 자살이었어요. 스즈미 씨가 신고하셨다 해도 경찰이 오기 전에 소네모토는 자살했을 겁니다. 스즈미 씨는 잘못하신 게 없어요."

운노는 상냥하게, 달래듯이 말했다.

조금 전에 한 말에서 스즈미가 죄책감을 느낀다는 사실을 알 수 있었다. 누구든 자신이 사람이 죽는 걸 방관했을지 모른다고 생각하면 당연히 괴로워지리라. 그 자책을 풀어내주기만 하면 된다. 자살이었다고 믿으면 마음의 짐을 벗을 수 있다고, 운노는 간접적으로 전달한 것이다.

"혹시 모르니 사진을 보여드리겠습니다. 목격하신 사람은 소네모토 아니었을까요. 자살하기 위해 권총을 들고 각오를 다지던 순간을 보신 게 아닌지요."

운노는 스마트폰에 사진을 띄워 보여주었다.

"네…… 음, 그렇네요. 이 사람이 맞는 것 같기도 해요."

스즈미는 스마트폰 화면을 들여다보며 가만히 고개를 끄덕였다.

"그러시군요. 알겠습니다. 매번 죄송해요. 나중에라도 또 생각나시는 게 있으면 연락주세요."

조즈카 히스이가 아쉽다는 듯한 말을 끝으로 스즈미 아즈사와의 통화를 끝냈다.

지와사키 마코토는 주방을 정리하던 중이었다. 히스이가 아즈사와 통화한다는 건 알고 있었다. 주방에서 나와 결과를 물었다.

"생각난 게 있대?"

히스이는 기운 빠졌다는 듯이 한숨을 내쉬고는 절레절레 고개를 저었다.

"아뇨. 역시 자기가 본 사람은 소네모토 씨였던 것 같대요."

히스이는 그대로 거실 소파에 풀썩 누웠다.

아무래도 계획은 완전히 무너진 듯하다.

뭐든 생각나면 연락달라고 하며 스즈미 아즈사와 연락처를 교환했다.

그런데 갑자기 아즈사가 연락해 증언을 철회하겠다고 한 것이다. 운노 야스노리가 히스이의 예상을 뒤엎고 대담하게도 목격자와 접촉을 시도한 지 얼마 되지 않아 벌어진 일이었다. 아즈사는 역시나 자신이 본 사람은 소네모토였던 것 같다고 했다. 히스이는 그럴 리 없다며 집요하게 물고 늘어졌지만 그 뒤로 여러 번 연락해봐도 아즈사의 증언에는 변화가 없었다.

"뭐, 술에 취해 있었으니까."

마코토는 어깨를 으쓱이며 히스이를 보았다. 소파에 엎드려 누운 히스이는 앞머리를 아무렇게나 긁어대며 토라진 표정으로 말한다.

"아직 포기한 건 아니에요. 양말에 관한 증언은 써먹을 수 있으니까요."

"창가에 양말이 걸려 있었던 것 같다고 한 거?"

"맞아요. 운노의 틈을 노린다면 그 증언이에요. 운노가 그 증언까지 뒤엎으려 하지는 않았으니 그다지 중요하게 생각하지 않는다는 뜻이에요."

히스이는 입술을 비죽거렸다. 마코토는 허리에 손을 얹고 히스이를 내려다보았다.

"뭔가 보기 드물게 자꾸 뒤쳐지는 것 같은데, 괜찮아?"

"괜찮아요."

히스이가 볼을 부풀린 채 일어났다.

"운노가 직접 목격자를 만나러 갈 거라곤 예상도 못 했으면서."

히스이는 정곡을 찔렸다는 듯 천장을 올려다보았다.

운노가 스즈미 아즈사를 죽이러 갈 가능성을 언급한 건 의외로 마코토 쪽이었다. 히스이는 리스크가 너무 높으니 그럴 일은 없다며 웃어넘겨버린 것이다.

하지만 상대는 히스이가 예측하지 못한 행동을 했다.

이번 적수는 어딘가 다르다.

마코토는 자꾸만 그런 기분이 들었다.

"뭐, 가끔은 그런 일도 있는 거죠."

히스이는 심통을 내며 소파 앞 낮은 테이블로 손을 뻗었다. 스즈미 아즈사와 통화하기 전까지는 거기에 온갖 잡동사니를 늘어놓고 놀고 있었다.

테이블은 마술에 쓸 법한 도구들로 어지러웠다. 상자에 든 트럼프 카드 여러 벌이 난립한 돌기둥처럼 불규칙하게 줄지어 있고, 어떻게 했는지 똑바로 선 동전들, 구리로 만든 컵, 짧은 지팡이에 은으로 된 고리, 무수히 쌓인 주사위 등 알 수 없는 물건이 잔뜩 깔려 있다.

히스이는 동전 하나를 집더니 테이블 가장자리에 세웠다.

대체 뭐 하는 걸까.

히스이가 이런 행동을 하는 경우는 흔치 않다.

일이 잘 풀리지 않아 초조함이 드러난 것일 테다.

"범인이 누군지 아는데 잡을 수가 없으니 답답하네."

"제 수법은 이 루브 골드버그 장치복잡한 단계를 거쳐 단순한 동작을 시행하게 만드는 연쇄 장치 같은 거예요."

히스이는 바닥에 무릎을 꿇고 앉아 눈높이를 테이블에 맞추더니 잡동사니들을 들여다보며 그렇게 말했다.

"루브…… 뭐라고?"

"일본에서는…… 으음, 뭐라고 하더라."

히스이가 트럼프 케이스의 위치를 조정하던 손을 멈추고 고개를 갸웃거렸다.

"피타고라스랑 비슷했는데……. 아, 그래, 피타고라 장치NHK 〈피타고라스위치〉에 등장하는 골드버그 장치의 이름요."

"어, 혹시 이게 그거야?"

"하나의 단서와 부조리에서 볼이 떨어져 달리기 시작해요."

히스이는 테이블 끝에 세운 은빛 동전을 손끝으로 살짝 튕긴다.

동전이 자동차 바퀴처럼 스윽 달려나갔다.

이내 직진 방향에 있던 트럼프 케이스에 부딪힌다.

케이스가 기울어 위에 올려둔 코르크 볼이 떨어졌다. 떨어진 볼은 은색 고리의 안쪽을 타고 이동하기 시작했다. 히스이는 그 모습을 바라보며 조용히 말했다.

"볼은 논리를 쌓듯 연쇄적인 운동으로 돌진하고, 또 다음 단서에 도착하면 새로운 논리를 증명해주고……."

연쇄적으로 케이스가 넘어지더니 동전이 달리며 주사위 산을 무너뜨리고 마술사 지팡이가 튀어 올랐다.

니트로 만들어진 볼이 테이블 가장자리를 향해 굴러간다. 그 끝에는 오래된 쥐덫과도 비슷한, 작은 모형 우리가 있었다. 우리에는 쥐 피규어가 들어 있다. 평범한 피규어는 없는지 노랗고 볼이 빨간 쥐였지만.

"그렇게 쌓은 논리는 언젠가 진실에 도달해……."

볼이 우리에 도착하자 그 진동이 무언가를 작동시켰는지 문이 내려와 닫혔다.

"범인을 붙잡는다."

노란 쥐가 갇혔다.

눈이 휘둥그레질 만큼 멋진 장치에 마코토는 박수라도 치고 싶었다.

"그런데……."

히스이는 흡족해하는 기색도 없이 장치를 바라보며 말했다.

"볼을 굴리기 위한 복잡기괴한 장치의 역할은, 평범한 사람은 이해하기 너무 어려워요."

"증거가 될 수 없다는 뜻이야?"

"추리 소설의 세계는 단순해서 좋아요. 명탐정의 논리를 모두가 이해해주죠. 논리만 구축하면 경찰은 납득해줄 거고, 범인은 흔쾌히 자백을 해요. 재판까지는 생각하지 않아도 돼요. 저는 그 부분이 명쾌해서 좋아요."

마코토는 테이블 위 참상을 내려다보며 어깨를 으쓱였다. 하긴, 이 장치들이 각각 어떤 역할을 하는지 자신이 이해할 수 있을 것 같지 않다.

"게다가 이런 번거롭기 짝이 없는 장치는 너무나 바보 같죠. 모두가 원하는 건 지문이 묻은 흉기 내지는 혈흔에 남은 발자국이에요."

히스이는 다시 소파에 쓰러졌다.

히스이에게는 운노를 범인으로 특정할 논리가 있는 듯했지만 그것만으로는 경찰이 그를 체포할 수 없을 터였다. 그래서 답답해하는 것이다.

"뭐, 현실은 추리 소설과 다르니까."

마코토가 말하자 소파에 긴 머리칼을 펼친 채 천장을 올려다보며 히스이가 말했다.

"만약 이 사건이 추리 소설이라면 어떨까요."

느릿느릿 몸을 일으킨 히스이가 테이블에 널브러진 주사위를 집어 들었다.

반투명 플라스틱 소재로, 히스이의 눈동자처럼 예쁜 비취색이었다. 히스이는 주사위를 조명 빛에 비추듯 높이 들어 올리며 말했다.

"추리 소설에서도, 독자에게 논리는 외면당하는 것 같아요. 사람들은 대부분 막연하게 범인이 누군지만 알면 된다고 생각하죠. 범인이 누군지 알 것 같으면 앞을 내다봤다며 만족해버려요. 누구나 납득할 수 있는 논리 같은 건 깡그리 무시하죠. 그러니 작가가 일부러 범인이 누군지 알 수 있게끔 써 내려간 소설에서도 자기 힘으로 범인을 알아낸 줄 알고 흡족해하는 거예요. 그래서 범인이 누군지 처음부터 알면 바로 흥미를 잃고 생각하기를 관둬버려요."

느닷없이 히스이의 추리 소설 개론이 시작되었다.

마술과 추리 소설 얘기가 나오면 멈추지를 않는다.

히스이는 주사위를 쥔 손끝을 가볍게 흔들었다.

어떻게 한 건지 주사위가 두 개로 늘었다.

"추리 소설은 추리를 즐기기보다는 놀랄 목적으로 읽는 것 같아요. 의외의 범인과 의외의 결과. 추리 소설이라면서, 예상 밖의 범인이나 의외의 결말만 제시하면 탐정의 논리는 어떻든 상관없는 거죠. 그런 데 열중하는 건 작가와 일부 마니아뿐. 범인을 맞히고 싶어하는 사람들도 논리를 세우고 싶어서가 아니라 감으로 맞혔다는 쾌감을 얻고 싶어서일뿐이에요. '그냥 알게 됐어'로 끝날 거라면, 탐정도 경찰도 검사도 필요 없을 텐데 말이죠."

히스이가 주사위 표면을 다른 쪽 손가락으로 쓸어 올릴 때마다 마코토 쪽에서 보이는 면이 차례차례 바뀌었다. 손가락이 거의 안 움직이는데 어떻게 하는 걸까.

"미스터리 소설은 수수께끼, 추리 소설은 추리하는 소설……. 그런데도 보통 사람들이 원하는 건 깜짝 소설, 놀라는 소설, 예측 불가능 소설이라니까요."

이윽고 마술에 질렸는지, 히스이는 주사위를 테이블에 내던졌다. 분명 두 개를 들고 있었는데 굴러가는 건 하나뿐이다.

"범인 맞히기는 주사위도 할 수 있어요. 등장인물 표에 번호를 매기기만 하면 되니까요. 정말 중요한 건, 범인을 특정하기까지의 창조성 넘치는 논리예요. 그 논리를 구축하는 건 사람만이 할 수 있죠……."

테이블 위에서 굴러가던 주사위는 숫자 일을 가리켰다. 히스이는 입술을 비죽거리더니 다시 소파에 눕는다. 긴 머리카락이 바닥으로 나풀나풀 떨어졌다.

"하지만 인간은 기본적으로 머리 쓰기 싫어하는 생물이에요. 보통 사람들은 바쁜 일상에 지쳐 있고, 나이 먹으며 감성을 잃고, 알기 쉬운 것만 추구하는 게 삶을 살아가는 현명한 방식이라고 배우죠. 아무도 그런 걸 필요로 하지 않아요……."

"불평하고 싶어지는 네 마음은 잘 알겠어."

마코토도 추리 소설을 읽을 때는 감으로 범인을 맞히고 은근히 기뻐하기도 한다. 하지만 히스이의 정의正義는 그 정도로는 이룰 수 없다. 논리가 있다 해도, 너무나 난해해서 모든 사람의 이해를 바라기는 어렵다. 범인을 알면서도 체포하지 못하는 답답함을 상상하면 히스이가 부루퉁해지는 것도 이해가 됐다.

"적어도 마코토만큼은 생각하는 걸 포기하지 않으면 좋겠어요."

히스이는 천장을 올려다보다가 마코토를 힐끗 보았다.

"노력은 하겠는데……."

탐정이 아니더라도 사고를 포기하지 말라. 히스이가 마코토에게 자주 하는 말이었다.

예를 들면 히스이는 운노가 범인이라고 단정할 확증을 이미 얻은 것 같은데, 어떤 논리로 알았을까? 마코토에게는 그것이야말로 풀어야 하는 수수께끼이자 구축해야 하는 논리였다. 한 번씩은 두뇌를 쓰는 것도 좋을지 모른다. 그리고 히스이가 해결해야 하는 가장 큰 목표는 **누구나 납득할 수 있는 확실한 물증을 찾아내는 것**…….

대체 어떤 물증이어야 운노의 범행을 입증해줄까? 과연 그런 것이 존재할까? 무엇 하나 물증을 남기지 않는 상대는 히스이에게 더할 나위 없는 강적이라 할 수 있을지도 몰랐다.

히스이가 한 손으로 머리칼을 빗으며 말했다.

"영감으로 알았다는 말이 통하면 편할 텐데……. 마음대로 논리를 쌓고 물증을 찾아서 경찰한테 설명까지 해주는 꽃미남 어디 없을까요? 비정상적인 성적 취향을 가진 사람이 아니면 좋겠는데요."

"글쎄, 없을 것 같은데."

"이렇게나 사회에 이바지하고 있으니 언젠가는 만날 수 있을 거예요."

어디까지가 진심인지, 히스이는 한숨을 내뱉더니 입술을 비죽이며 중얼거렸다.

"저도 많은 건 바라지 않아요. 추리 소설 얘기를 나눌 수 있고 저보다 두뇌 회진이 빠르면, 키와 연 수입이 어떻든 눈감을 수 있어요. 머리가 좋아야 한다는 건 필수지만……. 언젠가, 특정 사건을 계기로 멋진 만남이 찾아올 거예요……."

"아무래도 좋으니 테이블은 직접 정리해."

마코토는 그렇게 말하며 주방으로 향했다.

"마코토, 내일은 반격할 거예요."

마코토가 뒤를 돌아보았다.

조즈카 히스이는 어느새 몸을 일으키고 있었다.

"목격 증언은 철회됐지만 경찰에는 미행을 계속 부탁하죠. 그 사이에 우리는 반격에 나서는 거예요."

심통이 나긴 했어도 아직 싸울 마음은 있는 모양이다.

히스이는 진지한 눈빛으로 마코토를 보고 있다.

마코토는 고개를 끄덕였다.

히스이가 입을 열었다.

"그래서 내일에 대비해 일찍 자려고요."

"치우고 자."

마코토는 딱 잘라 말한 뒤 등을 돌렸다.

⁕

조즈카 히스이는 대체 어떤 사람인가.

평일 오후, 운노 야스노리는 길가에 차를 세워두고 시트 깊숙이 앉아 맨션의 지하 주차장 입구로 시선을 보내고 있었다. 의뢰가 잦은, 불륜 조사가 한창이었다. 시간이 차고 넘쳐서 어떻게 해도 그 여자 생각을 하게 된다. 믿기 어려운 남다른 힘으로 경찰 조직까지 움직일 수 있는 여자…….

운노가 경찰을 상대로 공세에 나설 일은 이제 없다.

하지만 목격 증언이 철회됐는데도, 최근 며칠간 자신에게 따라붙은 미행의 기운을 느꼈다. 경찰은 무엇을 근거로 살인사건이라 의심할까. 아마 그 근거는 신빙성이 떨어지는 것이리라. 아직 수사본부가 꾸려지지 않았다는 사실이 그 증거다. 운노에게는 경찰 내부

정보를 얻는 루트가 몇 개 있다. 전직 형사여서가 아니라 약점을 확보해 얻은 것이다. 비밀이 있는 경찰 간부는 생각보다 많다. 그들을 통해 정보를 파헤쳐봐도 수사본부가 설치됐다는 얘기는 없었다. 그렇다면 역시 그 여자 영매의 영향이리라. 그런데 영매에 관해 물으면 하나같이 들어본 적 없다고 답했다. 조즈카 히스이라는 여자의 정체는 경찰 내부에서도 그렇게까지 은밀하게 관리되고 있나?

감시하던 주차장에서 차량 한 대가 빠져나간다. 상관없는 차였다. 운노는 속으로 쯧, 혀를 찼다. 또 허탕을 칠지도 모르겠다. 불륜 조사를 할 때 이렇게 개인을 쫓아다니는 일에 운노가 직접 나서는 경우는 지금껏 거의 없었다. 하지만 이번 조사 타깃은 운노가 제안할 거래의 재료가 될 인물이라, 부하에게만 맡겨둘 수는 없다고 판단했다. 형사 시절부터 몸에 배어서인지 가끔씩은 이렇게 현장에 나와야 감이 녹슬지 않고 살아 있다는 느낌도 받는다.

조사 타깃은 젊은 여자에게 이 맨션을 마련해주었다. 집 호수와 여자 이름도 알아냈다. 둘이 함께 있는 모습만 찍으면 일단은 철수해도 될 것이다. 타깃이 맨션에 들어간 게 어젯밤이니 슬슬 나올 때가 됐다. 상대는 조심성이 있어 나란히 외출하는 모습을 좀처럼 포착하기 어려웠다. 오늘도 허탕이 될 가능성은 있다. 운노는 본인의 성격이 급한 편이라 생각하는데, 이렇게 끈기를 요하는 탐문이나 잠복을 한번 시작하면 끈덕지게 기다릴 수 있었다.

그때, 자동차의 사이드미러에 누군가가 비쳤다.

시트에서 몸을 일으켜 그 인물이 다가오기를 기다린다.

문을 두드린다. 운노는 아무렇지 않은 척 차창을 내렸다.

"사장님, 안녕하세요."

밝고 느긋한 목소리가 울려 퍼졌다.

여자가 코트로 감싼 가녀린 몸을 굽히며 차 안을 들여다본다.

달콤한 향기가 코를 간질였다.

"조즈카 씨."

운노는 고개를 돌리지 않고 곁눈으로 히스이를 보았다.

"여기에는 어쩐 일로."

"회사에 갔더니 안 계시더라고요. 비서분이 알려주셨어요. 일하느라 고생 많으시네요."

운노는 그제야 웃으며 히스이 쪽으로 얼굴을 돌렸다.

여자는 물결치는 머리칼을 흔들며 차 안을 둘러보았다.

"사장님께 묻고 싶은 게 있는데요." 여자는 몸을 희미하게 떨며 말했다. "으음, 밖은 춥네요. 어머나, 마침 조수석이 비어 있는 것 같아요."

"타세요."

운노는 한 손으로 조수석 쪽을 가리켰다.

또각또각 힐 소리를 내며 히스이가 차를 빙 둘러 왔다.

조수석 문을 열고 올라탄다.

"사장님 드리려고 사 왔어요."

"오호."

운노는 미심쩍어하며 히스이가 품에 안고 있는 비닐봉투를 보았다. 편의점 봉투인 것 같았다. 히스이는 타이츠 신은 긴 다리를 가지런히 모으더니 그 위에 비닐봉투를 얹고는 뒤적거렸다.

"우유랑 단팥빵이에요."

종이팩 우유와 단팥빵을 꺼내고는 자랑스럽다는 듯이 운노를 보았다.

"그건……. 음, 마침 배가 고프긴 했습니다만."

"와, 다행이다. 자고로 탐정님이나 형사님이 드시는 거라면 이거 맞죠?"

"글쎄요, 그런 조합은 한동안 먹은 직이 없어서."

"앗."

운노가 웃자 히스이는 충격받았다는 표정을 보이며 눈꼬리가 내려갔다.

"설마요."

"그 조합을 좋아하는 건 드라마 속 탐정뿐일 겁니다."

"죄송해요. 저는 철석같이……. 탐정님을 뵙는 게 처음이라서요. 이런 간편한 게 좋을 줄 알았어요."

"특이한 분이시네."

운노가 웃었다.

"생각해서 사 오셨으니 받죠."

운노는 우유와 단팥빵을 받았다.

"저, 커피도 사왔어요. 이건 좋아하실지……."

히스이가 캔커피를 꺼내 운노에게 건넸다. 뜨거운지 가는 손가락으로 캔 끝부분을 잡고 있었는데, 운노가 받으려 하는 찰나에 미끄러져 떨어졌다.

"으아앗."

히스이는 어색하게 소리를 지르며 재빨리 몸을 굽혔다.

"잠깐, 조즈카 씨!"

운노는 다급히 제지하려 했으나 반응이 조금 늦고 말았다. 히스이는 이미 상체를 구부린 채 운노가 앉은 시트 아래쪽으로 팔을 뻗고 있었다. 사타구니에 얼굴을 박은 듯한 꼴이 되어 옴짝달싹도 할수 없었다.

"죄, 죄송해요. 바로 주울게요."

운노는 굳은 몸에서 긴장을 풀었다. 냉정을 되찾자 어깨를 으쓱이고 싶어졌지만 얼굴을 숙인 히스이에게 그 동작은 보이지 않을 것이다.

"시트 아래로 굴러가서……."

마침내 히스이가 몸을 일으켰다.

"찾았어요."

캔커피를 손에 들고 또 다른 손으로 헝클어진 안경을 고쳐 쓰더니 자랑스레 웃었다.

기가 막힌 운노는 한숨을 내쉬며 캔커피로 손을 뻗었다.

"잘 마시겠습니다."

"앗, 아뇨, 이건 떨어뜨렸으니 바꿔드릴게요."

편의점 봉투에서 다른 캔커피를 꺼내 건넨다. 운노는 웃으며 받아 들었다.

뜨거운 캔을 열어 한 모금 마셨다. 마침 커피가 당기던 참이었다. 쌉쌀함이 피로를 느끼던 뇌를 기분 좋게 자극한다.

"조즈카 씨는?"

"으음, 전 그 우유를 마실게요."

운노가 우유팩을 건넸다.

히스이는 팩을 무릎에 올리더니 부리나케 코트를 벗기 시작했다.

오늘은 형사와 오지 않았는지 슈트 차림이 아니었다. 한쪽 어깨가 드러나는 하얀 니트에 검은 쇼트 팬츠. 상당히 여성스러운 복장이었다. 어깨가 드러난 건 운노가 앉아 있는 오른쪽이었고, 그 어깨와 머리칼 사이에서 커다란 금색 귀걸이가 흔들리고 있다.

히스이는 우유팩에 빨대를 꽂더니 핑크빛 입술로 물었다.

그럼 그렇지. 운노는 입을 뗐다.

"조즈카 씨. 춥다고 하지 않았어요?"

턱을 괸 채 앞유리 너머의 경치를 바라보며 그렇게 물었다.

"네?"

히스이는 의아해하는 표정으로 이쪽을 보았다. 입술을 떼자 빨대에 립스틱 자국이 남았다.

"그런 차림으로는 추울 텐데."

"히터 틀어주시려고요?"

운노는 쓴웃음을 지었다.

"원하신다면."

"으음. 잠복을 방해하면 안 되니 참을게요."

히스이는 우유를 호로록거리기 시작했다.

"사장님은 우수한 형사님이셨죠? 정의감이 아주 강한 데다 표정을 잘 읽기로 명성이 높아서, 취조에서 자백을 이끌어내지 못하는 범인은 없다는 말도 들으셨다던데요. 어쩌다 탐정이 되신 거예요?"

"글쎄……." 운노는 고개를 갸웃거렸다. "이유가 있다면, 너무 바빠서였을까요."

"너무 바빠서?"

"사건을 쫓아다니느라 아픈 아내를 챙기지 못했어요. 임종도 지키지 못했고."

"많이 힘드셨겠어요."

"그래서 그만두고, 작은 탐정사무소를 차렸습니다."

"그러셨군요……."

히스이는 고개를 끄덕이더니 이쪽으로 몸을 내밀듯 기울였다.

하얗게 드러난 어깨가 운노 쪽으로 다가온다.

"회사에서는 어떤 걸 조사하나요? 진짜 탐정은 어떤 일을 하는지 무척 궁금해요."

"뭐든 다 하죠. 지금은 법인을 대상으로 신용 조사나 사내 부정행위 조사 같은 것도 하는데, 개인 고객을 대상으로도 일해요. 불륜 조사, 품행 조사, 이혼이나 대인 문제 상담, 도청기를 찾는 일까지……. 회사가 커지기 전까지는 개인 고객 서비스가 메인이었죠."

"사이버 쪽 일도 잘하시죠?"

"인터넷을 이용한 조사뿐 아니라 정보 누출 원인 조사나 디지털 포렌식을 하는 부서도 있어요."

"디지털…… 프렌식?"

히스이는 빨대를 문 채 미간을 찌푸리며 귀여운 눈망울로 이쪽을 보았다.

"전자기기에 남은 기록의 증거 보전이나 조사 또는 분석을 하는 수법이에요. 기업의 정보 누출을 방지하거나 외부 공격의 흔적을 발견할 수 있어요."

"21세기의 탐정은 엄청나네요. 그, 디지털…… 프렌, 프렌…… 프렌드?"

"포렌식."

"으음. 메모해둬야겠어요."

히스이가 생각났다는 듯 검지를 세우더니 작은 핸드백에서 두꺼운 분홍색 수첩을 꺼냈다.

"어머머?"

히스이는 아직도 핸드백을 뒤지고 있다.

"왜 그러세요?"

"펜이 없어요." 히스이는 울상을 지었다. "저, 펜 좀 빌려주실 수 있을까요?"

"아쉽게도 펜을 갖고 다니지 않습니다."

"정말요?"

"스마트폰이 있으니까."

"흐음, 그 가방에도 없어요?"

히스이가 운노에게 몸을 기대듯 다가오며 운전석 옆에 있는 가죽가방을 힐끔거렸다.

"미안하지만 없어요."

"그렇군요."

히스이는 입술을 비죽이더니 수첩을 핸드백에 도로 넣었다. 그러고는 스마트폰을 꺼내 무어라 입력하기 시작했다.

"뭐였더라, 디지털…… 디지털 포레스트, 였나……."

"디지털 포렌식."

"아아, 맞아요. 그래도 그 기술이라면, 예를 들어 반대로, 안전하고 깨끗하게 데이터를 지워버릴 수도 있는 거죠?"

안경 안쪽의 눈동자가 장난스레 운노를 본다.

하지만 운노는 침착하게 웃어 보였다.

"뭐, 가능할 겁니다."

"소네모토 씨의 노트북은 데이터가 군데군데 지워져 있더라고요. 복원도 할 수 없을 정도로 아주 깔끔하게요."

"자살하기 전에 남들에게 보이고 싶지 않은 걸 지웠겠죠. 소네모토가 그쪽 부서 소속은 아니었지만, 뭐 다소 지식이 있다 해도 이상할 건 없으니."

"소네모토 씨가 아닌 다른 사람이 지웠을 가능성은 어떨까요?"

"자살이잖아요."

"타살이라고 가정하면요."

"지식이 있는 사람이라면 불가능하진 않죠."

"그렇군요."

히스이는 빙긋 웃었다.

"그럼 사장님도 할 수 있으세요?"

"난 그를 죽이지 않았지만…… 할 수 있는지 없는지에 답하자면 할 수 있다는 쪽일 겁니다."

"그렇군요."

히스이는 만족스레 고개를 끄덕였다.

제법 재미있는 아가씨라고 생각하며 운노가 말했다.

"그나저나 조즈카 씨는 거짓말에 능숙하시네요."

"네?"

히스이는 동그래진 눈으로 운노를 보았다.

"비서가 내 허락도 없이 잠복 장소를 알려주지는 않을 테고. 그렇다면 당신이 어떻게 내가 있는 곳을 알았느냐인데……. 실은 요 며칠간 경찰들의 시선을 느꼈어요. 당사자들은 감쪽같이 숨은 줄 알겠지만 내 눈을 속일 수는 없죠. 말씀드리는 게 좋을 것 같아서."

"어머머."

히스이는 고개를 갸웃거렸다. 위축된 기색도 없이 혀를 날름 내민다.

"죄송해요. 거짓말할 생각은 없었어요. 경찰 쪽에서, 미행 사실은 언급하지 말았으면 좋겠다고 하셔서요."

"미행하는 이유가 뭡니까?"

"왜일까요? 이상한 일이죠?"

"난 당신 때문이 아닐까 생각합니다만."

"설마요. 말도 안 돼요. 제가? 왜요? 억울한데요. 저처럼 아무 도움도 안 되는 아가씨 따위가 무슨 힘이 있겠어요."

히스이는 손을 팔랑팔랑 내저었다.

"그럴까요?"

운노는 커피를 홀짝이며 주차장 쪽으로 시선을 보냈다.

히스이와 대화하는 동안에도 틈틈이 주의를 기울이고 있었다.

타깃은 아직도 밖으로 나올 생각이 없어 보였다.

"변호사 다음은, 대형 제약회사 아들인가요?"

옆에서 튀어나온 말에 운노는 아주 살짝 몸이 굳었다.

"무슨 말씀이신지."

"일을 너무 크게 벌이지 않으시는 게 좋을 거예요. 악행이 탄로날걸 각오하고, 거래 협박을 받았다고 공표하는 사람이 있을지도 모르잖아요. 그렇게 되면 회사 신용이 바닥으로 떨어지지 않겠어요?"

"조즈카 씨가 무슨 말을 하는 건지 도통 모르겠군요."

"아니면 정의감 넘치는 부하가 폭주해서 입을 막아야 하는 상황이 생길지도 모르죠. 그럼 무척 번거로워질걸요."

"으음, 잘은 모르겠지만 조즈카 씨는 상상력을 터무니없는 방향으로 돌리고 있는지도 모르겠네요."

운노가 히스이에게 고개를 돌렸다.

안경 안쪽의 비취빛 눈동자가 운노를 똑바로 응시하고 있다.

"어디까지나 가정이지만, 그 부하라는 게 소네모토를 말하는 거라면…… 소네모토는 자살했잖아요? 목격자가 본인이 본 건 소네모토였다고 증언한 것 같던데."

"잘 아시네요."

"경찰에 지인이 많아서요. 수사 정보도 듣게 됩니다."

"그건 타살이에요."

"오호."

운노는 태연히 말하는 히스이를 마주 보았다.

"설마 그 근거가 당신의 영감인지 뭔지는 아니겠죠?"

"글쎄요, 어떨까요?"

"예전에 들은 적이 있습니다. 경시청에 수사를 돕는 영능력자가 있다는 이야기를……. 그때는 안 믿었지만 이렇게 당신이 나타나고 경찰이 순순히 따르는 걸 보니 그 말이 사실일지도 모르겠군요."

안경 너머의 두 눈동자에서는 아무런 감정도 읽을 수 없었다.

이 여자의 진의를 확인할 필요가 있다고 직감했다.

"그래서, 당신의 영능력이란 어떤 겁니까? 소네모토의 영혼이 베갯머리에 서서 나는 자살하지 않았다고 속삭이기라도 했나요?"

"설마요."

히스이는 고개를 기울이며 미소 지었다.

"제 힘은 그렇게까지 만능이 아니에요."

"그럼 어떤 걸 알 수 있죠?"

"제가 느낄 수 있는 건, 그래요, 일반 사람들이 상상할 수 있게 말하자면, 사람을 감싼 기운 같은 것…… 제 나름대로 표현하면 영혼의 냄새라고 하는 게 정확하겠네요."

"오호. 그 냄새라는 게, 내가 범인이라고 알려주던가요?"

"아뇨, 거기까지는요. 그냥, 영혼의 냄새를 분석하면 그 인물에 관해 여러 가지를 알 수 있어요."

"그렇다면 나에 관해서는 뭘 알아냈죠?" 운노는 웃으며 물었다. "내 영혼의 냄새라는 것에서 뭘 알 수 있습니까?"

"말씀드리죠."

히스이는 이쪽으로 몸을 틀더니 자세를 고쳐 앉았다.

큼지막한 눈이 운노를 바라본다.

"냄새로는 막연한 걸 알 수 있을 뿐이에요. 저는 그 막연한 정보를 제 경험칙과 조합해서 답을 추리해요."

"그 말은, 틀릴 수도 있다? 어떻든 상관없으니 내 비밀을 맞혀보지 않겠어요?"

히스이가 손을 볼에 갖다대고 운노를 빤히 보았다.

이윽고 불쑥 말한다.

"어렸을 때 동물을 키우시지 않았나요?"

"아뇨."

운노는 고개를 저었다.

히스이는 미동도 없이, 시선을 떼지 않은 채 말을 이었다.

"사장님이 상상하시는 것보다 작은 동물이에요."

"강아지나 고양이가 아니다?"

"네. 아주 짧은 기간요."

"음, 글쎄요." 운노는 기억을 더듬었다. "아, 병아리를 키운 적이 있었던 것 같은데."

"야시장에서 구입하셨고요."

"그랬을지도 모릅니다."

"사소한 계기로 그 병아리가 죽어버렸네요. 사장님이 인생에서 죽음이라는 걸 처음 자각하신 순간이군요."

"기억이 잘 안 나는데."

"기억나지 않아도 영혼에 새겨져 있어요. 사장님의 생사관의 기원이라고도 할 수 있는 일일 거예요."

"재미있네. 내가 기억을 못 하니 맞았는지 틀렸는지도 확인할 수 없잖아요."

히스이는 고개를 갸웃하며 미소 지었다.

"작은 동물을 키웠다는 건 맞았어요."

"좋아요. 다른 건?"

"생명체는 바로 죽어버려요. 사람도 마찬가지죠. 어찌할 도리 없는 그 사실과 운명에서 도망칠 수 없다는 걸, 당신은 그때부터 알아버렸어요. 아내분의 죽음을 통해 그걸 재확인하신 건 아닌지요? 그렇기에 더더욱, 타인의 목숨이 다해도 어쩔 수 없다고 생각하시죠."

운노는 말없이, 히스이의 눈동자 속에 있는 것을 헤아렸다.

"그게 끝?"

"글쎄요……. 사장님은 자신이 아주 냉정하고 판단력 있는 사람이라고 생각하시는군요. 그건 제가 느낄 수 있는 냄새로 미뤄봐도 맞다고 할 수 있어요. 그러나 가슴속에는 뜨겁게 타오르는 혼을 숨기고 계세요. 열정적이고, 즉흥적인 행동을 하실 때도 종종 있고요. 결점이라고도 할 수 있는 그 은밀한 내면이 지금까지의 성공을 뒷받침한 게 아닌지요?"

"성격 분석인가. 흥미롭네요."

"그 외에도 느낄 수 있는 건 있어요." 히스이는 미소 지었다. 그러고는 바로 눈을 감았다. 뭔가를 느끼려는 듯 조용히 숨을 내쉬었다.

"그리고, 그렇군요……. 건강상 문제가 있으신 것 같아요. 안쪽에, 탁한 게 있어요. 장기 중 하나일 거예요. 심장처럼 치명적인 부분은 아니지만 얼른 병원에 가보시는 걸 추천해요."

"이번에는 건강 진단인가." 운노는 웃었다. "죄다 점을 보는 것 같은 느낌이라 영능력과는 별 관계가 없어 보이는데."

"그럼 사람의 죽음에 얽힌 이야기를 할까요?"

히스이는 그 말을 기다렸다는 듯 눈을 번뜩였다.

"뭔가 알아냈어요?"

히스이가 눈을 감고 귀를 기울이듯 호흡을 가다듬는다.

잠시 후 눈을 뜨더니 운노에게 말했다.

"사장님은 아내분을 잃기 전후쯤 소중한 것을 잃으셨어요."

"오호……."

"아내분은 지금 당신을 보며 슬퍼하시는 것 같아요."

"내가 그걸 잃었다는 걸, 아내가 질책하는 건가?"

"네."

"그게 어떤 거죠?"

"한때 당신 마음속에 있었던 거예요."

운노는 눈을 감았다. 등받이에 기대앉아 한숨을 내쉰다.

뇌리에 아내의 얼굴이 선명하게 떠올랐다.

그 표정은 정말로 운노를 탓하는 듯 보이기도 했다.

운노는 웃었다.

유감이다.

"과연."

히스이를 위아래로 훑어보았다.

누가 보면 품평을 하는 듯한 시선 같았을 것이다. 하지만 운노는 일부러 히스이를 그렇게 관찰했다.

히스이는 도전적인 눈빛으로 그 시선을 받아냈다.

"밑천이 뻔히 보이는군."

운노가 지긋지긋하다는 듯 한숨을 내뱉었다.

"어릴 때 동물을 키워보지 않은 사람은 거의 없지. 작은 동물을 키웠다는 걸 맞혔다고 했지만 처음에 당신은 동물을 키웠다고만 했을 뿐 크기까지는 언급하지 않았어. 내 대답에 맞춰서 마치 처음부터 알고 있었다는 양 말한 것에 불과해."

운노의 분석에 히스이는 두 눈을 가늘게 떴다.

"성격 분석도, 누구나 할 수 있는 얘기를 그럴싸하게 포장했을 뿐이야. 성격의 단점이 성공을 뒷받침했다니, 교묘한 표현이군. 내 성과를 감안하면 회사가 성공적이라는 건 눈에 보여. 단점을 칭찬하는 듯한 말을 듣고 기분 나빠할 사람은 없지."

히스이의 표정에 순간적으로 동요가 드러난 것을 운노는 놓치지 않았다.

"건강 문제도 마찬가지. 내 나이가 되면 어디 한 군데 정도는 고장나게 돼 있어. 겉으로 문제가 없어 보이니 장기밖에 없겠지. 짐작

가는 곳이 있다면 맞혔다고 생각할 수 있고, 그렇지 않더라도 병원에서 검사해보지 않는 이상 몸이 어떤지는 정확히 알 수 없어."

자제심으로는 억누르지 못한, 연기로는 감출 수 없는, 감정의 희미한 흔들림.

운노는 형사 인생에서 그것을 간파하는 기술을 키웠다.

히스이는 곧바로 냉정을 되찾았으나 적수가 좋지 않았다고도 할 수 있으리라.

"결과적으로…… 당신의 영능력은 가짜야."

히스이는 입술을 깨문 채 운노를 노려보았다.

운노는 유쾌해져서 득의양양하게 설명했다.

"아내에 관한 것도 죄다 표현이 모호해. 어떤 식으로든 해석할 수 있지. 그렇게 동요하게 만들고 정보를 뽑아낼 셈이었나? 당신의 그 언행도 다 계산된 거겠지. 그런 복장과 언행으로 머리 나쁜 척하지만 실제로 당신은 똑똑하고 강해. 더 의연한 태도가 어울릴 텐데, 일부러 내숭 떨고 교태 부리는 듯한 말투를 선택했군. 그런 식으로 상대를 화나게 해서 말실수를 유도하는 거지. 말해두겠는데, 안 어울려. 뭐 사람은 첫인상으로 상대를 판단하기 일쑤니까. 넘어지거나 물건을 떨어뜨리는 것도 상대의 경계심을 풀게 하려고 일부러 하는 행동이지. 펜을 빌리려 한 것도, 가방을 은근슬쩍 들여다보며 단서를 찾으려던 거고. 유감스럽게도 나한테는 안 통해."

히스이는 눈을 감았다.

체념했다는 듯 고개를 젖혀 천장을 올려다본다.

그러고는 바로 시선을 떨어뜨리며 말했다.

"안 넘어오시네요."

히스이는 무미건조한 표정을 짓고 있었다. 금색 팔찌를 낀 쪽 손으로 뺨에 붙은 머리칼을 떼더니 적대적이고 삼엄한 눈동자로 운노를 노려보았다.

"스즈미 씨가 당신을 보고 범인 얼굴을 떠올리기라도 하면 어쩌려고 그러셨어요?"

"무슨 소리야?"

"설마 대담하게도 직접 접촉하실 줄은 몰랐어요. 리스크가 너무 크잖아요. 죽일 작정이었나요?"

"도통 무슨 말인지 모르겠군. 난 소네모토 자살의 진상을 알고 싶어서 주변 탐문을 했을 뿐이야. 경찰이 타살일지도 모른다고 했으니까. 전직 형사로서, 아끼던 부하 직원 일에 손 놓고 있을 수만은 없었지."

"덕분에 스즈미 씨가 증언을 바꾸셨어요. 심지어 그 뒤로도 상당히 가깝게 지내시지 않나요? 취조실이 아니어도 여성을 공략하는 데 익숙하신가 봐요?"

히스이의 비아냥에 운노는 가만히 웃었다. 미행이 붙었으니 그런 행동을 관찰했으리라는 각오도 하고 있었다. 역시 예상대로였다.

스즈미 아즈사와는 그 이후로도 만날 기회가 있었다. 물론 처음부터 그럴 생각은 아니었다. 늦은 시간에 찾아간 것에 대한 사과의 의미로, 운노는 스즈미에게 과일 디저트 카페의 초대권을 건넸다.

지인이 호텔에서 점포를 운영하는 덕분에 한 번씩 이렇게 써먹을 때가 있다. 스즈미는 얼마 지나지 않아 친구와 바로 가봤다며, 고맙다는 내용의 문자 메시지를 보냈다. 명함에 적힌 연락처를 보고 일부러 연락했으리라.

운노는 답신을 보냈고 사소하게 잡담하듯 문장을 써내려가며 사건에 관해 가볍게 언급했다. 이렇게 스즈미 아즈사와 접촉을 이어가다 보면 추가적인 증언을 컨트롤할 수 있겠다고 판단했기 때문이다. 스즈미는 문자 메시지로, 여느 여성들처럼 달콤한 걸 좋아한다고 했다. 그 문장을 보니 기억 속 아내의 표정이 되살아났다. 그와 동시에 수줍게 웃던 스즈미 아즈사의 얼굴도. 운노는 과감하게 식사를 같이 하자고 제안했다. 때마침 호텔에 오픈하는 디저트 뷔페 초대권이 있어서 그걸 사용했다.

그게 며칠 전이었다. 호텔 로비에 나타난 스즈미는 헤어스타일과 차림새에 신경을 쓴 탓인지 처음 만났을 때보다 젊고 매력적으로 보였다. 설마 데이트라 여기며 나온 건 아닐 테고 운노 역시 마찬가지였지만, 단순히 목격자로만 대하기에는 아까울 수도 있겠다는 생각이 피어나기 시작했다. 마음만 먹으면 더 젊고 아름다운 여자를 만날 수 있지만 스즈미 아즈사는 죽은 아내와 어딘가 비슷한 분위기를 풍겼다. 그건 아무에게서나 느낄 수 있는 게 아니었다.

스즈미가 워낙 조심스러워하는 탓에 처음에는 대화도 어색했는데 업무를 화제로 꺼내자 긴장이 풀렸는지 편안하게 여러 이야기를 해주었다. 일러스트레이터로서 책의 표지 디자인 같은 분야에서 활동하고 있다고 했다. 나중에 검색해보니 무슨 시상식에서 여성 작가와 함께 찍은 사진도 있었다. 사진 속 스즈미는 수수했으나 더 예쁜 옷을 입히면 몰라보게 달라지리라. 과거 운노의 아내가 그랬듯이. 또 함께 식사할 수 있을지 묻자 스즈미는 겸연쩍어하면서도, 단 것이라면 사족을 못 쓰니 꼭 연락달라며 웃었다.

이렇게 가깝게 지내다 보면 증언을 둘러싼 주도권은 자신이 잡게 될 것이다.

운노는 옆에 있는 히스이를 보며 여유롭게 웃었다.

"스즈미 씨와는 한 번, 감사 표시를 할 겸 식사를 했지. 그 일과 증언 변경에는 아무 인과관계가 없어. 아니면 스즈미 씨가, 내가 증언을 바꾸라고 했다던가? 나 때문에 증언을 바꿨다고?"

히스이는 말이 없다.

입술을 깨물고는 고개를 저었다.

"사장님, 양말 얘기를 할까요."

"뭐라고?"

"범인이 가져간 양말요."

"무슨 뜻인지 모르겠군."

그걸 알아챘나.

하지만 범인을 특정할 요소가 되지 않으리라는 건 알고 있다. 운노는 여유롭게 웃었다. 반면 히스이는 반격의 기회를 놓치고 싶지 않은지 도전하는 듯한 눈빛이었다.

"현장의 커튼레일에는 행거 두 개가 걸려 있었어요. 실내에서 봤을 때 왼쪽, 커튼이 닫힌 쪽에는 빨래를 널었지만 커튼이 열려 있던 오른쪽 창문의 원형 행거에는 빨래가 하나도 없었죠. 범인이 빨래를 가져갔기 때문이 아닐까요?"

"논리적 비약이 심하네. 행거에 아무것도 걸려 있지 않은 게 그렇게 이상할 일인가? 빨래는 걷어서 갰지만 행거를 깜빡하고 그대로 두었나 보지."

"한쪽만요?"

"예를 들면 빨래를 정리하는 와중에 택배가 왔다든가, 전화가 왔다든가 갑작스러운 볼일이 생겨서 중단됐겠지. 그대로 마저 개는 걸 잊어버린 거야. 실제로 왼쪽 창문에는 빨래가 널려 있었잖아? 그게 가장 확실한 증거 아닐까?"

"그러고는 빨래를 정리하다 말고 죽고 싶어져서 자살했다고요?"

"자살은 원래 충동적으로 하는 거 아닌가?"

"노트북 데이터는 꼼꼼하게 지웠는데요?"

"보여주고 싶지 않은 게 있었겠지. 범죄에 관련된 자료라든가, 아니면 추접한 동영상 같은 거."

"널려 있는 빨래는 누가 보든 말든 상관없었다?"

"그런 부분에서 남자들은 당신처럼 곱디고운 여성과는 달라."

히스이는 어깨를 으쓱였다.

그러더니 지겹다는 듯 시트 등받이에 깊숙이 기댔다.

"사장님, 그런 게 아니에요. 빨래는 분명히 소네모토 씨가 죽은 순간까지 원형 행거에 걸려 있었어요."

"무슨 근거로 그런 말을 하지?"

"스즈미 씨의 증언요. 그분이 그랬어요. 양말 따위가 걸려 있는 것 같아서 집 안이 잘 보이지 않았다고요."

"오호."

"그런데요, 그런데 말이죠. 커튼이 한 번 닫혔고, 나중에 다시 봤을 때는 커튼이 도로 열렸는데, 행거에 걸려 있던 양말이 없어졌다고 하셨어요."

아, 거기에 착안했나. 사건을 목격한 아즈사는 취해 있었을 텐데도 잘 기억한 모양이다. 아니, 걸려 있었던 것 같다고 했다. 윤노에게도 스즈미는 그렇게 증언했다. 정확하게는 '양말 같은 게 걸려 있었던 듯해서'라고.

역시 받아치기는 쉽다.

"당신은 그런 증언을 곧이 듣는 건가? 스즈미 씨는, 이렇게 말하면 미안하지만 이미 증언을 한 번 변경했어. 취해 있었으니 그 증언의 신빙성에는 의문이 있지. 애초에 '걸려 있었던 것 같다'라는 애매한 증언이잖아. 양말은 처음부터 없었던 거 아냐? 스즈미 씨는 섭게 편견에 빠지는 성격이야. 양말이 사라졌다고 믿게 당신이 유도한 거 아닌가?"

"권총을 들고 있던 사람은 소네모토 씨였다고 사장님이 믿게 한 것처럼요?"

"상상력 한번 풍부하군."

운노는 히스이에게서 시선을 거둔 뒤 주차장 쪽을 바라보았다.

그러고는 관찰을 계속하며 말했다.

"백번 양보해서 소네모토가 살해당했다고 치지. 그리고 범인이 양말을 가져갔다고 하고……. 대체 왜? 왜 양말 같은 걸 갖고 싶어 했지?"

"글쎄요. 아직 뭐라 말씀드리기 어려워요. 뭔가 그럴 수밖에 없는 이유가 있었겠죠. 으음, 무척 귀중한 양말이었다거나?"

"양말이?" 운노는 무심결에 콧방귀를 뀌며 웃어버렸다. "애초에 당신 추리는 허점투성이야. 권총 출처는 확실하고, 누군가가 양말을 가져가는 황당한 일이 있었을 거라고는 보기 어려워. 무엇보다 현장은 열쇠로 잠겨 있어서 밀실 상태였잖아. 누가 집 안에 있다가 소네모토를 죽이고 떠났다고 생각하는 건 억지스럽군. 과대망상도 어지간해야 말이지."

"열쇠 정도는 아무것도 아니에요."

"뭐라고?"

히스이는 어깨를 으쓱이며 익살맞게 말했다.

"요즘에는 3D 프린터라는 게 있어요. 소네모토 씨와 가깝고 열쇠를 빌릴 기회가 있는 사람이라면 기록을 남기지 않고 복제하는 것쯤이야 손쉽게 할 수 있죠."

"그건 당신의 공상이지. 그런 일이 있었다는 증거라도 있나?"

히스이가 얼마간 뜸을 들이더니 말했다.

"범인은 증거가 남지 않을 방법을 선택했어요. 찾아봐야 소용없겠죠."

"말도 안 되는군."

"고려할 가치는 있다고 생각해요. 체인으로 된 걸쇠가 안쪽에서 걸려 있었다면 몰라도, 열쇠로만 잠겨 있었으니까요."

"다른 사람도 아니고 소네모토야. 자신이 죽은 후를 생각해서 걸쇠까지는 안 썼겠지. 보통 열쇠로만 잠그면 관리인이 마스터키로 열겠지만 체인을 걸면 그걸 부숴야 들어갈 수 있잖아. 그만큼 시체도 늦게 발견될 거고."

"거기까지 배려할 정도면 애초에 잠글 필요도 없지 않았을까요? 마치 자살이라고 믿게 하기 위해 열쇠로 잠근 것 같은데요?"

"받아들이는 방식은 사람마다 달라. 당신이 하는 말은 전부 가능성의 범주를 벗어나지 않는 추론뿐이야. 쓸데없이 자잘한 것까지 죄다 찔러보는 꼴이지. 아니면 스즈미 씨의 못 미더운 증언 말고 뭔가 증거다운 증거라도 있나?"

히스이는 입을 다물었다.

작은 것이라도 살인을 나타내는 가능성을 제시해 동요하는 모습을 포착하고 싶었으리라. 하지만 히스이가 들먹인 것 가운데 증거다운 증거는 없다. 그리고 운노도 예상한 일이었기에 공격이 들어와도 태연한 태도를 유지할 수 있다.

"이제 그만 가줬으면 좋겠는데. 이래 봬도 일하는 중이라서."

"이 사건은 살인이에요."

히스이는 앞 유리창을 바라보며 진지하게 말했다.

"저는 살인사건을 싫어해요. 그런 건 추리 소설에서나 나왔으면 좋겠어요." 히스이는 부드러운 머리칼을 흔들었다. 고개를 저으며, 천천히 시간을 들여 말을 이어간다. "하지만 슬프게도 세상에는 아무렇지 않게 남의 생명을 빼앗는 인간이 있죠. 그중에서도 살인이라는 비열한 범죄 그 자체를, 존재하지 않았던 것처럼 조작해 고인의 존엄을 폄하하는 방식을…… 전 절대로 용납할 수 없어요."

운노는 히스이 쪽을 보지 않았다.

온기를 잃어가는 캔커피를 손에 들고 홀짝인다.

히스이가 조수석 문을 열고 차에서 내렸다.

그리고 선언했다.

"죽은 소네모토 씨의 명예를 위해서라도, 범인을 반드시 체포할 거예요."

"응원하지."

조금 세게, 문이 닫힌다.

그 제스처는 틀림없이 히스이의 초조함과 무력감에서 기인했을 것이다.

혀에 남은 커피의 쓴맛과 함께, 운노는 승리의 여운을 곱씹었다.

"마코토, 딸기 우유 사다주세요."

조즈카 히스이는 운노와의 대결을 마치고 지친 듯했다. 조수석 시트에 몸을 파묻더니 패배의 분풀이라도 하듯 지와사키 마코토에게 그렇게 명령했다.

"뭐? 그런 얘기는 좀 빨리 해."

별수 없이 가까운 편의점에서 딸기 우유를 사서 차로 가는 중이다. 달랑 딸기 우유를 손에 들고 겨울 하늘 아래를 걷는 여자라니 참으로 기묘한 광경이지만, 고용주가 사 오라고 명령한 이상 어쩔 수 없다. 마코토는 주차장 안쪽에 세워둔 차로 돌아갔다. 후미진 데 있어 미행이 붙어도 알아채기 쉬운 곳이었다. 만약을 위해 주변을 살핀 뒤 운전석 문을 열고, 코트로 감싼 몸을 미끄러지듯 시트에 올렸다.

"반격할 거라더니 제법 호되게 당했잖아. 앞으로 어쩔 셈이야?"

히스이는 조수석을 뒤로 젖힌 채 애니메이션 캐릭터의 눈동자가 프린트된 아이마스크를 쓰고 있었다. 얼굴은 천장을 향한 채 한 손만 들어 백기라도 되는 양 흔들었다.

"그러게요……. 항복이라도 할까요."

"난 그래도 상관없지."

딸기 우유를 히스이의 뺨에 갖다댄다.

"히익."

히스이가 해괴한 비명 소리를 내며 벌떡 일어났다.

허겁지겁 아이마스크를 벗고 이쪽을 째려본다.

"아니, 마코토, 뭐 하는 거예요!"

"풀 죽어 있을 때가 아니잖아."

히스이는 입술을 비죽이더니 마코토를 노려보며 딸기 우유를 낚아챘다.

"무례하군요. 제가 이런 일로 풀이 죽을 리가 있나요."

"흐음."

마코토는 차에 있던 비닐봉투를 뒤져 캔커피를 꺼냈다. 운노와 대결할 때, 히스이가 마코토에게 준비하라고 지시한 도구 중 하나였다. 마코토는 이게 무슨 역할을 했는지 잘 모르겠다.

"이거 마셔도 돼?"

"그러세요."

히스이는 빨대를 물고 호로록 소리를 내며 딸기 우유를 빨아들였다.

차갑지는 않지만 뜨겁지도 않은 캔커피의 뚜껑을 딴다.

아니나 다를까, 미적지근해서 맛이 없었다.

한동안 두 사람이 액체를 홀짝이는 소리만이 차 안을 채웠다.

히스이는 말이 없다. 영 힘이 없는지 상태가 좋지 않다.

무거운 공기를 견딜 수 없어서 마코토가 웃었다.

"그나저나 들었어? 일부러 내숭 떨고 교태 부리는 말투를 선택했다는 말."

마코토가 히스이의 팔뚝을 찔렀다.

히스이는 받아들일 수 없다는 눈빛으로 마코토를 흘겨보았다.

그러고는 코를 홀짝이며 말했다.

"맞아요. 다 계산된 거예요."

"너한테는 백치미도 제법 있는 것 같은데. 집에서도 걸핏하면 넘어지잖아."

마코토는 히스이의 평소 모습을 떠올렸다. 사건에 임할 때와는 딴판으로, 집에 있을 때는 얼빠진 사람처럼 느슨한 데다 주의력마저 결핍된 것처럼 보였다.

"그것까지 다 계산된 거예요." 히스이는 볼을 부풀리고는 다시 빨대를 물었다. 후룩후룩 예의 없는 소리를 낸다. "본인만 안 속는 줄 안다면 큰 오산이에요."

"초등학생들에게 이별 편지를 받고 코가 빨개진 것도?"

"그건 꽃가루 알레르기고요."

"스쿨 카운슬러 일이 잘 맞는다면서 직업을 바꿀까 의논한 건?"

"마코토, 순진하시네요." 히스이는 앞유리 쪽을 보며 코를 훌쩍였다. "그건 갸륵한 면모를 어필해서 저에 대한 마코토의 호감도를 컨트롤한 것뿐이에요. 실제로 그 얘기를 듣고 다음 날 보기 좋게 케이크를 사왔잖아요. 그런 수법에 걸려들다니 아직 멀었네요."

"아, 그러셔."

차 안에 다시 침묵이 찾아들고 액체를 훌쩍이는 소리만 울려 퍼졌다.

히스이는 빨대를 물고 앞을 보고 있을 뿐이었다. 비취빛 눈동자는 사색에 잠긴 것처럼 보이지는 않았다. 그저 힘없이 울상을 짓고 있었다.

묘하게 불편해져서 마코토는 머리카락을 쓸어 올렸다.

"상대는 이쪽의 영능력을 간파한 것 같던데, 어떡할 거야? 밀어보고 당겨봐도 꿈쩍도 안 하잖아."

히스이는 어깨를 살짝 으쓱였다.

"상성이 안 좋아요. 믿지 않는 사람에게는 무슨 말을 해도 안 믿겠죠. 그나저나 난감하네요. 우리 방식은 들통났고, 현장에 증거라고는 하나도 없고. 게다가 의지하던 목격자 증언에는 뭐 하나 기대할 수 없을 것 같고……."

"가끔은 쓰러뜨릴 수 없는 상대도 있는 법이야. 그만 포기하는 게 어때?"

"마코토. 저는 이 세상에 도저히 용서할 수 없는 인간이 두 부류 있어요. 증오해야 마땅한 그 두 부류가 뭔지 알아요?"

"하나는 살인범이지?"

"정확하게는, 정의감도 죄책감도 없이 타인의 목숨을 빼앗는 살인자예요. 그런 작자는 반드시 대가를 치러야 해요."

"또 하나는?"

"남의 마술 비법을 공개하는 동영상으로 폭리를 탐하는 유튜버. 죽어버렸으면 좋겠어요."

히스이는 거침없이 딱 잘라 말했다.

"아, 그래."

하지만 그 말을 듣고 히스이가 아직 기운이 있음을 알 수 있었다.

"뭐, 아직 싸울 마음이 있다면 좀 더 도와줄게."

히스이는 이쪽을 보지도 않고 고개를 끄덕거리더니 담담하게 말했다.

"아무리 운노라 해도 장기전은 피하고 싶을 거예요. 어떻게든 경찰이 자살로 종결해주기를 바라겠죠. 아마 앞으로는 스즈미 아즈사의 증언을 어떻게 바꿀지를 둘러싼 싸움이 될 거예요. 운노는 선입견에 쉽게 빠지는 스즈미 씨의 증언을 컨트롤해서, 양말처럼 자살을 의심케 하는 증거는 죄다 착각이라고 생각하게 만들겠죠. 우리는 그걸 막으면서, 틀림없이 양말이 걸려 있었다고 하는 증언을 이끌어내도록 해요."

"그러면 어떻게 되는데?"

"누군가가 소네모토 씨가 죽은 후 양말을 가져갔다는 게 확실해지면 경찰도 본격적으로 수사본부를 꾸릴 거예요. 그러면 인해전술로 철저하게 찾아내기만 하면 돼요."

"뭘 찾아?"

"물적 증거요. 재판에 쓰지 못하더라도 가택 수사만 할 수 있으면 우리의 승리예요."

지난번에도 스즈미 아즈사가 뭔가 생각해내면 우리의 승리라고 했던 것 같은데.

왠지 불안했지만 히스이를 믿고 행동할 수밖에 없다.

"방향을 정했다면 작전 회의를 해야겠네."

마코토는 고개를 끄덕이며 시동을 걸었다.

운노 야스노리는 스즈미 아즈사의 옆얼굴을 보고 있었다.

오늘 아즈사는 화장에 공을 들인 모양이었다. 코끝에 보이던 기미는 없어졌고 피부는 젊음을 되찾은 듯 보였다. 통통한 볼이 콤플렉스인지 머리카락으로 자연스럽게 가렸고, 원래 동안이라 그런지 실제 나이보다 젊고 아름다워 보였다. 하지만 운노의 아내를 떠올

리게 하는 부드러운 분위기만큼은 여전했다. 남색 파티 드레스를
입고, 드러난 가슴께를 진주로 장식했다.

아즈사는 한동안 유리창 너머로 밤 풍경을 내다보았다.

그 시선 끝에는 크루즈선에서 보이는 화려한 야경이 펼쳐져 있
다. 레인보우 브리지의 무지갯빛 조명을 아즈사는 홀린 듯이 바라
보고 있었다. 크루즈선 저녁식사를 제안했을 때는 무척이나 놀란
모습이었지만, 이 경치에 이내 사로잡힌 것 같았다. 식사를 마치고
좋아하는 디저트를 즐기는 동안에도 때때로 손을 멈추고 지금처럼
창밖 야경으로 눈길을 돌렸다.

고급스럽게 꾸며진 실내는 조용했다. 플로어에는 커플 손님이 많
았지만 간격이 충분해서 대화 소리는 거의 들리지 않았다.

운노는 아즈사를 향해 다정하게 웃어 보였다.

"스즈미 씨한테는 도쿄만의 야경보다 밤하늘 쪽이 더 좋았을지
도 모르겠네요."

"아, 아뇨, 그렇지 않아요." 운노를 두고 멍하니 있었다는 사실이
미안했는지도 모른다. 아즈사는 화들짝 놀라며 이쪽을 보더니 당혹
스러워하는 표정을 지었다. "이런 경치는 처음 보는 거라 넋을 잃고
있었네요."

"그래도 밤하늘은 좋아하죠?"

"아, 네, 맞아요." 아즈사는 웃으며 코끝을 문질렀다. "……어릴 때
아빠와 함께 산에서 캠핑을 한 적 있어요. 전 도쿄에서 나고 자랐으

니까, 그때 본 밤하늘이 너무 예뻐서 깜짝 놀랐거든요. 지금까지 기억에 남아 있어요."

"그랬군요. 말 그대로 자연이 만들어낸 아름다움이었네요."

"네. 그걸 뛰어넘는 그림을 그리는 게 목표예요."

유치한 꿈을 입에 올린 것 같아 부끄러웠던 모양이다. 아즈사는 이번에도 운노의 아내가 떠오르는 웃음을 보이며 고개를 숙였다. 그러고는 신기하다는 듯 말했다.

"저, 그런데 어떻게 아셨어요? 제가 별을 좋아한다는 거."

"그야 당연합니다." 운노는 샴페인잔을 살짝 기울이며 말했다. 정확하게는 논알코올 스파클링 와인이다. "추운 날 일부러 베란다에 나가 천체 관측을 하셨으니까요. 그리고 스즈미 씨가 인터넷에 공개한 작품 중에는 밤하늘을 모티브로 삼으신 게 많더군요. 별자리 운세를 좋아한다고도 하셨고, 액세서리와 시계에도."

운노는 아즈사가 차고 있는 금색 손목시계를 눈짓했다.

가느다란 팔에 잘 어울리는 디자인으로, 별과 달이 시계판을 장식하고 있다. 다소 어린애 같아 보이기도 하지만 아즈사의 분위기와 잘 어울렸다.

"역시 탐정이시네요."

아즈사가 살짝 웃었다.

"탐정이라 그렇다기보다는 형사 시절에 쌓은 관찰안이랄까요."

"그렇군요, 관찰안. 일러스트레이터에게도 필요한 능력이에요."

아즈사는 자세를 고쳐 앉았다.

운노의 흉내를 내려던 것인지 아즈사의 시선이 운노의 전신을 훑었다.

그러다 시선을 한곳에 고정했다.

"그 시계, 소중한 물건이죠?"

"아아, 네."

운노는 고개를 끄덕였다. 재킷 소매 밑으로 언뜻 보이는 손목시계로 눈길을 떨어뜨린다.

손목시계에는 미세하게 흠집이 나 있었다. 운노의 슈트와도 잘 어울리는 고급 시계지만, 그 미세한 흠집에는 기나긴 세월이 새겨져 있음을 분명히 알 수 있었다.

"죽은 아내가 골라준 거예요."

"부인분이……."

운노는 물끄러미 손목시계를 바라보며 과거를 회상했다. 이것만큼은 도저히 떼어놓을 수 없다.

아내는 병으로 죽었다. 그때 운노에게 돈이 더 많았다면 다른 결말을 맞았을지도 모른다. 아내를 보낸 후 모든 걸 잊겠다는 일념으로 일에만 매달렸다. 하지만 어떤 수사에 정신이 팔렸을 때 결혼반지를 분실해버렸다. 그보다 분통한 일은 없었다. 이제 아내와의 추억을 이어주는 것이 시계밖에 남지 않았다. 그 일을 계기로 운노는 형사 일을 그만뒀다. 퇴직 후 탐정사무소를 차리고 지금까지 키워

오며 금전적으로는 풍족해졌지만, 막상 돈이 생겨도 이미 잃은 것은 돌아오지 않았다.

운노는 그 후회를 간결하게 언급하며, 손끝으로 손목시계 표면을 쓰다듬었다. 남성용치고는 보기 드물게 시곗줄이 가죽인 시계였다. 운노는 금속이 휘감는 감촉을 별로 좋아하지 않았다. 가죽은 닳기 마련이라 시곗줄만 여러 차례 바꿨는데, 이것도 아내가 골라준 모델이라 지금은 해외 업체에서 주문하지 않으면 교체가 어려웠다. 그런 만큼 애착이 남달랐다.

그때였다.

"어머머, 사장님. 이런 우연이 다 있네요."

익숙한, 달콤한 목소리가 들려와서 운노의 의식이 현실로 끌려왔다.

놀라 돌아보니 젊은 여자가 테이블로 다가오고 있었다.

조즈카 히스이…….

어깨를 꽃무늬 레이스로 장식한, 옅은 핑크색 파티 드레스. 복장 분위기에 맞췄는지 오늘은 안경을 쓰지 않았다. 하얀 핸드백을 든 채 힐 소리를 울리고 있다. 히스이는 고개를 갸웃거리더니 머리칼을 흔들며 말릴 틈도 없이 아즈사 옆자리에 앉았다.

"안녕하세요. 멋진 밤이에요."

"조즈카 씨…….."

운노는 지긋지긋한 기분에 신음했다.

"무슨 꿍꿍이지?"

"꿍꿍이라뇨. 식사를 마치고 산책하는데 우연히 반가운 분들이 보이길래."

아즈사가 놀랐다는 듯 눈을 휘둥그레 뜨고 히스이를 봤지만 히스이는 태연히 웃을 뿐이었다.

"오호." 운노는 끓어오르는 분노를 억누르며 말했다. "이런 곳에서 혼자 식사를?"

"네, 맞아요." 히스이는 천연덕스럽게 말했다. "아세요? 여기, 식사도 좋지만 칵테일이 일품이에요. 저명한 바텐더님이 계시거든요. 그런데도 사장님은 샴페인이라니, 아깝네요."

가뜩이나 눈길을 끄는 미인인데, 오늘은 작정하고 꾸민 데다가 이국적인 초록빛 눈동자까지 맞물리니 옆에 있는 아즈사의 존재감이 희미해진다. 일부러 그 점을 노린 것 같기도 했다.

이 여자가 또 무슨 속셈으로…….

"스즈미 씨, 지난번에 전화주셔서 감사했어요. 갑자기 증언을 바꾸셔서 그 뒤로 꽤나 애먹었답니다."

옆에 있는 아즈사에게, 히스이는 아름다운 미소를 건넸다.

"저기…… 조즈카 씨는 형사님이시죠? 왜 여기에…….."

아즈사가 의아하다는 듯 히스이에게 물었다. 운노는 냉큼 끼어들었다.

"스즈미 씨, 엄밀히 말하면 형사가 아닙니다."

"그래요? 그럼……."

"직업이 뭔지 나도 궁금하군."

운노의 비아냥거림에 히스이가 어깨를 으쓱였다.

"전, 글쎄요, 으음, 자문 탐정이라고 할까요?"

"세상에 한 명밖에 없는 직업이네."

운노가 말하자 히스이는 눈이 휘둥그레졌다.

"어머머, 역시 나폴레옹이라고 불리는 분 아니랄까 봐. 잘 아시는 군요."

"무슨 말인지 모르겠군."

문학은 잘 모르지만 그렇게 불린 일을 계기로 셜록 홈스 시리즈는 대강 읽은 적이 있다. 그나저나 이 여자는 대체 어디에서 그런 소문을 들었나. 아즈사는 멍한 표정으로 두 사람을 보고 있었다. 운노가 헛기침을 하고는 말했다.

"그래서…… 무슨 볼일이 있어서 굳이 여기까지?"

"당연히 사건 때문이죠. 안심하세요. 형사님들께 정식으로 부탁받은 일이니까요."

웨이터가 히스이에게 다가와 주문을 할지 물었다.

"으음, 그러죠. 칵테일을 마시고 싶지만 업무중이니…… 상드리용으로 주세요."

그러더니 핸드백을 뒤져 접힌 인쇄물을 꺼냈다.

"이걸 봐주세요."

히스이는 그것을 테이블에 펼쳤다.

그래프가 인쇄되어 있는데 그게 무슨 데이터인지 운노는 알 수 없었다.

"이게 뭐지?"

"이건요, 소네모토 씨의 심장 박동수예요."

"심장 박동수?"

"네. 소네모토 씨가 차고 있던 스마트워치를 분석했죠. 아시겠지만 맥박을 측정하는 기능이 있어서 데이터를 계속 기록해주거든요. 이건 소네모토 씨가 사망한 당일의 데이터예요."

"소네모토가 스마트워치를 쓴 줄은 몰랐군."

"어머, 그러셨어요?"

히스이는 의외라는 듯 눈을 동그랗게 떴다.

"뭐, 넘어가죠. 어쨌든 이 데이터를 봐주세요. 서서히 맥박이 빨라지는 걸 아실 수 있을 거예요."

"이제 곧 자살을 하려는 타이밍이야. 긴장해서 심장 박동수가 올라갔다 한들 이상할 건 없잖아."

"말씀대로예요. 하지만 그 이후…… 맥박이 급상승한 뒤 오 분 정도는 데이터가 측정되지 않았어요."

"오호."

"일반적으로 생각하면 이때 소네모토 씨가 죽었다고 봐야겠죠. 그런데 오 분 후에, 수 분간 다시 측정이 됐어요."

운노는 그래프로 시선을 떨어뜨렸다.

그렇군, 이건 소네모토가 죽은 시간의 기록이다.

총구를 겨눴을 때의 긴장, 저항을 하던 잠깐 동안 맥박이 최대치로 높아졌다가 머리에 총을 맞고 맥박이 끊겼다⋯⋯.

그리고 측정 불가능 상태로 오 분이 지난 뒤 운노가 스마트워치를 찼기 때문에 측정이 재개된 것이다. 즉 재개 후 수 분 동안은 소네모토가 아닌 운노의 맥박이 기록됐다는 뜻이다. 그러나 이런 건 어떻게든 설명할 수 있다.

"뭔가 오류가 있었을 거야. 일반적으로 생각하면 소네모토가 죽은 뒤에 맥박을 측정할 수 있을 리가 없어. 오 분 동안은 단순히 오류로 측정이 안 됐을 뿐이겠지."

"오류?"

"땀 같은 것 때문에 센서가 작동을 안 했을지도 모르고."

"그렇군요? 그런데요." 히스이는 고개를 갸웃거리며 그래프를 가리켰다. "오 분 간의 공백 후에는 맥박이 아주 낮아졌어요. 사장님은 곧 자살할 터라 긴장감으로 맥박이 올라갔을 거라고 하셨죠. 그런데 측정이 재개된 후에는 급격히 낮아졌어요. 이제 죽으려 하는데 극도로 차분했다니 어떻게 된 걸까요?"

"글쎄, 얼마든지 설명할 수 있을 것 같은데." 운노는 한숨 섞인 말을 내뱉었다. "죽음을 결심하고 안도감 같은 걸 느꼈을지도 몰라. 요컨대 인간이란 세상에 절망해서 죽는 법이야. 살아갈 고통에서 벗어날 수 있다는 걸 알고 마음에 평화가 찾아온 거지. 그렇게 생각할 수 있지 않겠나?"

"으음, 과연 그럴까요."

"달리 어떻게 생각할 수 있겠어?"

"이를테면 범인이 스마트워치를 착용했기 때문이라고는 생각할 수 없을까요?"

"이런 이런." 운노는 쓴웃음을 지었다. "무슨 말을 하려나 했더니 또 타살설인가?"

"그렇게 말씀하지 마시고 들어보세요."

히스이는 금색 팔찌로 장식한 팔을 내저었다.

"타살이라 가정할 경우, 소네모토 씨는 자살할 뜻이 없었으니 유서를 준비한 것도 노트북 데이터를 지운 것도 범인 짓이에요. 하지만 노트북이 잠겨 있어서 조작을 하려면 암호가 필요했죠. 최신 노트북이라 경찰에서도 분석하기까지 시간이 걸려버렸어요."

"그렇다면 타살설은 더더욱 말이 안 되는 거 아냐?"

"그런데 말이죠. 소네모토 씨의 스마트워치에는 편리한 기능이 있어서…… 착용하고 있으면 연동된 노트북의 잠금을 자동으로 해제해줘요."

"오호."

"전원을 막 켰을 때나 장시간 대기 모드였다가 다시 사용할 때 등 일부 예외는 있지만 스마트워치를 착용한 사람이 가까이 있으면 키보드를 건드리기만 해도 잠금 상태를 풀 수 있죠. 범인은 그 기능을 이용한 게 아닐까요?"

"소네모토의 시체가 가까이 있어서 스마트워치가 노트북 잠금을 해제해줬다? 그 기능은 사람이 죽어도 작동하나?"

"유감스럽게도 사람의 생사를 구분하는 기능은 없는 것 같아요."

"그게 아까 말한 오 분간의 공백과 무슨 관계가 있지?"

"아마도 범인은 이 기능을 써서 유서를 작성하려 했을 거예요. 그런데 뭔가 이유가 생겨서 생각대로 되지 않았죠. 아마 시신의 피가 센서에 묻어서 착용 상태라는 걸 인식하지 못했을 거예요. 그래서 어쩔 수 없이 범인은 시신에서 스마트워치를 빼내 자신이 착용했어요. 비밀번호를 입력해야 했지만 가까운 사람이라면 엿볼 기회는 있었을 거예요. 실제로 비밀번호는 소네모토 씨 생일이어서 돌파는 간단했고요."

"과연." 운노는 여유를 드러내기 위해 추임새를 넣었다. "소네모토가 살해당하고, 범인이 그의 시계를 직접 차기까지의 공백이 오 분이었다는 뜻인가."

"네. 그러면 오 분 후에 측정된 건 범인의 맥박이라고 볼 수 있죠. 그건 도저히 살인을 저지른 후라고는 생각되지 않는 심장 박동수였어요……. 보통은 사람을 죽이면 긴장과 스트레스로 맥박이 상당히 높아질 텐데 말이죠. 이 범인은 달라요. 무척 냉철하고 태연하게 사람을 죽이는, 잔혹한 심성을 가졌어요."

"아주 재미있는 분석이야."

운노는 작게 박수를 쳤다.

"하지만 역시 '그렇게 생각하는 것도 불가능하지는 않다'라는 수준의 얘기로 들리는군. 애초에 살인을 저지르고 낮은 심장 박동수를 유지할 수 있는 인간이 어디 있겠어. 아니면 뭔가 결정적인 증거가 있는 건가? 예를 들어 손목시계에 범인의 지문이 남았다거나, 소네모토의 팔에 손목시계를 풀었다가 다시 착용한 흔적이 남았다거나?"

"아뇨, 유감스럽지만 아무것도……."

"그렇다면 망상의 범주를 벗어나지 못했군."

히스이는 약이 오른 듯한 표정을 지으며 입을 다물었다.

그 한순간의 정적을 누비고 웨이터가 다가왔다.

"오래 기다리셨습니다. 상드리용입니다."

오렌지빛 액체가 담긴 유리잔을 히스이 앞에 내려놓는다.

"미안해." 운노는 잠자코 있던 아즈사에게 웃어 보였다. "모처럼의 저녁식사인데 지루하게 만들어버렸군."

"아뇨." 아즈사는 다급히 고개를 저었다. "저도 무관하지 않을뿐더러 사건이 신경 쓰이기도 했어요. 게다가 드라마 속 탐정님을 보는 것 같아서 왠지 설레요."

그러고는 분위기를 맞추려는 듯 히스이를 보고 웃었다.

싫은 내색을 해도 될 텐데 본성이 선한 사람이리라.

"그건 오렌지주스 베이스인가요?"

히스이가 유리잔을 들어 아즈사를 보며 미소 지었다.

"오렌지, 파인애플, 레몬 과즙을 섞은 무알콜 칵테일이에요. '신데렐라'라고 부르는 쪽 상드리용은 프랑스어로 신데렐라를 의미이 전달이 더 쉬울지도 모르겠어요."

"아아, 동화요. 그런 이름의 칵테일이 있군요. 전 잘 몰라서……."

"술을 잘 못 마시는 분이어도 안심하고 칵테일을 즐길 수 있어요. 부디 자정이 되기 전에 드셔보세요."

히스이는 그렇게 말하며 유리잔에 입을 갖다댔다.

그러더니 운노를 보며 말한다.

"말씀대로 전 망상의 범주를 벗어나지 못하는 이야기를 했을지도 몰라요. 하지만 그걸 뒷받침하는 증언이라면, 있어요."

요염하게 빛나는 비취빛 눈동자를 운노는 가만히 받아냈다.

뭔가 수작을 부릴 셈이다…….

운노는 순간적으로 그걸 알아차리고 선수를 쳤다.

"그렇군. 양말인가."

운노의 말에 아주 잠깐, 히스이는 허를 찔린 듯했다.

"네……. 말씀대로, 스즈미 씨가 증언해주신 양말 건이에요."

"그 얘기도 나는 억지 수준이라고 생각하는데. 실제로 경찰은 수사본부를 꾸리지도 않고 있어. 진지하게 받아들이지 않는다는 뜻이겠지."

"하지만 양말이 사라졌다는 게 확실해지면 그건 현장에 제삼자, 즉 살인자가 있었다는 분명한 증거가 돼요."

히스이가 거기에서 말을 멈추더니 옆에 앉은 아즈사를 바라보았다. 그러고는 마치 여자끼리 비밀 이야기를 하듯 자연스레 다가가 테이블에 놓인 아즈사의 팔에 가만히 손을 올렸다. 여자끼리라서 가능한, 지극히 자연스러운 터치를 섞어가며 히스이는 속삭였다.

"아즈사 씨. 그날 밤, 현장을 목격했을 때, 창문에 확실히 양말이 걸려 있었죠?"

운노는 반사적으로 입을 열려다가 알아챘다.

그렇군.

히스이의 노림수를 알겠다.

영 못마땅한 수를 끌어들였다.

이건 스즈미 아즈사 증언 쟁탈전이다.

조즈카 히스이는 아즈사가 양말을 봤다고 하는 확실한 증언을 원한다. 반면 운노는 아즈사의 증언을 부정할 수밖에 없다. 술을 마셔 취해 있었으니 신빙성이 없다는 방향으로 증언을 바꿀 수밖에 없는 것이다. 여기에서 히스이는 허점을 찔렀다. 자신이 스즈미 아즈사에게 적잖이 호의를 갖고 있다는 걸 눈치채고 둘이 보내는 시간을 일부러 노렸다. 극단적으로 표현해 '주정뱅이가 한 말을 믿다니 이해가 안 된다'라고 해버리면 끝낼 수 있다 해도, 차마 아즈사를 앞에 두고 그렇게 말할 수 없다. 히스이는 그 부분을 치고 들어온 것이다.

히스이가 다가오자 아즈사는 조금 놀란 듯했다.

"어, 그게, 부정확하긴 한데요……."

기억을 더듬듯 미간을 찌푸리고 증언을 입에 올리려 한다.

"기다려."

운노는 낮은 음성으로 아즈사의 말을 잘랐다.

히스이가 그를 보았다.

"당신은 스즈미 씨의 증언을 유도하고 있어. 애초에 범인이 있고 양말을 가져갔다는 말 자체가 황당무계하지 않나. 아니면 범인이 양말을 가져갔다는, 일어났을 것 같지도 않은 상황을 객관적으로 증명할 수 있나?"

히스이는 운노의 말을 기다렸다는 듯 씨익 웃었다.

"실은요, **떨어져 있었어요.**"

"떨어져 있었다고?"

운노는 처음으로 의아하다는 표정을 지었다.

히스이는 운노의 반응을 보더니 만족스럽다는 듯이 고개를 끄덕였다.

"소파 아래에, **한쪽 양말만.**"

그 말을 듣고 순간적으로 떠오르는 기억이 있었다.

운노는 그것을 보고 있다.

소네모토를 방심시키려고 일부러 언급하기도 했다.

소네모토. 양말이 저런 데서 굴러다니네.

그때 소네모토는 이렇게 대답했다.

널 때 안 보이길래 어디 갔나 했어요.

그랬군. 범행 직전이라 미처 생각하지 못했다. 소네모토의 말을 듣고 알아챘어야 마땅하다. 이건 자신의 실수다.

그렇다면 히스이의 공격 수단은⋯⋯.

"한쪽 양말만 떨어져 있었어요. 둥글게 뭉쳐진 걸 보면 세탁기에서 꺼내 옮길 때 떨어뜨렸을 거예요. 무심결에 발로 차거나 해서 소파 밑으로 들어갔겠죠. 거기까지는 자주 있는 일이에요. 그런데, 그런데 말이에요. 소네모토 씨의 방을 구석구석 살펴봤는데 **나머지 한쪽이 집 안 어디에도 없었어요.**"

예상한 말이었다.

승리를 확신하는 듯한 미소와 함께 내뱉는 그 말에 운노는 사고를 회전시켰다.

"그렇군."

그 말을 하며 시간을 벌었다. 하지만 유예를 허락하지 않겠다는 듯 히스이가 빠르게 말을 이어갔다.

"양말이 한쪽밖에 없다. 그리고 그리고, 원형 행거에는 아무것도 걸려 있지 않았고, 스즈미 씨는 양말 같은 게 걸려 있는 듯해서 실내가 잘 안 보였다고 증언하셨죠. 실내가 잘 안 보일 정도라면 여러 켤레가 걸려 있었을 가능성이 높아요. 이런 상황을 복합적으로 생각하면 답은 명확해요. 범인은 원형 행거에 걸려 있던 양말을, 나름의 이유 때문에 다 가지고 갔다. 그런데 소파 아래에 떨어진 양말까지는 신경 쓰지 못했다⋯⋯."

그러나 운은 운노의 편이었다.

웨이터가 다가와 더 주문을 할지 물었다.

아무도 주문하지 않아 웨이터는 자리를 떴다. 하지만 그 시간 공백이 히스이의 추리와 설득력의 힘을 깎았고 운노에게는 생각할 틈을 주었다.

운노는 아즈사를 보았다.

어딘가 불안한 듯한 표정으로 운노를 보고 있다.

번 시간을 이용해 머리를 굴려 논리를 세워나간다.

이건 무너뜨릴 수 있다.

"그 논리에는 구멍이 있어."

"구멍요? 양말에만?"

운노는 웃었다.

"몰아붙이고 싶은 마음은 알겠지만 일단 들어보시지. 양말이 한쪽만 있었다고 해서 범인이 양말을 가져갔다고 판단하는 건 너무 성급하지 않나? 양말이 소파 아래로 굴러들어간 시점이 **최근이었다고 어떻게 확신하지?** 더 옛날에 들어간 상태로 찾지 못하다가, 한쪽밖에 없는 양말은 신을 수 없으니 **소네모토가 버렸을 가능성을 어떻게 배제하나?**"

히스이는 운노를 노려본 채 말이 없다.

"아니면 당일에 소네모토가 양말을 구입한 영수증이 마침 발견되기라도 했나?"

그런 게 나와준다면 히스이의 논리를 증명할 훌륭한 물증이 된다. 하지만 운노는 없으리라 확신했다. 운노가 가져간 소네모토의 양말은 도저히 새것으로는 보이지 않았기 때문이다.

"아뇨."

아니나 다를까, 히스이는 이쪽을 노려보며 가만히 고개를 가로저었다.

"하지만…… 스즈미 씨의 증언과 조합하면 적어도 수사본부를 꾸리기에는 충분한 증거가 돼요."

"스즈미 씨는 취해 있었어. '본 것 같다'로는 부족해."

히스이는 옆에 앉은 아즈사를 보았다.

진지한 눈빛은 애원하는 듯 보이기도 했다.

"스즈미 씨, 어떠세요? 그날 밤, 창문에 걸려 있던 양말을 확실히 보셨나요."

"그건……."

아즈사의 표정을 본다.

거기에 숨겨진 감정을, 운노는 읽으려 했다.

이대로라면 '본 게 맞다'라는 대답이 나올 것 같다.

운노는 순간적으로 일어나 테이블 위로 몸을 내밀었다.

"아즈사 씨."

부드러운 목소리로 부르며, 테이블 위 아즈사의 왼팔을 한 손으로 가만히 잡았다. 조금 전 히스이가 한 동작과 비슷하지만 목적은 다르다.

"누구나 취할 때가 있어요. 부끄러운 일이 아닙니다. 하지만 신중히 답해야 해요. 조즈카 씨는 범인이 양말을 가져갔다는 황당무계한 가설을 성립시키기 위해 유도하고 있어요. 그러나 똑똑한 분이니까 말도 안 되는 소리라는 걸 아실 겁니다."

"하지만, 저는……."

운노는 안도시키듯 다정하게 웃어 보였다.

"아즈사 씨, 당신의 손목시계 문자판이 로마 숫자인지 아라비아 숫자인지 기억하십니까?"

운노는 아즈사의 눈동자를 빤히 보았다. 그 말에 히스이의 호흡이 순간적으로 멈추는 게 느껴졌다. 운노의 의도를 알아챘을 것이다. 그리고 그것이 가져다줄 효과를 우려했으리라.

"네?"

아즈사의 시선이 왼쪽 손목시계로 향했다. 하지만 시계를 덮듯 운노가 손목을 부드럽게 잡고 있었다.

"어떠십니까?"

"뭐였더라……. 아마 로마 숫자였던 것 같아요."

운노가 미소 지었다.

386

"긴 형사 생활을 통해 깨달았습니다. 인간의 기억은 무척이나 애매하다는 사실을요. 실제로는 보지 않았는데도 봤다고 착각해버리죠. 그리고 매일 보는 것인데도 기억에 남지 않기도 해요. 이건 당신의 주의력이 산만하다는 뜻이 아닙니다. 사람이라면 누구나 그렇거든요."

운노는 아즈사의 손목에서 손을 뗐다.

손목시계의 문자판에는 **아무 숫자도 적혀 있지 않았다.**

그저 별과 달이 어우러져 있을 뿐이었다.

"실상은 양말 따위, 못 보신 겁니다."

"아즈사 씨."

초조했는지 히스이가 끼어든다.

"대답해주세요. 양말을 보신 게 맞죠?"

"조즈카 씨."

운노는 작작하라는 듯 요란하게 한숨을 내쉬며 말했다.

"이제 그만하고 가주시겠나. 데이트를 방해하고 있다는 건 모르나 보군."

히스이는 매달리듯 아즈사를 보고 있다.

아즈사는 운노를 올려다보았다.

눈동자가 흔들린다.

그러고는 고개를 푹 숙였다.

"그게…… 저는 아무것도 못 봤어요."

히스이가 다급히 말했다.

"아즈사 씨. 그렇지 않아요. 자신감을 가져요."

"아뇨, 사실이에요. 취한 상태였으니 기억이 분명하지 않아서 확실하게 말씀드릴 수 있는 게 없어요. 그래도……."

아즈사는 불쑥 내뱉었다.

"양말 같은 건 처음부터 없었던 것 같아요."

운노가 승리하는 순간이었다.

히스이가 작게 혀를 찼다.

운노는 자리에 앉았다.

히스이는 입술을 깨물더니 한숨을 내쉬었다.

"이제 가주세요."

그렇게 말한 건 아즈사였다.

히스이는 유리잔을 손에 들더니 단숨에 들이켰다.

"자정이면 마법이 끝나요. 당신이 누구의 마법에 걸렸는지 잘 생각해보세요. 그 마법사는 사람을 죽이고도 낯빛 하나 안 바뀌는 냉혹한 살인마일지 모릅니다."

히스이가 자리에서 일어난 뒤 운노를 보았다.

"그런데 사장님. 심장 박동수 평균치를 여쭤봐도 될까요?"

"글쎄."

운노는 고개를 갸웃거렸다.

"최근에는 재본 적이 없어서 잘 모르겠군."

마침내 히스이는 자리를 떴다.

한동안 침묵이 흘렀다.

"저 사람, 싫어요."

얼마 후 아즈사가 불평하듯 말했다.

"아무래도 성격이 좋다고 하기는 힘들지."

"게다가 뭔가, 마치…… 운노 씨를 범인으로 몰고 싶어하는 것 같았어요."

"정말이지 무례하다니까. 무슨 망상에 사로잡힌 모양이야. 그런 걸로 범인 취급을 받으면 참을 수 없지."

아즈사는 힘없이 웃었다.

"그래도 아즈사 씨 덕분에 살았어. 어쩌면 별의 뜻인지도 몰라. 별이 나를 궁지에서 구해내기 위해 당신을 보내준 것 같군."

운노는 너스레를 떨며 말하고는 웃었다.

그 몸짓이 어린애처럼 보였을 것이다.

아즈사가 한 손으로 입을 가리고 쿡쿡 웃었다.

⁂

크루즈에서의 시간을 마치고 운노는 아즈사를 집까지 바래다주었다.

아즈사는 헤어짐을 내심 아쉬워하는 듯했다. 자신의 증언이 초래할 영향에 불안을 느껴서일지도 모른다. 그러나 운노는 초조해하지 않았다. 이 타이밍에 아즈사를 유혹하기는 쉽지만 조금 더 진중하게 만나고 싶었다. 의외로 본인의 마음이 진지해 놀랐으나 나이 때문일지도 모르겠다고 자조했다. 말은 이렇게 해도 내일이 일러스트 마감일이라는 말을 듣지 않았다면 자신 또한 더 오래 같이 있으려 했을지도 모른다.

아즈사의 집 앞, 차 안에서 조금 더 대화를 나눴다.

술을 마시지 않은 건 이 시간을 위해서라고 해도 무방하다.

엷은 어둠이 깔린 좁은 차 안에서 단둘이 보내는 시간은 속마음을 털어놓기에 최적이었다.

"저, 연인과 헤어진 지 얼마 안 됐어요."

운노는 잠자코 아즈사의 말이 이어지기를 기다렸다.

"그게, 미련이 남아서 갈팡질팡하기도 했는데……."

아즈사는 운노의 눈을 보지 않았다. 차 안의 희미한 조명이, 푹 숙인 그 얼굴에 그늘을 드리우고 있다.

"그래도…… 오늘 운노 씨가 데이트라고 말해주셔서 기뻤어요."

"또 연락해도 될까?"

운노의 말에 망설이듯 고개를 끄덕였다. 아즈사가 고개를 들어 수줍어하는 표정이 드러나자 운노의 가슴속에 애틋한 감정이 밀려들었다.

운노는 아즈사의 모습이 현관에서 사라질 때까지 지켜보다가 차를 움직였다.

처음에는 증언을 컨트롤할 목적이었다. 그러나 몸단장을 한 아즈사는 역시나 아내와 닮아 매력적이었다. 자신의 여자로 만들 수 있다면, 아무것도 그려지지 않던 미래의 청사진이 보이기 시작할지도 모른다. 아내를 잃은 뒤 그저 암담하게만 느껴지던 밤의 불빛도 언젠가는 아름답다고 느낄 수 있게 되리라.

불현듯 뇌리에 아내의 얼굴이 떠올랐다.

그 영매가 했던 말도…….

자신이 잃었다는 것은 무엇일까.

자신이 잃어서, 아내가 꾸짖으려 했던 것이란.

아내를 향한 사랑일까? 아니면…….

새로운 인생의 목표를 얻는 것을 아내는 어떻게 생각할까.

뭐, 신경 쓸 것 없다. 가짜 영능력자의 허튼소리니까.

이 일이 마무리되면 은퇴해도 상관없다. 걸림돌이 될 만한 존재는 조즈카 히스이 하나뿐이다.

이제 얼마 남지 않았다. 방해하게 두지는 않겠다.

이쯤에서 카드를 잘라주리라.

데이트를 방해했으니, 분개할 만한 훌륭한 이유가 될 것이다.

"트럼프 카드를, 이런 식으로 앞뒤 구분 없이 어지럽게 섞어보신 적 있습니까?"

지와사키 마코토는 이글거리는 눈으로 테이블을 보고 있었다.

선명한 녹색 벨벳이 깔린 작은 테이블에는 빨간 트럼프 카드가 미끄러지듯 펼쳐져 있다. 호를 그리듯이 커브가 있는 쪽이 객석 측이다. 젊은 마술사의 우아하고 아름다운 손가락이 자유자재로 카드를 다루는 모습을, 마코토는 홀린 듯 바라보았다.

마크와 숫자가 그려진 앞면과 빨간 문양이 빼곡한 뒷면. 마술사는 트럼프 한 벌을 둘로 나누더니 앞면과 뒷면이 서로 어긋나게 마주 댔다. 눈 깜짝할 새에 트럼프는 앞뒷면이 마구 뒤섞인 상태가 돼버렸다.

젊은 여자 마술사였다.

이십대 중반 정도로, 길고 윤기 나는 흑발이 잘 어울렸다.

잘 웃는 편은 아니었는데, 그래서인지 중요한 순간에 보이는 미소가 너무나 매력적으로 보였다.

"좋아하는 카드를 한 장 말씀해보세요."

남자 손님이 '하트 퀸'이라고 대답한다.

그와 동시에 마술사가 트럼프 한 벌을 테이블에 펼쳤다.

무지개를 그리듯 고요한 움직임이었다. 그러나 관객들은 서서히 알아챘다. 앞면과 뒷면을 아무렇게나 섞었는데, 무지개가 내걸리듯 테이블에 펼쳐지는 카드는 모두 뒷면을 보이고 있었다.

정 가운데 있는 하트 퀸을 제외하고.

박수갈채.

마법이라도 본 듯한 기분에 마코토는 박수 치는 것도 잊었다.

옆자리의 조즈카 히스이를 보니 만족스럽다는 듯 웃으며 박수를 치고 있었다.

히스이와 가깝게 지내는 마술사라고 한다. 카드 다루는 솜씨로는 능가하는 여자 마술사가 없을 정도로 업계에서 유명한 모양이었다. 쇼가 있으니 보러 가자고 히스이가 꾀어서 왔다. 십수 명이 들어서면 꽉 차는 좁은 바를 리모델링 한 곳인데 때때로 히스이가 가명으로 출연하기도 했다. 아는 사람만 아는 곳일 터였다.

두 사람이 왜 여기에 있는가 하면, 사건 수사가 중단됐기 때문이다. 경찰 내부에 수상한 움직임이 나타나 히스이 쪽에도 제동이 걸렸다. 운노가 인맥을 통해 경찰에 압력을 가한 것 같았다. 그래서 운노에게 붙였던 미행과 감시도 일제히 중단됐고 히스이도 꼼짝할 수 없는 상태가 돼버렸다.

그런 와중에도 긍정적으로 생각하자면, 이런 기분전환은 중요하다. 가끔씩은 이렇게 히스이와 마술쇼를 보러 외출하기도 한다. 지난달에도 히스이에게 이끌려 유령 분장을 한 마술사와, 도구로 인형만 사용하는 마술사의 쇼를 보고 왔다. 신기하다기보다는 배를 부여잡고 웃게 되는 유쾌한 공연이었는데, 마술을 이렇게도 즐길 수 있구나 싶어 놀랐다.

"카드를 찾아내는 것과 앞면 뒷면이 맞춰지는 것. 신기한 일들이 한꺼번에 일어나서 파악하시기 어려웠을 수도 있겠네요. 침착하게 보시면 괜찮을 겁니다. 한 번 더 해보죠. 거기 계시는 여성분께 부탁드려도 될까요?"

마술사와 시선이 마주치자 마코토는 몸이 굳었다.

마술사가 긴장을 풀어주듯 생긋 웃으며 말했다.

"1부터 13까지의 숫자 중 좋아하는 숫자를 말씀해주세요."

"그럼, 음, 8이요."

"보시는 바와 같이 지금 카드는 모두 뒷면을 보이고 있습니다."

마술사는 엎어놓은 카드를 양손 사이에 펼쳐 관객에게 보여주었다. 그러고는 조금 전처럼 앞면 다발과 뒷면 다발로 트럼프를 나눈 뒤 한꺼번에 섞었다.

"무슨 일이 일어날지 이미 아시겠죠?"

마코토는 설마설마했다.

"말씀하신 숫자는 8이죠."

마술사가 테이블에 카드를 펼친다.

녹색 벨벳 위에 빨간 무지개가 뜬다.

카드는 다 뒷면이었다.

한가운데에는 마코토가 고른 숫자.

하트 8, 스페이드 8, 다이아 8, 클로버 8…….

네 장만 앞면으로 정렬되어 있다.

어떻게 된 영문인지 모르겠다.

마코토는 이후로도 테이블을 집어삼킬 듯 보며 연신 박수만 쳤다.

쇼는 한 시간도 되지 않아 끝났다. 주차장에 차를 세워뒀지만 히스이가 일루미네이션을 보고 싶다고 하는 통에 게야키자카 쪽까지 이어지는 롯폰기의 밤거리를 걷기로 했다.

길을 걷던 마코토는 저도 모르게 마술쇼를 본 소감을 열성적으로 토해냈다.

"있잖아, 오프닝 때 그건 어떻게 한 거야? 아니, 원상태로 돌리는 거랑 카드 찾는 걸 동시에 해야 하잖아. 뭐가 뭔지 하나도 모르겠던데. 아니, 그게, 섞었다니까? 그 상황에서 카드 네 장을 한순간에 찾아낼 수 있어? 정말 순식간이었다고! 앞면이 보였던 것도 아닌데!"

히스이는 그런 마코토를 보며 재미있다는 듯 웃을 뿐이었다.

"심지어 두 번이나 똑같은 걸 했는데도 전혀 모르겠더라……. 그리고 손목시계 마술도 그렇잖아? 몇 번씩이나 손목시계 아래로 이동했던 그거. 같은 행동을 반복한다는 걸 알면서도 걸려들어서……. 아 정말, 너무너무 재미있었어!"

히스이가 양손을 맞대고 쿡쿡거리며 웃었다.

그러고는 마코토 쪽을 바라보며 검지를 빳빳하게 세우고 말했다.

"그렇네요. 반복 행동이야말로 마술의 정수精髓라는 견해도 있어요. 일반적으로는 같은 마술은 다시 하지 않는 게 유리하죠. 무슨 일이 일어날지 알면 간파당할 가능성도 높아지니까요."

"그래도 전혀 모르겠던데."

"맞아요. 뛰어난 마술사는 그런 상황마저 이용해요. 설령 같은 현상이라 해도, 그리고 트릭이 들통났다 해도, 손과 도구를 바꿔 관객을 매료하는 게 마술사라는 존재예요. 관객은 같은 행동이 반복되면 앞으로 어떻게 될지 뻔하다고 생각하겠죠. 소재가 들통났는데 어떻게 속일 것인가. 그런데 그게 바로 맹점이에요. 알고 있으니까, 그리고 반복하니까, 우리는 마술의 한복판으로 빨려 들어가죠……."

히스이는 마술 이야기를 할 때면 언제나 수다스러워지고, 즐겁다는 듯 웃는다.

최근에는 고뇌할 일이 이어졌기에 이런 표정을 보는 게 제법 오랜만일지도 모른다.

마코토는 걸으며, 방금 들은 말을 곱씹었다. 히스이의 말마따나 같은 패턴의 마술인 줄 알았는데 미묘하게 달랐다. 오프닝 마술을 예로 들자면 처음에는 카드 한 장만 앞면이었지만 다음 번에는 네 장이 나란히 나왔다. 거기까지는 상상도 못 했으니 허를 찔린 기분이었다. 미처 보지 못한 부분도 있었을 것이다.

밤거리를 장식하는 겨울의 일루미네이션이 보였다.

히스이는 희푸르게 빛나는 가로수에 다가가 저 멀리 보이는 도쿄타워가 화면에 담기도록 스마트폰을 들었다.

하지만 기분 탓일까.

오늘 히스이는 왠지 억지로 들뜬 척하는 것처럼 보이기도 했다.

마코토가 말했다.

"그만하면 된 것 같은데."

"뭐가요?"

거리가 떨어져 있어 잘 들리지 않았을 것이다.

히스이가 이쪽을 보더니 고개를 갸웃거렸다.

마코토는 가까이 다가가 말했다.

"관두는 게 어때? 이번에는 상대가 너무 안 좋아."

아무리 찾아도 증거는 없다.

논리는 논리로 반박당한다.

믿었던 목격자는 아무것도 생각해내지 못한다.

경찰 동료를 통해 압박이 들어오기까지 했다.

히스이는 일루미네이션을 찍으려고 들어 올렸던 스마트폰을 내렸다.

코트 주머니에 양손을 찔러 넣더니 쓸쓸한 표정으로 마코토를 보았다.

불길한 예감이 든다.

그자는 정말로 사람을 죽이고도 눈 하나 깜짝하지 않는 인간일 것이다.

이 이상 섣불리 접근하면…….

"제가 살해당할 것 같아서요?"

"설마."

마코토는 웃었다.

그럴 일은 없을 것이다. 조즈카 히스이는 설령 죽인다 해도 죽지 않을 것 같은 사람이다.

하지만 세상에는 만약이라는 게 존재한다.

"마코토는 그만 끝내고 싶어요?"

마코토는 한동안 머뭇거리다 조용히 고개를 저었다.

"모르겠어. 그런데 넌 왜 그렇게까지 사건에 집착하는 거야?"

히스이는 입을 다물었다. 손을 들어 손목시계를 흘끗 확인한다.

그러고는 아름다운 설경을 표현하며 나무들을 수놓은 불빛을, 눈부시다는 듯 올려다보았다.

"못 봐주겠어요."

히스이는 중얼거렸다.

"다른 사람의 인생을 무참하게 빼앗은 인간이 유유히 살아가는 세상을요."

"그건 그렇지만."

"과거가 어땠든 소네모토 씨는 새 삶을 살았어요. 살해 동기가 추측대로라면 그의 정의감은 상찬받아 마땅하죠. 앞으로 살아갈 긴 인생에서, 그 정의감에 도움받는 사람이 분명 있었을 거예요."

마코토는 착잡한 심정으로 고개를 끄덕였다.

"운노는 이번 일을 통해 맛을 들였을 거예요. 여기에서 놓치면 다음에 또 손에 피를 묻히겠죠. 우리는 구할 수 있었던 생명을 잃게 되고……."

히스이는 일루미네이션을 물끄러미 쳐다보고 있었다.

"그러니까 이유가 있다면."

히스이가 불쑥 말을 내뱉었다.

"그건 제가 탐정이기 때문이에요."

그 말은 대답이 아닌 것 같았지만 이해할 수 있는 부분도 있었다. 그게 조즈카 히스이의 정의이리라.

더는 말이 없다.

마코토는 히스이에게 다가가 머리를 쓰다듬었다.

히스이가 놀랐는지 눈을 끔벅거렸다.

"왜 이래요?"

휘둥그레진 히스이의 앞머리를 헝클어뜨리며 마코토는 웃었다.

"맞아. 넌 그런 애였지. 그러니까, 어떻게 해서든 싸우겠다면 끝까지 함께할게. 그게 내 역할이니까."

히스이는 한 번 더 눈을 깜박이더니 마코토를 올려다보았다.

"이상한 소리를 해서 미안. 그럼 오늘만큼은 사건은 잊어버리고 마술 얘기를 해줘."

도저히 승부수가 보이지 않는지 요즘 히스이는 내내 고민에 빠져 있다. 마코토 눈에는 그렇게 보였다. 하지만 오늘처럼 마술 얘기를 할 때의 히스이는, 끌어안은 숙명과는 무관한, 밝게 웃는 평범한 아가씨였다.

마코토는 그런 얘기를 하는 히스이의 표정을 좋아한다.

"마코토……."

히스이는 살짝 수줍어했다.

"그래요. 마술 얘기라도 해요. 오늘 마술사는 반복된 수순으로 얼마나 관객을 즐겁게 할 수 있을 것인가에 도전했을 거예요. 전체적인 루틴을 보면 그런 생각으로 구성했다는 걸 알 수 있죠. 마코토의 반응만 봐도 대성공이었다고 할 수 있겠어요."

"내가 잘 걸려든다는 뜻이야? 혹시 나 바보 취급하니?"

"그런 말은 한 적 없는데요?"

히스이가 키득거렸다.

"뭐, 나도 알긴 알아. 내 손목시계 아래에서 나왔을 때는 깜짝 놀랐으니까."

첫 퍼포먼스는 선택한 카드가 마술사의 손목시계에 끼워져 있는 연출이었다. '의심을 살 수 있으니 빼버리죠' 하며 손목시계를 풀어 한쪽에 뒀는데, 얼마 뒤 카드는 그 아래로 이동했다. 그다음에는 마코토가 찬 손목시계에 카드가 끼워져 있었고, 마지막에는…….

"마술사 손목시계, 디자인이 좀 특이했잖아. 트릭이 있을 것 같아서 눈여겨봤는데 설마 내 시계였을 줄이야……. 등잔 밑이 어둡다더니……."

마코토가 웃었다.

그런데 히스이는 웃지 않았다.

마코토를 보고 있었다.

아니, 보는 것 같은데 안 보는 것 같기도 한…….

시간이 정지된 듯한, 그런 두 눈이었다.

"히스이?"

커다란 눈동자가 슬로모션처럼 연신 깜박거렸다.

"등잔 밑이 어둡다……."

히스이가 중얼거리더니 비취빛 눈동자를 신비하게 반짝였다.

"왜 그래?"

"마코토!"

표정이 환해진 히스이가 이쪽으로 뛰어든다.

마코토는 허둥지둥 히스이를 받아냈다.

체구는 작은데 힘이 엄청나다. 마코토는 넘어지지 않으려고 힘주어 버텼다.

"왜 그래?"

"그거예요!"

두 손으로 마코토 손을 잡고 붕붕 흔든다.

"응? 뭐가?"

"짜잔!"

히스이는 마코토에게서 뛰쳐나가듯 떨어지더니 바이올린을 켜는 시늉을 했다.

또 셜록 홈스 흉내다.

그 말인즉.

"엇, 잠깐만. 너무 갑작스러운데, 설마?"

히스이는 마코토를 보며 천천히 뒤로 물러났다.

그러고는 한 손을 들었다.

손가락을 딱, 하고 튕긴다.

일루미네이션의 빛이 꺼진다.

돌연 주변이 엷은 어둠에 휩싸이자 마코토는 숨을 삼켰다.

이건 무슨 마법이지?

아니, 당연히, 히스이가 일루미네이션을 껐을 리는 없다.

그렇다면, 그렇군. 소등 시간이구나…….

밤거리의 조명을 몸에 두른 채, 히스이는 마치 무대 위에 선 것처럼 인사했다.

"신사 숙녀 여러분. 대단히 오래 기다리셨습니다. 해결편입니다."

마코토는 자신의 심장이 흥분으로 고동치는 것을 느꼈다.

히스이는 유일한 관객인 마코토를 앞에 두고 거침없이 내뱉기 시작했다.

"호락호락하지 않은 상대였지만 반격의 실마리를 찾아낼 수 있을 것 같습니다. 현장에 절대 물증을 남기지 않는 범인을 상대로 했는데, 과연, 대체, 무엇이 운노 야스노리를 몰아세우는 결정적 증거가 될 것인가! 힌트는 이쪽."

히스이는 주머니에서 그것을 꺼냈다.

"앗, 뭐야, 언제 그걸!"

마코토는 다급히 다가가 히스이의 손에서 그것을 낚아챘다.

"이걸 파악하신 현명한 여러분께는 다른 문제를 내죠."

히스이는 깔깔 웃으며 마코토에게서 떨어졌다.

등을 돌린 뒤 어깨 너머로 마코토를 보았다.

그러고는 양손 다섯 손가락을 맞대더니 그 끝이 마코토를 향하도록 겨냥했다.

"범인은 확실. 단, 저는 이렇게 묻겠어요. 과연 당신은 **탐정의 추리를 추리할 수 있습니까?**"

조즈카 히스이가 초록빛 두 눈동자를 반짝이며 밤의 어둠에 도전한다.

"저는 응접실에서 운노와 대화할 때 이 사람이 범인이라고 확신했어요. 제가 왜 그런 생각을 하게 됐는지, 여러분도 운노의 치명적인 실수를 추리해보세요. 그것도 쉬운 분이라면 그 양말 이야기를……. 운노가 양말을 가져가야 했던 이유를 생각해보면 재미있을지도 모르겠군요."

히스이는 마코토에게, 이 정보들을 통해 추리해보라고 말하는 것이다.

"그리고 다 푸신 분께는 선물로 이 말을 해드리죠……."

히스이가 유려한 영어로 말했다.

"What done it."

그 말의 의미는······.

장난스러운 표정을 지으며 히스이가 웃었다.

"자, 이제 스즈미 아즈사가 범인 얼굴을 떠올릴 수 있도록 작전을 준비할 거예요. 마술사인 지인에게 특별 협조를 요청할 거고요. 상당히 재미있어지겠는데요."

코트가 거추장스러웠을 것이다.

투명한 치맛자락을 잡는 동작과 함께.

"지금까지 조즈카 히스이였습니다."

왜일까. 어쩐지 불길한 예감이 찾아드는 걸 느끼며.

지와사키 마코토는 허리 굽혀 인사하는 히스이를 보고 있었다.

◦

스즈미 아즈사와의 교제는 순조롭다고 해도 좋았다.

그러다 최근 들어 조금 의외인 일이 있었다. 아즈사가 운노에게 먼저 데이트 신청을 한 것이다. 조즈카 히스이가 일전에 무례를 사과한다며 마술쇼 초대권을 보냈다고 했다.

히스이의 이름이 나오다니 뭔가 수상쩍었지만 아즈사는 그런 쇼에 흥미가 있었는지 가고 싶어했다. 나이에 맞지 않게 몽상가 기질이 있는 여성이다. 보기 좋게 이용당하는 기분이 들지만 아즈사의 데이트 신청을 저버릴 수도 없는 노릇이었다.

하지만 그것보다 아즈사가 통화하며 한 말이 더 마음에 걸렸다.

"저기…… 저, 조즈카 씨의 말을 듣고 생각난 게 있어요."

"생각난 거?"

"그…… 사건 당일 본 것에 관해서요. 많이 고민했는데, 운노 씨에게도 확실하게 얘기하는 게 좋을 것 같아요."

생각보다 심각한 목소리에 운노는 추궁하듯 물었다.

"뭐가 생각났길래?"

"직접 만나서 얘기해도 될까요. 설명하기가 어려워서요. 마술쇼가 끝난 후에 저희 집에 와서…… 베란다에서 같이 봐줬으면 해요."

아즈사는 무엇을 떠올렸나. 더 이상은 말하려 하지 않았다. 그렇다면 쇼가 끝난 후에 실제로 물어볼 수밖에 없다. 운노는 최악의 케이스를 상정했다. 만약 수가 틀려서 아즈사가 범인의 얼굴을 기억해냈다면? 아즈사는 자신에게 호감이 있다. 어쩌면, 경찰에 털어놓기 전에 자신에게 논의하려 할 가능성도 없지 않을 것이다. 그렇다면…….

그때는 죽일 수밖에 없다.

마술쇼는 롯폰기에 있는 작은 바에서 열리는 모양이었다. 밤이 되어, 출판사에서 미팅을 했다는 아즈사를 만나 자동차를 내달렸다. 쓸데없는 걱정을 한 것인지 아즈사는 고심하는 기색도 없었고 오히려 기분이 좋아 보였다. 이유를 묻자 좋아하는 작가가 쓴 책의 표지 디자인을 맡게 됐다고 했다. 가까운 주차장에 차를 세우고 밤길을 걸어 가게로 향했다. 두 사람의 거리가 가까워졌음을 나타내듯, 아즈사는 운노의 팔에 팔짱을 끼고 걸었다.

규모가 작은 쇼인지 가게 내부도 무척 좁았다. 관객석은 다닥다닥 붙어 있는 데다 만석이어서 숨이 막힐 정도였다. 아즈사에게 물어보니 인기 있는 마술사라 티켓을 구하기 어렵다고 했다. 코앞에서 마술을 볼 수 있는 '클로즈업 매직'이라는 형식이었다. 운노와 아즈사는 마술사가 쓸, 반달처럼 생긴 테이블 바로 앞에 앉을 수 있었다.

쇼가 시작되기를 기다리며 운노는 아즈사에게 물었다.

"그래서 생각났다는 게 뭐야?"

옷걸이에 코트를 걸어주고 온 아즈사는 자리에 앉더니 심각한 표정을 지었다.

"그게 실은…… 양말에 관련된 거예요."

"조즈카 씨의 말을 진지하게 받아들일 필요는 없어."

"그래도…… 역시, 저, 양말을 본 것 같아요."

아즈사는 호소하듯 말했다.

"그때는 화나서 그렇게 말해버렸지만 자꾸 신경이 쓰여서……. 만약 살인사건이라면, 어떻게든 범인 얼굴을 떠올려야겠다고 생각했어요. 안 그러면 운노 씨가 의심받잖아요."

"그야 그렇겠지만……."

운노는 그제야 조즈카 히스이의 노림수를 알아챘다. 이번에는 아즈사의 불안을 부추기는 작전으로 나온 것이다. 자신이 생각해내지 않으면 운노가 억울하게 체포될지 모른다고 생각하게 해서 어떻게든 범인 얼굴을 떠올리게 할 작정이리라.

운노는 아즈사를 어떻게 구슬릴지 고민했다. 그러나 묘안이 떠오르기에 앞서 실내의 조명이 꺼졌다.

쇼가 시작돼버린 모양이다.

젊은 여자 마술사가 모습을 드러냈다.

이십대 중반 정도일 것이다. 길고 차분한 흑발이 인상적인 사람으로, 별로 웃지 않았지만 불필요하게 관객에게 알랑거리는 느낌이 아니어서 운노에게는 호감이었다. 그러면서도 중요한 순간에는 장난스레 웃어 보이기도 하고 고도의 조크를 섞기도 하니 그 격차가 매력 중 하나일 것이다. 정중한 어조와 태도는 미술관의 큐레이터를 떠올리게 했고, 쿨한 모습을 통해 세련된 손놀림으로 카드를 다루고 있음을 잘 알 수 있었다. 주로 트럼프 카드를 사용했지만 로프나 컵 등 마술이라는 단어에서 연상되는 도구도 여럿 나왔다. 미술품 대신 다양한 불가사의를 품위 있게 소개받는 느낌이었다. 좁은 곳에서 젊은 여자가 하는 마술이라 별 기대를 안 했는데, 이것은 일류의 기예가 분명하다고 다시 생각하게 됐다.

공연이 한창 무르익었을 때였다.

마술사는 테이블 맞은편 의자에 앉아 천천히 관객석을 둘러보았다. 한 사람 한 사람과 시선을 마주치듯 보며 말을 꺼낸다.

"예전에 텔레비전에서 본 드라마 얘기입니다."

그렇게 이야기가 시작됐다.

"한 행인이 뺑소니 현장을 목격합니다. 그 사람은 달아나는 차량을 봤지만 너무 놀란 나머지 차량번호는 기억하지 못해요."

마술사는 객석을 향해 조용히 말했다. 대체 뭘 하려는 걸까, 하며 관객들이 흥미와 호기심으로 숨을 삼키는 게 느껴졌다.

"그때 등장한 FBI 수사관이 최면술과 심리요법을 이용해 목격자의 기억을 더듬으려 합니다. 우리 두뇌는 무의식중에 다양한 걸 기억하는데, 그 기억에 접근하는 게 어려울 뿐이라면서요. 나중에 궁금해서 찾아봤더니 해외에서는 그런 방법으로 목격자의 기억을 불러일으키는 사례가 있다고 합니다."

운노는 숨을 멈추고 마술사를 바라보았다.

마술사가 장난스러운 미소를 지었다.

"아, 못 미덥다고 생각하셨습니까?"

고개를 갸웃거리더니 여흥을 제안하듯 말을 이었다.

"그렇다면, 그 이야기를 재현할 수 있을지 우리끼리 작은 실험을 해볼까요?"

그러고는 케이스에서 트럼프 카드 한 벌을 꺼냈다.

날렵하게 섞으며 주위를 둘러본다.

마술사의 시선이 아즈사에게 고정됐다.

"여기 계시는 여성분이 도와주셨으면 하는데요."

"아, 네."

아즈사는 몸을 일으키려 했다. 마술사는 웃었다.

"앉아서 하셔도 됩니다. 이렇게 테이블에 카드를 펼칠 테니 뭔가 이상한 점이 없는지 봐주세요."

아즈사는 호기심 어린 표정을 지었다.

마술사가 녹색 벨벳 위에 선을 그리듯 카드를 펼쳤다. 앞면이 보이는 카드들이 무지개 같은 커브를 그리며 한 장 한 장 정렬된다.

당연한 소리지만 섞인 무늬와 숫자가 매우 불규칙하게 줄지어 있다.

아즈사는 의아하다는 듯 카드 표면을 보았다.

"딱히 이상한 건 없는 것 같은데요."

십 초도 지나지 않았을 것이다.

마술사는 펼친 카드를 모아 케이스에 넣어버렸다.

"방금 손님은 늘어선 카드를 보셨습니다. 보통 한순간에 기억하기는 어렵지만 뇌에는 무의식의 정보로 새겨졌을 거예요."

"그럴 리가요."

아즈사가 허둥대며 말했다. 마술사는 안도시키듯 웃어 보였다.

"괜찮아요. 자, 거기 계시는 손님, 도와주실 수 있으신지요."

마술사가 이번에는 운노를 보았다.

운노는 고개를 끄덕였다.

"아무거나 좋아하는 카드를 말씀해주십시오. 조커 빼고요."

운노는 아주 잠깐 동안 생각했다.

대체 뭘 시키려는 거지.

"그럼, 클로버 킹으로."

"클로버 킹."

마술사는 낭랑한 목소리로, 객석 구석구석까지 닿도록 운노의 선택을 반복해 알렸다.

"자, 여기 계시는 여성분은 조금 전에 펼친 카드를 보셨습니다. 보통은 기억하실 리가 없지만, 아까 FBI의 이야기를 감안해 도전해보죠. 어쩌면 무의식에 새겨진 정보를 끌어낼 수 있을지도 모릅니다."

터무니없는 소리를 한다.

누구나 같은 생각을 했을 것이다. 농담으로 여겼는지 관객석이 엷은 웃음에 휩싸인다.

"지금부터 클로버 킹이 몇 번째에 있었는지 생각해주세요. 방법은 간단합니다. 눈을 감고, 카드가 펼쳐져 있던 조금 전 광경을 떠올리고……."

최면술사라도 된 듯 목소리에 억양을 붙여가며 아즈사에게 말을 걸었다.

아즈사는 반신반의 상태로 살며시 웃으면서도 시키는 대로 눈을 감았다.

"심호흡을 합시다. 들이쉬고…… 내쉬고……. 복잡할 건 없어요. 직감에 따르시면 됩니다. 클로버 킹이 몇 번째에 있었는지. 제가 손가락으로 소리를 내면 그 순간 떠오른 숫자를 말씀해주세요."

여자가 손가락을 튕겼다.

"열여덟."

"열여덟 번째요."

마술사는 깔끔하게 손질된 검지로 입술 가장자리를 쓸어 올렸다.

"그런데 정말 직감으로 해도 돼요? 정말 그냥 떠오른 숫자를 말했을 뿐인데."

아즈사는 눈을 뜨고 불안하다는 듯 말했다.

"자신감을 가지셔도 됩니다. 무의식의 힘은 엄청나니까요."

너스레를 떨듯 마술사가 웃었다.

"그러면 열여덟 번째. 그쪽에 계시는 남자분, 케이스를 들어 카드를 꺼내주시겠습니까?"

운노는 테이블 위에 있던 케이스를 집어 들었다.

설마. 불가능하다.

케이스에서 카드를 꺼냈다.

"자, 무의식의 힘을 확인하기 위해 한 장씩 소리 내 세어봅시다. 테이블에 앞면이 보이게 카드를 내려놓으면서, 천천히 겹치듯이 배치해주세요."

운노는 지시대로 카드를 배치했다.

카드 꾸러미에서 한 장 한 장 카드를 들어 테이블에 내려놓는다.

운노와 마술사의 목소리가 잇달아 숫자를 센다.

"열넷, 열다섯, 열여섯, 열일곱, 열여덟……."

운노는 열여덟 번째 카드를 손에 들었다.

카드는 아직 운노의 손가락 사이에서 뒷면을 보이고 있다.

"자, 열여덟 번째 카드입니다. 천천히 뒤집어 다른 손님들께도 잘 보이도록 들어주세요."

말도 안 돼.

있을 수 없는 일이다.

그럴 리가 없다.

최대치로 높아진 긴장을 드러내듯 정적이 공간을 지배한다.

운노는 카드를 뒤집어 앞면을 확인했다.

클로버 킹이었다.

경악하며, 지시대로 카드를 들어 보인다.

좁은 공간이라 운노와 아즈사의 놀란 표정은 잘 보였을 것이다.

두 사람의 경악은 순식간에 다른 관객에게 전파됐고, 이내 환호성이 터져나왔다.

"대단한 기억력입니다."

놀라 어쩔 줄 몰라 하는 아즈사를 마술사가 치켜세운다.

환호와 박수 소리가 두 사람을 감쌌다.

✳

차가 내달리는 동안에도 운노는 그 순간을 곱씹었다.

그런 건 불가능하다.

운노가 클로버 킹이라 말하고 아즈사가 열여덟 번째라고 대답하는 사이에 마술사는 카드를 일절 건드리지 않았다. 아니, 사이라고 할 것도 없다. 아즈사가 대답한 후에도 마술사는 카드에 손을 대지 않았다. 운노가 자기 손으로 케이스에서 카드 뭉치를 꺼내 한 장씩 세며 내려놓았다. 그 사실은 틀림없다. 눈으로 포착하지도 못할 속도로 클로버 킹을 어딘가에서 빼내 열여덟 번째에 꽂는 건 절대로 불가능하다. 한 장씩 놓는 동안 나온 카드도 다 제각각이라 모든 카드가 클로버 킹이었다고 볼 수도 없다.

그렇다면 정답은…….

쇼가 끝난 후 아즈사는 감동했다는 듯 마술사에게 다가가 말을 걸었다.

운노는 그때의 대화를 떠올렸다.

"저기, 아까 그거 진짜예요?"

마술사는 주위를 둘러보더니 비밀을 털어놓기라도 하듯 검지를 자신의 입술에 갖다대며 말했다.

"사실 보통은 실패하는 연출이에요. 하지만 가끔씩 정말로 기억력이 좋은 분이 계셔서 무의식의 힘을 끌어내 성공하는 경우가 있답니다. 이번에도 그랬을 거예요. FBI 이야기는 사실입니다. 눈을 감았을 때 직감적으로 떠오른 광경이 정답이라는 수법인데……. 아마 손님은 장면을 기억하는 힘이 뛰어난 분이실 거예요."

"그게, 실은 일러스트레이터로 일하고 있어요."

"사물을 잘 관찰하시는 직업이군요."

마술사는 납득했다는 듯 고개를 끄덕였다.

"꼭 기억해내고 싶은 장면이 있어요. 술에 취해 있어서 기억이 잘 안 나는데, 그런 것도 아까처럼 하면 떠올릴 수 있을까요?"

"글쎄요." 마술사는 고개를 갸웃거렸다. "보증할 수는 없지만 당시 상황을 최대한 똑같이 재현해보시는 게 좋을지도 모르겠습니다. 그때 취해 있었다면 똑같이 술을 마시고, 그 장면을 봤을 때와 같은 시각 같은 장소에 서는 거죠. 그리고 눈을 감고 직감에 따르면 됩니다."

운노는 확신했다.

이건 조즈카 히스이가 놓은 덫이다.

그 마술은 신기했다. 아즈사가 정말 무의식 속 기억을 끄집어냈다고 볼 수밖에 없는 상황이었다. 그러나 운노가 속았을 뿐 뭔가 마술적인 트릭이 숨겨져 있을 가능성도 있다. 도무지 짐작 가지는 않지만 사실 내막이 어떻든 상관없다. 그건 문제가 아니었다.

문제는 **아즈사가 그걸 믿으려 한다**……는 사실이다.

아즈사는 운노를 위해 범인의 얼굴을 생각해내려 한다. 역시 **운노가 의심받지 않으려면 범인 얼굴을 떠올려야 한다**는 말에 넘어간 것이 분명하다. 아즈사는 자신이 양말을 봤다고 확신하고 있다. 양말이 현장에서 없어졌다는 건 사건이 타살이며 범인이 존재한다는 뜻이다. 아즈사는 그 논리를, 그때의 대화에서 듣고 말았다. 그러니 운노를 향한 의심을 해소하기 위해서는 자신이 범인 얼굴을 떠올려야 한다. 그것은 선의에서 비롯된 행동이자 운노에 대한 호의에서 비롯된 행동이다. 아즈사가 스스로 범인 얼굴을 떠올리려 하게 만들기. 그것이 히스이의 노림수였다.

우려되는 건 그 마술사의 이야기가 사실일 경우다.

아즈사에게 그런 힘이 있어서 범인 얼굴을 정말 기억해내버릴지도 모른다.

아즈사가 일러스트레이터라는 점도 신빙성을 더하는 것 같아 못마땅했다.

그것은 운노에게는 최악의 결말을 의미한다.

"난 그런 건 그저 트릭이라고 생각해."

아즈사의 집으로 향하는 차 안에서, 운노는 핸들을 잡은 채로 말했다.

어떻게든 목적지를 바꾸고 싶었지만 아즈사는 집으로 가겠다는 뜻을 굽히지 않았다.

"그래도 그 마술사의 말에 일리가 있다는 생각밖에 안 들어요."

아즈사는 진지한 표정으로 앞쪽을 보고 있다. 운노가 편의점에서 사 온 따뜻한 밀크티 캔을 양손으로 꼭 쥐고 있었다. "저, 기억력만큼은 확실히 좋거든요. 아, 그림을 그릴 때만 그렇긴 하지만요. 그래도 왠지 지금이라면 그때의 광경을 떠올릴 수 있을 것 같아요."

"만약 살인이라면 무시무시한 광경일지도 몰라. 그렇게까지 할 필요가 있을까?"

"운노 씨에 대한 의심을 없앨 수 있다면 도전할 가치가 있다고 봐요. 베란다에 잠깐 나가서 눈만 감으면 되는걸요."

아즈사의 검은 눈동자에서 완고한 결의가 보였다.

만에 하나 아즈사가 그 광경을 기억해낸다면…….

아니, 불가능하다. 그런데 불가능하다고 단언할 수 있을까?

"운노 씨?"

"으응."

정신이 들고 보니 운노는 아즈사의 집 앞에 차를 세운 상태였다.

건물 옆에 빈 공간이 있어서 거기에 차를 댈 수 있었다.

"저 먼저 들어갈게요. 난방기 켜고 방을 좀 덥혀놓아야……. 죄송해요, 주차를 부탁드려서."

"미안할 게 뭐 있어."

주차한 뒤, 컴컴해진 차 안에서 숨겨뒀던 권총을 꺼낸다.

운노는 한동안 망설였다. 물론 가급적 죽이고 싶지는 않다. 그러나 만약 그렇게 할 수밖에 없을 때는 결단을 내려야만 한다.

잡거빌딩의 계단을 올랐다.

아즈사 집의 다이닝 테이블에서 두 사람은 건배를 했다.

아즈사가 준비한 와인이었다.

술을 꺼내왔다는 건 운노를 받아들일 준비가 됐다는 뜻이리라. 하지만 운노의 마음속은 걱정으로 가득 차 있었다. 아즈사가 범인 얼굴을 기억해낼지, 기억해내지 못할지. 일반적이라면 기억해낼 리가 없다. 하지만 만에 하나…….

아즈사는 기분 좋게 와인을 마시다가 이윽고 그 말을 꺼냈다.

"운노 씨, 이제 베란다로 갈까요?"

"아즈사……. 아무리 생각해도 관두는 게 좋겠어. 꼭 오늘 그럴 건 없잖아."

"도저히 신경 쓰여서 안 되겠어요. 이대로면 내일도 일에 집중을 못할 것 같아요."

아즈사는 태평하게 웃었다.

"그리고 저, 운노 씨에게 힘이 되고 싶어요. 이렇게 잘해주시는데, 저도 뭔가 해드려야 공평하잖아요."

큰일이다. 조즈카 히스이의 계략대로 아즈사는 운노를 위해 그 광경을 떠올리려 한다.

어떻게 설득해야 할지 고민하는 잠깐 새에 아즈사가 일어섰다.

"베란다는 3층이에요."

아즈사가 웃으며 말했다.

"아즈사, 기다려."

하지만 아즈사는 몸을 돌려 복도로 나갔다. 운노는 다급히 뒤를 쫓았다.

"괜찮다니까요. 제가 범인을 떠올리기만 하면 그 여자도 더는 아무 말도 하지 않을 거예요."

취했는지 쿡쿡거리며 가벼운 발놀림으로 계단을 올라간다. 운노는 그 뒤를 따라갔다. 아즈사는 이내 열려 있는 방문 사이로 모습을 감췄다. 작업실인지 책상 위에 커다란 태블릿 PC가 설치돼 있었다. 벽 쪽에는 책꽂이가 있고, 참고 자료로 보이는 커다란 책이 잔뜩 꽂혀 있다.

아즈사는 베란다로 이어지는 창문을 열고 그곳에 서 있었다.

"아즈사, 무리할 거 없어."

차가운 밤바람이 운노의 볼을 어루만진다.

널찍한 베란다에는 작은 의자와 테이블이 놓여 있었다. 여기서 술을 마시고 별을 봤구나. 확실히 여기라면 소네모토가 살던 맨션이 잘 보인다.

운노는 아즈사의 어깨에 손을 올렸다.

베란다에 선 아즈사의 옆얼굴을 바라본다.

아즈사는 눈을 감고 있다.

심호흡을 하고 있다.

"아즈사……."

눈동자가 열린다.

경악과 두려움이 뒤섞인 칠흑 같은 눈동자가 운노를 보더니 흔들렸다.

"운노 씨."

설마. 두려움이 엄습한다.

"뭔가…… 생각난 건가?"

아즈사는 아무 대답도 하지 않았다.

다만 휘청거리듯 한 걸음 뒤로 물러섰다.

"어……."

아즈사의 입술에서 말이 새어나온다.

"아뇨, 그."

희미하게 창백해진 입술이 떨린다. 추위 탓은 아니리라.

어쩔 수 없다.

죽일 수밖에.

총은 뒤춤에 꽂혀 있다.

운노는 계획을 생각했다. 목격자의 죽음은 사고나 자살로 위장해도 부자연스러우리라. 깔끔하게 총을 쓰는 편이 낫다. 소네모토를 사살한 범인이 자신을 목격한 여자를 찾아내 죽인 것이다.

괜찮다. 운노가 관여했다는 물증조차 남기지 않으면 된다.

차를 끌고 왔다는 점이 찜찜했지만 이대로 아즈사를 방치할 수는 없다.

아깝긴 해도 마음만 먹으면 더 젊고 아름다운 여자를 손에 넣을 수 있을 것이다. 아니, 애초에 자신이 사랑한 사람은 지금도 앞으로도 죽은 아내뿐이다. 그래, 아즈사를 고집할 이유는 없다.

"저, 아무 기억도 안 나요."

아즈사가 당황하며 말했다.

"그렇다면 다행이네."

운노는 조용히 허리 뒤로 손을 가져갔다.

그때 인터폰이 울렸다.

운노는 멈칫했다. 인터폰이 한 번 더 울린다.

정신이 들었다는 듯 아즈사가 소리 높여 대답했다.

"아, 네! 지금 나갑니다!"

아즈사가 방을 뛰쳐나간다. 곤란하다. 하지만 운노는 움직일 수 없었다. 제삼자가 온 타이밍에 쏠 수는 없다. 그럼 같이 처리해야 하나? 아니면 방문자에게 죄를 뒤집어씌울까?

베란다에 있어서인지 바깥의 목소리가 아주 작게 들려왔다.

"저어, 밤늦게 죄송합니다. 조즈카예요."

하필 저 여자가……!

운노는 아즈사를 따라 황급히 계단을 내려갔다. 2층에 있는 현관을 향해 뛰었다. 범인 얼굴이 기억났다고 말해버리면 성가셔진다.

열린 현관문 너머에 베이지색 코트를 입은 조즈카 히스이가 서 있었다. 아즈사가 응대중인데, 히스이에게 뭔가를 말한 것 같지는 않았다. 운노는 경계하며 복도를 걸어 히스이 쪽으로 다가갔다.

"어머머, 사장님. 이런 우연이 다 있네요."

부드러운 머리칼을 찰랑이며 히스이가 고개를 기울였다.

오늘도 안경을 쓰지 않았다. 비춰빛 눈동자가 운노를 예리하게 꿰뚫는다.

"글쎄, 어떨까. 당신 계산대로 된 것 같은데."

"무슨 말씀이시죠?"

히스이는 짐짓 시치미를 뗐다.

"저, 무슨 일로 오셨어요?"

경계하듯 물은 건 아즈사였다. 그 말에 히스이가 미소를 짓는다.

"안으로 들어가도 될까요? 밖이 너무 춥네요."

"너무 늦은 시각이야. 실례라고 생각하지 않나?"

히스이는 운노의 말을 무시했다.

"부탁드려요. 중요한 얘기라서요."

아즈사는 잠시 망설이다가 가만히 고개를 끄덕였다.

문을 활짝 열어 히스이를 안으로 들인다.

히스이는 부츠를 벗기 위해 한쪽 발로 섰다.

"웃차…… 어라? 에구구."

균형을 잃고 앞으로 고꾸라진다.

허공을 더듬던 손이 운노의 팔을 붙잡았다.

운노는 다급히 히스이를 떼어냈다.

"너무하시네요."

히스이는 입술을 비죽이며 운노를 흘겨보았다.

"어차피 일부러 그런 거잖아."

이 여자가 벌이는 행동이다. 무슨 생각을 하는지 알 수 없다. 운노의 허리에 팔을 두르기라도 했다가는 권총이 있음을 알아챌 것이다.

히스이는 부루퉁해진 채 스타킹으로 감싼 발끝을 슬리퍼에 밀어 넣었다.

"저, 이쪽으로 오세요."

"아즈사……."

"일부러 와주셨잖아요. 조즈카 씨 덕분에 마술쇼도 봤고요."

운노가 눈치를 주자 아즈사는 그렇게 답했다. 운노는 아즈사의 모습에서 위화감을 느꼈다. 운노의 관찰로는 아즈사는 범인 얼굴을 기억해냈다. 찰나였지만 공포의 눈빛을 드러낸 게 증거다. 그런데 더는 두려워하는 모습을 보이지 않았다. 히스이에게 도움을 요청하는 게 일반적이지 않나?

아즈사는 다이닝 테이블 쪽으로 히스이를 안내했다.

사인용 식탁에는 두 사람이 마시던 와인잔이 그대로 방치돼 있었다.

"조즈카 씨도 마실 것 좀 드릴까요?"

"아뇨, 괜찮습니다. 오래 있을 생각은 없어요."

히스이는 말을 마치더니 테이블 맞은편에 있는 창가로 다가갔다. 거기에서도 소네모토의 맨션이 보일 터였다.

"사건 당일 밤에 아즈사 씨가 건너편 맨션을 본 장소가 이 베란다인가요?"

"아뇨, 3층이에요."

"그렇군요."

"대체 당신은 왜 온 거지?"

아즈사의 등 뒤에서 운노가 물었다.

커튼 사이로 창밖을 내다보던 히스이는 몸을 돌렸다.

"당연히 아즈사 씨에게 범인 이름을 듣기 위해서죠."

역시 그랬군…….

언제든 권총을 빼낼 수 있게 준비하며, 운노는 방 안쪽에 있는 히스이를 보았다.

히스이는 아즈사가 스스로 행동하게끔 교묘하게 유도했다. FBI의 수법이 일정 효과가 있다는 사실도 알고 있었을 것이다. 실제로 마술쇼에서 아즈사는 뛰어난 기억력을 발휘했다. 아즈사가 마음먹고 기억을 되살리려 한다면 범인 얼굴을 떠올릴 수 있으리라는 가능성에 건 것이다.

그런 확실성 부족한 도박에 질 줄이야…….

"아즈사 씨, 이제는 뭔가 떠오르지 않았나요?"

히스이의 눈이 아즈사를 똑바로 본다.

"그게……."

운노는 아직 포기하지 않고 필사적으로 머리를 굴리고 있었다. 아즈사는 정말 기억해냈을까? 기억해냈다면, 유효성이 어느 정도일까? 만취 상태였다. 재판에서는 별 도움이 안 될지도 모른다. 하지만 영장이 발부되어 가택 수색을 받게 되면, 설령 살인 증거가 나오지 않는다 해도 운노의 각종 악행이 발각될 것이다. 그럼 애써 성장시킨 회사는 끝이다. 운노 자신도 무사할 리 없다. 역시 여기에서 두 사람을 죽여야 하나? 그런데 조즈카 히스이가 혼자 왔을까? 근처에 누가 숨어 있을 가능성은?

운노는 아즈사 뒤에 몸을 숨기듯 서서 뒤춤으로 조용히 손을 뻗었다.

그곳에 있는 딱딱한 감촉을 확인한다.

어떡할까.

"저기……."

아즈사가 가만히 입을 열었다.

"조즈카 씨……. 그 얘기를 하실 거라면 돌아가주세요."

아즈사의 말에 히스이는 의외라는 표정으로 눈을 가늘게 떴다.

"저, 아무 기억도 안 나요. 결국 범인 얼굴은 처음부터 못 본 것 같아요."

"아즈사 씨." 히스이는 눈을 깜박거렸다. "그럴 리가 없어요. 조금 전 현관문을 열었을 때 뭔가 알리고 싶다는 표정이었잖아요. 그건 뭐였죠?"

"아무 기억도 안 난다니까요!"

아즈사는 날카롭게 내뱉었다. 그러고는 히스테리를 일으킨 듯 말을 이어갔다.

"조즈카 씨, 가세요! 저…… 우리는…… 결혼을 전제로 만나고 있어요! 운노 씨를 범인 취급하는 행동은 이제 그만하세요! 그러셔도 소용없어요! 운노 씨는 제가 지킬 거예요!"

히스이의 두 눈이 경악으로 휘둥그레졌다.

마치 사전에 짜놓은 각본이 뒤집히기라도 한 듯, 표정에서 동요가 느껴졌다.

이내 히스이는 천장을 올려다보았다.

이게 어떻게 된 일인가, 하는 표정이다.

"아하, 이렇게 나오신다……."

히스이는 신음하듯 중얼거렸다.

운노는 아주 살짝 어깨를 떨었다.

이제 됐다.

"아쉽게 됐군."

운노는 아즈사의 어깨를 한 손으로 부드럽게 감싸 안았다.

"이렇게나 훌륭하고 헌신적인 여성을, 나는 여태껏 본 적이 없어. 아아, 나라면 이 사람을 행복하게 해줄 수 있을 거야."

승부에서 이겼다. 역전승이다.

그렇다. 왜냐하면 **아즈사의 사랑은 운노가 범인이라는 걸 안 후에도 흔들리지 않았기 때문이다.**

동요는 했을 것이다. 하지만 아즈사는 히스이를 거부했다.

사랑 때문에…….

회유하여 증언을 컨트롤할 생각으로 교제하기 시작했지만 설마 이런 결말에 다다를 줄이야.

"별의 계시랄까. 당신도 이것만은 예측하지 못했을 거야."

"말했잖아요." 피곤하다는 표정으로 히스이가 말했다. "마법사의 마법은 자정에 끝난다고요. 저 사람은 당신을 행복하게 해줄 수 없어요."

"그렇지 않아요……!"

"조즈카 씨, 이제 그만 가주시지."

이제 이 대 일이다.

운노는 승리를 확신하며 말했다.

그러나 히스이는 고개를 갸웃거렸다.

"곤란하네요. 어차피 사장님은 아즈사 씨 증언이 없어도 잡혀요."

"네?"

아즈사가 나사 빠진 듯한 목소리를 흘렸다.

"그러니까 결혼 같은 건 못할 테고, 범인에게 유리한 증언을 한다면 당신도 감옥행이에요. 유감이네요."

"무슨 소리죠?"

아즈사의 입에서 당황한 듯한 목소리가 새어나왔다.

히스이는 의기양양하게 말했다.

"아니, 부자랑 결혼하고 싶은 마음은 알겠어요. 아버지는 편찮으시고 본가가 경제적으로 어렵다는 것도 이해해요. 이 건물도 구매할 사람을 찾고 있잖아요. 일러스트레이터라고 하면 듣기에는 좋지만 사실 자영업이라서 할 수 있는 일은 극히 일부에 불과하고. 그리고 예전에 당신을 찼던, 젊고 잘생겼지만 돈 없는 남자와 얼마 전에 재결합해서 데이트했죠? 아침까지 이케부쿠로의 러브호텔에 있었잖아요?"

"엇, 아, 그……."

"아즈사?"

아즈사가 동요하는 목소리와 운노의 곤혹이 겹쳤다.

"결혼은 부자랑 하고, **그 남자와는 경솔하게 불륜을 저지를 속셈이었어요?**"

이 여자…….

운노는 아즈사의 옆얼굴을 노려보며 어깨에서 손을 뗐다.

"아뇨, 그, 아니, 아니에요!"

아즈사는 운노를 돌아보며 외쳤다. 분명히 동요하고 있었다.

"틀렸어요! 거, 거짓말이에요! 저, 그런 적 없어요! 이 여자 거짓말하는 거야!"

"본인만 증언하지 않으면 돈에서 자유로운 생활을 할 수 있을 줄 알았죠? 이 남자는 살인귀예요. 무슨 근거로 당신만은 살해당할 일 없을 거라고 믿죠?"

운노는 요동치는 마음을 필사적으로 억눌렀다.

그렇군. 큰일이다. 이대로는 역전당한다.

운노를 감쌀 이유를 없애서, 떠올린 기억을 증언하게 할 셈인가!

"과연……. 우리의 신뢰관계를 무너뜨릴 셈이군."

제법 대단한 반격이네, 하며 웃고 싶은 기분도 들었다.

하지만 침착하기만 하면 이 정도에는 대처할 수 있다. 신뢰관계를 깨는 게 비장의 수법인가 본데, 그렇게는 안 된다. 아직 승산은 충분히 남아 있다.

"문제는 구분해서 생각해야 하는 법."

운노는 차분하고 조용하게 말했다.

"뭐, 결혼까지는 무리라 해도 이해관계는 일치해. 나는 돈 걱정은 없으니까. 그래. **돈쯤이야 간단하지.** 아즈사, 당신이 **아무것도 떠올리지 않을 경우**의 이야기지만."

운노의 제안에 아즈사는 고개를 끄덕였다.

이걸로 히스이의 계책을 막았다.

역전이다.

운노는 희미하게 입꼬리를 올렸다.

"그러니까."

428

그런데 히스이는 지겹다는 듯 한숨을 내쉴 뿐이었다.

그러고는 어깨를 으쓱이며 말했다.

"사장님, 당신이 졌어요."

"뭐라고?"

"말했잖아요. 사실 아즈사 씨 증언 따위는 **어찌 되든 상관없다**고요. 그런 거 없어도 **당신은 잡혀요**."

"허세를 부리는군." 운노는 웃었다. "아니면 뭐지? 목격 증언 말고도 내가 범인이라는 증거가 발견됐나?"

"네."

히스이가 산뜻하게 대답했다.

"뭐……?"

"고생 끝에 마침내 조금 전에 입수했어요."

"조금 전? 무슨 말을 하는 거야?"

히스이의 의도를 읽을 수 없어 운노는 눈을 가늘게 떴다.

"제가 노린 건 이쪽이었어요."

그렇게 말하며, 히스이는 코트 주머니에서 그것을 꺼내 들었다.

손끝에서 스르르 떨어진다.

손목시계.

운노의 손목시계였다.

"말도 안 돼."

화들짝 놀라 자신의 왼쪽 손목을 본다.

채워져 있어야 할 손목시계가 사라졌다.

어떻게 된 일이지?

어째서 손목시계가 히스이 손에?

조금 전 기억을 떠올린다.

부츠를 벗고 휘청거리던 히스이가 운노의 팔을 붙잡았다.

손목시계를 차고 있던 왼팔을⋯⋯.

아냐, 말도 안 돼.

손목시계인데?

어떻게⋯⋯.

"불가능한 일이야."

"픽포켓pickpocket이나 워치스틸watch steal은 해외에서는 퍼포먼스로 인정받아요. 불가능한 일이 아니에요."

찰나였다. 권총을 들키지 않으려고 히스이를 바로 떼어냈다. 접촉은 한순간에 불과했다. 하지만 운노의 신경은 권총에 쏠려 있었다. 전혀 신경 쓰지 못한 것은 확실하다.

"아냐⋯⋯ 하지만⋯⋯. 그런데 그게 무슨 증거가 된다는 거야?"

"어머머? 모르시네요? 모르시겠어요?"

활짝 편 손바닥을 부채질하듯 팔랑거리며 히스이가 웃었다.

"범인은 현장에는 증거를 일절 남기지 않았다. 그건 인정합니다. 완벽했어요. 그래서 이렇게 생각해봤어요. 현장에 남지 않았더라도 범인의 몸에 남았을 가능성이 있는 건 아닐까?"

운노는 그제야 히스이의 진의를 알아챘다.

몸에서 불길한 땀이 솟구치기 시작했다.

"소네모토 씨는 자살처럼 보이게끔 살해당했어요. 즉 권총을 쥔 손과 옷에 총기 발사잔사가 남았죠. 범인이 초능력으로 몸을 조종해 소네모토 씨가 방아쇠를 당기게 하지 않은 이상, 생각할 수 있는 수법은 하나뿐이에요. 권총을 들이대고 일부러 허점을 보여 반격을 유도한 뒤 소네모토 씨가 권총으로 손을 뻗은 타이밍에 방아쇠를 당기는 것……. 물론 필요 이상으로 저항하지 않도록 **팔로 몸을 제압했을 거예요.** 밧줄 같은 걸 쓰면 자국이 남아버리니까. 그 말은요, 그 말은 말이죠. 범인 몸에도 발사잔사, 소네모토 씨의 혈액과 지문이 남았다는 뜻이에요. 보통은, 보통이라면 그런 건 바로 사라져요. 샤워하고 옷을 갈아입고 빨래를 하면 되니까요. 그런데요……."

히스이는 손에 든 손목시계를 흔들었다.

"만약, 만약에 말이죠. 범인이 **그렇게 할 수 없는 걸 몸에 차고 있었다면**……."

운노는 작게 신음했다.

이마에서 땀이 배어나는 게 느껴진다.

지금까지 히스이와 여러 번 대치했지만 이토록 마음이 요동치는 건 처음이었다. 동요가 마음속을 마구 휘젓는다.

"아내분과의 추억이 담긴 시계예요. 몸에 지니신 것 중에서도 유독 오랜 세월이 새겨져 있죠. 햇볕에 그을린 자국이 남은 걸 보면 매일같이 차고 다니셨을 거예요. 여기저기 자잘한 흠집이 보이네요. 가죽 시곗줄 상태를 보면 새건 아니에요. 물론 가죽이니 젖지 않게 해야 하고요. 세탁은 불가능……."

"말도 안 돼……." 운노는 간신히 이 말만 내뱉었다. "아무것도 안 나올 거야……."

"왜죠? 코트나 재킷 소매에 가려졌을 가능성은 있지만 소네모토 씨를 붙들 때 격한 움직임이 동반됐을 테니 제법 노출됐겠죠. 십중팔구 뭔가 남았을 거예요. 발사잔사의 금속 가루 소량, 소네모토 씨의 혈흔, 그리고 어쩌면 저항할 때 묻은 지문이 아직 남아 있을 가능성도……. 특히 이 자잘한 흠집 사이를 기대해볼 수 있을 것 같아요. 과학 수사 전문가라면 잘 아실 거예요. 눈에 보이지도 않을 만큼 적은 양의 혈흔이 얼마나 많은 범죄의 진실을 드러내왔는지……."

말도 안 돼.

범행 당시 운노는 코트를 벗어뒀고, 시간을 바로 확인할 수 있도록 소매를 걷어 올리기까지 했다. 그렇게 하지 않았더라도 히스이 말대로 소네모토를 제압할 때 손목시계가 노출됐을 것이다. 손목시계의 흠집이나 틈에 발사잔사나 혈흔이 있을 가능성을 완전히 부정할 수 없다. 오래된 시계라 생활방수 기능을 믿을 수 없어 가볍게 씻기만 했다. 증거품으로 요구할 것이란 생각은 하지 못했고, 요구하더라도 거절할 수 있기 때문이었다. 가죽 시곗줄에서 혈흔이 나올 것 같지는 않지만, 눈에 보이지 않는 비말이 튀었을 가능성은 있다. 그런 것들은 루미놀 반응을 통해 쉽게 발견되리라. 소네모토의 시계를 찰 때 센서에 묻어 있던 혈액이 보이지 않을 만큼 미량이었다 해도, 운노의 팔에 묻고 다시 손목시계 뒷면에 묻었을 가능성도 있다. 소네모토의 지문은 없겠지만, 확실히 없다고 단언할 수는 없다. 그렇다. 가능성을 꼽자면 끝이 없다…….

그리고 운노는 형사 경험을 통해 이런 증거가 범인을 얼마나 옥죄는지 너무나 잘 알고 있었다.

"그런 게…… 도움이 될 리 없어. 부정하게 입수한 증거품이야."

"부정?"

히스이는 고개를 갸웃거렸다.

"항상 몸에 지니는 손목시계를 어떻게 부정하게 입수하죠?"

"뭐……?"

"확실히 재판에서는 못 쓸지도 모르지만 시계를 훔쳤다는 말이 통할까요? 합법적인 절차에 따라 제출해서 검사한 결과 피고에게 불리한 증거가 나왔고, 그러자 그제야 도난당한 물건이라며 이해할 수 없는 주장을 펼친다……. 다들 그렇게 생각할 거예요. 설령 재판에서 활용하지 못한다 해도 제가 이걸 제출하면 가택 수색 영장은 받을 수 있어요. 당신의 존재를 못마땅해하는 사람은 경찰 검찰 할 것 없이 얼마든지 있고요. 무우서운 권력자가 당신 입을 막기 위해 법원에 압력을 가할지도 모르죠. 그럼 다들 철저하게 당신의 악행을 파헤칠 거예요."

운노는 입술을 깨물었다.

필사적으로 두뇌를 회전시킨다.

"이제 좀 계산이 되나 봐요?"

손목시계에서 증거가 나오지 않을 가능성은 크다.

미미한 흔적이다. 발사잔사 같은 게 묻었다 해도 지워졌을 가능
성도 있다.

거기에 걸어야 하나?

그러나 만에 하나 뭐라도 발견된다면?

아주 조금이라도 수상한 성분이 검출되면 경찰은 가택 수색을
할 것이다.

설령 아무것도 나오지 않았다 해도, 히스이 말대로 자신을 달갑
게 보지 않는 사람이 손목시계 증거를 날조해버릴 가능성은……?
아냐, 그런가, 그걸 노렸나……. 증거 검출 여부는 **중요하지 않다**. 조
금이라도 물증이 될 가능성을 제공해버린 시점에서 운노의 패배는
결정됐다. 그것이야말로 조즈카 히스이의 계획…….

뭔가 기사회생의 방책은 없나?

여기에서 어떻게 빠져나가지……?

아니…….

걸어볼 수단이라면 하나 더 있다.

"좋아."

운노는 말했다.

"제법이군."

히스이는 의심스러운 듯 눈을 가늘게 떴다.

"당신이 물증을 찾아냈다는 점에서는 순순히 패배를 인정하지."

"그것 참 감사하군요."

"그런데 마무리가 허술하네."

"그 말씀은?"

"예를 들어 내가 형사 드라마를 볼 때마다 드는 생각인데…… 궁지에 몰린 범인들이 상당히 깔끔하더군. 보통이라면 더 저항해. 당신이 지금까지 얼마나 많은 범죄자를 잡았는지 모르겠지만…… 다들 무척 신사적이었나 봐?"

"무슨 뜻인지 모르겠군요."

"이런 뜻이야."

운노가 총을 빼 들었다.

히스이를 향해 총구를 겨눈다.

히스이는 눈을 가늘게 뜨고 운노를 마주 보았다.

"널 죽이고 시계를 회수하면 아무 문제도 없어."

"어리석은 행동은 하지 않으시는 게 좋을 거예요."

히스이가 냉정하게 말했다.

"경찰이 와 있어요."

"과연 그럴까? 난 네가 단독으로 행동했다는 데 걸겠어."

운노가 경찰에 가한 압력이 유효하다면, 가동할 수 있는 수사원은 많지 않다.

히스이가 혼자일 가능성에 걸 가치는 충분하다.

히스이는 잠깐 새에 눈을 연신 깜박였다.

운노는 그 눈에 감춰진 감정을 읽어냈다.

오랜 형사 생활을 통해 키운 것. 어떤 명배우도 완전히 숨길 수 없는, 표정 속 감정의 흔들림……. 찰나의 순간이지만 히스이는 틀림없이 당황했다. 연기일 리가 없는 동요. 운노는 그것을 놓치지 않았다. 운노 정도의 경험이 없다면 알아채지 못했을 것이다. 경찰은 없다.

운노는 승리를 확신했다.

히스이가 숨을 들이쉰다.

앞머리에 가려진 이마에 땀이 스며나온다.

"절 죽여도 당신은 바로 체포될 거예요. 저한텐 파트너가 있어요. 곧장 당신을 제압할 거예요."

"그래? 경시청의 비호를 받는 당신이 지금까지 얼마나 많은 범죄자를 잡았는지는 몰라. 하지만 이번만큼은 자신감이 지나쳤어. 적수가 나빴지. 안됐지만 나한테는 이길 수 없어."

히스이의 몸이 긴장으로 굳는다.

"잘 가시지. 꽤 즐거웠어."

운노가 주저하지 않고 방아쇠를 당긴 것과 동시에 히스이가 혀를 찼다.

발포음.

조준은 빗나가지 않고 심장에 한 발.

과거의 사격 훈련을 몸은 정확하게 기억해냈다.

히스이는 피하려 했지만 총알을 피할 수 있는 인간은 존재하지 않는다.

심장에서 핏방울이 튄다.

조즈카 히스이의, 예측이 빗나갔다는 듯한 표정.

잠시 뒤 가녀린 체구가 쓰러졌다.

심장에 총을 맞고 무사할 수 있는 인간은 없다. 즉사다.

등 뒤에서 비명 소리가 들렸다.

운노는 돌아보았다.

아즈사가 비명을 지르며 복도로 뛰쳐나간다.

"살인자! 누구 없어요!"

"기다려."

운노는 다급히 아즈사를 쫓았다.

복도로 나와 현관 쪽으로 총구를 겨눈다.

아즈사가 보이지 않았다. 계단을 내려가는 듯한 소리가 나서 그쪽으로 몸을 돌린다.

복도 안쪽에 1층으로 이어지는 계단이 있었다.

운노는 그쪽으로 뛰어가 계단을 달려 내려갔다.

상가로 이어지는 계단인 듯했다.

실내는 어둑어둑하다. 계단에서 나오는 빛이 어렴풋이 닿을 뿐이었다.

밖으로 나가는 문 같은 곳을 향해 뛰어가는 아즈사가 보였다.

"움직이지 마!"

운노는 아즈사에게 총구를 겨눴다.

지와사키 마코토는 발포음을 듣고 악연실색했다.

이명에 귀가 아팠지만 이어폰을 빼지 않고 손으로 눌렀다.

히스이가 총에 맞았어?

마코토는 사고가 흐트러지는 것을 느꼈다.

어떻게 된 일이지? 어째서? 영문을 모른 채 의문만 빙글빙글 날뛴다. 불길한 예감이 있었다. 인정한다. 그 남자가 아무렇지 않게 사람을 죽이는 인간이라는 사실도 알고 있었다. 그건 히스이도 마찬가지일 터였다.

"히스이, 들려?"

불러보지만 대답이 없다.

경찰이 없을 것이라던 운노의 예측은 정확했다. 압력의 영향이 컸다. 그러니 지원 요청은 바랄 수 없다.

"어떻게 된 거야? 설명해!"

이어폰에서는 아무 소리도 들리지 않았다.

"거짓말……."

영문을 모르겠다.

이 전개는 뭐지.

히스이가 준비한 각본으로는 여기에서 범인을 잡는 것 아니었나?

매번 자기 앞에서 추리 소설 독자에게 도전하듯 연기하는 이유가 뭔지 물어본 적이 있다.

"그야 당연히, 저한테 무슨 일이 생겼을 때 마코토가 명탐정이 될 수 있게 하기 위해서죠."

마코토는 웃으며 던지는 히스이의 말을 농담이라 여겨 흘려들었다. 왜 갑자기 그때가 떠오를까. 그래, 이상하지 않은가. 잘 생각해 보면 이상하다. 그때 했던 말…….

그렇다. 나는 혼란스러워하고 있다.

아무튼 히스이에게 가야 한다.

모든 건 그 이후에 생각하자.

동요하고 있을 때가 아니다.

지와사키 마코토는 조즈카 히스이가 있는 곳으로 뛰기 시작했다.

운노 야스노리는 비명을 지르며 도망치려 하는 아즈사의 등을 향해 한 발을 쐈다.

하지만 실내가 어두운 탓에 빗나가버린 것 같았다.

아즈사는 그 파열음에 몸이 굳었는지 문 앞에 쪼그려 앉은 채 꼼짝도 하지 않았다.

운노는 총구를 겨눈 채 주변을 둘러보았다.

예상대로 옆에 전등 스위치가 있었다.

한 손으로 더듬자 빛이 실내를 밝힌다.

문 앞에 웅크린 아즈사가 바들바들 떨며 운노를 올려다보았다.

"저, 저기, 어, 어어, 저, 아무것도 못 봤어요."

아즈사는 이를 딱딱 부딪치며 호소했다.

눈에서 눈물이 뚝뚝 떨어지고 있었다.

"저, 정말이에요. 입 다물게요. 아무한테도 말 안 할게요! 돈도 필요 없어요!"

총구를 겨눈 채 천천히 다가간다.

흐트러진 호흡을 침착하게 정돈했다.

냉정히, 냉정히. 차분해야 한다.

총성을 여러 차례 울리면 그만큼 이웃 주민이 이곳에 올 위험이 높아진다.

그나저나 아무래도 자신은 첫 내기에서 이긴 것 같았다.

총성을 두 번이나 울렸지만 경찰이 뛰어오는 기색은 전혀 없었다. 주위는 고요했다. 운노의 생각대로 히스이는 혼자였던 것이다.

이제 아즈사만 정리하면 된다.

어떻게 현장을 조작할지는 나중에 생각하자.

침착하게 대처하면 어떻게든 할 수 있을 터.

그런 식으로 오늘까지 살아왔으니까.

"지, 진짜예요. 저, 죄, 죄송해요! 그건, 그, 그 여자의 거짓말이에요! 저, 저, 진짜로, 그래요! 운노 씨를 진심으로 좋아해요! 그러니까 말 안 할게요! 죽이지 마세요!"

"아쉽군."

운노는 냉혹하게 말했다.

당신이 그런 여자였을 줄이야.

아내와 닮았다고 생각했는데…….

"난 잘 알아."

"뭐, 뭘요?"

"목격자만큼 믿을 수 없는 존재는 없지."

그 작자들은 협박꾼이나 다름없다.

왜냐하면 내가 그러니까.

이렇게 믿을 수 없는 여자를 그냥 둘 수는 없다.

"난 협박하는 쪽이지 협박당하는 쪽이 아니야."

운노는 방아쇠를 당겼다.

발포음.

피가 튀며 아즈사가 쓰러진다.

즉사일 것이다. 고통을 주지 않은 만큼 감사히 여기길.

넘쳐나는 혈액이 바닥에 피 웅덩이를 만드는 것을 보며, 운노는 한숨을 내쉬었다.

자…… 중요한 건 여기부터다.

어떻게 계획을 짜볼까.

아무래도 발포음을 들은 사람이 많을 것이다.

세 발이나 쐈으니 신고되었을까?

하지만 총성은 작았다. 보통은 폭죽이나 불꽃이라고 여길 것이다.

소네모토 때도 그랬다.

그렇다면 천천히 증거를 없애면 된다.

한 번에 두 사람이나 죽였는데도 여전히 냉정한 자신을 자각하며 운노는 희미하게 웃었다. 아내가 죽은 뒤 자신이 잃은 것이 있다면, 형사 시절에 갖고 있던 정의감일지도 모른다. 한때는 범죄를 증오했다. 살인자를 증오했다. 하지만 정의는 자신을 피폐하게 만들고 아내를 괴롭게 했을 뿐, 아무것도 만들어내지 못했다. 정의로는 얻을 수 있는 것이 없다. 최소한 돈이라도 있었다면 아내를 병에서 구해냈을지도 모르는데…….

만약 저세상이라는 게 존재하고 아내가 지금의 운노를 보고 있

442

다면 뭐라고 생각할까. 변함없이 사랑해줄까?

운노는 돌아섰다. 그대로 계단을 향해 걷기 시작했다.

우선 손목시계를 회수해야 한다.

몇 발짝 걸어간 그때였다.

등줄기에 오한이 느껴졌다.

왜냐하면.

아니, 그럴 리 없다.

논리적으로 생각하면 불가능하다.

그 이유는…….

"훗…… 후후훗, 후후훗, 후후훗……."

이런 기묘한 웃음소리가 바로 등 뒤에서 들려왔기 때문이다.

운노는 돌아보았다.

스즈미 아즈사의 시체밖에 없다.

정체 모를 공포가 엄습했다.

죽었을 아즈사가 바닥에 엎드린 채 배를 끌어안고 묘하게 몸을
떨고 있었기 때문이다.

"후훗, 후후훗, 후후후훗……."

뭐지?

이게 뭐야?

지금 뭘 보고 있는 거지?

빗나갔나? 아니, 심장을 관통했다. 틀림없이 피도 튀었다. 즉사

다. 기적적으로 심장을 비켜갔다 해도 몸에 명중했다. 어떻게 웃을 수가 있지? 영문을 모른 채, 이 세상의 것이라 생각되지 않는 뭔가를 보고 있는 듯해서 운노는 공포에 휩싸였다.

반사적으로 권총을 들어 쏜다.

그런데 아무 일도 일어나지 않았다.

뭐지?

권총을 본다.

슬라이드가 뒤로 밀려나 있었다.

총알이 떨어졌음을 나타내는 홀드 오픈 상태였다.

이상하다. 아직 세 발밖에 쏘지 않았는데.

"하핫, 후후후후훗……."

피투성이가 된 아즈사가 고개를 들고 웃고 있다. 상체를 일으키더니 곁눈질을 하듯 운노를 보며.

경박하게 웃는다.

미치광이가 된 것처럼.

"훗…… 후후훗…… 총알이라면 여기 있어요…… 후훗."

흐느적거리며, 마치 망령처럼 아즈사가 일어난다. 가슴에서 피가 흘러 옷을 적셨지만 아랑곳 않고 어깨를 작게 떨고 있었다. 헝클어진 흑발이 치렁치렁 흔들린다.

아즈사는 아무것도 없는 손을 운노에게 보여주었다.

어디에서 꺼냈는지 모를 손수건을 손바닥에 덮는다.

"이렇게 주문을 걸면."

손수건을 치운 손바닥에 짤랑거리며 납빛 총알이 나타났다.

이게 뭐야……?

어떻게 된 일인지 모르겠다.

꿈을 꾸는 건가?

세상이 발치에서부터 요란한 소리를 내며 무너져 내리는 듯
한…….

아니, 틀렸다.

반전이다.

모든 것이, 뒤덮이고.

거꾸로 뒤집힌 듯한.

스즈미 아즈사가 고개를 갸웃거리며 웃는다.

빨간 입술이 씨익, 하고 크게 웃는 모양을 그린다.

두 눈동자는 마치 사냥감을 몰아넣은 사냥꾼처럼 비취색으로 빛
나고 있다…….

비취색?

"사장님도 참…… 설마 본인이 명탐정을 상대할 최강의 적수라
는 착각이라도 하신 거 아니에요?"

"무슨……."

흔들흔들 걷는 어린아이처럼 고개를 기울이며 아즈사가 웃는다.

"소문을 듣자 하니 당신을 모리아티에 비유한 사람이 있는 것 같

더라고요. 그래서 우쭐하셨어요? 그런데…… 사실 처음부터 승패는 정해져 있었어요."

"뭐야, 넌…… 너는……."

"저요? 글쎄요오."

아즈사는 검지를 빙글빙글 돌려 흑발에 감으며 대담하게 웃었다.

"다른 분들은 절 이렇게 형용하시더군요. 영매, 사기꾼, 마술사, 콘 아티스트. 혹은 멘탈리스트? 명탐정? 하지만 지금 이곳에서의 본질을 표현하는 건, 어느 살인자가 했던 이 말일 거예요. 엘리미네이터……. 당신처럼 사회의 룰을 벗어난, 증오스러운 악당을 물리치는 자."

"스즈미 아즈사, 아니야……?"

여자가 머리카락을 감던 손가락의 움직임을 멈췄다.

손을 떼자 스르륵 소리를 내듯 머리칼이 풀리며 원래의 웨이브를 그린다.

"소개가 늦었네요. 제가 진짜 조즈카 히스이입니다."

여자는 투명한 스커트 끝을 잡는 시늉을 하며 가볍게 인사했다.

"뭐야……. 그럼 그 여자는."

운노는 몸을 돌렸다. 그 순간 시야가 뒤집혔다. 어깨에 극심한 통증이 느껴진다.

몸에 무게가 실려 관절이 비명을 질러댔다.

정신이 들고 보니 바닥에 깔려 있었다.

권총이 손에서 떠나 바닥에 미끄러진다.

"야! 설명 좀 해봐!"

운노의 관절을 꺾으려는 여자가, 그렇게 소리쳤다.

시야 끝자락에 그 여자의 얼굴이 보였다. 영문을 모르겠다.

조즈카 히스라고 칭하던 여자다.

아까 총으로 죽였는데…….

운노를 깔아뭉갠 여자는 자신의 머리카락을 잡아 뜯으며 으르렁 거리듯 아즈사를 노려보았다. 웨이브 헤어는 가발이었던 모양이다. 본인더러 아즈사라고 했던 여자는 고개를 갸웃거리며 시선을 허공 으로 던졌다.

"음, 마코토의 비난은 나중에 받을게요."

"뭐?"

운노 위에 올라탄 여자가 어이없다는 듯 말했다.

운노 야스노리는 눕혀진 채 옴짝달싹도 할 수 없었다.

어떻게 된 상황이야…….

"네, 네가 아즈사가 아니라면, 그럼 처음부터…….'

"맞아요. 전부 다 처음부터예요. 이런 저와 박빙으로 싸우고 있다고 생각하셨어요? 뭐, 마코토는 진심으로 놀랐으니 그 표정을 읽은 당신은 확신했을 거예요. 하지만 유감스럽게도 모든 건 제 계획이었어요."

아즈사가…….

아니, 조즈카 히스이가 한 손을 들더니 손가락을 튕겼다.

"라이트업이요."

그 순간 창문에서 빨간 빛이 쏟아져 들어왔다.

운노는 경찰차량의 경광등이라는 걸 바로 알았다.

문이 열리더니 남자들이 구두 소리를 울리며 실내로 들이닥친다.

눈 깜짝할 새에 운노는 다수의 경찰에게 포위됐다.

조용히 다가온 조즈카 히스이가 측은하다는 듯이 내려다보며 말했다.

"당신은 제가 상대해온 범죄자 중에서, 강적은커녕 잔챙이예요."

"뭐라고……?"

운노는 필사적으로 고개를 들어 히스이를 노려보았다.

조즈카 히스이는 한 손으로 머리카락을 넘긴 뒤 요란하게 어깨를 으쓱였다.

그러고는 검지를 지휘봉처럼 움직이며 노래를 하듯 말하기 시작했다.

"제가 추리 소설에서 가장 안이하다고 생각하는 지루한 단서가 이른바 **비밀의 폭로**인데, 당신은 그 얼빠진 단서를 처음부터 드러내 버렸어요. 지금까지 만난 범인 중에서 제일 실망스러운, 송사리 중의 송사리예요."

"단서……?"

말도 안 된다. 자신은 완벽했다. 교단에서 강의하듯 조용히 좌우로 왔다 갔다 하는 히스이의 움직임을 운노는 시선만으로 쫓았다. 몸을 일으키려 하면 바로 등에 하중이 가해져 관절이 끊어질 것 같았기 때문이다.

"당신은 조즈카 히스이인 척 연기한 마코토와 처음 만났을 때, 목격담 이야기를 듣고 이렇게 말씀하셨어요. '즉 그 사람은 범인이 소네모토를 쏴 죽이는 순간을 봤다는 겁니까?'라고. 그다음에는 이렇게도 말했죠. '그렇다면 그 사람이 권총을 들고 주저하던 소네모토였을 가능성을 부정할 수 없지 않나요?'라고요."

"그게 뭐가 이상하다는 거야……."

"이상하죠. 너무 이상한데요?"

히스이는 양손을 팔랑거리며 운노를 내려다보고 웃었다.

"설명 시작합니다. 설명 시작해요. 마코토는 '**권총을 든 수상한 인물을 봤다는 목격 정보**'를 언급했어요. '**수상한 사람의 목격 정보**'라니까요? 그런 말을 들으면 보통 처음에 어떤 장면을 떠올릴까요? **수상한 사람이 밤길 같은 곳을 걷는 장면**이겠죠. 하물며 그때는 **범인이 권총을 가져갔다는 얘기**를 직전에 한 상황이었어요. 보통 사람이라면 **권총을 들고 떠나는 범인을, 행인이 목격했나 보다** 하고 생각할 거예요. 그도 그럴 게, 맨션의 여러 집 중 한 집이잖아요? 범행 순간을? 우연히 멀찍이서? 창문 너머로 목격하다니……. 그런 거, 보통은 아무도 상상 못해요. 그런 얘기를 하는 사람이 있다면 상상력이 어마어마한 거죠."

운노는 깜짝 놀랐다.

확실히 그때, 권총을 가져갔을 가능성을 언급했다. 권총의 지문 따위 처음부터 어떻든 상관없었던 것이다. 이 여자는 일부러 권총을 가져갔다는 이야기를 한 후에 목격담을 꺼내 자신이 어떻게 반응할지 시험했다는 것인가…….

운노를 짓누르던 여자가 뒤로 물러나고 형사로 추정되는 남자가 대신 나타났다.

운노는 자신을 결박하려 하는 형사에게 말했다.

"아냐. 난…… 난 이 여자에게 넘어간 거야! 총을 쏜 건 맞지만 소네모토를 죽인 건 내가 아니야!"

"어머머, 이렇게 된 마당에도 깔끔하게 체념을 못 하시네요. 하지만 당신의 대실패는 그게 다가 아니랍니다?"

또 뭐가 있다는 거지?

"당신은 목격자의 증언을 뒤집기 위해 행동에 나섰죠. 이것도 대실패예요. 왜냐, **목격자의 집을 어떻게 알았을까요?** 그런 건 **범인밖에 알 수 없는 정보**잖아요."

"아냐…… 난…… 주변을 탐문하다가 우연히…….."

"이웃 주민 가운데 당신이 찾아왔다고 말한 사람은 한 명도 없어요."

"그건 우연히 감으로 찾아간 곳이 들어맞았을 뿐…….."

"일부러 건너편까지 가지 않아도 다른 아파트는 있어요."

"그래…… 경찰 관계자한테 들었어. 난 그쪽에 정보망이 있다고! 수사 정보를 들었단 말이야! 그래서 여기란 걸 알았고, 목격자가 창문으로 봤다는 것도 알고 있었어! 그게 전부야!"

"누구한테 들었는데요?"

"에지리 경시감이다!"

"당신이 약점을 쥐고 계시는 분?"

"그런 건 몰라! 가까운 사이일 뿐이야!"

"뭐, 그렇다 쳐요. 경찰한테 이 장소를 들었다고요?"

"그래. 수상할 건 전혀 없어. 난 범인이 아냐! 총도 비었던 걸 알고 있었어! 놀래킬 생각이었을 뿐이라고!"

히스이는 천장을 올려다보았다.

지겹다는 듯 한숨을 내쉬며 어깨를 으쓱인다.

"마코토가 목격자 얘기를 처음 꺼냈을 때……. 뭐, 제가 그렇게 하라고 지시했지만…… 두 분도 놀라셨죠?"

히스이의 시선을 좇자 운노를 찾아왔던 두 형사의 모습이 보였다. 두 사람이 고개를 끄덕인다.

"운노 씨는 이렇게 생각했을 거예요. 외부인 아가씨가 멋대로 수사 정보를 흘려서 형사들이 놀랐다고."

"그게 아니야……?"

"에비나 씨. 왜 놀라셨는지 말씀해주세요."

"그게."

우아하게 내민 히스이의 한 손에 재촉당하듯, 동안인 형사가 대답한다.

"처음 듣는 얘기라서 놀랐습니다. 거짓말을 하나 싶어서……."

그 말을 듣고 운노는 모든 걸 이해했다.

설마.

설마 이 녀석은…….

"네. 그 말인즉."

히스이가 치맛자락을 두둥실 부풀리며 쪼그려 앉았다.

소녀처럼 앉아 꽃받침처럼 양손으로 얼굴을 받치고.

작은 얼굴을 진자振子처럼 좌우로 까딱까딱 생글거리며, 굴복할 수밖에 없는 운노의 얼굴을 들여다본다.

"경찰은 목격자가 있다는 걸 몰랐어요."

"설마 그런……."

"진짜 스즈미 아즈사 씨는 사건 후에도 신고하지 않았어요. 밤샘 작업이 이어진 탓에 푹 주무셨다더라고요. 가까운 맨션에 경찰차가 왔고 사건이 일어났다는 사실조차 모르고 계셨어요. 수면 부족이었대요."

"그럼 어째서……."

"목격자가 직접 신고한 게 아니라 제가 찾아냈어요."

"어떻게……."

히스이는 비취빛 눈을 반짝였다.

기도하듯 열 손가락을 맞대며 말한다.

운노는 이 움직임을 어디에서 본 적이 있는 것 같았다.

그래. 그 유명한 셜록 홈스의…….

"양말요. 현장을 보자마자 원형 행거에 아무것도 걸려 있지 않다는 걸 알아차렸어요. 조사해보니 소파 밑에 한쪽 양말만 떨어져 있었고 나머지 한쪽은 집 안 어디에도 없었죠. 그래서 범인이 가져갔을 가능성을 검토했어요. 만약 범인이 가져갔다면 이유가 뭐라고 볼 수 있을까요?"

히스이는 조용히 일어났다. 몇 발짝 걸으며 동작을 섞어 설명을 이어간다.

"범인 입장에서, 현장을 조작하는 동안 커튼이 계속 열려 있으면 찜찜하니 일단 커튼을 닫기 위해 행거를 내렸을지도 모른다고 생각했어요. 그 경우, 어떻게 해야 양말을 가져가야만 하는 상황이 될 것인가. 범인의 행동을 추적해서 시뮬레이션 해봤죠. 그러다가 행거를 내렸을 때 **바닥에 고인 피에 양말 끝이 닿은 게 아닐까** 하는 생각에 다다른 거예요."

조즈카 히스이는 팬터마임을 하듯 다소 우스꽝스럽게 그 동작을 재현했다.

히스이 말이 맞다.

운노가 양말을 가져가야 했던 이유는 바로 그것이었다.

이 녀석은 처음부터 알고 있었다…….

"그래서 살펴봤더니 원형 행거 손잡이 부분에는 지문이 하나도 없었어요. 범인은 지문을 닦은 흔적조차 남기지 않았는데 여기에만 닦은 흔적이 있다. 어쩔 수 없이 만져버렸을 가능성이 높다는 뜻이죠. 맨손으로 갑자기 원형 행거에 손을 댄 이유가 뭘까요? 사건 당일은 사자자리 유성군을 관측할 수 있는 날이었어요. 범인이 외부의 시선을 느끼고 황급히 커튼을 닫았을 가능성은 고려해볼 가치가 있죠. 확실성이 낮으니 경찰에는 부탁하지 않고, 독자적으로 탐문해서 아즈사 씨를 찾아냈어요."

"실제로 현장에 나간 건 네가 아니지만."

조금 전까지 운노를 누르고 있던 여자가 불만스럽게 말했다.

"뭐, 그 말이 맞긴 해요."

히스이는 천장을 올려다보며 입술을 비죽였다.

"어쨌든……. 당신이 이곳에 처음 온 날도, 수사 관계자는 목격자에 관해서는 아무것도 몰랐어요."

히스이는 운노를 가만히 내려다보았다.

가지런히 모은 다섯 손가락. 엎드린 운노를 추궁하듯 손끝이 그를 향한다.

"결국은, 결국에는 말이죠……. 한달음에 여기로 올 수 있는 사람은 **목격자를 목격한 인간**…… 즉 범인뿐이에요."

운노는 더는 아무 말도 할 수 없었다.

빠져나갈 수 있는 길이 전혀 보이지 않았다.

그렇게 일찍부터 계획했다는 말인가…….

"처음부터 날 속일 셈이었다는 건가……."

"네. 물증을 끝까지 찾지 못할 경우를 대비해 권총으로 조즈카 히스이나 스즈미 아즈사를 죽이려 하도록 유도했죠. 당신은 제가 연기하는 가짜 스즈미 아즈사와 접촉했을 때 절 죽이려 했으니, 틀림없이 걸려들 거라고 예상했어요."

그렇군. 텔레비전 광고에서 얼굴을 봤다고 했을 때다. 그때 순간적으로 운노가 품은 살의를 이 여자는 무사태평한 표정으로, 예민하게 포착했던 것이다.

"어떤 권총인지는 이미 알고 있었으니 빈총을 준비해서 당신이 밀크티를 사 오는 사이에 바꿔치기했어요. 마코토가 차 안에서 캔커피를 떨어뜨렸을 때 당신이 낸 소리를 듣고, 들키면 안 되는 뭔가를 차에 숨기고 있을 거라고 추측했죠. 예상대로 시트 아래에 숨겼더군요."

운노는 당시 상황을 떠올렸다. 시트 아래로 손을 뻗는 순간 운노는 목소리를 높여버렸다. 물론 그때는 미행이 붙은 걸 알고 있었고 총을 쓸 생각도 없었기에 차에 두지 않았지만, 돌발 상황에 반사적으로 그렇게 반응해버린 것이다.

"경찰분들께는 한 번 일부러 티가 나게 미행했다가, 운노 씨가 압력을 행사한 후에는 본격적으로 미행해달라고 부탁했어요. 그러자 미행이 없어졌다고 생각한 당신은 언제든지 스즈미 아즈사를 죽일 수 있도록 권총을 차에 숨겨뒀다가 가지고 나와준 거죠."

그랬군. 웃음이 나온다.

미행을 알아챈 게 아니라, 알아채게끔 유도했으리라고는…….

"그럼 진짜 스즈미 아즈사는……?"

"사정을 설명하고 사이판 여행을 선물해드렸어요. 구슬리는 실력
은 당신보다 좋거든요."

조즈카 히스이라는 여자가 회사에 찾아왔을 때는 이미 자신이
의심받고 있는 상황이었을 것이다. 그리고 목격 증언에 대한 운노
의 반응을 보고 확신한 뒤 덫을 놓았다…….

"당신은 내 회사에 저 여자를 보낸 시점에서 이미 날 의심한 모
양인데……. 그 근거가 뭐지? 왜 처음에 날 의심한 거야?"

"그런 현장을 연출할 수 있는 사람은 얼마 없기 때문이에요."

조즈카 히스이는 양손을 맞대고 나지막이 말했다.

"마술에도 비슷한 이론이 있어요. 현상이 수법과 직결되는 경우,
재현할 방법을 유추해버릴 수 있죠. 이번에도, 자살이 아닐 경우에
자살로 보이게끔 위장할 수 있는 인물은 한정적이었어요. 현장을
밀실로 만든 탓에 당신은 자신이 범인이라고 자백한 꼴이 됐어요.
만약 현장이 밀실이 아니고 유서도 없었다면 용의자 범위를 좁히기
까지 시간이 더 걸렸을 거예요."

"그런가……."

처음부터 패배했던 것인가.

운노는 자조하듯 웃었다.

머리끝부터 발끝까지 두들겨 맞은 기분인데 신기하게도 화가 나지 않았다.

뭐랄까.

비로소 편해질 수 있겠다.

그런 감정마저 샘솟는다니 신기했다.

자신은 얼마나 무시무시한 존재를 상대했던 것인가.

"당신을 이용할 심산이었는데 이용당한 건 나였군⋯⋯. 당신이 그 연쇄 살인마를 체포했다는 소문도 사실이겠어."

"맞아요."

히스이는 뭔가 극심한 원한이라도 있는지, 인상을 찌푸리며 토해 냈다.

"그 변태 살인마 시스터콤플렉스 새끼는 인간의 마음을 갖고 있지 않아서 꼬리가 안 잡혀 고전했는데⋯⋯ 당신은 지극히 평범한 범죄자예요. 인간의 마음을 갖고 있죠."

"그게 무슨 뜻이지?"

히스이가 눈짓하자 마코토가 손수건으로 잡고 있던 손목시계를 내밀었다.

히스이는 시계를 받아 들고 물끄러미 보았다.

"멋진 시계예요. 당신이 패배한 건, 당신이 아내를 사랑했기 때문입니다."

운노는 회상했다. 스즈미 아즈사를 연기하는 히스이에게 손목시계 이야기를 해버렸다. 반지를 잃어버린 것에 대한 후회도…….

"그렇군……."

그 이야기를 듣고, 히스이는 운노가 범행 순간에도 손목시계를 차고 있었을 가능성이 높다고 판단했을지도 모른다. 반지처럼 잃어 버리지 않도록 어떤 순간이든 손목시계를 차고 다닌 행동이 자신을 궁지로 몰아넣었을 것이다. 이 무시무시한 상대라면 또 다른 물증을 찾아낼 수 있었을지도 모르지만 어차피 지는 거라면 그 때문이라고 해두고 싶다.

운노는 죽은 아내의 얼굴을 떠올렸다.

이런 패배라면 깨끗하게 받아들일 수 있다.

운노는 형사들에게 팔을 붙들린 상태로 일어났다.

"조즈카 씨……. 당신에게 진짜 영능력이 있으면 좋겠군. 그렇다면 아내가 지금의 날 어떻게 생각할지 알려줄 수 있을 텐데."

히스이는 가만히 고개를 저었다.

"그럴 필요 없어요. 스스로 마음에 물어보는 것만으로 충분해요."

"그런가. 분명 정떨어졌다고 할 거야." 운노는 한숨을 내쉬었다. "아주 잠깐이지만 꿈을 꿨어. 당신이 연기한 스즈미 아즈사에게……. 아내와 함께하지 못한 미래를, 이 여자와 함께라면 되찾을 수 있지 않을까 하고……. 아무리 발버둥 친다 한들 잃어버린 시간은 돌아오지 않는데 말이야."

어느덧 조즈카 히스이의 표정에서는 살인자를 상대할 때의 씩씩함이 사라져 있었다.

히스이는 운노를 보지 않고, 뭔가를 떠올리듯 눈을 내리깐 채 말했다.

"인간은 죽음에 사로잡히는 존재예요. 혼자 힘으로는, 그 자리에서 다시 나아가기가 너무 버겁죠."

그렇군. 운노는 마침내 받아들였다.

어쩌면 자신은 이런 마지막을 바라고 있었는지도 모른다.

운노 야스노리라는 인간에게는 지켜야 할 것도, 지향하는 목표도 없다.

인생에서 가장 소중한 존재를 잃어버린 그때부터.

자신의 정의감이 아무것도 만들어내지 못한다는 것을 알고. 운노는 모든 것의 종말을 바랐던 것이다.

그 행보를 마침내 끝낼 수 있다…….

운노는 고개를 들었다.

"조즈카 씨. 당신의 정의가 보답받기를 빌지."

운노가 하는 말의 뜻을 이해했을까.

히스이는 운노를 똑바로 보며 작게 고개를 끄덕였다.

"그리고 시계는 최대한 빨리 돌려줬으면 좋겠는데……."

"증거라서요." 히스이는 난감하다는 듯 고개를 갸웃거렸다. "하지만 전부 자백해서 재판이 지체 없이 끝난다면 그만큼 빨리 찾을 수 있을지도 몰라요. 저도 가능한 한 배려해드리죠."

히스이는 그렇게 말하며 웃었다.

눈동자는 맑았고, 부드러운 미소는 역시나 죽은 아내의 미소를 연상시켰다.

그것은 어쩌면 단순한 환상이었을지도 모른다.

믿을 수 없는 여자이긴 하지만, 그 말 정도는 믿어도 괜찮을 것 같았다.

운노는 힘없이 웃었다.

"애써보지."

"데려가주세요."

히스이의 말과 동시에 운노 야스노리는 경찰들에게 연행됐다.

기이하게도, 그 순간 히스이의 손바닥에 있는 손목시계는 자정을 가리키고 있었다.

"Unreliable Witness" ends.

…and again.

지와사키 마코토는 말없이 조즈카 히스이를 밀쳤다.

귀엽지도 않은 비명을 지르면서 소파에 쓰러진 히스이를 내리누른다.

"설명해."

그렇게 말하며 사랑스러운 볼을 양손으로 꼬집어 당겼다.

"아하여."

"됐으니까 설명하라고! 네 입으로 말했잖아. 이번 상대는 만만치 않다고!"

"이러연 말 머태여."

히스이는 눈물까지 머금고 무어라 말했지만 알아들을 수가 없다. 어쩔 수 없이 마코토는 볼에서 손을 뗐다.

히스이는 볼을 문지르며 신음했다.

"으으, 아프잖아요……."

"아무 설명도 안 한 네 잘못이지!"

모든 일을 마치고 귀가했을 때였다.

히스이는 마코토가 해준 화장을 지우고 옷을 갈아입고 왔다. 나이 들어 보이기 위한 화장을 지우자 몰라보게 풋풋해졌다. 화가 날 정도로 이목구비가 예뻐서 맨 얼굴로 보이지 않는다. 불합리하지만 그것도 마코토의 화를 부추기는 요소 중 하나였다. 콧노래를 흥얼거리며 거실로 온 히스이를, 마코토는 그대로 밀쳐 넘어뜨렸다.

마코토가 히스이인 척 연기하는 경우는 가끔 있다. 그 이유 중 하나는 마코토가 스스로 추리하고 관찰하는 힘을 갈고닦는 수련이라는 명목이었다. 어디까지가 진심인지는 알 수 없으나 히스이가 도전장 어쩌고 하며 뻔한 연기를 하는 것도 그 일환인 듯했다. 하지만 이번 사건에 한해 말하자면 단순히 히스이가 생리중이라 컨디션이 떨어졌다는 이유가 컸다. 시간이 흐르면 흐를수록 증거는 인멸된다. 범죄자는 탐정을 기다려주지 않는다. 고로 히스이의 컨디션이 좋지 않을 때 이렇게 마코토가 대역을 맡기도 한다.

히스이의 헤어스타일과 복장, 그리고 독특한 말투는 상대가 방심하게 유도하거나 화를 부추길 때 도움이 된다며 따라하게끔 강요받았다. 뭐, 그게 효과적이라는 걸 모르는 바는 아니다. 마코토는 학창시절에 연극을 했기에 다른 사람인 척하는 데는 자신이 있지만 히스이 흉내는 아직도 익숙해지지 않았다. 연기를 하는 자신에게 짜증이 난다. 그렇다. 히스이인 척하는 건 늘 내키지 않는 것이다.

하지만 탐정 활동을 할 때가 아니더라도 마코토가 히스이 흉내를 낼 기회는 많았다. 예를 들면 조즈카 히스이가 영매로 활동할 때도 그렇다. 히스이가 미스터리한 성격을 연출하니, 안내인을 겸하는 마코토는 친근한 분위기를 풍길 수 있도록 히스이의 성격을 참고해 밝게 행동한다. 히스이 특유의 뻔뻔함을 배우는 사이에 어쩌다 보니 성대모사까지 할 수 있게 돼버렸을 정도다.

완전히 똑같이 흉내 낼 필요는 없는데, 히스이가 못마땅해할 때가 많았다. 이를테면.

"마코토. 상대를 가장 열받게 하는 말은 '아이구'가 아니라 '에구구'예요. '어머머'가 아니라 '어라라'라고요."

뭐든 상관없지 않나.

마코토가 히스이를 연기할 때, 히스이는 마코토가 착용한 소형 카메라 내장 안경과 이어폰을 통해 가까운 자동차 같은 곳에서 원격으로 지시를 내린다. 논리 부분 등은 사전에 대본을 준비해 암기할 때도 있지만, 기본적으로는 애드리브를 섞어가며 실시간으로 읊어주는 대사를 그대로 옮긴다.

히스이는 지시가 길어질 때는 딜렁대는 척하며 시간을 벌라고 했다. 평소 히스이도 상대의 화를 돋우기 위해 '무슨 말을 하려고 했더라' 하며 얼빠진 말을 할 때가 있으니 일석이조의 효과가 있을 것이다. 이번에는 새로 맞춘 이어폰이라 그런지 자꾸 귀에서 빠지려 했고 불안한 마음에 손을 뺨에 갖다댈 때가 많았다. 그 부분은 반성해야 할 것이다. 후반에는 예전부터 쓰던 이어폰으로 변경해 그런 부자연스러운 행동은 하지 않게 되었다.

조즈카 히스이에게 협조 요청이 들어온 이유는, 권총으로 자살한 소네모토의 회사가 운노 야스노리의 회사이기 때문이었다. 경찰 내부에 운노를 못마땅하게 여기는 사람이 많았고, 증거는 없지만 그가 벌이는 악행의 꼬리를 잡고 싶어하는 사람도 있었다. 자살이라면 그걸 빌미로 운노를 조사하고, 타살이라면 운노가 범인일 가능성을 파헤쳐 어떻게든 그를 체포할 방침이었다.

히스이는 양말이 없어졌을 가능성에서 스즈미 아즈사를 찾아냈고, 목격 증언을 듣고는 타살을 확신한 듯했다. 스마트워치의 비밀번호 파악과 열쇠 복제가 가능한 인물이라는 점에서 가까운 사람을 파헤친 결과, 가장 먼저 용의선상에 오른 자가 운노 야스노리였다. 그런 의미에서도, 히스이가 말했듯 운노는 잔챙이였다.

첫 접촉에서 운노가 범인이라 확신한 히스이는 그가 스즈미 아즈사에게 찾아갈 가능성을 고려해 스즈미인 척했다. 정확하게는, 운노가 스즈미를 살해할 가능성은 마코토가 먼저 언급했다. 설마 그렇게까지 리스크를 지는 행동은 하지 않을 거라며 히스이는 방심했지만 마코토는 운노의 위험성을 피부로 느꼈다. 그러면 운노가 스즈미에게 접촉할지 케이크를 걸고 내기하기로 했다. 스즈미 아즈사에게는 생명이 위험할 수 있다고 상황을 설명한 뒤 히스이가 아즈사인 척 운노를 기다린 것이다. 아즈사는 계산적인 성격으로, 해외여행을 선물하자 순순히 받아들였다. "잘생긴 부자 남자가 아니라 부자 아가씨였구나" 하며 허탈해하는 반응을 보이기에 무슨 뜻인지 물었더니 별자리 운세 얘기를 꺼냈다. 히스이는 그런 정보를 통해 가짜 아즈사의 현실성을 구축해나갔다.

스즈미 아즈사는 본명으로 일러스트레이터 활동을 했는데, 삼십 대 후반이라는 나이도 공개돼 있었기에 마코토는 그에 맞춰 히스이에게 화장을 해주었다. 블로그를 개설해 히스이가 지인 작가와 촬영한 사진을 인터넷에 업로드하는 등 신빙성을 다지는 작업도 잊지 않았다. 어찌 됐건 상대는 진짜 탐정이다. 이 부분에서는 진짜 스즈미 아즈사가 그다지 유명하지 않고 얼굴도 노출하지 않은 점이 주효했다. 운노가 쉽게 넘어오게 하기 위해 전처 사진을 찾아내 일부러 살짝 참고했고 머리카락도 검게 물들였다. 이목구비도 피부도 너무 좋아서 마코토의 화장 솜씨로도 나이 들어 보이게 하기가 쉽지 않았지만, 히스이에 따르면 중요한 건 첫인상뿐이라고 했다.

"첫 접촉은 현관 앞에서만 하는 걸로 할게요. 조명을 어둡게 할 테니 화장이 부자연스러워도 드러나지 않을 거예요. 이후에는 만날 때마다 서서히 화장을 대충 하죠. 그러면 운노는 반대로, 제가 화장에 공을 들여서 젊고 아름다워 보이는 거라고 생각할 거예요."

예를 들어 볼을 통통해 보이게 연출한 상태로는 식사가 불가능하니 그런 잔꾀는 첫 대면 때만 부리고, 그 후에는 헤어스타일로 볼의 윤곽을 가리자는 식이었다.

결과적으로 운노 야스노리는 히스이가 연기하는 스즈미 아즈사 앞에 나타났고, 마코토가 내기에서 이겼다.

자신의 분석이 빗나간 히스이는 지르퉁해져서 골드버그 장치를 만들며 현실도피를 했는데, 그런 와중에 해외여행중이던 진짜 스즈미 아즈사가 연락해 역시 자신이 본 건 자살한 사람인 것 같다는 말까지 했다. 기대를 걸었던 목격자에게서 아무 증언도 이끌어내지 못하자 히스이는 초조해하는 듯했다.

그렇다. 풀 죽어 있는 때도 많아져서 마코토는 철석같이 상대가 강적이라 그런 줄로만…….

어쩌면 케이크를 건 내기조차 마코토를 속이기 위한 연기가 아니었을까.

히스이는 운노의 성격과 행동을 읽어내고 있었고……. 그래. 애초에 아즈사의 안전 확보가 목적이었다면, 히스이가 아즈사인 척하거나 교제를 이어갈 필요도 없지 않나. 처음부터 컨디션 난조로 마코토를 보낸 것마저 상대를 쓰러뜨리기 위한 작전이었을까?

생각할수록 속았다 싶어 화가 났다.

"정확히 말하면, 현장에 물증을 남기지 않았다는 의미에서는 만만치 않다고 했던 거예요."

히스이는 볼을 문지르며, 자신을 덮치는 마코토에게서 도망가려했다.

"뭐?"

"서술 트릭이죠. 현장에 증거는 남기지 않았지만 그의 시계와 행동, 증언에는 증거가 잔뜩 남아 있었어요."

"웃기지 마!"

마코토는 쿠션으로 히스이의 머리를 때렸다.

으엑, 하며 괴상한 목소리가 흘러나왔다.

"왜 중요한 설명을 안 했는지 묻잖아!"

마코토는 권총에 대한 것까지는 몰랐다.

기본적으로 히스이인 척 연기할 때 옷도 히스이 것을 입는다. 되바라진 복장과 치장은 히스이 전문이기 때문에 오늘도 작전 전에 거울 앞에 선 마코토의 가슴에 독특한 브로치를 달아주었다. 마코토가 의아해하자 마코토의 안경을 벗기고는 그 안경을 들여다보더니 웃으며 말했다.

"카메라는 필요 없으니 이번에도 안경 없이 가요. 자, 저만큼은 아니지만 꽤 예쁘죠?"

힘껏 쥐어박고 싶었다. 실제로 마코토는 그 말을 듣고 히스이의 이마를 때렸다. 그런데 그 정도로는 영 부족했던 모양이다. 그때, 총성이 울린 순간 브로치에서 빨간 액체가 튀었으니 말이다.

"깜짝 놀랐죠? 몰래카메라 대성공."

히스이는 혀를 날름 내밀었다.

"그런 건 마술할 때나 해!"

손에 든 쿠션으로 한 번 더 히스이를 때린다.

또 괴상한 비명 소리가 흘러나왔다.

"서술 트릭 같은 소리 하네! 웃기고 있어!"

놀래기만 하는 소설을 비판하는 식으로 말한 주제에. 총구를 들이밀었을 때 얼마나 놀랐는지 알기나 해?

쿠션으로 얼굴을 짓눌러 질식하게 해주마.

버둥거리는 꼴이 고소했지만 마음은 풀리지 않는다.

힘을 빼자 히스이는 크게 숨을 들이쉬며 쿠션을 밀어젖혔다.

"죽일 셈이에요?"

"내가 할 말이야! 총 맞는 줄 알았다고!"

실제로는, 총에 맞아도 괜찮을 거라는 걸 도중에 알아챘다.

총구를 겨누며 승리를 확신하는 운노의 뒤에서 히스이가 혀를 날름거리고 있었기 때문이다. 총성과 함께 자신의 가슴에서 피가 튀었을 때는 정말 맞은 것이 아닌가 순간 착각했지만 가까스로 쓰러지는 연기를 할 수 있었다.

히스이가 준비한 각본에서는 아즈사가 범인의 얼굴을 떠올리고, 거기에 손목시계를 들이미는 흐름이었다. 그런데 아즈사를 연기하던 히스이가 갑자기 운노를 감싸기 시작했다. 그리고 손목시계 얘기를 하면 항복할 거라고 히스이가 말했기 때문에 권총을 마주했을 때는 진심으로 조바심이 났다. 그 후 히스이가 비명을 지르며 도망갈 때도 상황이 어떻게 돌아가는 건지 알 수 없었다. 이어폰을 통해 불러도 대답은 없고, 총성이 울리기에 황급히 쫓아갔는데, 곰곰이 곱씹어보니 자신도 히스이에게 한 방 먹었다는 생각이 든 것이다.

뭐랄까, 불길한 예감은 진작부터 있었다.

히스이는 콜록콜록 기침을 하며 눈물 맺힌 눈으로 이쪽을 노려보았다.

"상대는 전직 형사. 표정을 잘 읽는 걸로 유명했던 사람이에요. 여러 차례 반격을 받고, 그 과정에서 마코토가 진심으로 초조해진 모습을 보여 방심하게 만들 필요가 있었어요. 총을 쏘게끔 유도할 때도 어중간하게 연기했다가는 들킬 가능성이 있었죠. 그런 의미에서는 만만치 않은 상대였다고 할 수 있어요."

"너 정말……."

마코토는 히스이를 덮친 상태로 고개를 숙였다.

걱정하던 자신이 바보 같지 않은가.

"내가 얼마나……."

총성이 들리던 순간의 공포가 되살아난다. 그때 운노는 아즈사를 연기했던 히스이를 쫓아갔다. 바로 복도에서 총성이 울려 퍼졌고, 혼란스럽던 마코토는 정말로 히스이가 총에 맞았다고 착각한 것이다. 심장이 멈추는 줄 알았다.

그랬는데…….

"마코토……."

쓰러뜨린 히스이를 내려다본다.

눈꼬리를 내린 채 난처하다는 표정으로 마코토를 보고 있었다.

"그…… 마코토의 안전에는 충분히 대비를 해서……."

"그런 뜻이 아니야."

마코토는 한숨을 내뱉고 히스이의 이마를 때렸다.

작은 비명을 들으며 상체를 일으킨다.

"이제 됐어."

그대로 마코토는 소파에 몸을 맡겼다.

어쩐지 지독하게 피곤해졌다. 진심으로 화를 내본들 이 까불대는 여자에게 통할 리 없다.

"그보다, 궁금한 게 많은데."

"뭔데요?"

소파에 쓰러진 채 궁금하다는 듯 이쪽을 올려다보는 히스이에게,

마코토는 품고 있던 의문을 던졌다.

"예를 들어 말이야, 콜드리딩을 간파당해서 영능력이 가짜인 걸 들켰을 때 있잖아, 혹시 일부러 그런 거야?"

히스이는 미적미적 몸을 일으킨 뒤 구불구불한 흑발을 한 손으로 빗었다.

"맞아요. 진짜 콜드리더가 들었으면 실소했을 내용이에요."

"카메라로 보느라 표정 읽기가 힘들어서 그런가 싶어 얼마나 마음 졸였는데!"

히스이는 양 손가락을 맞대고 득의양양하게 웃었다.

"표정 읽기는 활용 가능한 정보 중 극히 일부에 불과해요. 콜드리딩은 정보를 맞히는 기술이 아니라 정보를 맞혔다고 착각하게 하는 기술이니까, 전화로 하든 편지로 하든 저는 실패하지 않아요."

"그럼 시계는? 그건 언제 슬쩍했어?"

운노는 마코토가 부츠를 벗을 때 휘청거리며 팔을 잡았기 때문에 그때 빼갔을 것이라 여겼으리라. 그렇게 연기를 하라고 지시한 건 히스이지만 마코토는 워치스틸 기술을 쓸 줄 모른다. 손목시계는 현관문을 열고 응대할 때 히스이가 마코토에게 슬쩍 건네준 것이었다.

"쇼가 끝나고 차로 가면서, 다정하게 팔짱을 끼고 걸었을 때요."

아직 아픈지 히스이는 볼을 문지르며 말했다.

"용케도 안 걸렸네. 아니, 스틸 기술이 있다는 건 아는데, 오랫동안 시계가 없으면 허전해서 금방 알아채지 않나?"

"시계를 의식하지 못할 만큼 다른 데 집중시키면 돼요. 겨울이라 코트 소매에 손목시계가 가려져 있으니 일부러 신경 쓰지 않으면 알아채기 힘들어요. 그쪽 팔을 잡고 팔짱 끼고 걸으면 만에 하나의 가능성도 없어지죠."

"그럼 그 마술은? FBI가 어쩌고저쩌고 했던 거, 거짓말이지? 운노가 말한 카드가 몇 번째에 있는지는 어떻게 알았어? 그런 건 마술로도 무리 아냐?"

"외웠어요."

히스이는 천연덕스레 웃으며 말했다.

"설마 한순간에 그걸 외웠다고?"

마코토는 눈이 휘둥그레졌다.

히스이는 비위를 건드리듯 자랑스럽다는 표정으로 말했다.

"제가 누구라고 생각하는 거예요?"

이게 의기양양한 얼굴이라는 거구나, 마코토는 생각했다.

현장 상황이나 무심히 내뱉은 증언을 두고두고 기억하는 히스이다. 그러고 보니 뒤섞인 카드 순서를 단시간에 기억해내는 경기가 있다는 얘기도 들은 적이 있다.

이 명탐정이라면 그것도 불가능하지는 않으리라.

히스이가 콧노래를 흥얼거렸다. 바이올린을 켜는 시늉을 할 때의 멜로디다.

셜록 홈스 흉내인가. 역시 순간적 기억력이었다는 뜻이다.

하여튼 괴물이라니까…….

이런 사람과 대적해야 하는 범죄자들이 측은하게 느껴질 지경이었다.

"그런데 총알을 바꿔치기하는 타이밍 말이야, 쇼 도중에 하지 않은 이유는 뭐야?"

마코토도 모든 걸 파악하고 있지는 않지만 히스이에게는 경찰 말고도 협력자가 많다. 예를 들면 일본인을 상대로 한 스틸 기술은 지인에게 배웠다고 들었다. 정말 당황하는 반응을 이끌어내려는 의도였다니 마코토에게는 바꿔치기를 시킬 수 없지만, 다른 누군가에게 시킬 수 있었을 것이다. 히스이라면 운노의 코트에서 차 키를 빼낸 뒤 쇼의 혼잡을 틈타 협력자에게 건네고, 쇼를 보는 동안 작업해 달라고 요청할 수도 있었으리라. 그편이 시간 여유까지 있었을 터였다.

"그런 방법이 있었네요. 더 확실했겠어요."

히스이는 천장을 흘끗 올려다보더니 자신의 머리를 살짝 쥐어박았다.

"저도 참, 바보 같다니까요."

정말로 생각하지 못한 모양이다.

마코토가 어이없어하자 히스이는 소파에서 뛰어 내려오더니 작게 기지개를 켰다.

"자, 의문이 해소됐다면 전 목욕하고 올래요."

마코토는 한숨을 내쉰다.

"그래. 다녀와."

얼른 가라는 듯이 손을 내저어 히스이를 재촉한다.

히스이는 입술을 비죽이며 마코토를 보다가 이내 모습을 감췄다.

마코토는 그대로 소파에 드러누웠다.

왠지 진이 다 빠져버렸다.

기묘한 허무함이 가슴속에 가득 찬다.

원인은 알고 있다. 조즈카 히스이가 어떤 수단과 방법을 써서라도 살인자와 싸우는 사람이라는 사실을, 마코토는 알고 있었다. 하지만 히스이는 그런 마코토까지 이용해 범인을 속였다. 그 점이 마음에 들지 않았다. 얼마나 걱정했는지 알기나 할까. 계속 이런 방법을 쓰다가는 언젠가 히스이가 자기 몸도 망가뜨릴지 모르는데.

마코토 자신조차 조즈카 히스이를 전혀 모른다는 생각이 들었다.

히스이는 절대로 속마음을 드러내지 않는다.

어떤 모습을 하고 있든 진짜가 아닌 것 같다.

자신은 이렇게나 가까이에서 보고 있는데도.

히스이의 진실이 전혀 보이지 않는다.

밝혀진 것은 무엇도 없다.

마코토에 대한 신용이 없기 때문이리라.

히스이의 왓슨이 될 수는 없는 것일까.

왠지 화가 난다.

졸음이 쏟아지며 눈꺼풀이 무거워졌다.

"마코토."

불현듯 들려오는 목소리에 벌떡 일어났다.

복도에서 히스이가 얼굴을 내밀고 있다.

긴장을 풀었을 때의 얼굴은 무척이나 앳되다.

그 탓에 왠지 부모에게 혼나기 전의 어린아이 얼굴 같다는 생각이 들었다.

"왜?"

"저…… 아니, 죄송해요…….'

히스이는 문 뒤에 숨듯 옆으로 고개를 돌린 채 머리칼을 만지작거리며 말했다.

"사과를 제대로 하지 않은 것 같아서요."

"응? 아아, 응."

히스이는 이쪽을 흘끗 보았다.

"그…… 상대의 방심을 유도하기 위한 작전이었어요."

"그 얘긴 들었어."

"손목시계에서 물증이 안 나왔을 때를 대비해서 어떻게든 총을 쏘게 해야 했어요. 물론 마코토를 위험한 상황에 노출시키는 거니 제게도 힘든 결정이었어요. 이해해주신 건가요……?"

"이해는 했어."

쌀쌀맞게 말하자 히스이가 울상을 지었다.

"죄송해요."

히스이는 시선을 떨어뜨린 채 툭하니 말을 꺼냈다.

마코토는 머리를 긁적였다.

히스이의 모습을 보고 마코토는 하나의 추리 가설을 세웠다. 조금 전, 마술쇼가 진행되는 사이에 총알을 바꿔치기하지 않은 이유를 물었을 때다. 히스이는 한순간 천장을 올려다보았다. 대답하기 난처한 질문을 받았을 때 나오는 버릇이다. 히스이가 그 방법을 생각해내지 못했을 리 없다. 그렇다면 실행하지 않은 이유로 떠오르는 것은 하나뿐이다. 하지만 자만심이 지나친 추리라고도 할 수 있으리라. 그럴 리 없을지도 모르지만, 만약 그런 것이라면 용서해줘도 좋으리라.

게다가 어쩌면, 모든 게 계산대로였다는 말은 마코토에게 센 척을 한 것일 뿐, 히스이는 실제로 겪었을 고심과 고뇌를 털어놓을 상대가 없었다고도 볼 수 있다. 히스이가 고민하는 듯 보인 까닭도 다른 사람을 위험에 노출시키는 작전을 실행해야 한다는 사실이 양심에 걸려서였을지도 모른다. 썩 긍정적이지 않던 마코토가 마지막까지 돕겠다고 선언한 일을 계기로 그 작전을 실행할 결심이 선 것은 아닐까? 기운 없는 히스이의 표정을 보니 그런 생각도 하게 된다.

그렇다면 언젠가는 히스이의 모든 걸 이해하고 지지해줄 수 있는 사람이 나타나면 좋겠다고 마코토는 생각했다.

그래야 조즈카 히스이의 정의가 보답받는 것 아닐까.

마코토가 한숨을 내뱉고는 웃으며 말했다.

"됐어. 목욕하고 나오면, 사건 해결 기념으로 와인이라도 딸까?"

히스이는 어린아이처럼 표정이 환해졌다.

"네!"

그러고는 콧노래를 부르며 복도로 사라졌다.

마코토는 그 모습을 바라보다가 다시 소파에 드러누웠다.

못 살아. 저런 표정을 지으면 화낼 기운도 없어지잖아.

아니, 잠깐만······.

저 모습도 진짜 히스이가 아니라면? 전부 계산대로이고, 지금도 다루기 쉬운 녀석이라며 속으로 마코토를 비웃고 있지는 않을까? 암시를 이용해 자신이 그런 추리를 하게끔 유도하고······.

그럴 수 있다. 그게 더 일리가 있다. 지나친 억측일까?

마코토는 도무지 히스이를 모르겠다. 이름과 나이, 출신, 이렇게 싸우는 이유까지, 한번 의심하기 시작하면 알고 있는 모든 사실이 한순간에 뒤집히며 죄다 허구처럼 여겨져버린다. 대체 어떤 것이 진짜 조즈카 히스이일까?

모든 것이, 환상.

조즈카 히스이의 모든 것은, 중간 어딘가에 있다.

"도저히 믿을 수가 없다니까······."

이제는 생각하는 것도 귀찮아졌다.

마코토는 콧방귀를 뀌며 눈을 감았다.

그리고 그대로 선잠의 세계에 몸을 내맡겼다.

"invert" closed.

INVERT JOZUKA HISUI TOJOSHU

by Sako AIZAWA

Copyright ⓒ Sako AIZAWA 2021
All rights reserved.

Original Japanese edition published by KODANSHA LTD.
Korean translation rights arranged with KODANSHA LTD. through JM Contents Agency Co.

Korean translation copyright ⓒ Viche, an imprint of Gimm-Young Publishers, Inc. 2024

영매탐정 조즈카 2

인버트

1판 1쇄 인쇄 2024년 9월 20일 **1판 1쇄 발행** 2024년 10월 7일

지은이 아이자와 사코 **옮긴이** 김수지
펴낸이 박강휘
편집 박정선 **디자인** 홍세연 유향주 **마케팅** 이헌영 박유진 **홍보** 반재서 박상연

발행처 김영사
주소 경기도 파주시 문발로 197(문발동) 우편번호 10881
등록 1979년 5월 17일(제406-2003-036호)
주문 및 문의 전화 031)955-3100 **팩스** 031)955-3111
편집부 전화 02)3668-3295 **팩스** 02)745-4827 **전자우편** literature@gimmyoung.com
블로그 blog.naver.com/viche_books
인스타그램 @drviche @viche_editors **트위터** @vichebook
ISBN 979-11-94330-13-4 03830 책값은 뒤표지에 있습니다.

비채는 김영사의 문학 브랜드입니다.